लोकगीतों का समाजशास्त्र

लोकगीतों का समाजशास्त्र

संपादक
वंदना झा

प्रलेक प्रकाशन

प्रलेक प्रकाशन

PRALEK PRAKASHAN

(an Imprint of "PRALEK PUBLISHING HOUSE PVT. LTD.")

मुख्य कार्यालय : 702, जे-50, ग्लोबल सिटी, विरार (वेस्ट), मुम्बई, महाराष्ट्र-401303
दिल्ली एनसीआर कार्यालय : 03/सी, ज्ञान खण्ड-4 इंदिरापुरम गाजियाबाद, उ.प्र.-201014
बनारस कार्यालय : 02, उर्मिल प्रेम सदन, नासिरपुर, वाराणसी, उ.प्र.-221005
E.mail : pralek.prakashan@gmail.com
Website : www.pralekprakashan.com
दूरभाष : +91 7021263557

लोकगीतों का समाजशास्त्र / संपादक : वंदना झा
Lokgeeton Ka Samajshastra / Edited by Bandana Jha

ISBN : 978-93-5869-00-00

प्रथम सजिल्द संस्करण : 2025

मुद्रक : रेप्रो इंडिया लिमिटेड
आवरण एवं पुस्तक सज्जा : प्रलेक स्टूडियो

(प्रलेक प्रकाशन का लोगो मिक्की पटेल की तूलिका से।)

भूमिका

नई शिक्षा नीति-2020 में स्थानीय भाषाओं को बढ़ावा देने पर बल दिया गया है। पाँचवी कक्षा तक शिक्षा का माध्यम मातृभाषा या क्षेत्र की भाषा रखने का कारण बच्चों का उनकी संस्कृति और समुदाय से जुड़ने के साथ देश के प्रति गहन भाव का जागृत होना भी है। हमारी हर भाषा राष्ट्रभाषा है और हर भाषा में राष्ट्र का विस्तार है और उस विस्तार को समझने से देश की सांस्कृतिक संरचना को गंभीरता से समझने का बीज-वपन भी बाल्यकाल से होता है।

लोकभाषा में रचे लोकगीत का महत्व इसीलिए बढ़ जाता है क्योंकि गीतों की स्मृति में इतिहास का बोध है। कई बार लिखित इतिहास राज्य, साम्राज्य, युद्ध, सेना, प्रशासन आदि से प्रभावित होता है, लिखने वाले इतिहासकार भी पश्चिम आधारित संरचना से प्रभावित हो सम्राटों का इतिहास लिखने पर बल देते रहे हैं। अतएव ग्राम्य-इतिहास का उल्लेख सुचिंतितरूप से दिखाई नहीं देता। ग्राम्य-इतिहास की नगण्यता ने लोकभाषाओं और लोक संस्कृति को हाशिये पर धकेला। अतः लोकगीत, लोककथा का अध्ययन लोकभाषा के माध्यम से किए जाने के कारण हमें ऐतिहासिक और सांस्कृतिक विरासत को जानने का मौका मिलता है। ग्राम्य-इतिहास का होना सर्वजन इतिहास का होना है। स्वतंत्रता के बाद पचास के दशक में श्यामाचरण दूबे ने 'इंडियाज चेंजिंग विलेज' में और एम.एन. श्रीनिवास ने अपनी पुस्तक 'इंडियाज विलेज' में बदलती भारतीय ग्रामीण सामाजिक संरचना का विशद् अध्ययन किया। जहाँ एक ओर श्यामाचरण दूबे ग्रामीण समाज में 'बहु परंपरा सिद्धांत' को चिह्नित कर रहे थे, वहीं एम.एन. श्रीनिवास ने 'ब्राह्मणीकरण', 'संस्कृतिकरण', 'पश्चिमीकरण' आदि अवधारणाओं के आधार पर ग्रामीण सांस्कृतिक संरचना को समझने का प्रयास किया। इतना

ही नहीं ग्रामीण संरचनाओं का ऐतिहासिक संदर्भ में कई विदेशी विद्वानों ने भी अध्ययन का कार्य किया। विलियम वाइजर ने भारतीय ग्रामीण समाज में विभिन्न जातियों के मध्य प्रकार्यात्मक सम्बन्ध का आधार विभिन्न जातियों के बीच जजमानी व्यवस्था को बताया, तो फ्रेंच विद्वान लुई ड्यूमो ने कर्मकांड, वेश-भूषा, आभूषण, भोजन की संस्कृति विषयक पवित्रता-प्रदूषण विभेद के आधार पर ग्रामीण सांस्कृतिक संरचना को स्पष्ट किया। रॉबर्ट रेडफील्ड ने प्रत्येक ग्राम को आत्मनिर्भर और लघु समुदाय बताया, जहाँ सामाजिक यथार्थ लोक परंपरा के माध्यम से परिलक्षित होता है। जिसमें संस्कृति का उदगार लोकगीतों में स्वर पाता है। प्रसिद्ध विद्वान मैकियम मैरियट ने ग्रामीण अध्ययन के आधार पर ग्रामीण समाज में हो रहे संरचनात्मक बदलाव का आधार वृहत् परंपरा और लघु परंपरा के मध्य संचार को जिम्मेवार माना है। वृहत् परंपरा के तत्त्व संकुचीकरण की प्रक्रिया द्वारा लघु परंपरा में सांस्कृतिक बदलाव लाते हैं, जबकि ठीक इसके विपरीत लघु परंपरा के तत्त्व सार्वभौमिकीकरण की प्रक्रिया के द्वारा वृहत् परंपरा की संस्कृति में परिवर्तन लाते हैं। यह कर्मकाण्ड, त्योहार तथा संस्कारों की संस्कृति के रूप में देखा जा सकता है। लोक-जीवन की अभिव्यक्ति लोकगीतों के माध्यम से सदैव सामाजिक अंत:क्रिया को तय करती है।

अतएव भारत जैसे बहुभाषिक राष्ट्र की निरंतरता को वैविध्यपूर्ण तरीके से समझने और विविधता का सम्मान करने के लिए लोकगीतों में निबद्ध समाज, संस्कृति के विभिन्न पहलुओं को समझना आवश्यक है। अंग्रेजों ने भारत की सामाजिक सांस्कृतिक निर्मिति के अनुरूप शोषण की विभिन्न परंपराओं का अनुपालन किया। अलग-अलग क्षेत्रों से लगान हासिल करने के लिए काश्तकारी क़ानून के भी लोक-संस्कृति के अनुरूप जमींदारी, रैयतवारी एवं महालवारी लगान व्यवस्था का संचालन किया।

लोकगीतों में शोषण के तमाम दास्तान कैद हैं। हमें उन दास्तानों के साथ समाज की एकता को, प्रेम को, मूल्य और नैतिकता के साथ विभिन्न स्वरों को समझने की आवश्यकता है। लोकभाषा को विलोपित होने से बचाने के लिए उन्हें संरक्षित करने की आवश्यकता है, जिसमें हमारी उत्सवधर्मिता, विश्वास, समर्पण का लोक-रंग बिखरा पड़ा है। स्मृति, संस्कृति, परंपरा, इतिहास के साथ परिवेश और प्रकृति के औदात्य के लिए लोकभाषा के गीतों को जानना महत्त्वपूर्ण है।

लोक की अभिव्यक्ति जब गीतों में निबद्ध होकर प्रकाशित होती है तब

हम उसे लोकगीत की संज्ञा देते हैं। लोक अर्थात् समाज का ऐसा समूह जो आधुनिकता की तमाम प्रवंचनाओं से दूर है और अपनी देशज अभिव्यक्ति में जीवन के रागात्मक संबंधों को जीवंत करता है। प्रकृति का सान्निध्य उसके लिए आडंबर से मुक्त होता है। अपनी गति, मति और प्रकृति में ऐसे गीत सहज और सरल सौंदर्य के प्रतिमान होते हैं। कृत्रिमता का नहीं होना लोक की परिभाषा है। जीवन की चुनौतियाँ हों, संघर्ष हों अथवा उत्सव या उल्लास हो, लोक बिना लाग-लपेट के प्राकृतिक उपादानों के साहचर्य में राग, द्वेष और चिंता को जब गीतों के माध्यम से अभिव्यक्त करते हैं तो यह लोकगीत बन जाता है।

लोक अर्थात् सामान्य जन जो नगरीय सभ्यता के चाक-चिक्य से दूर है। आवरण में जिसके बात कहने की आदत नहीं है। रूपक, बिंब और प्रतीक के लिए वह अपने लोक का ही मुखापेक्षी रहता है अर्थात् यथार्थ की विडंबनाओं के लिए भी वह लोकाचार, लोकव्यवहार के शब्द और वाक्य पर ही निर्भर होता है।

लोक अर्थात् वह समाज और जीवन जिसने अपने जीवन-कर्म में न सिर्फ अपनी भाषा को बचा कर रखे हुए है, बल्कि वह एकांतिकता में यदा-कदा लेकिन सामूहिकता में विश्वास करता है। समूह की शक्ति और अभिव्यक्ति ही लोकगीत में फूटती है। सामूहिकता और अनामिकता लोकगीतों का मूलमंत्र होता है। समूह की चेतना का रूपांकन लोकगीतों में होता है।

लोक की परंपरा और संस्कृति प्रवहमान होती है और यह प्रवाह ग्राम्यजीवन में ही प्रभाहित होता हुआ दिखता है। नगरीय जीवन सभ्यता के निर्माण की संरचनात्मक देन है। लोगों का सुविधानुसार और आवश्यकतानुसार बसना और कार्य करना किसी विशेष कारण से होता है। अतएव उसका भाषिक विवेक अनेक होते हुए भी एक होने लगता है। लोग अपनी बहुभाषिकता को नेपथ्य में रख आवश्यकता और नियमों की भाषा का निर्वहन करने लगते हैं। शासन और प्रशासन का केन्द्रीकरण जब नगरों में होने लगता है तब हमारा लोक नगर की ओर स्थांतरित और प्रस्थान करने लगता है। विविधता का सम्मान होते हुए भी एकरूपता का विवेक जागृत हो जाता है। नियमों का अनुपालन, शिक्षण पद्धतियों की एकरूपता नगरीय संरचना को बनाए रखने और आगे बढ़ाने के लिए आवश्यक होने लगता है। फलतः लोक की परिधि अपनी भाषा, संस्कृति और समाज को यथावत रखते हुए सातत्यता में परंपरा का निर्वहन करता है जबकि नगरीय जीवन विभिन्न

संस्कृतियों का एक सामूहिक और स्वीकार्य मंच तैयार करता है।

इसी कारण लोक को हम ग्राम की भी परिभाषा दे देते हैं। भाषा और संस्कृति का एकत्व उसे पहचान देता है। विकास के कारण जीवन शैली में बदलाव तो दिखता है लेकिन भाषा और संस्कृति का स्थायित्व उसे नगर से अलग लोक की पहचान को छीन नहीं पाता।

अतएव लोक अपने प्रकृत रूप में जीवन की गतिविधियों के साथ निरंतर चलता रहता है। नैरंतर्य इसका गुण है। भाषिक संस्कृति का एक होना और बने रहना इसकी विशिष्टता बन जाती है। जीवन के तमाम रंग चाहे किसान के हों या स्त्री के, दांपत्य के या प्रकृति के विराट रूप के अपनी अभिव्यक्ति में वे यथार्थ के अंकन के अत्यंत निकट होते हैं।

लोकगीतों का समाजशास्त्र इसीलिए मनुष्य और प्रकृति के रागात्मक संबंधों का दस्तावेज है तो विडंबनाओं और भयावहताओं का यथार्थ भी है। खेती-किसानी, स्त्री-पुरुष संबंध, परिवार, समाज और प्रकृति का जीता-जागता उदाहरण भी लोकगीतों का समाजशास्त्र प्रस्तुत करता है।

सामूहिकता के कारण अनामिकता का भाव यथार्थ को व्यक्त करने से गुरेज नहीं करता। त्योहारों का वैविध्य मात्र नहीं बल्कि उसकी उत्सवधर्मिता भी हमें आकर्षित करती है। भूगोल का भेद, भाषा का भेद, पारिस्थितिकी का भेद, सांस्कृतिक भेद, परिवेश के भेद के कारण हमारे देश भारत की विविधता का रूपांकन भी लोकगीतों में हम देख सकते हैं। लोक की दिशा का आकलन ही नहीं, हम दशा को भी समझ सकने के काबिल हो सकते हैं। लोकगीत हमें सामाजिक संरचनाओं को समझ सकने में मदद करते हैं। विभिन्न प्रथाओं को, रीति और कुरीतियों को व्याख्यायित करने में भी लोकगीत गहराई से हमें मदद करते हैं। पुरुषों की उपस्थिति ही नहीं, स्त्री की स्थिति, समाज की आवश्यकताओं की ओर भी लोकगीत हमारा ध्यान आकर्षित करते हैं। लोकगीतों का चिंतन और परीक्षण हमें पारिवारिक और सांस्कृतिक गतिविधियों से रूबरू कराता है। पशु-पक्षी, नदी, तालाब, मरुस्थल, पेड़-पौधों का रूपांकन हमें न सिर्फ वहाँ के परिवेश और प्रकृति से परिचय करवाते हैं बल्कि उस विशेष समाज के उक्त प्रकृति के प्रति, व्यवहार के प्रति भी साकांक्ष बनाते हैं।

सामाजीकरण की गति, संस्कृति के महत्त्व, असमानता और सामाजिक स्तरीकरण के रूप, संस्थाओं की भूमिका के साथ हम सामाजिक बदलाव में लोकगीतों की भूमिका के नजरिए से भी इस पुस्तक को अर्थात्

'लोकगीतों के समाजशास्त्र' को देख सकते हैं। हम जैसे-जैसे भूमंडलीकृत विश्व की ओर बढ़ते जा रहे हैं लोकगीतों की महत्ता बढ़ती जा रही है, साथ ही विश्वसनीयता का संकट भी इसके साथ बढ़ता जा रहा। परासत्य के समय में लोकपक्ष की विश्वसनीयता पर संकट मंडराने लगा है। युद्ध की आशंकाओं में घिरा विश्व संभव है लोकगीतों के माधुर्य को समझ सकने के काबिल हो। द्वितीय विश्वयुद्ध के समय में लोकगीत को गाने वाले स्वयं गीतकार भी होते थे और संगीतकार भी। कभी श्रोता की उपस्थिति होती है तो कभी वे स्वयं श्रोता बन जाते हैं। सामूहिकता और एकांतिकता के मध्य वे लय, ताल और सुर में निबद्ध कर हृदयंगम करने वाले गीत भी गाते हैं, तो कभी हृदय को चीर देने वाले भावों को भी गाना नहीं भूलते। निर्गुण का भाव ईश्वरीय भाव में मिल जाता है तो बेटी विदाई के अवसर पर मिथिला में गाया जाने वाला गीत 'समदाउन' ध्रुपद को भी लजा देता है। स्वतंत्रता काल में यही गीत आजादी का संगीत बन जाता है, तो अप्रवासी की पीड़ा बन यह दूसरे देश में मातृभूमि का भाव बन जाता है। साथ ही, भूमंडलीकरण और मास मीडिया के कारण हमारे लोकगीत अन्य देशों में लोकप्रिय हो जाते हैं-जैसे अफ्रीका के देशों में भोजपुरी के गीत या अप्रवासियों के विस्तार के कारण छठ-गीत का लोकप्रिय होना।

ध्यान से देखें, तो 'लोकगीतों का समाजशास्त्र', समाजशास्त्रीय चिंतन की दिशा में अनेक आयाम प्रस्तुत करता है। संरचनात्मक प्रकार्य के रूप में आप इसे देख सकते हैं, तो कभी इसे संघर्ष के दृष्टिकोण या संवादात्मक प्रतीक, नारी विषयक चिंतन या जातिगत विडंबना के रूप में इसके विभिन्न परिप्रेक्ष्य पर विचार किया जा सकता है। परंपराओं का सम्मिलन भी यह प्रस्तुत करता है। लोकगीतों का अध्ययन शिक्षण सामग्री के रूप में प्रस्तुत किया जा सकता है। सर्वसमावेशी, सर्वस्पर्शी, बहुभाषिकता के साथ बहुआयामी संदर्भों को लोकगीतों का अध्ययन प्रस्तुत करता है। यह पुस्तक अनेक लेखकों द्वारा समृद्ध प्रयास का संकलन है जिसमें विभिन्न भाषा-बोली के गीतों का संगम प्रस्तुत किया गया है। विभिन्नता और एकता का समागम है यह पुस्तक। विभिन्न भाषिक समुदाय, संस्कारों के प्रति कितना प्राणवान रहता है यह भी भारत के लोकगीतों का विशेष पक्ष है। पारंपरिक लोकगीत का रूपांतरण आधुनिक काल में युवाओं के मध्य किस प्रकार से प्रस्फुटित हो रहा है यह भी चिंतन का विषय है। अभिव्यक्ति के साधन के रूप में युवाओं के मध्य लोकगीत की शैली में क्या बदलाव आया है या कोई नया

रचाव है, यह भी देखने की आवश्यकता है। सामाजिक परिकल्पना में लोकगीतों की भूमिका आत्मकथात्मक, ऐतिहासिक होने के साथ समाजशास्त्रीय भी है। अर्थशास्त्रीय, राजनीतिक चिंतन के साथ ही इसकी संस्कृति लोकरंजन के साथ सूचनात्मक, शिक्षाप्रद, प्रेरणादायी के साथ कलात्मक अर्थवत्ता के रूप में भी प्रकट होती है।

समाजशास्त्रीय चिंतन के रूप में नगरीय और औद्योगिक जीवन को केंद्र में रखा गया। यदि ध्यान दिया भी गया तो विकसित और अविकसित खाँचों में बाँट कर इसकी विवेचना की गयी। एक कंठ से दूसरे कंठ में प्रसारित होने के कारण लोकगीत, लोक अथवा ग्राम तक ही सीमित रहा, नगरों तक इसकी पहुंच नहीं बन पाई। साथ ही, सांस्कृतिक विभाजन का अंग भी नहीं माना गया। जबकि स्वतंत्रता आंदोलन के काल में भारत में यह सामाजिक परिवर्तन के साथ-साथ सामाजिक पहचान के रूप में उभर कर आया। लोकगीतों की उपस्थिति संस्कृति मात्र की उपस्थिति नहीं है, बल्कि यह उपसंस्कृति की भी रक्षा करता है। हमारी सोच, अनुभव और व्यवहार को लोकगीत निर्देशित करता है। भाषा और लय की स्मृतियों के ताने-बाने को यह अक्षुण्ण रखता है।

लोकगीत एक ऐसी सांस्कृतिक विधा है जो एक पीढ़ी से दूसरी पीढ़ी तक हस्तांतरित होती है। अन्य सांस्कृतिक मूल्यों की तरह यह समाजीकरण की भी एक प्रक्रिया है। आवश्यक नहीं कि यह परिवार के साथ ही सीखने का हिस्सा हो। लोकगीत सीखने की पद्धति का विकास एक-दूसरे से मिलने-जुलने से होता है, अतएव यह साझी संस्कृति की विरासत भी है। लोकगीतों की विभिन्न शैलियाँ हमें बताती हैं कि हमारे साथ इस जगत में अन्य अनेक लोगों की भी विशेष शैलियाँ हैं। एक गाँव से दूसरे गाँव में विवाह आदि होने से इन शैलियों का निदर्शन हमें मिलता है। एक ही प्रकार के संस्कार के आयोजन होने पर भी देवी-देवताओं में भी अंतर आ जाता है। हम जो जानते हैं वह अन्य गीतों से कैसे अलग है, क्या गाने की कोई विशेष पद्धति है या क्या कोई विषय हमारे लोकगीत के एक जैसे हैं? क्या लोकगीतों के गायन ने आत्मिक संवाद उपस्थित किया, जब समाज के मध्य गीतों को गाया जा रहा था, तो मेरी या अन्य की क्या प्रतिक्रिया थी? ऐसा कौन-सा सांस्कृतिक प्रभाव था जो एक-दूसरे को प्रभावित कर रहे थे या यह मूल गीत से किस प्रकार भाव-भंगिमा एवं शैली में अलग था? लोग लोकगीतों का प्रयोग कहाँ-कहाँ और कैसे-कैसे करते हैं- देवी गीत गाते हुए

शब्द और लय का बदलाव किस प्रकार होता है। लोकगीत के प्रकार एक ही स्थान पर कैसे बदल जाते हैं- देवी गीत की शैली, पचरा की शैली, कजरी की शैली, हनुमान के गीत, शिवजी के गीत आदि...। एक प्रकार से देखा जाए तो लोकगीत सामाजिक गतिविधियों का बखान भी है। लोक गीतों के गानेवाले या गानेवालियाँ समय की नजाकत की भी समझ रखते हैं। संभव है नेग मिले, संभव है दूसरे पक्ष को यदि खरी-खोटी सुनाना हो, संभव है गुदगुदाना भी हो (जैसे कि मिथिला में गाया जाने वाला डहकन गीत)। लोकगीतकारों को लोक-व्यवहार की समझ होती है।

लोकगीतों का अध्ययन हमें राजनीतिक संवाद, विवाद और प्रतिवाद के बारे में भी बताता है। पूर्वी उत्तर प्रदेश में 'बिरहा' का गायन पॉलीटिकल कमेंट्री के रूप में दिखाई देता है। राजनीतिक पार्टियाँ जनता के बीच अपनी पैठ बनाने के लिए लोकगीतों का उपयोग सभा, चौक और चौराहे पर टूल (उपकरण) के रूप में करते हैं। कभी-कभी लोकगीतों का प्रयोग विषयगत न होकर इतर रूप में भी होता है। कभी-कभी कम प्रचलित लोकगीत मुख्यधारा में आ जाते हैं, जिससे युवाओं के मनोभाव को हम समझ सकने में सक्षम होते हैं। लोकगीतों का अध्ययन हमें बताता है कि संस्कृति मूल्यवान तत्त्वों का निर्धारण कैसे करती है। सामाजिक क्रियाशीलता को बढ़ावा देने में लोकगीतों का महत्व है। लोकप्रिय बनने का, लोक से सहायता प्राप्त करने का, लोकगीत गायकों के मध्य एकता का प्रसार करने में लोकगीतों की भूमिका महत्वपूर्ण है। भूमंडलीकरण के कारण उपभोग करने की लालसा ने और उससे धन कमाने की आशा ने लोकगीतों को 'कॉमोडिटी' बना दिया। आँगन में गाए लोकगीत और मंच और माइक पर गाए गये लोकगीत के उद्देश्यात्मक अंतर को समझना होगा। आज रील, इंस्टाग्राम, यू-ट्यूब और फेसबुक के आने से इसके स्वरूप में अंतर आ गया है। प्रेम की गहन अनुभूति को आज काड्र्स, उपहार आदि ने छीन लिया है। उत्पादन की पद्धतियों ने हमारे गीतों की पवित्रता को नष्ट कर दिया है।

लोकगीत हमारे लोकपर्व और लोक कलाओं की थाती का संसार है। 'हे' से शुरू होता 'रामा' पर समाप्त होता या सखी, आली, मैया को संबोधित लोकगीत संबंध कारकों का सर्वश्रेष्ठ अनुशीलन है। 'प्रतिरोध की संस्कृति' से अधिक सहयोग, सहमति और सहकार की संस्कृति का स्वीकार है। लोकगीत प्रकृति के शब्दकोश हैं। प्रकृति के निरभ्र रूप को प्रकाशित करने में भाषा का ठेठपन हिंदी शब्दकोश के भूखंड को विस्तार देता है।

मुहावरे और लोकोक्तियों में स्थानीयता की सुगंध भारत भाव के चिंतन को सुवासित करती है। लोकगीतों के स्थानीय संदर्भ लोक-इतिहास के निर्माण में सहायता प्रदान करते हैं। इन ग्राम्य-गीतों से गाँव की संरचना का पता चलता है। लोकगीत इतिहास और परंपरा की निरंतरता का पथ-प्रदर्शन करता है। संबंधकारक शब्दों का विन्यास लोकगीतों में हम देख सकते हैं। लोकाचार सिखाने का यह स्कूल है। जागरूकता का संदर्भ इसमें निहित है। साथ ही, मर्यादा का सीमांकन भी इसमें परिलक्षित होता है। देशज भू- विज्ञान जिसमें जल, मिट्टी, वर्षा, हवा, उर्वरता का विस्तार इन गीतों में दिखायी देता है। सूचना के संवाहक के रूप में इसकी लोकप्रियता अद्भुत है। प्रतिकूल परिस्थितियों में भी यह भाव-गीत बनकर प्रवहमान रहा। अपभ्रंश के कवि हेमचंद्र ने लोक की गरिमा को समझा होगा इसीलिए लोकगीतों की मधुकरी कर उसे संग्रहीत किया।

पूर्वी उत्तर प्रदेश में गाया जानेवाला यह 'सोहर' लोकगीतों में अभिव्यक्त मानवीय संवेदनाओं की पराकाष्ठा है, जहाँ भाव के समक्ष शब्द बौने पड़ जाते हैं-

छापक पेड़ छिउलिया त पनवन गहबर हो
तेहि तर ठाढ़ि हरिनियाँ त हरिनी से पूछहि हो
चरैत चरैत हरिनवाँ त हरिनी से पूछहि हो
हरिनी की तोर चरहा झुरान कि जल बिनु मुरझिउ हो
मचिए पर बैठी कोसिल्ला रानी हरिनी अरज करे हो
रानी मँसुआ त सीझे कड़हिया, खलरिया हमें देतिउ हो

xxx *xxx* *xxx*

पेड़वा से टंगती खलरिया त हेरि फेरि देखतिऊँ हो
रानी देखि-देखि मन समुझइती जनुक हिरना जीअतइ हो
हरिनी खलरी से खँजड़ी छबइबें त राम ओसे खेलिहें हो
जब-जब बाजे खँजड़िया सबद सुनि अकनइतहे
हरिनी ठाढ़ि ढेकुलिया के नीचे हरिनवा के बिसूरइ हो

यह सोहर न सिर्फ दो स्त्री के मध्य संवाद है, बल्कि सामान्य जन और सत्ता के मध्य भी संवाद है। एक प्रेम के कारण टूट रहा है तो दूसरा प्रेम को बनाए रखने के कारण दूसरे को टूटने दे रहा है। यह सोहर रामकथा के बरक्स अपनी आलोचनात्मक दृष्टि से समझौता नहीं करता। लोककवि जानता है कि राजसता सामान्य जन के प्रति उदारता का भाव नहीं रखती। कौशल्या

के पुत्र-वत्सल भाव के सामने सामान्य जन की उपस्थिति और सुनवाई लोक कवि के लिए प्रश्नवाचक है।

इस गीत के मायने विशद हैं। अनेक अवसर पर व्याख्यान में इसके उद्धरण सुनने को मिलते रहे। गुरुवर नामवर सिंह जी ने हरिश्चन्द्र कॉलेज, काशी में अपने व्याख्यान के दौरान भूमंडलीकरण के कारण क्षरित हो रही संस्कृति के संदर्भ में इसे वर्णित किया था। बज रही खँजड़िया भूमंडलीकरण का आकर्षण है जिसमें हम अपना आत्मिक संवेदन नष्ट करते जा रहे। इस पुस्तक में भी लेखिका वंदना मिश्रा ने अपने लेख में विभिन्न लेखकों के माध्यम से इसकी सुंदर व्यारख्या प्रस्तुत की है। मैंने इस सोहर को अमरनाथ जी के फेसबुक वॉल से शब्दशः उल्लेखित किया जिसमें वे अपनी दिवंगत भाभी की स्मृति को नमन करते हुए उनके द्वारा गाए गीतों की भावप्रवणता को याद कर रहे थे।

यह सोहर भावप्रवणता के लिए, दृश्य बिंब के लिए, संवाद के लिए, रूपक के रूप में अद्वितीय है। इस एक सोहर के माध्यम से लोक की आलोकित आँखों को ही नहीं हृदय में उठी आग को भी देख सकने में हम सक्षम हो रहे हैं। घने जंगल में उदास और अनमने भाव से खड़ी हिरणी से उसका साथी हिरण उसकी उदासी का कारण पूछता है कि तुम्हारा चेहरा मुरझाया हुआा क्यों है? क्या चरहा सूख गया है? हिरणी अपनी उदासी का कारण बताते हुए कहती है कि मेरी उदासी का कारण न तो चरहे का सूखना है और न जल का अभाव ही है, बल्कि तुम्हारी चिंता से सूख रही हूँ। कल राजा दशरथ के पुत्र जन्म की खुशी में छट्ठी है जिसमें बहुत बड़ा भोज होगा और उस भोज में तुम्हारा मांस पकाने के लिए राजा के आदमी तुम्हें मार डालेंगे यह सोच ही मुझे चिंतित और उदास कर दे रही है।

अंततः भोज के लिए हिरण को मार डाला जाता है। उसका मांस बनने से मांस की गंध दूर तक फैल रही है। ऐसे में हिरणी रानी कौशल्या के पास इस आस में फरियाद लेकर जाती है कि वे स्त्री हैं इसलिए एक स्त्री की पीड़ा को वह समझेंगी। रानी मचिया पर बैठी हैं और हिरणी उनसे निवेदन करती है कि मेरे प्रिय का मांस आप के यहाँ कड़ाही में पक रहा है जिसका स्वाद आपके यहाँ भोज में आए अतिथि को मिलेगा ही- आप मुझ पर कृपा कर मेरे प्रिय साथी हिरण की चमड़ी मुझे दे दें। मैं इसे ले जाकर पेड़ पर लटका दूँगी और उसी चमड़ी को देख-देख कर अपने मन को धीरज बँधाती रहूंगी जैसे मेरा साथी हिरण जिन्दा है।

लेकिन राजसत्ता शोषित-पीड़ित के लिए उदार कहाँ? लोक कवि इस अनुदारता को भाँप लेता है और कौशल्या के द्वारा हिरणी के तुच्छ आग्रह को ठुकराते हुए देखता है जिसमें कौशल्या कहती हैं कि जाओ जाओ हिरणी अपने घर यह खाल तुमको नहीं मिलने वाली क्योंकि इसी चमड़ी से खँजड़ी बनेगी और राम इससे खेलेंगे। उधर अयोध्या में हिरण की चमड़ी से खँजड़ी बनती है और राम इससे खेलते हैं। जब खँजड़ी बजती है तो हिरनी उसकी आवाज से अकुलाती है और चुपचाप खड़ी रह जाती है और अपने प्रिय साथी हिरण की याद में बिसुर उठती है।

समादृत राम कथा के प्रति लोक कवि की आलोचनात्मक दृष्टि आश्चर्यजनक है। लोक कवि की संवेदनाएँ लोकभाषा में ही व्यक्त होती हैं और उसके लिए सत्ता के पक्ष में नहीं वह प्रतिपक्ष में भी खड़ा रहने से हिचकता नहीं है। लोक कवि की चेतनासंपन्नता, संवेदनशीलता का उत्स, भाषिक विवेक, बुद्धि चातुर्य, कहने की कला का पूर्व नियोजित कोई पक्ष नहीं है। निस्पृह भाव से वह भगवान से लेकर राजा-रानी तक की खबर अपने लोक-समाज के लिए ले लेता है। इतिहास साझी है जब लोक कवियों को अपनी जान गँवानी पड़ी।

हिंदी का वही कवि बड़ा है जिसने लोक को पकड़ा है। लोक में जिसकी जड़ें गहरी हैं उसी की रचना ने अनंत को जिया है। यथार्थ को आप पकड़ना चाहते हैं, इतिहास के खोए पृष्ठों को पढ़ना चाहते हैं और देश की असल परिभाषा जानना है तो आवरणरहित होकर देश भाषा को पढ़ना होगा।

इस पुस्तक में लोकगीत विषयक 25 लेख शामिल हैं। लोकगीतों के अध्येताओं ने 'फिरंगिया' जैसे प्रतिबंधित लोकगीतों के माध्यम से देश की आजादी के लिए अपना सबकुछ न्योछावर कर देने वाले रामदहिन ओझा और मनोरंजन प्रसाद सिन्हा जैसे 1857 की क्रांति के ध्वजवाहक द्वारा भोजपुरी में लिखित 'फिरंगिया' लोकगीत की वैचारिकी को व्याख्यायित किया है जिसके माध्यम से लोक के मध्य जागृति का संदेश फैले। अंग्रेज, लोकभाषा में लिखित गीत की तासीर को जानते थे इसीलिए 'पयामे आजादी' के पुरस्कर्ताओं को उन्होंने भरसक कुचलने का प्रयास किया।

दूसरा अध्याय, गढ़वाली लोकगीत में व्यक्त संस्कृति और परंपरा की विरासत पर चिंतन करता है। इष्टदेवता की पूजा, देवी-देवताओं का आवाहन गीत, गंगा की स्तुति के गीत, विवाह के गीत, कथात्मक शैली में गाए जाने वाले 'जागर गीत' और उस समय बजाए जाने वाले डमरू और कांसे की

थाली का संगीत यंत्र वाद्य के रूप में इस्तेमाल, अनेक त्योहार की रस्मों का वर्णन, हँसी-मजाक, नृत्य-गीत के साथ त्योहार मेले आदि का वर्णन है। मायके की याद वाला 'खुदेड़ गीत', प्रेम निवेदन का 'बाजूबंद गीत' के साथ गढ़वाली नृत्यों का सुंदर दृश्य थड़िया नृत्य गीत, चौफुल्ला नृत्य गीत, चांचरी तथा झोड़ा नृत्य गीत के माध्यम से जीवन के राग-रंग को हम अभिव्यक्त होते देख सकते हैं। मानव और प्रकृति का तादात्म्य गढ़वाली लोकगीत की विशिष्टता है।

तीसरा अध्याय, महाराष्ट्र की सांस्कृतिक विरासत पर आधारित लोकगीत 'भारुड़' पर है जो महाराष्ट्र की संस्कृति और इतिहास को व्याख्यायित करता है। सांसारिक मसले को आध्यात्मिक और नैतिक रूपक में बाँध कर अभिव्यक्ति इसका उद्देश्य है। इसमें न सिर्फ लोकशिक्षा है, बल्कि उपनिवेशवाद से मुक्ति का संदेश भी है।

चौथा अध्याय, 'भारतीय लोकगीतों में स्त्री एकता के स्वर' से संबंधित है। लोक में स्त्री विमर्श का स्वरूप कैसा है, स्वयं की परिभाषा गढ़नेवाली स्त्री कौन है, स्त्री का सीधा-सीधा सवाल तिलमिलाहट उत्पन्न करता है। दरअसल, लोकगीत की स्पष्टता प्रश्नों को सीधे-सीधे समाज से मुखामुखम करवाता है।

पाँचवां अध्याय, लोकगीतों के माध्यम से स्त्री-व्यथा को व्यंजित करता है। यह अध्याय बताता है कि महिलाओं ने अपनी व्यथा को व्यक्त करने के लिए आंदोलनों का नहीं, बल्कि गीतों सहारा लिया है। गीतों के माध्यम से विरोध का रूपक लोकगीत की विशेषता है।

छठा अध्याय, त्रिपुरी समुदाय के द्वारा लोकनृत्य एवं लोकगीत के माध्यम से खेती-किसानी के साथ जीवन के राग-रंग को प्रस्तुत करता है। झूम खेती के कठिन कार्य को 'लेबाङ बुमानि नृत्य', 'गोरिया नृत्य', 'हजागिरि नृत्य' के साथ वायुग खिलमा जैसे गीतों के युगल स्वरों के संग संस्कृति और संस्कार की अलख जगाते हुए विभिन्न परिस्थितियों से सामना करना सिखाता है। 'बिखरा' / 'वियालनि रूचापमूँग' अर्थात अभाव के गीत को गाते हुए अपनी पीड़ा को व्यक्त करता है।

इसी प्रकार सातवाँ अध्याय, त्रिपुरा के कॉकबरक लोकगीतों में जन-जीवन के व्यवहार को व्यक्त करता है। कृषि, प्रकृति, प्रेम, विवाह, विदाई, वात्सल्य भक्ति, दुख, शोकगीत के साथ उपदेशात्मक गीत भी यहाँ पीढ़ी-दर-पीढ़ी चले आ रहे। लोकगीत हमें वनस्पतियों से भी परिचित करवाते हैं-खुमजा

और तुरई के फूल ऐसे ही नाम हैं।

आठवें अध्याय में बुन्देली लोकगीतों का विस्तार है। त्योहार के उल्लास के साथ स्त्री-जीवन की भावनाओं, संघर्ष और प्रेम के साथ मेहनतकश समाज की पीड़ा भी है। बुंदेलखंड वीरता की भूमि रही है इसलिए 'बुदेलों की शान' बताने में यहाँ के लोकगीत का कोई सानी नहीं है।

नवाँ अध्याय, कश्मीर में बोली जानेवाली भाषा 'गोजरी' के लोकगीतों पर आधारित है। बक्करवाल समुदाय द्वारा बोली जाने वाली इस भाषा में पर्वत, झील, पशु, विवाह जैसे सांस्कृतिक महत्व के आयोजन को समझा जा सकता है।

दसवाँ अध्याय, 'लिम्बू भाषा' के लोकगीत को समर्पित है। इस भाषा के लोकगीतों का संरक्षण इसलिए आवश्यक है क्योंकि इसके बोलनेवालों की संख्या अत्यंत सीमित है। लोकगीतों के विविध समूहों और उनके गीतों का व्याख्यान इसमें है। मौखिक दस्तावेजों का निरूपण लोकगीत में व्यक्त हुआ है। क्षरित हो रखी संस्कृति के दस्तावेजीकरण का यह अध्याय साक्ष्य है।

ग्यारहवाँ अध्याय, पंजाब के लोकगीत को समर्पित है। वीरता और प्रेम को समर्पित इसके लोकगीत पंजाब की आत्मा का बयान करते हैं।

बारहवाँ अध्याय, भोजपुरी लोकगीत, विशेष रूप से स्त्री-जीवन से संबंधित है। आंतरिक इच्छाओं, प्रतिरोध के स्वर और आत्मसम्मान की आकांक्षाओं का प्रतिबिंबन इस अध्याय में किया गया है।

तेरहवां अध्याय, हिमाचल प्रदेश के जिला कांगड़ा के लोकगीतों में अभिव्यक्त स्त्री जीवन से संबंधित है। पहाड़ी जीवन का संघर्ष संयुक्त परिवार में स्त्री की उपस्थिति, संघर्ष के साथ ही स्वच्छंद प्रेम का आग्रह इस अध्याय में देखा जा सकता है।

चौदहवां अध्याय, मैथिली लोकगीतों में श्रम की प्रधानता पर आधारित 'चॉचर', 'साँझ', 'जंतसारि', 'ग्वालर' जैसे गीत के माध्यम से किया गया है। श्रमिक शोषित वर्ग भी जिंदगी की हरीतिमा को बरकरार रखना चाहता है, यही चाहत श्रम गीतों के केंद्र में है।

पंद्रहवाँ अध्याय, राजस्थान की प्रमुख बोली 'ढूंढाड़ी' के गीतों में स्त्री और समाज का वर्णन किया गया है। स्त्री के विभिन्न रूपों का वर्णन लोकगीतों में किया गया है। दहेज प्रथा, भ्रूण हत्या, पुत्री जन्म, बाल-विवाह जैसी समस्याओं के साथ जीवन के राग-विराग की अभिव्यंजना इसमें देखी

जा सकती है।

सोलहवाँ अध्याय, राजस्थान के पणिहारियों से संबंधित है। समाज जिस संकट को झेलता है उसकी अभिव्यक्ति निश्चित रूप से वहाँ के लोकगीतों में मिल जाएगी। जल संकट, जल के स्त्रोत, जल संचय, जल के बिंब, जल लाने वाली पणिहारी के बीच हुए संवाद को इस अध्याय में देखा जा सकता है। जल-संग्रह के स्थान साझे दुःख-सुख बाँटने के स्थान में कैसे रुपायित होता है, ऐसे गीतों में प्रतिबिंबित होता है।

सत्रहवें अध्याय में अवधी गीतों के माध्यम से प्रस्तुत स्त्री-जीवन के द्वंद्व को देखा जा सकता है। प्रेम और परिवार का द्वन्द्व हो या ऋतुगीत, स्त्री मन की अभिव्यक्ति उसकी इच्छा और आकांक्षा का संसार इन गीतों के माध्यम से प्रतिबिंबित होता है।

अठारहवाँ अध्याय बघेली सोहर गीतों में राम की उपस्थिति के माध्यम से व्यक्त भावों से सजा हुआ है। संयोग-वियोग, माता का दुख आदि का वर्णन राम-कथा के माध्यम से हुआ है। राम-कथा एक ऐसा प्रवाह है जिससे भारतीय लोकभाषाओं के गीत सिंचित हैं।

उन्नीसवें अध्याय में भोजपुरी के वैवाहिक लोकगीत के माध्यम से आर्थिक शक्ति के आधार पर संबंधों के तय होने से लेकर 'तिलक' तक वर पक्ष द्वारा की जाने वाली मांग को देखा जा सकता है। दहेज प्रथा जैसी बुराइयों का प्रतिकार ऐसे लोकगीतों का लक्ष्य है। इसमें विवाह के समय होने वाले अनुष्ठान और इस समय गाए जाने वाले गीतों का आधार बनाकर पुत्री जन्म से लेकर विवाह तक की यात्रा में आई अच्छाइयों और बुराइयों को समझा जा सकता है। सामाजिक व्यवहार, चिंतन को समझने का भोजपुरी वैवाहिक लोकगीत बेहतर अनुषंग है।

बीसवें अध्याय में मध्य भारत के छत्तीसगढ़ी लोकगीत, विशेष रूप से 'सुआ गीत' को आधार बनाकर लिखे गीत स्त्री-जीवन की पीड़ा को व्याख्यायित करते हैं।

इक्कीसवें अध्याय में भोजपुरी लोकगीतों में वर्णित समाज और उसपर भूमंडलीकरण के प्रभाव को रेखांकित करने का प्रयास किया गया है।

बाइसवाँ अध्याय, मध्यप्रदेश अंचल के जनजातीय जीवन में गाए जाने वाले 'फाग गीत' को लेकर व्यक्त है।

तेइसवाँ अध्याय ओड़िआ लोकगीतों में अभिव्यक्त समाज और संस्कृति के विशेष संदर्भ में रूपायित हुआ है। शबर समुदाय के लोकगीतों में

लोकाश्रित कला, साहित्य, संस्कृति, पर्व-त्योहार, रहन-सहन, परंपरा बोध और उसके आचार-विचार का पता विस्तार से चलता है। लोकगीतों के केंद्र में 'जगन्नाथ जी' की उपस्थिति आस, विश्वास और प्रकाश का काम करती है। गीतों के तमाम प्रकार-चरवाहा गीत, गाड़ीवान गीत, कान्दणा गीत, विवाह गीत, हलवाहा गीत, लोरी गीत, झूला गीत आदि के माध्यम से कृषि संस्कृति का विशाल फलक देखते हुए हम असल भारत के वैविध्य को देख सकते हैं। लोकगीत के भीतर लोककथा का होना स्मृतियों को गाथा से जोड़ता है। प्रेमी, ईश्वर, इतिहास के लोकनायकों की महत्ता के साथ प्रकृति का सामरस्य बरबस आकर्षित कर लेता है।

चौबीसवां अध्याय, उत्तर प्रदेश की लोकप्रिय शैली 'बिरहा' पर केंद्रित है। पूर्वांचल के समाज में लोकरंजन और लोक-संस्कृति का सामंजस्य अतीत, परंपरा और सामाजिक मुद्दों के साथ कैसे जुड़ा है, यह इस अध्याय में बिरहा के माध्यम से देखा जा सकता है।

पच्चीसवां अध्याय, विद्यापति के मैथिली गीतों के माध्यम से शिव के स्वरूप का लोकचिंतन करता है, जहाँ शिव और पार्वती लोक में विराजित एक साधारण गृहस्थ के रूप में प्रतिबिंबित होते हैं। लोक के लिए कुछ भी अपरूप और अलैकिक नहीं। सरलता और सहजता ही लोक का प्राप्य है।

यह पुस्तक लोकभाषाओं में रचित गीतों के आधार पर सामाजिक-सांस्कृतिक परिप्रेक्ष्य की पड़ताल करती है। सामाजिक यथार्थ का आकलन पश्चिम के मानदंड पर नहीं, बल्कि देशजता के आधार पर अपनी लोकभाषाओं में रचित गीतों के माध्यम से देखा जा सकता है। परिवेश और प्रकृति की उपस्थिति परिप्रेक्ष्य को यथार्थपरक बनाती है। शिल्प का निर्माण भी इन सबों के समंजन से ही होता है। दक्षिण प्रांत के लोकगीतों का समावेश इस संग्रह में नहीं हो सका। दूसरे खंड में प्रकाशन की योजना है।

इस पुस्तक के सभी लेखकों के प्रति आभार जिन्होंने अपना बेशकीमती समय निकाल कर पुस्तक के लिए लेख लिखा। प्रूफ की गलतियों को बार-बार देखने के लिए मेरे शोध छात्र निर्मल और अंबुज को विशेष स्नेह।

वंदना झा

अनुक्रम

1

लोक प्रतिरोध का विशिष्ट आख्यान : 'फिरंगिया'

-गजेंद्र पाठक

अजीब विडंबना है कि सन् 1857 से तेइस साल पहले लार्ड मैकाले के लिए जिन भारतीय भाषाओं की जगह कूड़ादान में थी, वही पच्चीस साल बाद उनके लिए सबसे मुफ़ीद जगह कारागार और फाँसीघर में थी। ब्रिटिश साम्राज्यवाद के अंतर्गत भारतीय भाषाओं की इस संक्रमण यात्रा को किस रूप में देखा जाना चाहिए? इस सवाल के जवाब इतिहास के जिस अंधकूप में क़ैद हैं उनका एक सिरा उन लोकगीतों में मौजूद है जहाँ 1857 के नायकों और नायिकाओं के नाम या फिर 1857 का उल्लेख ही उन्हें प्रतिबंधित करने के लिए पर्याप्त आधार था। यह याद करके आज भी रोंगटे खड़े हो जाते हैं कि जिस 'पयामे-आज़ादी' में 1857 के क्रांतिकारियों का क़ौमी गीत प्रकाशित हुआ था उसके संपादक को मुसलमान होने की वजह से देह पर सुअर की चर्बी लपेटकर फाँसी पर चढ़ाया गया। जिन हिंदू घरों में उसकी प्रतियाँ मिलीं उन्हें गाय की चर्बी में लपेटकर जला दिया गया। मुझे आश्चर्य होता है कि जब रामविलास जी 1857 को हिंदी जनपद की विशेष उपलब्धि के रूप में रेखांकित करने के लिए उसे हिंदी नवजागरण का प्रस्थान सिद्ध करते हैं, तब नामवर जी उसका मजाक उड़ाने के लहजे में यह कह कर विरोध करते हैं कि नवजागरण के दूसरे और तीसरे चरणों पर तो इसकी छाया भी नहीं है! 'पयाम-ए-आज़ादी' और 1857 को संबोधित सैकड़ों लोकगीतों का हस्र देखने के बाद भारतेंदु युग के लेखक यदि मध्य मार्ग का चुनाव करते हुए लक्षणा का सहारा ले रहे थे, तो इस लक्षणा की ऐतिहासिक अनिवार्यता को समझना हमारे इतिहास बोध की नैतिक जिम्मेदारी है। विक्टोरिया महारानी के 'अमरत्व' की कामना करने के बावजूद वे उस 'अंधेर नगरी' के फाँसी के फंदे के रूपक के ज़रिए एक भारतवासी की गर्दन की कीमत से परिचित थे।

भगवान दास माहौर, भगत सिंह के क्रांतिकारी मित्र थे। बाद में उन्होंने

रामविलास जी के निर्देशन में '1857 के स्वतंत्रता संग्राम का हिंदी साहित्य पर प्रभाव' पर शोध किया था। उन्होंने लिखा है कि भगत सिंह को 'भारत दुर्दशा' नाटक अत्यंत प्रिय था और समय मिलने पर उसका मंचन भी करते और उसमें अभिनय भी करते। माहौर जी को तब आश्चर्य होता था कि राजभक्ति की बात करने वाले भारतेंदु को भगत सिंह इतना प्यार कैसे करते हैं? भगत सिंह की हत्या के बाद अपने शोध के सिलसिले में माहौर जी ने जब भारतेंदु का गहन अध्ययन किया तब वे इस रहस्य को समझ पाये कि भारतेंदु की राजभक्ति और गांधी का सत्याग्रह दर असल छाया में सुखाए हुए बारूद के गोले हैं, जिनकी उम्र भी लंबी है और जिनकी मारक क्षमता भी बहुत ज्यादा है। उन्होंने लिखा कि क्रांतिकारी स्वाधीनता आंदोलन के दिनों में, वे दो तरह से बम बनाते थे। एक धूप में सुखाकर और दूसरा छाया में सुखाकर। धूप में सुखाए हुए बारूद से तैयार बम छोटी और तात्कालिक जरूरतों को पूरा करता था जबकि छाया में सुखाए हुए बारूद से निर्मित बम दीर्घकालीन योजना में काम आते थे।

यह अलग से कहने की जरूरत नहीं कि 1857 के नब्बे साल बाद तक 1857 हर तरह ब्रिटिश भारत में निषिद्ध शब्द था। 1857 के पचास साल बाद जब लंदन के इंडिया ऑफिस लाइब्रेरी में बैठकर विनायक दामोदर सावरकर ब्रिटिश भारत के इतिहास पर सामग्री संकलन कर रहे थे, तब इसी क्रम में उन्हें एक ऐसा खजाना हाथ लगा जिसे देखकर वे चकित रह गए–'1857 का स्वातंत्र्य समर' इसी दौर के उनके गहन शोध की अन्यतम उपलब्धि थी। इस किताब के साथ और इस किताब की वजह से उनके साथ क्या हुआ इसकी कथा अब कोई रहस्य नहीं है। 1857 के स्वाधीनता आंदोलन को भारतीय लोक मानस और विश्व इतिहास के पन्नों से ग़ायब करने के लिए ब्रिटिश साम्राज्यवाद ने जो अभियान चलाया था उसका अंत 1947 में तो हो गया, लेकिन हमारी अकादमिक परिधि लोकस्मृति पर जो उस समय ताला लगाया गया था उसकी चाबी भी लंदन में आज़ादी के इतने सालों बाद भी कोहिनूर की तरह क़ैद है। प्रतिबंधित लोकगीतों को जिस तरह से जब्त करके लंदन के अभिलेखागार में ताला मार कर रखा गया है उन्हें ब्रिटिश लाइब्रेरी में देखना मेरे लिए रोमांच का अनुभव था। अद्‌भुत थे वे लोग जिन्होंने अपनी जान की बाज़ी लगाकर इतिहास में गुलामी और गुमनामी के अंधेरे में विलुप्त होने के बावजूद भारतमाता के सुहाग और सौभाग्य के सूर्योदय का स्वप्न देखना नहीं छोड़ा। आपको यह जानकर आश्चर्य होगा कि आल्हा से लेकर विभिन्न लोकप्रिय छन्दों में रचे गए अधिकांश रचनाकारों के नाम तक अज्ञात हैं। सैकड़ों लोकगीतों के खज़ाने में

'फिरंगिया' की यह मूल प्रति जीर्ण शीर्ण अवस्था में मुझे ब्रिटिश लाइब्रेरी में मिली। प्रकाशक के रूप में रामदहिन ओझा और रचनाकार के रूप में एक असहयोगी का नाम इस रचना पर दर्ज है। कुछ लोगों की नज़र में ये असहयोगी मनोरंजन प्रसाद सिन्हा हैं तो कुछ लोग इसे मूलतः रामदहिन जी की ही रचना मानते हैं। जब हजारों रचनाएँ अपने रचनाकार के नाम से स्वतंत्र गुमनामी के अंधेरे में आज़ादी के सतहत्तर साल बाद भी अपने पाठकों और श्रोताओं के इंतज़ार में हों तब इस बात से क्या फ़र्क पड़ता है कि फिरंगिया किसकी रचना है। जिस देश की श्रुति-स्मृति परंपरा में लाखों शास्त्रीय रचनाएँ अभी तक वास्तविक रचनाकार से पृथक होकर अपना स्वतंत्र अस्तित्व कायम कर चुकी हों, वहाँ लोक परंपरा में रचनाकार पर बहस निरर्थक है। वैसे भी किसी भी रचना का इससे बड़ा सौभाग्य क्या ही हो सकता है कि वह अपने रचनाकार से पृथक सत्ता स्थापित कर कालजयी श्रेणी में शामिल हो जाये 'फिरंगिया' मेरी दृष्टि में इसी श्रेणी की रचना है।

बहरहाल, राम दहिन ओझा का जन्म उसी बलिया जिले में 1901 ई. में हुआ था जहाँ के ददरी मेले में उनके जन्म से अठारह साल पहले एक ऐसा शंखनाद हुआ था, जिसे हिंदी नवजागरण का घोषणापत्र कहा जाता है। भारतेंदु की चेतना के अनुरूप कलकत्ता जाकर कुछ सीखने, पत्रकार बनने और अपनी मातृभाषा में कविता लिखने की प्रेरणा मिली और गांधी जी की प्रेरणा से देश के स्वाधीनता आंदोलन का सिपाही बनने की। महज़ बीस साल की उम्र में उन्होंने कलकत्ता से प्रकाशित होने वाले सभी महत्त्वपूर्ण अख़बारों में नियमित लिखने के साथ-साथ 'युगांतर' जैसा प्रतिबद्ध राजनीतिक साप्ताहिक पत्र शुरू किया और वहीं से वे ब्रिटिश हुक्मरानों के लिए आँख की किरकिरी बन गए। जालियाँवाला बाग जैसे लोमहर्षक हत्याकांड ने सिर्फ़ भगत सिंह और मदनलाल ढींगरा जैसे पंजाब से जुड़ी युवा पीढ़ी को ही विचलित नहीं किया था बल्कि रामदहिन ओझा जैसे युवक भी उससे हिल गए थे। 'युगांतर' के संपादकीय लेखों और उसमें प्रकाशित समाचारों के अतिरिक्त 'फिरंगिया' पर इसका असर देखा जा सकता है। आकस्मिक नहीं कि 'युगांतर' दो साल तक ज़ब्ती और धमकी के दबाव में किसी तरह निकलने के बाद अंततः जब्त कर लिया गया और 'फिरंगिया' को छापने और गाने पर कठोर दंड का आदेश निर्गत हुआ। 'कूड़ेदान' की हकदार भोजपुरी की 'फिरंगिया' पानी की जहाज़ पर बक्से में ताले दर ताले में क़ैद होकर संगीनों के साये में लंदन पहुँच गई। रसायन मिश्रित पाउडर में कोटिंगयुक्त पीली पड़ चुकी फिरंगिया की प्रति को देखकर मुझे तब

जनसत्ता के सुप्रसिद्ध पत्रकार श्री राम बहादुर राय, जो स्वयं ओझा जी के जवारी हैं कि टिप्पणी याद आई। उन्होंने एक बार बताया था कि पंडित रामदहिन ओझा को बलिया जेल में 1930 में धीमे ज़हर द्वारा मौत के घाट उतार दिया गया था। भगत सिंह की फाँसी से एक साल पहले रामदहिन ओझा की यह हत्या भी श्री राय की नज़र में ब्रिटिश राज की असभ्यता और निर्ममता का अमानवीय आख्यान है।

रामदहिन ओझा, मंगल पांडे की उस परंपरा के ध्वजवाहक थे जो 1857 में शुरू हुई थी। उनका बलिदान बारह साल बाद होने वाले 1942 के आंदोलन में बलिया को आज़ाद करा लेने वाले महान सप्तर्षियों के गौरवशाली इतिहास का भी सूत्रधार बना।

मनोरंजन प्रसाद सिंहा उम्र में रामदहिन जी से एक साल बड़े थे। शाहाबाद के सूर्यपुरा में जन्म हुआ था। काशी हिंदू विश्वविद्यालय में पढ़ाई लिखाई हुई। वहाँ प्राध्यापक भी रहें और उसके बाद राजेन्द्र कॉलेज, छपरा के प्राचार्य बने। बाद में हिंदी विद्यापीठ, देवघर के कुलपति भी बने। जीवन के अंतिम समय में वृंदावन में समय व्यतीत किया और 1971 में रांची में निधन हुआ।

'फिरंगिया' भोजपुरी नवजागजरण का घोषणापत्र है। 'पयाम-ए-आज़ादी' के कौमी गीत, बंकिम के 'आनंदमठ', भारतेंदु के 'बलिया वाले व्याख्यान' और महर्षि अरविंद की 'भारतमाता' और मैथिलीशरण गुप्त की 'भारत-भारती' की गौरवशाली परंपरा में भोजपुरी जनता को देश की मुक्ति के लिए पुकारती हुई यह रचना पाबंदी के बावजूद जनता का कंठहार बन गई। इस महान रचना के काव्य सौंदर्य के वैशिष्ट्य का इलहाम सिर्फ़ इसी बात से हो सकता है यह भोजपुरी की मशहूर निर्गुण परंपरा में एक निर्गुण गीत की तरह राष्ट्रीय शोकगीत के रूप में जन-जन के हृदय में शामिल होकर एक करुण वेदना की टीस की तरह सदा-सदा के लिए बस गई। पहली पंक्ति की शुरुआत ही एक ऐसी पेशबंदी के रूप में हुई है कि भावी गीत का भव्य महल इस मजबूत नींव से इंच भर भी इधर-उधर न हो पाये : "सुंदर सुभूमि भइया भारत के रहे रामा उहे आज भइले श्मशान रे फिरंगिया ।।1।।" गीत भोजपुरी में है लेकिन चिंता सारे भारत की है। धुन में 'निर्गुण' और 'चैता' की जुगलबंदी ने इस गीत में एक ऐसा जादू पैदा कर दिया था, जो समकालीन भारत की करुण तस्वीर का वास्तविक रूपक नजर आती है। ऐसी सुंदर सुभूमि को श्मशान में तब्दील करने वाले फिरंगियों को गीत के आगामी हर चरणों में कवि ने 'भारत-भारती' की चिंता के अनुरूप क्या से क्या हो गए भाव में जो अभिव्यक्ति दी है वह पिछले

सौ-डेढ़ सौ साल में भारत के अन्न, धन, जल और बुद्धि के विनाश की ऐसी दास्तान है, जिसमें जहाँ थोड़े दिन पहले ही लाखों मन धान होता था वहाँ अब किसान माथे पर हाथ रख कर बिलख रहा है।

भारतेंदु और मैथिलीशरण गुप्त ने हिंदी कविता को देश की दुर्दशा से जोड़ दिया था। देश की दुर्दशा ऐतिहासिक प्रमाण के साथ भी कविता का विषय बन सकती है, यह बात 'भारत-भारती' में देखी जा सकती है। आंकड़े और प्रमाण के साथ उन्होंने लिखा है किस तरह उन्नीसवीं सदी के आख़िरी दशक में देश में जितने लोग भूख और अकाल से मर गए हैं, वह संख्या अब तक पूरी दुनिया में युद्ध में मारे गए लोगों से कई गुना है। 'भारत दुर्दशा' याद करें या फिर 1770 या 1943 के बंगाल के अकाल को याद करें-

"सात सौ लाख लोग दू-दू साँझ भूखे रहे,
हरदम पड़ेला अकाल रे फिरंगिया
जेहू कुछु बाँचेला त ओकरो के लादि लादि,
ले जाला समुंदर के पार रे फिरंगिया।"

1770 के बंगाल के अकाल के सबसे प्रभावित इलाके विष्णुपुर और पुरुलिया थे। ईस्ट इंडिया कंपनी के शासन के तुरंत बाद यह सबसे बड़ा अकाल था। वारेन हेस्टिंग्स ने इस अकाल के बारे में 1772 में जो रिपोर्ट लंदन भेजी थी उसमें लिखा था कि एक तिहाई आबादी काल के गाल में समा गई है, लेकिन इसके बावजूद किसानों के लगान को लेकर विष्णुपुर रियासत पर इतना दबाव था कि उसके विरोध में भूमिजों ने बगावत का रास्ता अख्तियार किया। ईस्ट इंडिया कंपनी के खिलाफ़ यह सबसे बड़ा विद्रोह था जिसे अपमानजनक संज्ञा से नवाजा गया—चुहाड़ विद्रोह। चोर-चुहाड़। भूमि जनजातीय समाज का यह आंदोलन फैलते-फैलते संथाल परगना तक पहुँचा और तिलका माँझी फाँसी के फंदे पर निर्ममता पूर्वक चढ़ा दिए गए। कसूर यही था कि वे इस बात को जान गए थे कि जिस धरती को वे अपनी माँ मानते थे उसे सात समंदर पार से आए लोग अपना गुलाम बनाने पर तुले थे। अकाल के बावजूद लगान की मार से 1770 से शुरू हुआ यह सिलसिला 1855 तक संथाल विद्रोह के रूप में चलता रहा। तिलका माँझी के बाद अब सिद्धो, कान्हो और उनके दो अन्य भाइयों की बारी थी। 1857 किसी आकस्मिक क्रिया की प्रतिक्रिया नहीं थी। कार्ल मार्क्स और विनायक दामोदर सावरकर यही कह रहे थे। भारत की स्वतंत्रता हरण के लिए नित नए-नए क़ानूनों की साया में क्रूर जुल्मों का प्रयोग हो रहा था। अगला चरण 1857 था। फिरंगिया के रचनाकार को पता है कि-

"प्रेस एक्ट, आर्म्स एक्ट, इंडिया डिफेंस एक्ट
सब मिलि कइलस ई हाल रे फिरंगिया
प्रेस एक्ट लिख के स्वाधीनता छिनलस,
आर्म्स एक्ट लेलस हथियार रे फिरंगिया
इंडिया डिफेंस एक्ट रक्षक के नाम लेके
भक्षक के भइल अवतार रे फिरंगिया।"

और जुल्म की हद यह कि,

"भारत के छाती पर भारते के बचवन के,
बहल रकतवा के धार रे फिरंगिया
छोटे-छोटे लाल सब बालक मदन सब
तड़पि-तड़पि देले जान रे फिरंगिया
बुढ़िया महतारी के लकुटिया छिनाई गइल।
जे रहे बुढ़ापा के सहारा रे फिरंगिया।"

रकत की धार, जिसे 1857 के पहले ही लंदन में बैठे कवि अर्नेस्ट जोन्स ने देख लिया था और उस साम्राज्यवादी गर्वोक्ति में कि "ब्रिटिश साम्राज्य के उपनिवेशों में सूर्य कभी अस्त नहीं होता" अपना संशोधन यह किया कि

"परंतु वहाँ खून कभी नहीं सूखता।"

और, आदमी की स्थिति पशुओं से भी बदतर हो गई-

"हमनी के पसु से भी हालत खराब कइले,
पेटवा के बल रेंगवले रे फिरंगिया।"

सुमित्रानंदन पंत की ग्रामवासिनी भारत माता के करुण चित्र को याद करें और 'मैला आँचल' में भारतमाता जिस तरह जार-बेजार रो रही हैं उसे याद करते हुए 1921 की इस भारतमाता को देखें-

"भारत बेहाल भइल लोग के इ हाल भइल
चारों ओर मचल हाय-हाय रे फिरंगिया।"

फिरंगी शासन को चेतावनी देते हुए कवि ने कसाई जैसे अफसरों पर लगाम लगाने और कुनीति छोड़कर सुनीति का बाँह गहने का सुझाव दिया है। भगवान के दरबार का हवाला देते हुए कम से कम धर्म से डरने की बात करते हुए लिखा कि-

"दुखिया के आह तोर देहिया भसम करी,
जरि-भूनी होई जइबे छार रे फिरंगिया।"

लोक के पास जब कुछ नहीं बचता तब वह शाप का सहारा लेता है। इतने

बड़े कसाई राज की देह दुखियों की आह से जल भून कर राख में तब्दील हो जाये! कवि को अटल विश्वास है कि तैंतीस करोड़ लोगों की आँखों का आँसू बेकार नहीं जाएगा-

"तैंतीस करोड़ लोग अंसुआ बहाई ओमें
बही जाई तोर समराज रे फिरंगिया
अन्न-धन-जल-बल-सकल बिलाय जाई,
डूब जाई राष्ट्र के जहाज़ रे फिरंगिया।"

साम्राज्यवादी राष्ट्र के इस जहाज़ को अगर टाइटैनिक होने से बचाना है तो इसके लिए भी कवि के पास सुझाव है–

"जुलुमी कानून ओ टिकसवा के रद क दे,
भारत के दे-दे स्वराज रे फिरंगिया
नाहीं त ई सांचे-सांचे तोरा से कहत बानी,
चौपट हो जाई तोर राज रे फिरंगिया।"

1921 के इस साहस का नमन और वंदन करते हुए भोजपुरी लोक की उस मिट्टी को प्रणाम है जिसने गुरुदेव रबीन्द्रनाथ टैगोर के शब्दों में कबीर के रूप में बुद्ध के बाद भारतवर्ष की इतिहास धारा में सबसे बड़ा मोड़ उपस्थित किया था।

-गजेंद्र पाठक
हिंदी विभाग
हैदराबाद विश्वविद्यालय
मो-8374701410

2

गढ़वाली लोकगीत-संस्कृति और परंपरा की अमूल्य धरोहर

-प्रो. योजना रावत

लोकगीत की परंपरा बहुत पुरानी है। ग्रामीण भारतभूमि बहुभाषी, बहु-सांस्कृतिक एवं बहुरंगी है, तथापि इसमें एक साझापन है जो भारतीय सांस्कृतिक विरासत को अत्यधिक समृद्ध एवं जीवंत बनाता है। यह विरासत स्थानीय बोली, त्योहार, खानपान, पहनावा, रीति-रिवाज, धार्मिक विश्वास, कर्मकांड, अंधविश्वास, रूढ़ियों तथा सामाजिक, सांस्कृतिक व धार्मिक परंपराओं के संयोग से बनी और विकसित हुई है। लोकगीत इस विरासत का आधार हैं। अनंत काल से एक पीढ़ी से दूसरी पीढ़ी में प्रचलित हुए लोकगीतों के माध्यम से भारतीय ग्रामीण संस्कृति के विभिन्न स्वरूप आज भी अपने-अपने प्रांत और अपने-अपने समाज की जीवंत छवि उजागर और उद्घाटित करते हैं।

लोकगीत लोक में प्रचलित वे गीत हैं जो किसी समाज विशिष्ट के जन सामान्य द्वारा हृदय से अपनाए और प्रयोग में लाए जाते हैं। आम भाषा तथा किसी भी प्रकार के हिसाब से बंधन से मुक्त रचित यह गीत मानव मन के भावों को अभिव्यक्त करते हैं और मानव जीवन में प्रत्येक दुःख-सुख इनमें साकार हो उठते हैं। "लोकगीत लोकजीवन के बीच से उभरते हैं, वे बनाए नहीं जाते बल्कि सावन के उमड़ते-घुमड़ते बादलों की तरह बरसते हैं। हमें मालूम नहीं होता कि उन्हें कब किसने रच डाला, फिर भी वे परब्रह्म की भाँति अनादि, अनंत और सर्वव्यापी होते हैं। वे कभी पराए नहीं लगते क्योंकि उनमें हमारी अपनी अनुभूतियों की अभिव्यक्ति होती है।"[1] लोकगीत मानव को काल तथा जीवन की धारा से जोड़ देते हैं। लोकगीत किसी भी समाज की सांस्कृतिक धरोहर ही नहीं होते बल्कि लोगों के मनोरंजन का माध्यम भी होते हैं। वे अपने-अपने समाज का वास्तविक स्वरूप प्रकट करते हुए उसकी समृद्ध परंपरा को उद्घाटित करते हैं। लोकगीतों के माध्यम से समाज की संपूर्ण सामाजिक संरचना वहाँ के धार्मिक, आर्थिक विश्वास तथा आर्थिक गतिविधियों का भी

आकलन किया जा सकता है। समाजशास्त्रीय दृष्टिकोण से लोकगीतों का अध्ययन किसी विशिष्ट समाज की संपूर्ण संरचना के विभिन पक्षों तथा उनमें आए महत्त्वपूर्ण परिवर्तनों को रेखांकित करते हैं। वास्तव में लोकगीतों में लोक की संपूर्ण जीवन पद्धति उद्घाटित हो जाती है।

गढ़वाल की लोकगीत परम्परा अत्यधिक समृद्ध एवं विविधता लिए हुए हैं। गढ़वाल के लोकगीत विषय-वस्तु, शैली तथा रस सभी दृष्टियों से अनेकानेक रंग लिए हुए हैं। ऋग्वेद के समय से ही हिमालय पर्वत से गढ़वाल भूभाग का गुणगान एवं प्रसंग मिलने शुरू हो गए थे। भारत की प्रमुख नदियाँ-गंगा, जमुना, अलकनंदा, मंदाकिनी आदि की महिमा का वर्णन व यशोगान भी अनेक ग्रंथों एवं पुस्तकों में मिलता है। भारतीय इतिहास एवं प्राचीन साहित्य में गढ़वाल को देवभूमि, तपोभूमि, उत्तराखंड, बद्री आश्रम, स्वर्ग भूमि, रुद्र हिमालय, ब्रह्मपुर इत्यादि कई नामों से जाना जाता है। गढ़वाल मंडल पाँच जिलों में विभक्त हैं। देहरादून, उत्तरकाशी, टिहरी गढ़वाल, पौड़ी गढ़वाल और चमोली। "एक विचित्र सांस्कृतिक समन्वय और ऐतिहासिक परम्परा लिए हुए हिमालय के इस क्षेत्र की सबसे बड़ी विशेषता यह है कि इसका हृदय भावुक है। वह कई छंदों, कई स्वरों में गाता है। वहाँ की धरती गाती है, डांडी-कठियाँ और धाक्की-वाद्यी गाते हैं। लोकगीतों को रचने वाली लोक की प्रत्येक सजीव सवाक् इकाई हृदय से कवि होती है।"[2]

गढ़वाल के सभी जिलों में नरसिंह देव की पूजा विशेष रूप से की जाती है। गढ़वाली लोकगीतों में विष्णु के अवतार नरसिंह को एक नया स्वरूप दिया गया है। उन्हें एक योगी के रूप में दर्शाया गया है। इस स्वरूप की आराधना में यह लोकगीत आमतौर पर उनकी आराधना में गाया जाता है।

जाग जाग नरसिंग वीर बाबा

रुपा को तेरो सोटा जाग फंटिंगू की तेरी मुद्रा जाग
डिमरी रसोया जाग, केदारी रोला जाग
नेपाल तेरो चिमटा जाग,
करवा की तेरी झोली जाग
तमा की पतरी जाग,
सतमुख तेरी शंख जाग

इसी प्रकार भैरव बाबा की आराधना में भी बहुत से लोकगीत गढ़वाल में गाए जाते हैं। जब तक धार्मिक अनुष्ठानों में भैरव बाबा का आवाहन कर उन्हें कष्ट निवारण के लिए प्रार्थना की जाती है।

रक्षा करो बटुकनाथभैरु

हिमालय देवताओं तथा महान ऋषियों-मुनियों की भूमि है। इसलिए गढ़वाल की धार्मिक परंपराओं और उनसे जुड़े रीति-रिवाज, संस्कार इत्यादि को समाज में अत्यधिक महत्त्व दिया जाता है। कोई भी शुभ कार्य हो उसका आरंभ देवताओं के स्मरण से किया जाता है। लोग देवी देवताओं के प्रति आस्था व विश्वास प्रकट करने के लिए लोकगीत गाते हैं। इन लोकगीतों को जागरण, आवाहन गीत या पूजा गीत कहा जाता है। संभवत: गढ़वाल के सबसे पुराने गीत हैं। इन गीतों के माध्यम से अपने-अपने कुल के देवी-देवताओं का स्मरण कर उनकी स्तुति स्वरूप उन्हें भेंट अर्पण कर मंगलकामना व आशीर्वाद प्राप्ति के लिए लोकगीत गाए जाते हैं। इन गीतों के माध्यम से देवी देवताओं का जागरण व आवाहन किया जाता है। न केवल धार्मिक कार्य में बल्कि विवाह, नवजात के नामकरण तथा मुंडन संस्कार इत्यादि के अवसर पर भी पूजा का आरंभ इन्हीं लोकगीतों के माध्यम से होता है। इन्हें 'मांगल' कहा जाता है। जीवन के मांगालिक पक्ष और संस्कारों से संबद्ध सभी लोकगीत कभी गढ़वाल में मंगल कहलाते थे। इस दृष्टि से सोलह संस्कारों के गीत मंगलों के अंतर्गत आते हैं, किन्तु ऐसा प्रतीत होता है कि धीरे-धीरे अन्य संस्कारों के गीत विस्मृत होते गए और बाद में मांगल शब्द केवल विवाह गीतों के लिए रूढ़ हो गया। "हिंदी और उसकी बोलियों में भी मांगल अथवा मंगल शब्द में यही अर्थ संकोच हुआ है।"[3]

इन लोकगीतों का आरंभ आमतौर पर संस्कृत के श्लोक द्वारा किया जाता है–

मंगलं भगवान विष्णु:, मंगल गरुड़ध्वजा:
मंगलं पुंडरीकाक्ष: मंगलयतनाओं हरि :

सबसे पहले गाँव के इष्ट देवता का स्मरण किया जाता है और बाद में अन्य देवताओं का स्मरण कर उनसे प्रार्थना की जाती है कि वह अपना आशीर्वाद देकर कार्य को सफलतापूर्वक संपन्न करें।

जय जस दे धरती माता
जय जस दे कर्म देवता
जय जस दे भूमि का भूम्याल
जय जस दे गंगा की निर्मल धार
जय जस दे पाँचनाम देवता

इन पंक्तियों में धरती माता, परम देवता, भूमि के भूमिपाल की प्रार्थना कर

उनकी जय जयकार करते हुए उनसे यश प्रदान करने की विनती की गई है। जलधारा प्रवाहिनी गंगा मैया की पवित्रता के लिए प्रार्थना की गई है। इसके अतिरिक्त अन्य पाँच नाम देवों से प्रार्थना है कि वह प्रस्तुत होकर इस कार्य को सफलतापूर्वक पूर्ण सम्पन्न करने में अपना आशीर्वाद दें।

मंगल गीत गाने के बाद धार्मिक अवसरों पर आवाहन लोकगीत गाए जाते हैं। आमतौर पर सुंदर वेशभूषा पहने स्त्रियाँ गणेश, नारायण, नरसिंह भगवान, भोलेनाथ शिव, चाँद, सूरज, धरती, सभी की आराधना में गीत गाती हैं और आवाहन करती हैं कि सभी देवी देवता इस कार्य को सफल बनाने में अपना आशीर्वाद दें। इस गीत में पांडवों से भी प्रार्थना की गई है कि हे पांडवो! तुम भी उठो और इस कार्य में हमारी सहायता करो। इस आवाहन गीत के माध्यम से गढ़वाल के लोग देवताओं और प्रकृति के अलग-अलग उपादानों के प्रति उनकी आस्था, विश्वास और भक्ति भावना को अभिव्यक्त करते हैं।

बीजी जावा बीजी हे खोली का गणेशा
बिजी जावा बिजी हे मोरी का नारेण
बिजी जावा बिजी हे खत्री को खैंडो
बिजी जावा बिजी हे कुंती का पांडेऊ
बिजी जावा बिजी हे कांठ्यो उदंगारो
बिजी जावा बिजी हे नोखंडी नरसिंह
बिजी जावा बिजी हे शंभू भोलेनाथ
बिजी जावा बिजी हे रात की चाँदनी
बिजी जावा बिजी हे दिन का सूरज
बिजी जावा बिजी हे ऐंच का आगास
बिजी जावा बिजी हे नीस की धरती
बिजी जावा बिजी हे जो खोली का नागों

गंगा नदी भारतीय संस्कृति एवं अस्मिता का प्रतीक है। भारतीय लोक जीवन में गंगा का अत्यधिक महत्त्व है। गंगा का पावन जल एवं भारत भूमि को उसकी देन अतुलनीय है। गंगा के साथ जुड़े हुए 'माँ' तथा 'मैया' जैसे शब्द उसके महत्त्व और उसके प्रति लोगों की आस्था को अभिव्यक्त करते हैं। हिमालय से निकलकर गंगा उत्तर भारत के अनेक मैदानी इलाकों को समृद्ध एवं उर्वर बनाती हुई हजारों मील लम्बी यात्रा तय करती है। गढ़वाल की लोक संस्कृति में गंगा को पवित्रता और जननी का प्रतीक मानते हुए उसकी अर्चना एवं आराधना में अनेक लोकगीत प्रचलित हैं। गंगा की स्तुति में गाए जाने वाले

लोकगीत लोगों के कंठ हार हो गए हैं। ये गीत मानव के प्रकृति के प्रति प्रेम का भी प्रमाण हैं और समूची भारतीय संस्कृति में गंगा नदी की महिमा को उजागर करते हैं। गढ़वाल में अनेक सुख एवं दुःख के अवसरों पर पूजा के समय गंगा जल छिड़क कर स्थान एवं वातावरण को पवित्र किया जाता है। गढ़वाली जनजीवन में गंगा की महिमा अपार है।

गंगा माई, गाडू रिन्या ओद
गंगा माई, इनी मातमी माई
त्वेन उत्पइ लिने, हिमाले का गोद
गंगा जी रीटी जाली काई
विष्णु चरण से छूटी शिव जटा समाई
गंगा माई, इनी मातमी माई, शिव जटा समाई
गंगा जी रीटी जाली काई
शिव जटान छूटे मृत्यु मंडल आई
गंगा माई, इनी मातमी माई, मृत्यु मंडल आई
गंगा जी, तराजू का झोंका
तेरी जातरा ओंदा देसू देसू का लोका
गंगा जी, अखोड़ू की साईं
सोवन की जटा माता, मोती भरी ले बाहीं

विवाह के अवसर पर गाए जाने वाले लोकगीतों की संख्या बहुत बड़ी है क्योंकि गढ़वाल में विवाह संस्कार को विशेष महत्त्व दिया जाता है। विवाह के अवसर पर विभिन्न रीति-रिवाजों को अलग-अलग गीतों के माध्यम से संपन्न किया जाता है। विवाह के अवसर पर प्रत्येक अनुष्ठान के लिए लोकगीत गाए जाते हैं। विवाह संबंधी रस्मों से पहले देवताओं से कल्याण की कामना की जाती है और इस संबंध में मंगल गान गाए जाते हैं। विवाह का निमंत्रण पत्र देना, दान देना, हल्दी लगाने की रस्म, बारात आगमन, बारात स्वागत, वर का सौंदर्य वर्णन, वेश-भूषा की चर्चा, वधू के रूप सौंदर्य की चर्चा, सप्तपदी के अलग- अलग चरणों में गाए जाने वाले लोकगीतों के अलावा वधू की विदाई के समय गाए जाने वाले अनेक लोकगीत हैं। विवाह समारोह में समय-समय पर इन लोकगीतों की प्रस्तुति व गूँज से विशिष्ट आनंद की सृष्टि होती है। "गढ़वाल के 'मांगल' गीत अपनी विशेषता के लिए प्रसिद्ध है। इन गीतों में संपूर्ण अनुष्ठानों का भाव छिपा हुआ है। हिंदू विधि के अनुसार जितने भी अनुष्ठान या कर्मकांड संपन्न किए जाते हैं। उनकी व्याख्या इन मंगल गीतों में

समाई हुई मिलती है। इसलिए विवाह के इन गीतों को ही सही अर्थ में 'मांगल' गीत होने का गौरव प्राप्त है।"[4]

आम विवाह में गाए जाने वाले लोकगीत घर, परिवार व पड़ोस की स्त्रियों द्वारा सामूहिक रूप से गाए जाते हैं। इन गीतों में वर वधू दोनों पक्ष के लोग एक दूसरे से हँसी, मजाक और प्यार भरी नोक झोंक करने से नहीं चूकते। इस वजह से विवाह समारोह का वातावरण अत्यधिक मनोरंजन पूर्ण हो जाता है। दोनों पक्ष की ओर से लोकगीत गाने वाली स्त्रियाँ अपने-अपने पक्ष की बड़ाई और प्रतिपक्ष को खट्टी-मीठी बातें सुना, ताने देने के अंदाज में खूब चुहलबाज़ी करती हैं। विशेष कर स्त्री पक्ष की औरतें, वर पक्ष को बात-बात पर कटाक्ष करती हैं। विवाह के अवसर पर गाया जाने वाला यह लोकगीत इसका सुंदर उदाहरण है। इस लोकगीत में वर और वधू दोनों पक्षों के मध्य होने वाले संवाद में वधू पक्ष द्वारा दुल्हन के रूप की चर्चा करते हुए वर के रूप-सौंदर्य का मज़ाक उड़ाया गया है।

वर पक्ष–खोली देवा खोली देवा ए दौड़ पड़वा
देखू मैं कन्या को रूप
कन्या पक्ष–हमारी कन्या गौरी स्वरूप, तुमारो बंदड़ा श्याम स्वरूप
कन्न होय कन्न होय शाम स्वरूप
बंदड़ा पर लगे जेठ की धूप
वर पक्ष–खोली देवा खोली देवा ए दौड़ पड़वा
देखू मैं कन्या को रूप
कन्या पक्ष–हमारी कन्या सावित्री स्वरूप
तुमारो बंदड़ा चमार सी कारो
बंदड़ा पर लगे जेठ की धूप

कन्यादान विवाह की एक महत्त्वपूर्ण रस्म है। सप्तपदी रस्म के दौरान पिता अपनी पुत्री का हाथ दूल्हे के हाथ में सौंप देता है और पवित्र हवन की अग्नि के चारों ओर सात फेरे लेने पर वधू आजीवन वर के साथ शादी के बंधन में बंध जाती है। पुत्री का हाथ वर के हाथ में देने से पिता अपने जीवन की सबसे अमूल्य निधि दान में दे देता है। गढ़वाली लोकगीतों में कन्यादान को सबसे बड़ा दान माना गया है और यह भी माना गया है कि कन्यादान करने वाला व्यक्ति पुण्य का भागीदार बनता है। कन्यादान से संबंधित लोकगीतों के भाव गढ़वाली समाज में कन्यादान के महत्त्व और उससे जुड़ी शुचिता और विवाह के पवित्र बंधन के महत्त्व को अभिव्यक्त करते हैं। इसके पीछे एक भाव यह

भी है बेटी का हाथ हमेशा के लिए किसी दूसरे के हाथ में दे देने पर पिता उदास या खाली महसूस न करें, बल्कि स्वयं को इस दान का पात्र मानते हुए इसे अपना सौभाग्य समझे और अपनी बेटी को वैवाहिक जीवन के लिए अनंत शुभकामनाएँ दे।

दे देवा बुबाजी, कन्या को दान
दे देवा बुबा जी कन्या को दान हो
दानू म दान होलो, कन्या को दान
हीरा दान, मोती दान, सब कोई देला
तुम देला बुबा जी कन्या को दान
तुम होला बुबा जी, पुण्य का लोभी
दे देवा बुबा की कन्या को दान
हेम दान, गजदान सब कोई देला
तुम देला बुबा जी कन्या को दान

कन्यादान के समक्ष सोना, हीरा, मोती तथा गजदान को भी तुच्छ माना गया है। गढ़वाली समाज में यह परंपरा है कि सप्तपदी के संपन्न होने पर लड़की का पिता, वर पक्ष को गाय दान करता है। पुराने समय में वास्तव में लड़की के विवाह पर गाय दान में दी जाती थी, जिसकी जगह वर्तमान में रुपये भेंट देकर इस रस्म को संपन्न किया जाता है। गाय दान का एक मंतव्य यह भी रहा होगा कि लड़की किसी भी परिवार में जाए वहाँ उसे दूध, दही और घी की कमी न हो। वह स्वस्थ और प्रसन्न रहे। कृषि समाज में गाय का अत्यधिक महत्त्व है, गाय सुख, सम्पति, समृद्धि तथा प्रतिष्ठा का प्रतीक मानी जाती रही है। गढ़वाली लोकगीतों में गाय दान को स्वर्ग के समान माना गया है।

दे देवा बुबाजी, दे देवा बाबाजी
दे देवा बुबाजी गोउड़ा को दान
दे देवां बुबाजी गोउड़ा को दान हे...
गोउड़ा को दान, गोउड़ा को दान
गोउड़ा को दान स्वर्ग समान हे...

देवभूमि में देवी देवताओं से संबंधित अनेक अनुष्ठान किए जाते हैं। हर गाँव में देवी देवताओं के नाम से समय-समय पर बड़े-बड़े मेलों का आयोजन भी किया जाता है। लोग अपने-अपने कुल के देवी देवताओं का स्मरण कर उनकी पूजा आराधना करते हैं। "देवी देवताओं से संबंधित लोकगीतों को सामान्यत: 'जागर' गीतों के नाम से जाना जाता है। यह गीत कथात्मक होते हैं,

परंतु कुछ मुक्तक रूप में भी पाए जाते हैं। भक्ति के ये गीत एक प्रकार के महाकाव्य और मुक्त काव्य हैं। इन गीतों को 'जागरी' अथवा 'घड़्याल्य' (गायक-वादक) 'डोर थाली' (डमरु-थाली) बजाकर 'औजी' (शिल्पकार देवदास) ढोल दमामा बजाकर और हुडाक्या उदक बजाकर गाता है। गढ़वाल-कुमाऊँ में देवता जाने की प्रथा है। प्रत्येक गीत में जहाँ एक ग्राम देवता होता है–वहाँ अन्य कई देवताओं को भी पूजा और नचाया जाता है।"[5.] इन लोकगीतों के माध्यम से देवी-देवताओं का आवाहन किया जाता है, ताकि वह अपनी कृपा दृष्टि बनाए रखें और कष्टों का निवारण करें। आमतौर पर जागर लगाने के लिए गाँव के लोग रात के समय किसी एक स्थान पर एकत्रित होते हैं तथा देवता के नाम पर धूप अगरबत्ती जलाकर गीतों के माध्यम से उसके नाम का उच्चारण कर उसकी महिमा का बखान करते हैं। जागरण गायक डमरु तथा कांसे की थाली को बजाकर संगीत की सृष्टि करते हैं और ऊँची आवाज में सामूहिक गान गाते हैं। गढ़वाल और कुमाऊँ में देवता बुलाने या देवता नचाने की प्रथा आज भी लोक में प्रचलित है। शहरों में रहने वाले गढ़वाली लोग आज भी जागर लगाने के लिए प्रतिवर्ष सपरिवार अपने-अपने गाँव जाते हैं और धार्मिक अनुष्ठानों में गहरी आस्था से भाग लेते हैं। जागर के दौरान नरसिंह, निरंकार, भैरों हनुमान, नंदा देवी, दुर्गा, काली इत्यादि का स्तुतिगान किया जाता है। लोग अपने-अपने गाँव के स्थानीय या कुल देवता के लिए भी जागर आयोजित करते हैं।

जागर के दौरान किसी व्यक्ति में देवता का प्रवेश पाना सामान्य बात है। देव शक्ति से प्रभावित व्यक्ति जागरण में उपस्थित लोगों की समस्याओं का निवारण करता है। साथ ही लोगों द्वारा जाने-अनजाने की गई गलतियों को उजागर करते हुए उनके प्रति अपनी नाराजगी प्रकट कर उन्हें निवारण का रास्ता भी बताता है। कभी-कभी देवता रौद्र रूप धारण कर लेते हैं। ऐसे में उन्हें शांत करने के लिए जागर लगाने वाले लोग देर तक उसकी आराधना करते हैं और उससे क्षमा याचना करते हुए उसके द्वारा निर्देशित बातों का पालन करने का वचन देते हैं। उत्तर आधुनिक समय में जीवन भौतिकवाद, बाजारवाद तथा आधुनिक तकनीक के फलस्वरूप अनेक सुख सुविधाओं, नए जीवन मूल्यों और विचार शैली से संचालित है, बावजूद इसके गढ़वाली समाज की आज भी देवी देवताओं और अपने स्थानीय व कुल की देवी व देवताओं में भरपूर आस्था है। यही कारण है कि गढ़वाल में आज भी जागर की परंपरा प्रचलित है। अत्यधिक शिक्षित और आधुनिक लोग भी गाँव में होने वाले जागर में पूरी

आस्था से भाग लेते हैं। जागरण गीतों में आमतौर पर विभिन्न देवी-देवताओं से संबंधित लोक कथाओं का उल्लेख भी मिलता है।

गढ़वाली में पांडवों से संबंधित भी अनेक लोकगीत प्रचलित हैं, जिनमें एक ओर पांडवों के जीवन की संघर्ष की कहानी को गाया जाता है तो दूसरी और उनके द्वारा स्थापित आदर्श और जीवन मूल्यों का उल्लेख भी किया जाता है। इस प्रकार के लोकगीत मानव जीवन को भारतीय मूल्य परंपरा से जोड़कर रखने का महत्त्वपूर्ण साधन है। गढ़वाली में भूत-प्रेतों तथा अतृप्त आत्माओं से संबंधित लोकगीत भी पाए जाते हैं। इन्हें शांत करने के लिए भी पूजा, आराधना हवन इत्यादि अनुष्ठान किए जाते हैं और इन अवसरों पर इनसे संबंधित लोकगीत गाए जाते हैं। ऐसे अवसर पर पूजा से पहले घर को गोबर से लीप कर साफ किया जाता है और फिर धूप-दीप और अगरबत्ती जलाकर स्थान को पवित्र करने के बाद पूजा की जाती है।

प्रकृति मानव जीवन का अभिन्न अंग है। प्रकृति के बदलते रूपों के साथ मानव मन के भाव भी बदलते और प्रभावित होते हैं। ऋतुओं में आए परिवर्तन मानव मन में नवीन अनुभूतियाँ पैदा करते हैं। गढ़वाली लोकगीतों में प्रकृति के विभिन्न रूपों की अलग-अलग छटा मिलती है। बसंत का मौसम विशेष रूप से गढ़वाली लोक जीवन में नई उमंग और नए उत्साह का प्रतीक माना जाता है। बसंत पंचमी के दिन से ही गढ़वाल के गाँव-गाँव में बसंत गीत गाए जाने लगते हैं। लोकगीत गायन का यह सिलसिला लगभग एक महीने तक चलता है। इसी दौरान गढ़वाल और कुमाऊँ में 'फूलदेई' त्योहार भी मनाया जाता है। गाँव-गाँव में प्रकृति की गोद में लगे तरह-तरह के पौधों और वृक्षों की फूलों से लदी डालियों की सुंदर छटा देखने लायक होती है। संक्रांति के दिन यानी कि नव वर्ष की शुरुआत की खुशी में कुमाऊँ और गढ़वाल की किशोरियाँ वनों से फ्यूंली, बुरांस और अन्य कई तरह के फूल चुनकर छोटी-छोटी टोकरियों में भर लेती हैं। और फिर गाँव में घर-घर जाकर, 'जय गौगा माता फुयन्ली का फूल' गाकर हर दहलीज पर फूल चढ़ा कर पूजा करती हैं। 'फूलदेई' त्योहार के अवसर पर गाया जाने वाला यह गीत गढ़वाल में बहुत ही प्रचलित है।

फूलदेई फूलदेई फूल संगरांद
सुफल करो नयो बरस तुमकू भगवान
रंगीला चंगीला फूलीगें डाला बोटला हरया हवैगें
पवन पंछी ऐन, फूल हँसी रैन
आओ नयो बरस, आज फूल संगरांद

तुम्हारा भंडारा भरयान, अन्नधान फुल्यान
औं दी रया रितु मास, फूलदा रयाँ फूल
बच्य रौंला हम-तुम आली फूल संगरांद

गढ़वाल में होली का त्योहार भी बड़ी धूमधाम और उल्लास के साथ मनाया जाता है। जोश और उत्साह से भरे लोग ढोलक और शंख बजाते हुए टोलियाँ बनाकर गाँव में घर-घर घूमते हैं और एक गाँव से दूसरे गाँव होली मनाने जाते हैं। गढ़वाल में होली के अवसर पर कई पारंपरिक लोकगीत गाए जाते हैं, जो इस पर्व की खुशियों और सांस्कृतिक धरोहर को संजोए रखते हैं। गढ़वाली होली गीतों में प्रेम, भक्ति, हँसी-मजाक और सामाजिक सरोकार की झलक मिलती है। यह गीत गढ़वाल की प्राकृतिक सुंदरता और होली के उल्लास को वर्णित करता है। इसके बोल इस प्रकार हैं–

हे जी सार्यू मा फूली गे होली
फ्योंली लयडी में घोर छोड्या वा
हे जी घर बॉण बोडी गे होलु
बालु बसंत में घोर छोड्या वा

गढ़वाल में "फाग" शैली के लोकगीत होली पर विशेष रूप से गाए जाते हैं। इन गीतों के केंद्र में देवताओं, प्राकृतिक सुंदरता और प्रेम से जुड़े भाव होते हैं। गढ़वाल में कई होली गीत भगवान कृष्ण और राधा जैसे देवताओं को समर्पित होते हैं।

"रंग छु रंग छु मेरो रंगीलो राजा
फागुन मा खेलों हम होली फागा..."

गढ़वाल में कुमाऊँनी होली की भी छाप देखने को मिलती है। कई जगहों पर "बैठी होली" और "खड़ी होली" की परंपरा देखी जाती है।

"सरसों फूली गौल, फाग खेली दगड्यूं मा
रंग रंगीलों आई होली, रंग खेली दगड्यूं मा ..."

गढ़वाल में होली के अवसर पर गाए जाने वाले हँसी-मजाक और छेड़छाड़ भरे गीत भी काफी प्रसिद्ध हैं। इन्हें लोग समूह में बैठकर या नृत्य के दौरान गाते हैं। एक पारंपरिक गढ़वाली होली गीत के कुछ बोल इस प्रकार हैं

खोलो किवाड़ चलो मठ भीतर
दर्शन दीजो माई अम्बे-झूलसी रहो जी
तील को तेल कपास की बाती
जगमग जोत जले दिन राती-झुलसी रहो जी

इन लोकगीतों के माध्यम से गढ़वाल की होली की परंपरा और संस्कृति की झलक मिलती है, जो इस पर्व को और भी खास बनाती है।

संक्रांति एवं बसंत के अवसर पर गढ़वाल में गाँव-गाँव में मेलों का आयोजन किया जाता है और इन मेलों में दूर-दराज गाँव के लोग बड़ी संख्या में भाग लेते हैं। ऐसे अवसरों पर गढ़वाली सांस्कृतिक कार्यक्रम तथा गढ़वाली खानपान का आयोजन किया जाता है। इन मेलों को 'कौथिग' कहा जाता है। 'कौथिग' में हर उम्र के लोग बड़ी संख्या में शामिल होते हैं। खासकर युवाओं की भागीदारी इसमें विशेष रूप से महत्त्वपूर्ण होती है। गढ़वाल में 'कौथिग' में गाए जाने वाले लोकगीतों की संख्या बहुत बड़ी है। ऐसे अवसर पर गाए जाने वाले एक लोकगीत 'फूली जालो कांस' में प्रकृति के सौंदर्य और मानवीय भावनाओं का सुंदर चित्रण किया गया है। इस गीत में कांस के फूलने और मेलों के आयोजन का उल्लेख हुआ है, जो गढ़वाली संस्कृति में विशेष महत्त्व रखते हैं। यह गढ़वाल के लोगों के प्रकृति के प्रति प्रेम को दर्शाता है। इसमें 'कांस' के फूलने, मेलों की रौनक, बुरांस के खिलने और गाँव की बहनों की भावनाओं का वर्णन है–

फूली जालो कांस ब्वे फूली जालो कांस
मेलवाड़ी बासलि ब्वे फूली गए बुरांस
मौली गेनी डाली ब्वे हैरी व्हेन डांडी
गाँवों की दीदी भूली ब्वे मैंतू आई गेन.

त्योहार और मेलों में गाए जाने वाले ये गढ़वाली लोकगीत स्थानीय संस्कृति और लोकजीवन की जीवंत झलक प्रस्तुत करते हैं, जो भारतीय समाज में आए अनेक परिवर्तनों के बावजूद आज भी अपनी प्रासंगिकता बनाए हुए है।

पुराने समय में गढ़वाल में बाल विवाह की प्रथा का प्रचलन था। फलस्वरूप छोटी आयु में ही लड़कियों का विवाह कर दिया जाता था। बाल्यावस्था के कारण बसंत और होली के अवसर पर लगने वाले मेलों के समय किशोरियों को अपने मायके की याद सताती, ससुराल में तरह-तरह की पाबंदियाँ और घर के बड़े बूढ़ों का वर्चस्व होने के कारण किशोरियाँ अपने मायके वालों को मिलने के लिए तरस जातीं। उन्हें आमतौर पर विशेष अवसर पर ही मायके जाने की इजाजत होती थी। उनका मन इन मेलों में शामिल होने के लिए तड़प उठाता। उन्हें मायके में बिताए खुशी और उल्लास के दिन याद आते और वह उन दोनों को याद कर उदास हो जातीं और उनका व्यथित हृदय रो उठता। उन्हें न केवल अपने माँ-पिता व भाई-बहनों की याद सताती है

बल्कि अपनी उन गाय, बकरियों की याद भी सताती है जिनके संग उन्होंने समय व्यतीत किया था। ऐसे लोकगीतों में स्त्री हृदय की कोमल और मार्मिक भावनाओं के चित्रण मिलते हैं। ऐसे गीतों को 'खुदेड़ गीत' कहा जाता है। 'खुद लगना' क्रिया का अर्थ है—याद आना और उसी मनोभाव को अभिव्यक्त करते हैं—'खुदेड़ गीत'। एक प्रसिद्ध खुदेड़ गीत इस प्रकार है।

गौड़ी देली दूद ब्वै गौड़ी देली दूद
मेरी जिकुड़ी लगी ब्वै तेरी खूद
काखड़ी कू रेतु ब्वै, काखड़ी कू रेतु
मैं खुद लगी ब्वै, तू बुलाई मैतू
दाथूड़ी की नोक ब्वै, दाथूड़ी की नोक
वासलो कफू ब्वै, मेरा मैत्यों का चौक
सूपा भरी देण ब्वै, सूपा भरी देण
आग भमराली ब्वै, भैजी भेजी लेण

गढ़वाल में प्रचलित प्रणय लोकगीतों को 'बाजूबंद' कहा जाता है। प्रेम मानव मन की सबसे गहरी एवं उदात्त भावना है। बाजूबंद लोकगीतों में शृंगार की भावना प्रधान होती है। बाजूबंद शैली में मिलने वाले गीतों में स्त्री-पुरुष के मध्य परस्पर प्रेम संवाद होता है। गाँव के लोग आमतौर पर दिनचर्या के कार्य करते हुए, जंगलों में पशु चराते हुए, घास काटते हुए तथा लकड़ियाँ बीनते हुए ये गीत गाते हैं। फुर्सत के पलों में स्त्री व पुरुष जंगलों में जाकर बुरांश, बांज, चीड़ और देवदार के पेड़ों की छाया के नीचे बाजूबंद गाने का आनंद उठाते हैं और परस्पर प्रेम भावनाओं का आदान-प्रदान करते हैं।

'बाजूबंद' लोकगीत की शुरुआत पुरुष द्वारा होती है। आरंभ में स्त्री-पुरुष का परिचय दिया जाता है और फिर उनके बाद उनके मध्य वार्तालाप शुरू होता है। गीत की पहली पंक्ति तुक मिलाने के लिए होती है और उसके बाद प्रेम की भावनाओं को अभिव्यक्त करते संवादों का सिलसिला शुरू हो जाता है। स्त्री आरंभ में अपना पूरा परिचय नहीं देती, नायिका पुरुष पर भरोसा करने से इंकार करती है क्योंकि पुरुष तो विवाह के बाद रोजगार के लिए शहर चला जाता है और वह गाँव में ससुराल में अकेली रह जाती है। लेकिन बाद में अपने पति पुरुष की प्रेम भावनाओं से प्रभावित हो, वह भी अपने कोमल भावों की सहज अभिव्यक्ति कर देती है। इन गीतों में प्रेम निवेदन करने के बाद प्रेम संबंध को आजीवन निभाने का प्रण किया जाता है और हर दुःख-सुख में साथ देने के वायदे किए जाते हैं। एक प्रसिद्ध गढ़वाली बाजूबंद यहाँ प्रस्तुत है:

रेशमी रुमाल
माया को भूखो छुं, जंगलू की रोल
आग की अंगेठी
तेरी मायाना सुआ जिकुड़ी लपेटी
स्युन्दी लायो फोंदा
विदेशी भंवर सुवा, अपणा नी होंदा
सेरा डाली कूल
रस-रस चुसी लेंदा, छोड़ी देंदा फूल
खाई त छाखा
तेरी माया पांजी रखलू, जिकूड़ी का काखा
माछु मारे ऐन
ऐना मथि पाणी रखी जाणी कैन?
मरड़ा को बासो
जु रचलो धोका, तैकी जवानी को तमासो
रोटी की नरमी
ऊँडो कर दायीं हाती, दे द्यूलो धरमो
साग लाई कोई
राम जी न सीता जम्पे, मी जुपलू त्वेई
चंदन की चाकी
ताराजुन तोल सुआ, कैकी माया बाकी
हलाया त आम
जनी-कनी माया चुली, तैला ताप्यो घाम
अभिप्राय -

- हे प्रिय मैं तुम्हारे प्रेम का भूखा हूँ इसलिए वन-वन भटक रहा हूँ। प्रेम की माया ने मुझे और मेरे हृदय को बेल की तरह लपेट लिया है।
- तुम परदेसी होकर कैसी बातें करते हो? क्या परदेसी भी कभी किसी के हुए हैं? वे तो भंवरे की तरह होते हैं, फूलों से प्रीति करते हैं और फिर उनका रस चूस कर उन्हें छोड़ देते हैं।
- नहीं, नहीं, प्रिये। ऐसे मत कहो। मैं तुम्हारे प्रेम को हमेशा हृदय में सहेज कर रखूँगा।
- छोड़ो! ऐसे मत कहो। क्या आईने के ऊपर कभी पानी की बूँद टिकी है? तुम्हारा क्या भरोसा।

- मेरा भरोसा करो और ऐसा मत सोचो। जो ऐसा करेगा उसकी जवानी नष्ट हो जाएगी। मुझे अपना दायाँ हाथ दो, मैं प्रण करता हूँ कि जिस प्रकार श्री राम ने सीता का नाम जपा था मैं भी तुम्हें इसी तरह प्रेम करूँगा और तुम्हें जपूंगा। विश्वास नहीं तो तराजू में तोल कर देख लो कि किसके हृदय में अधिक प्रेम है?
- छोड़ो भंवरे! प्रेम की ऐसी मीठी-मीठी बातों से तो कई गुना बेहतर है धूप सेंकना।

इस प्रकार बाजूबंद गीतों में प्रेमी बोल के बीच में हुई वार्तालाप में उनके हृदय की कोमल व प्रेमासिक्त भावनाओं का आदान-प्रदान होता है। इन गीतों में मानव मन की उमंग और प्रेम में पगी भावना तथा व्यक्तिगत प्रेमानुभूतियों का चित्रण होता है।

गढ़वाली में नृत्य गीतों की भी भरमार है। मंगल गीतों को छोड़कर हर सुख एवं उल्लास के अवसर पर लोकगीतों के साथ नृत्य करने का चलन है। गढ़ पंचमी से लेकर संक्रांति तक प्रत्येक गाँव में विशेषकर महिलाएँ छोटे-छोटे समूह बनाकर घरों, खेतों तथा खलिहानों में नृत्य करती हैं और गीत गाती हैं। रात को भोजन के बाद भी त्योहार के दिनों में नृत्य गीतों का आयोजन होता है, जिसमें स्त्री और पुरुष बड़ी संख्या में मिलकर गीत गाते हैं और नाचते हैं।

गढ़वाली नृत्य गीत ग्रामवासियों के परस्पर सौहार्द, सहृदयता तथा आत्मीयता को दर्शाते हैं। 1. थड़िया नृत्य गीत, 2. चौफुल्ला नृत्य गीत, 3. चांचरी नृत्य गीत, 4. झोड़ा नृत्य गीत गढ़वाल के प्रमुख नृत्य गीत हैं। 'थड़िया' नृत्य गीत 'थाड़' शब्द से बना है जिसका अर्थ है–आंगन। थड़िया नृत्य के दौरान किसी खुले आँगन में नृत्य करने वाले नृतक छोटे-छोटे समूह में गोल घेरा बनाकर खड़े हो जाते हैं। टोली के लोग अपने साथ वाले साथी के कमर में आड़ा तिरछा हाथ डाल उसे हल्के से पकड़ लेते हैं और फिर गीत के बोल के अनुसार नृत्य करते हैं। गीत शुरू करने वाली टोली दो कदम आगे और एक कदम पीछे जाकर थोड़ा झुक कर नृत्य करती है और साथ-साथ गीत भी गाती है। इन गीतों की विषय वस्तु धार्मिक भावनाओं से लेकर सामयिक घटनाओं तक जुड़ी होती है। कहीं-कहीं थड़िया नृत्य शुरु करने से पहले देवी-देवता या किसी देवता से संबंधित वृक्ष विशेष की पूजा भी की जाती है।

'चौफुल्ला' नृत्य के दौरान, मिलन के गीत गाए जाते हैं। इन गीतों में प्रेम, हास-परिहास, मनुहार तथा अनुनय का चित्रण मिलता है। इसमें नृत्य के दौरान कदम ताल के सुंदर संचालन के साथ, हाथों का कौशल और भावभंगिमाएँ भी

देखने लायक होती हैं। इन गीतों में जहाँ एक ओर ग्रामीण लोगों की धार्मिक भावनाएँ और देवी देवताओं के प्रति उनकी आस्था प्रकट होती है तो दूसरी ओर मानवीय संबंधों की ऊष्मा तथा हृदय को आनंदित करने वाली चुहलबाज़ी भी शामिल होती है। प्रस्तुत चौफुल्ला गीत में भाभी और देवर के बीच हँसी-मज़ाक की झलक देखी जा सकती है। देवर भाभी से पूछता है कि वहाँ क्या रखा है। भाभी जवाब में कहती है कि तुम्हारे भाई के हिस्से की रोटी है। देवर भाभी को सताने के लिए उससे रोटी में से एक टुकड़ा माँगता है तो भाभी उसे कहती है कि छिः तू कितना भिखमंगा है। और देवर भाभी को कंजूस बताता है। इस प्रकार देवर भाभी के बीच ठिठोली वाले संवादों पर झूमते हुए वर्तक चौफुल्ला नृत्य करते हैं–

सर बियांरा क्या धरे बौ हे
त्यारा ददाकु रोट धरे
छीः तू कति मंगणया छै
छीः तू कति चूमण छै
सर बियांरा क्या धरे बौ हे
त्यारा ददाकु बुखणा धरेन
एक खोंकाल में दियाल बौ हे
छीः तू कति मंगणया छै
छीः तू कति निंदुयु छै

'चांचरी' नृत्य गीत गढ़वाल की तरह कुमाऊँ में भी बहुत प्रसिद्ध है। यह नृत्य भी स्त्री और पुरुष दोनों द्वारा सामूहिक रूप से किया जाता है। दोनों दल नृत्य में एक दूसरे के आमने-सामने खड़े हो जाते हैं और गोलाकार घूमते हैं। नृत्य का सूत्रधार दोनों भागों के बीचो-बीच हुड़की बजाता हुआ गीत गाता है। उसके गीत और बोलो की ताल पर पहले एक में खड़े पुरुष नृत्य करते हैं और फिर इस गीत की अगली कड़ी पर स्त्रियाँ नृत्य करती हैं। परंपरागत चांचरी नृत्य गीतों में भक्ति भावना का प्राधान्य हुआ करता था, लेकिन कालांतर में इनमें प्रेम विषयक तत्वों का आधिक्य हो गया। चांचरी नृत्य की तरह झोड़ा नृत्य भी गढ़वाल और कुमाऊँ दोनों में प्रचलित है। आमतौर पर यह नृत्य गीत बार-त्योहार तथा मेले इत्यादि में गाया जाता है। यह नृत्य दिन और रात दोनों में संपन्न किया जाता है लेकिन आमतौर पर रात के समय झोड़ा नृत्य करने का चलन अधिक है।

गढ़वाली में हास्य व व्यंग्य को दर्शाने वाले भी बहुत से लोकगीत प्रचलित हैं। इन गीतों का उद्देश्य खेतों में काम करते किसानों और श्रमिकों द्वारा गीतों

के माध्यम से आपसी मनोरंजन करना है। इन गीतों की विषय-वस्तु जीवन और प्रकृति से जुड़ी होती है। इन गीतों में कल्पना की बजाय वास्तविकता का उल्लेख मिलता है। राष्ट्रीय गीतों की भी गढ़वाली में भरमार है। आमतौर पर यह गीत महान नेताओं, लोकनायकों तथा समाज सुधारकों के जीवन पर आधारित हैं। इन गीतों में इन लोकनायकों के द्वारा किए गए महान कार्यों की वजह से उनका महिमा गान किया जाता है तथा उनसे प्रेरणा लेने के लिए प्रोत्साहित किया जाता है। महात्मा गांधी, सुभाष चंद्र बोस तथा भारत माता पर बहुत से लोकगीत प्रचलित हैं।

"आज़ाद हिंद फौज के सिपाहियों ने गढ़वाल की सोई कंदराओं में क्रांति के गीत और संदेश पहुँचा दिए। फलतः विदेशी शासन, रूढ़ियों, कुप्रथाओं, भुखमरी, तंगहाली, उत्पीड़न और शोषण के विरुद्ध गढ़वाल की आवाज बुलंद होने लगी। दबे पिसे हरिजनों में एक नई लहर और चेतना आ गई। गाँव-गाँव में नित्य जलसे निकलते गांधी, नेहरू, सुभाष और भारत माता की जय के नारे लगाते, प्रभात फेरियाँ निकलती और घास काटते, हल चलाते नर नारियों के कंठ-कंठ से क्रांति के असंख्य के गीत हिमालय की शत-शत धाराओं की तरह फूट पड़े।"[6] इसके अतिरिक्त गढ़वाल की धरती के प्रसिद्ध सपूत स्वतंत्रता सेनानी श्री देव सुमन, वीरांगना तीलू रौतेली, बिरला दंडयाली की वीरता पर आधारित लोकगीत भी गढ़वाली जनमानस के हृदय में अंकित हैं। कई लोकगीतों में विदेशी शासन के समय में हुए अत्याचारों के विवरण के साथ आज़ाद हिंद के सिपाहियों द्वारा गढ़वाल में क्रांति का बिगुल बजाने का उल्लेख भी मिलता है।

गढ़वाली में अनेक सामयिक लोकगीत भी मिलते हैं। इन लोकगीतों में गढ़वाल के इतिहास में समय-समय पर घटने वाली अनेक महत्त्वपूर्ण घटनाओं का लेखा जोखा होता है और गढ़वाल में घटी प्रमुख घटनाओं के सुखद और दुष्परिणामों का विवरण मिलता है। इस प्रकार के कई लोकगीतों में गढ़वाली समाज में समय-समय पर आए परिवर्तनों की छाप स्पष्ट देखी जा सकती है जो वहाँ के सामाजिक, धार्मिक व आर्थिक जीवन में आए परिवर्तनों को रेखांकित करती है। ये लोकगीत आज भी अनेकानेक अवसरों पर गाए जाते हैं। लेकिन यह भी सच है कि गढ़वाल से बड़ी संख्या में लोगों का शहरों की ओर पलायन होने के कारण आज इन लोकगीतों के गाने का चलन पहले की तुलना में काफी कम हो गया है।

वर्तमान में गढ़वाल के गाँव में युवाओं का नितांत अभाव है। केवल बड़े,

बूढ़े और सेवानिवृत्त लोग ही गाँव में रह गए हैं। नगरीय संस्कृति ने गढ़वाल के गाँवों को पूरी तरह से प्रभावित किया है। बावजूद इसके आज भी समय-समय पर गाँव में आयोजित होने वाले धार्मिक, सामाजिक तथा सांस्कृतिक अवसरों पर गढ़वाली लोग पूरे हृदय और उत्साह से गढ़वाली लोकगीत गाते हैं और उनकी धुनों पर नृत्य का भरपूर आनंद लेते हैं। सोशल मीडिया की वजह से शहरों में बसने वाली गढ़वाली युवा पीढ़ी भी इन लोकगीतों और लोकनृत्यों से भली-भाँति परिचित हैं। शहरों में बसे गढ़वाली परिवारों में विभिन्न सुखद अवसरों पर विशेष रूप से युवा गढ़वाली लोकगीतों पर अक्सर नृत्य करते दिखाई देते हैं।

गढ़वाली लोकगीतों की समृद्ध परम्परा गढ़वाली समाज व जीवन के हर पक्ष को बहुत बारीकी से विविध रंगों में अभिव्यक्त करती है। इन लोकगीतों में पूरा का पूरा गढ़वाली जीवन समग्रता में आलोकित होता है। ये लोकगीत गढ़वाली समाज का आईना है, जिसमें उस धरती के सब रंग समाहित हैं। इन लोकगीतों की धमक व महक आज भी हृदयों को उमंग और उत्साह से भर देती है। गढ़वाली लोकगीतों का महत्त्व अक्षुण्ण रहेगा।

सदर्भः

1. गढ़वाली लोकगीतः एक सांस्कृतिक अध्ययन, गोविन्द चातक, राधाकृष्ण प्रकाशन, दिल्ली, 1968, पृष्ठ-40 93,39
2. गढ़वाली लोकगीतः एक सांस्कृतिक अध्ययन, गोविन्द चातक, राधाकृष्ण प्रकाशन, दिल्ली, 1968, पृष्ठ-93,39
3. गढ़वाली लोकगीतः एक सांस्कृतिक अध्ययन, गोविन्द चातक, राधाकृष्ण प्रकाशन, दिल्ली, 1968, पृष्ठ-39
4. गढ़वाली लोकगीत, डॉक्टर शिवानंद नौटियाल, उत्तर प्रदेश संगीत नाटक अकादमी लखनऊ 1989, पृष्ठ 20
5. गढ़वाली लोकगीत, डॉक्टर शिवानंद नौटियाल, उत्तर प्रदेश संगीत नाटक अकादमी, लखनऊ 1989, पृष्ठ 19
6. गढ़वाली भाषा और उसका साहित्य, डॉ. हरिदत्त भट्ट 'शैलेश', हिंदी समिति, उत्तर प्रदेश शासन लखनऊ 1976 पृष्ठ 175

-प्रो. योजना रावत

डीन, यूनिवर्सिटी इंस्ट्रक्शन एवं

प्रोफ़ेसर (हिन्दी)

पंजाब विश्वविद्यालय, चंडीगढ

3

मराठी लोकगीत : भारुड़ एवं संत एकनाथ का योगदान

-डॉ. वरदा संभूस

लोकसाहित्य वह साहित्य है जो पीढ़ियों से आगे बढ़ता आया है। इसलिए, इसकी उत्पत्ति, काल को निश्चित रूप से निर्धारित नहीं किया जा सकता। लोकगीतों की रचना, लोगों को समझने योग्य शब्दों को लय में रखकर उन्हें उपदेश एवं मूल्य प्रदान के लिए किया गया था। लेकिन इतना समय बीत जाने और आधुनिक समय के आगमन के बाद भी इन लोकगीतों का महत्त्व कम नहीं हुआ है। लोकगीत, पारंपरिक गीत हैं जो मौखिक रूप से अगली पीढ़ी तक पहुँचाए जाते हैं। आमतौर पर यह आम लोगों की रचना होती है, जो उनके जीवन और मूल्यों को दर्शाती है। मराठी लोकगीत महाराष्ट्र में ग्रामीण जीवन का सार प्रस्तुत करते हैं, जो प्रकृति की सुंदरता से लेकर उन बहुत ही गहन मानवीय रिश्तों के पहलुओं को प्रदर्शित करते हैं। विविध प्रदेशों में लोकगीतों के कई प्रकार पाये जाते हैं। महाराष्ट्र में लावणी, भारुड़, पोवड़े, भोंडला, नागपंचमी गीत, वासुदेव, गौवलन, वनवासियों का वारली गीत, आदि प्रसिद्ध है और शतकों से चलते आ रहे हैं।

लोकगीत महाराष्ट्र की सांस्कृतिक धरोहर का एक अहम हिस्सा है। अधिकांश मराठी लोकगीतों में शिक्षाप्रद संदेश, नैतिकता, इतिहास और संस्कृति को उजागर करने वाले संदेश होते हैं। साथ ही, बेहतरीन ताल और मनमोहक धुनों के कारण ये विशुद्ध मनोरंजन भी हैं। मराठी लोकगीत का इतिहास महाराष्ट्र के प्राचीन कृषि समाजों से जुड़ा है। अन्य संस्कृतियों की तरह ही, महाराष्ट्र के शुरुआती लोकगीतों का ग्रामीण जीवन और कृषि जीवन की लय से गहरा संबंध था। मुख्य रूप से, ये गीत स्थानीय लोगों द्वारा कृषि कार्यों जैसे कि रोपण, निराई, कटाई और मौसमी उत्सवों के दौरान गाए जाते थे। लोकगीतों मे सामान्य व्यक्तियों के जीवन, इतिहास, परंपरा, एवं मूल्य व्यवस्था इनका दर्शन होता है। उदाहरण के लिए, ओवी गीतों की उत्पत्ति कामकाजी गीतों के

रूप में हुई है, जिन्हें महिलाएँ अनाज पीसने या पानी लाने जैसे नियमित काम करते समय गाती थीं। ये समय बिताने में मदद करता था, लेकिन ये कहानी कहने, ज्ञान साझा करने और भावनाओं को व्यक्त करने के तरीके के रूप में भी काम करता था।

महाराष्ट्र की सांस्कृतिक विरासत को मराठी लोकगीतों में देखा जा सकता है। समाज में मराठी लोकगीतों द्वारा कुछ महत्त्वपूर्ण भूमिकाएँ निभाई जाती रही है। लोकगीत इतिहास और परंपराओं का संरक्षण करते हैं। एक पीढ़ी से अगली पीढ़ी तक मूल्यों को रूपांतरित करने का काम लोकगीत करते हैं। गीत और धुने पुराने इतिहास को जीवित रखती हैं ताकि अगली पीढ़ी के लोग अपनी जड़ों से जुड़े रहें। लोकगीतों द्वारा सामुदायिक बंधनों को मजबूती मिलती है। मुख्यतः सामूहिक त्योहार एवं समारोहों में लोकगीत गाए जाते हैं। व्यक्ति के जीवन से हर महत्त्वपूर्ण पड़ाव जैसे जन्म, नामकरण, शिक्षा प्रारम्भ, शादी, मृत्यु आदि के समय लोकगीतों की प्रस्तुति होती है। कृषि जीवन, स्थानान्तरण, सूखा, बाढ़, आक्रमण, युद्ध आदि का प्रतिबिम्ब लोकगीतों में दिखता है। मराठी लोकगीत भावनाओं या अनुभवों को उजागर करने का एक सशक्त मंच हैं, चाहे वह त्योहार की खुशी हो, बिछड़ने का गम हो या किसी की विरासत पर गर्व हो, लोकगीतों में इन सभी भाव-भावनाओं का मिलाप देखने को मिलता है। प्राचीन काल से लोकगीत शिक्षा के साथ साथ मनोरंजन का भी माध्यम रहा है। इसमें हास्य, विनोद, कटाक्ष, विडंबन, द्विअर्थी काव्य, तंज आदि के द्वारा कुछ गहरे सामाजिक और आध्यात्मिक सन्देश दिए जाते हैं। इस लेख में महाराष्ट्र की लोकगीत परम्परा के बारे में संक्षेप में वर्णन किया गया है। शब्दमर्यादा ध्यान में रखते हुए मराठी लोकगीत का एक प्रकार 'भारुड़' और जिन्होंने भारुड़ कला को नया आयाम प्रदान किया ऐसे 16वीं सदी के संत एकनाथ के बारे में इस लेख के दूसरे चरण में व्याख्या की गई है।

मराठी लोकगीत वास्तव में विविध संगीत कला रूप हैं जो महाराष्ट्र की संस्कृति, इतिहास और रोजमर्रा की जिंदगी को दर्शाते हैं। चाहे वह लावणी की जोशीली धुन हो, पोवाड़ा में वीरता की कहानियाँ हों, ये गीत मराठी होने का प्रतीक हैं। इन गीतों को जीवित रखकर और यह सुनिश्चित करके कि वे एक पीढ़ी से दूसरी पीढ़ी तक पहुँचे, महाराष्ट्र अपनी समृद्ध सांस्कृतिक विरासत का जश्न मनाता रहता है।

मराठी लोक-आधारित गीत, अपने इतिहास और कोणीय प्रभावों की ताकत के साथ, महाराष्ट्र समुदाय की लंबे समय से चली आ रही सांस्कृतिक

विरासत के बारे में बहुत कुछ बताते हैं। अपनी शुरुआती कृषि जड़ों से, वे भक्ति आंदोलन से प्रेरित होकर, मराठा शासन में और उसके तहत, उपनिवेशों में, स्वतंत्रता संग्राम के दौरान और समकालीन परिप्रेक्ष्य में विकसित हुए। मराठी लोकगीत बदलते समय के साथ खुद को ढाल सकते थे, लेकिन हमेशा अपनी इयत्ता को बनाए रखने के साथ। Folk forms such as lavni, powada, bhallari, bharud, gondhal, oviand tamashathat historically emerged as part of the cultural repertoire of lower caste groups in Maharashtra (Naregal 2008; rege 2002)

कालसंगत लोकगीत

सातवीं शताब्दी में दक्षिण भारत में शुरु हुआ भक्ति आंदोलन, जो 13वीं शताब्दी तक महाराष्ट्र की धरती पर फैल गया, मराठी लोकगीतों की प्रकृति में आमूलचूल परिवर्तन लेकर आया। भक्ति आंदोलन एक ऐसा आंदोलन था, जिसने हर व्यक्ति की भगवान के प्रति भक्ति पर जोर दिया और जाति और वर्ग के बीच की बाधाओं को तोड़ने के लिए संगीत और कविता के माध्यम से आदर्शों पर काम किया। वस्तुतः 13वीं से 17वीं सदी के भक्तिकाल और उसके बाद हुए संतों और महानुभावों ने भारुड़, गौवलन, वासुदेव ऐसे लोकगीतों का उपयोग समाज को दिशा-दर्शन करने में किया है। कई बार लोकगीतों के लेखक ज्ञात नहीं होते और अक्सर यह पाया जाता है कि इनकी रचनाएँ सामूहिक रूप से की जाती हैं। इनकी प्रस्तुति ज्यादातर साधारण संगीत एवं सहज लय के साथ की जाती है। बाद में विकसित हुए अभिजात संगीत के मूल लोकगीत और लोकसंगीत में पाए जाते हैं।

लगभग 17वीं सदी के बाद बदलते सामाजिक, राजनैतिक एवं सांस्कृतिक परिप्रेक्ष्य में लावणी, पोवाड़ा, तमाशा जैसे लोकगीत ज्यादातर देखने को मिलते हैं। मध्यकाल में ही महाराष्ट्र में सांस्कृतिक और सामाजिक पृष्ठभूमि में कई बदलाव हुए, क्योंकि शिवाजी महाराज जैसे नेताओं के नेतृत्व में मराठा साम्राज्य का उदय हुआ। इस युग के दौरान पोवाड़ा शैली भी उभरी, यानी वीर गाथाएँ जो शक्तिशाली मराठा योद्धाओं की महिमा को उजागर करती थी। पोवाड़ा गीत शाहिरों-भाटों और गायकों द्वारा गाए जाते हैं, जो अपने नायकों की कहानियाँ गाते हैं, जिससे उन्हें देशभक्ति के सम्मान और भावना के बारे में और भी अधिक जानकारी मिलती है।

मराठा अदम्य काल में लावणी का भी जोरदार विकास हुआ एक ऐसी शैली जिसमें आकर्षक संगीत और नृत्य का मिश्रण था। आमतौर पर, लावणी

गीत मराठा शासकों के दरबार और महलों में गाए जाते थे; कुछ गाँव की सभाओं और मेलों में भी गाए जाते थे। उस समय लावणी गीतों के विषय शृंगार और प्रेम से लेकर सामाजिक टिप्पणी और यहाँ तक कि व्यंग्य तक भिन्न होते थे, इसलिए उस समय की जटिल सामाजिक गतिशीलता की प्रतिध्वनि करते थे।

मराठी लोक संगीत औपनिवेशिक व्यवस्था के तहत भी जीवित रह सका और फल-फूल सका, सांस्कृतिक पहचान को बनाए रखने और विदेशी प्रशासन के खोखले प्रभाव का विरोध करने के लिए एक शक्तिशाली साधन के रूप में कार्य किया। 19वीं और 20वीं सदी के स्वतंत्रता आंदोलन के दौर में नाटक, सिनेमा आदि आधुनिक माध्यमों के साथ ही लोकगीत नए रूप में देशभक्ति का सन्देश लेते हुए प्रस्तुत किये गए। भले ही समय के साथ माध्यम बदलते गये लेकिन लोकगीतों का प्रस्तुतीकरण एवं जनमानस पर प्रभाव कायम रहा है। समय के साथ, लोकगीत सामाजिक और राजनीतिक चेतना के वाहक बन गए। उदाहरण के लिए, पोवाड़ा में ब्रिटिश वर्चस्व के जुए के खिलाफ प्रतिरोध और अवज्ञा की एक पंक्ति शामिल थी और दूसरों को इस स्वतंत्रता के लिए संघर्ष करने के लिए प्रेरित किया। इसी तरह, लावणी और भावगीत ने सामाजिक न्याय, लैंगिक समानता और जाति-आधारित स्थिति और आर्थिक विविधताओं पर समकालीन मुद्दों पर काम किया।

1947 में स्वतंत्रता के बाद, लोक कलाओं के संरक्षण और संवर्धन के लिए एक नया उत्साह उभरा, जिसमें न केवल मराठी लोकगीत बल्कि लोक कलाओं की एक बड़ी विविधता शामिल थी। उन गीतों को प्रलेखित, रिकॉर्ड और लोकप्रिय बनाने के लिए सरकार और सांस्कृतिक निकायों द्वारा विभिन्न पहल की गई। अंततः, लोक संगीत समारोहों, प्रतियोगिताओं और अन्य प्रदर्शनों की मदद से मराठी लोकगीतों को मान्यता दी गई। स्वतंत्रता प्राप्ति के बाद, मराठी लोक संगीत, आधुनिक संगीत शैलियों और तकनीकों के साथ घुलने-मिलने लगा। रेडियो, टेलीविजन और बाद में डिजिटल मीडिया ने लोक संगीत के प्रसार के लिए नए मंच प्रदान करना शुरू कर दिया। इस अवधि में अन्य समकालीन लोक कलाकारों का उदय भी हुआ, जिन्होंने पारंपरिक धुनों को आधुनिक वाद्य यंत्रों और उत्पादन मानकों के साथ शामिल किया, जिससे एक नई आधुनिक लोक शैली का निर्माण हुआ।

मराठी भारुड़

भारुड़ मराठी काव्य का एक रूप है। इसके माध्यम से धार्मिक एवं नैतिक

दर्शन को सरल रूपकों के माध्यम से आम लोगों तक पहुँचाने का कार्य किया गया है। भारुड़ कथात्मक गीत हैं जिनके दोहरे अर्थ होते हैं। बाहरी अर्थों में गहरा आध्यात्मिक अर्थ छिपा होता है। कई संतों ने सामाजिक ज्ञान पर लिखा है। एकनाथ से पहले के संत जैसे ज्ञानेश्वर और नामदेव तथा एकनाथ के बाद के संत जैसे तुकाराम और रामदास ने भी भारुड़े लिखे, लेकिन उनमें एकनाथ महाराज जैसी विविधता नहीं है। संत तुकाडोजी महाराज की रचनाएँ भी लोकप्रिय हैं। वासुदेव, वाघ्या-मुरली, गोंधली, भराड़ी, पोतराज, कड़कलक्ष्मी, भूत्या और पिंगला जैसे विभिन्न लोक कलाकार गाँव की गालियों में लोगों का मनोरंजन और ज्ञानवर्धन कर रहे थे।

'भारुड़' शब्द का शब्दकोषीय अर्थ 'धनगर' है। इसे समझाने के लिए महानुभाव संप्रदाय के ऋद्धपुरा वर्ण नामक ग्रंथ के आधार पर कहा गया है, 'वे घोड़े जो रात्रि आकाश से सुशोभित हैं, वे भेड़े जो भेड़ों के आभूषणों से सुशोभित हैं।' महाभारत में गीत का प्रकार शकुंतला आख्यान, भारुड़ संग था। अर्थात् अथर्वशीर्ष का रचनाकाल लगभग 2500 वर्ष पूर्व था। इससे यह संभावना है कि 'भारुड़' शब्द कम से कम 2000 वर्ष पुराना है। वैदिक और उत्तर-वैदिक काल के दौरान, प्राकृत लोगों के मनोरंजन और सामाजिक गतिविधियों के विभिन्न रूप थे। उन्होंने वैदिक देवताओं और उनके वीरतापूर्ण कार्यों की प्रशंसा की। यज्ञ करने वाले लोगों के बाद, जब बलिदान का स्थान देवताओं की पूजा ने ले लिया और संस्कृत का स्थान प्राकृत ने ले लिया, तो जनपद साहित्य ने समय के साथ एक अलग रूप ले लिया और भारुड़ के रूप में सामने आया।

भारुड़ का मूल हरिकीर्तन है और मराठी कीर्तन परंपरा के जनक नामदेव महाराज हैं। जिस कीर्तन पर नामदेव नृत्य करते थे उसे 'ललित' कहा जाता था और 'ललित' से ही रूपक शब्द का जन्म हुआ। आध्यात्मिकता किसी चीज़ या रूपक के माध्यम से व्यक्त की जाती है। यह भारुड़ का मुख्य उद्देश्य था। कुछ लोग यह भी मानते हैं कि 'भारुड़' शब्द 'बहुरूढ़' शब्द का अपभ्रंश है।

सांसारिक मामलों के लिए आध्यात्मिक या नैतिक रूपक बनाने की परंपरा बहुत प्राचीन है। ऐसे रूपक महाभारत, भगवद्‌गीता तथा लोकगीतों और कलगीतुरा की कविताओं में पाए जाते हैं। ज्ञानेश्वर-नामदेव द्वारा रचित रूपक उसी परंपरा के हैं। रूपक, रूपक के जादू के माध्यम से श्रोताओं का ध्यान आकर्षित करने, उन्हें रूपक को समझने में संलग्न करने तथा अंततः उन पर रूपक की आध्यात्मिक और नैतिक विषय-वस्तु को प्रभावित करने में उत्कृष्ट

होते हैं। चूंकि भारुड़ आत्मज्ञान के लिए उपयोगी एक काव्यात्मक रूप है, इसलिए कई संप्रदायों ने इसका प्रयोग किया है। यद्यपि संस्कृत या प्राकृत में भारुड़ शब्द भारुड़ गीत शैली को संदर्भित करता है, लेकिन इन भाषाओं में भारुड़ रचना उपलब्ध नहीं है। इसलिए, भारुड़ की काव्य रचना मराठी भाषा में उत्पन्न हुई। एक विचारधारा का मानना है कि संत ज्ञानेश्वर भारुड़ के मूल निर्माता थे। हालाँकि, भारुड़ इससे पहले भी लोकप्रिय थे। संत एकनाथ महाराज ने भारुड़ काव्य को शिखर पर पहुँचाया।

भारुड़ एक रूपकात्मक नाटकीय गीत जो आध्यात्मिक और नैतिक शिक्षा प्रदान करता है। भारुड़ में कई रूपक आते है। ये रूपक हैं महालक्ष्मी, भवानी, खंडोबा, बहिरबा आदि देवी देवताओं हो सकते है, या फिर विविध संप्रदाय के अनुयायी, जैसे महानुभाव, लिंगायत, नाथ आदि होते। अंधा, बहरा, लंगड़ा आदि, भिखारी; ज्योतिषी, भटजी, जगत्य आदि पेशेवर या व्यक्ति विशेष के रूपक होते है या फिर लोककलाकार जैसे; डोंबारी, कोल्हाटी डायन, भांड आदि भी हो सकते है। भरूड़ों में अनौपचारिक अनुष्ठान जैसे फूल माला बांधना, मन्नतें मांगना, हल्दी लगाना आदि रूपक देखने को मिलते है, या फिर हुतुतु, टिपारी, भौरा, पिंगा आदि खेल भी रूपक के माध्यम बन सकते है। कुत्ता, बैल, चूची, बिच्छू आदि जैसे पशु अक्सर रूपक में देखे जाते है। अनेक रूपकोंके माध्यम से आध्यात्मिक, नैतिक बातरखने का काम संत एकनाथ से पहले संत ज्ञानदेव और संत नामदेव द्वारा किया गया था, साथ ही तुकाराम, रामदास आदि द्वारा भी किया गया था और अन्य कई संतों, महापुरुषों ने ऐसी रचनाएँ की है। फिर भी एकनाथ के भारुड़े इतने लोकप्रिय हुए कि यह मानना आम हो गया कि भारुड़े का मतलब संत एकनाथ ही है। संतों की कहानियों में इस प्रकार की संरचना को रूपक कहा जाता है। यह स्पष्ट नहीं है कि उन्हें भारुड़ नाम कब और क्यों दिया गया तथा भारुड़ शब्द की व्युत्पत्ति क्या है। भारुड़ में जो अनेक रूप आते है, 'बहुरूप' आते है उसी का अपभ्रंश भारुड़ है।

भारुड़ को स्पष्टतः एक गीत शैली कहा जा सकता है। लेकिन भारुड़ के दो अर्थ हैं, व्यावहारिक और आध्यात्मिक। भारुड़ का अर्थ इसमें निहित रूपक को समझे बिना नहीं समझा जा सकता।

यदि इस अर्थ को नहीं समझा गया तो भारुड़ केवल मनोरंजन का माध्यम बन जाएगा। यद्यपि भारुड़ में "सासरा" शब्द का पारंपरिक अर्थ "ससुर" है, लेकिन इसके पीछे का रूपक अहंकार है। रूपक के दर्शन के कारण ही भारुड़

ने कीर्तन की परंपरा की महानता प्राप्त की है। यद्यपि भारुड़ को सभी संतों ने लिखा है, लेकिन संत एकनाथ ने भारुड़ को एक अलग ऊँचाई दी। कार्यक्रम की व्याख्या और अनुकरण में आधुनिक संदर्भों का उपयोग किया जा सकता है।

मराठी साहित्य एवं संत साहित्य के जाने-माने अभ्यासक शं. गो. तुलपुले अपने ग्रन्थ में भारुड़ और संत एकनाथ का गौरव इन शब्दों में करते हैं:

"The social consciousness (of Eknath) is even more vital in his Bharuds, which are shorter poems similar to folk&songs with a double meaning, one secular and the other spiritual... Their themes vary from the snake to the ghost and from the Mahara to the Turk, and every piece is at once realistic and romantic retaining everywhere its innate spirituality- These bharuds together present a grotesque and queer world where the poet dramatizes now a village-astrologer, then a bard and yet again a watchman Mahar, who comes in the early hours of the morning calling aloud-, (Tulpule, 1979, 357)

भारुड़ के विषय एवं सादरीकरण

भारुड़ के विषय आम जनता के लिए परिचित हैं और रोजमर्रा की जिंदगी में सामने आते हैं। एकनाथ के भारुड़ में विभिन्न विषय जैसे व्यवसाय, रिश्तेदारी, सामाजिक दृष्टिकोण, गाँव, दैवीय भूमिकाएँ, भूत-प्रेत, पशु-पक्षी, त्योहार आदि दिखाई देते हैं। इन गीतों में निहित नाटकीय वर्णन, अक्सर जोशी या ज्योतिषी, गृहिणियों और गोंधल कलाकारों और साधुओं या तपस्वियों जैसे पात्रों को दर्शाते हैं।

एकनाथ के आध्यात्मिक अनुभव को उनके भारुड़ के माध्यम से बहुत सरल भाषा में प्रस्तुत किया गया है। उन्होंने नैतिकता और सदाचार पर बहुत जोर दिया। इसलिए, समाज को समझने योग्य भाषा और उनके लिए लागू होने वाला दर्शन उनके लेखन में पाया जाता है। नाथ के भारुड़ में विषयों की बहुत विविधता है। इन कविताओं के माध्यम से सम्पूर्ण जीवन पर अवलोकन और चिंतन व्यक्त किया गया है। भारुड़ की रचनाओं में आध्यात्मिकता, मनोरंजन, दोषों और बुराइयों का खंडन और रहस्यमय प्रतिध्वनि समाहित है। भारुड़ लेखन के उद्देश्यों और रचनात्मक संकेतों के आधार पर, एकनाथ का भारुड़ एक रूपकात्मक, खुले अंत वाली रचना है जिसका उद्देश्य आध्यात्मिक ज्ञान, आत्मज्ञान, समाजप्रबोधन और मनोरंजन प्राप्त करना है। यही कारण है कि संस्कृत साहित्य में जो स्थान पुराणों का है, वही स्थान संत साहित्य में भारुड़ का है। भारुड़ की रचनाएँ नाटकीय तत्वों से भरी हैं। इसलिए उनका नाट्य

रूपांतरण आसान था।

प्राचीन मराठी कवियों ने हास्य को कुछ हद तक नजरअंदाज करते हुए कहा था, "मूर्ख को हास्य पसंद होता है।" एकनाथ एक अपवाद हैं। यह जानते हुए कि हास्य केवल धनी लोगों को ही नहीं, बल्कि आम लोगों को भी पसंद आता है, एकनाथ ने इसका भरपूर उपयोग किया। 'नानंदे वह है जो चुटकुले बनाता है।' 'उसे खुजली हो जाए', 'फटे कपड़े, फटी चोली।' जैसी रचनाएँ एकनाथ के भारूड़ों में दिखाई देती है एकनाथ की विशुद्ध हास्य भावना वास्तविक जीवन की स्थितियों में स्पष्ट दिखाई देती है, 'जैसे शिव के बिना रस्सी नहीं है' या 'कुत्रब्राह्मण संवाद' और 'हिंदू-तुर्क संवाद' में प्रश्न और उत्तर द्वारा आध्यात्मिक ज्ञान दिया गया है। 'इस' भारुड़ कभी-कभी ऐसी भाषा का प्रयोग किया गया है जो अश्लील लग सकती है, लेकिन वह भी हास्य का ही एक रूप है।

एकनाथ के भारुड़ लोकप्रिय होने के चार कारण हैं: (1) विविधता, (2) नाटक, (3) हास्य और (4) गेयता। सांसारिक लोगों को इस सांसारिक जीवन के आधार पर आध्यात्मिक और नैतिक शिक्षा देकर, मनोरंजन के माध्यम से लोगों को शिक्षित करने का कार्य हम कर सकेंगे, यही भारुड़ की रचना के पीछे उनकी मंशा प्रतीत होती है। इसी उद्देश्य से उन्होंने रामायण और महाभारत की कहानियाँ बताते समय रूपकों का सहारा लिया। एकनाथ के भारुड़ असाधारण रूप से नाटकीय है। गाते समय, पात्रों की वेशभूषा लायी जाती है और अवसर के अनुसार वर्णन किया जाता है। भारुड़ 'विंचू चावला' का लक्ष्य काम और क्रोध से उत्पन्न मन की स्थिति है, लेकिन इसमें अभिनय बिच्छू के डंक जैसा है। यही बात अन्य भारुड़ों के साथ भी घटित होती है।

भारुड़ में गायन, लोक संगीत में गायन जैसा है। एकनाथ ने भारुड़ की रचना की, जिसे ढोलकी, डमरु, तुमड़ी, डिमड़ी, ताल, चाल, एकतारी, टुनटुन, वेणु और अन्य वाद्यों के साथ मिलकर तैयार किया गया था, जिसमें वासुदेव, गोंधली, वाघ्या-मुरली, दौरी, फकीर के साथ-साथ मंदिरों और घरों में कीर्तन गायकों और महिलाओं द्वारा गाए जाने वाले गीतों की लय, शैली और लय को शामिल किया गया था। यह लोक गायकों के बीच लोकप्रिय हुआ और लोगों का पसंदीदा बन गया। बिल्कुल आजकल के फिल्मी गानों की तरह, यद्यपि भारुड़े की रचना सार्वजनिक शिक्षा के लिए की गई थी, लेकिन इसे वारकरी गायन, कीर्तन या भजन में शायद ही कभी गाया जाता है। संतों के अभंग दैनिक गायन के लिए होते हैं और भारुड़े दुर्लभ अवसरों पर मनोरंजन के लिए होते

हैं। रचना का मुख्य उद्देश्य यह सुनिश्चित करना है कि उस मनोरंजन में भी आध्यात्मिकता की खोज लुप्त न हो जाए।

देशपांडे और राजाध्यक्ष ने निम्नलिखित शब्दों में संत एकनाथ के भरुडों का गौरव किया है।

His (Eknath's) Bharuds, about 300 of which are available, aim at conveying spiritual knowledge to the common people through the medium of Gondhalis, garudis, wasudeo and others who under the garb of entertainment instilled spiritual lessons in the lowliest of people- He has utilised an infinite variety of folk-songs, and popular rituals for a spiritual purpose, and has added to their charm and appeal with his literary skill. (Deshpande, Rajadhyaksha, 19)

उदहारण के तौर पर एकनाथ महाराज का प्रसिद्ध भारुड़ 'रोडगा' या 'रोटी' का भाषांतर अपने पाठकों के लिए प्रस्तुत कर रही हूँ।

सत्वर पाव गं मला।
भवानी आई रोडगा वाहीन तुला ।।
सासरा माझा गावी गेला तिकडेच खपवी त्याला।
भवानी आई, रोडगा वाहीन तुला ।।
सासू माझी जाच करिते लवकर न्येई गं तिला।
भवानी आई, रोडगा वाहीन तुला ।।
जाऊ माझी फडाफडा बोलते बोडकी कर गं तिला।
भवानी आई, रोडगा वाहीन तुला ।।
नणंदेचं कार्टं किरकिर करतं खरुज येऊ दे त्याला।
भवानी आई, रोडगा वाहीन तुला ।।
दादला मारून आहुति देईन मोकळी कर गं मला।
भवानी आई, रोडगा वाहीन तुला ।।
एका जनार्दनी सगळेच जाऊ दे एकटीच राहू दे मला।
भवानी आई, रोडगा वाहीन तुला ।।
इस भारुड़ का भाषांतर कुछ इस प्रकार से है:

रोटी

हे भवानी आई (देवी माँ) तू मुझपे तुरंत कृपा कर दे।
रोटी चढ़ाऊँगी तुझे ।।
ससुर मेरा गाँव गया है वही पे उठा ले उसे।
भवानी आई में रोटी चढ़ाऊँ तुझे।।

सास मेरी सताती मुझको जल्दी ले जा उसे।
भवानी आई में रोटी चढ़ाऊँ तुझे।।
जेठानी मुझे ताने मारे विधवा कर दे उसे।
भवानी आई में रोटी घढ़ाऊँ तुझे।।
ननन्द का बेटा रोता रहता खुजली होने दे उसे।
भवानी आई रोटी चढ़ाऊँ तुझे।।
पति को मारके जला दूँगी बन्धमुक्त कर दे मुझे।
भवानी आई रोटी चढ़ाऊँ तुझे ।।

निष्कर्ष

तेजी से बदलती दुनिया में, मराठी लोकगीत सांस्कृतिक जागरुकता लाने और यहाँ तक कि अन्य लोगों में अपनी सांस्कृतिक विरासत के लिए गर्व लाने में महत्त्वपूर्ण भूमिका निभाते हैं।

ये गीत लोगों को याद दिलाते हैं और उन्हें अपनी समृद्ध सांस्कृतिक पृष्ठभूमि के साथ अपनी संस्कृति को बनाए रखने और मनाने के लिए प्रोत्साहित करते हैं। भारुड़ हमारी लोक संस्कृति का समृद्ध भंडार है। एक ओर, भारुड़ नृत्य, संगीत, नाटक, हास्य और बहुत कुछ का घर है। दूसरी ओर, भारुड़ कीर्तन परंपरा का घर है। शास्त्रीय रंगमंच की उत्पत्ति भारुड़ से हुई। भारुड़ की मिठास मादक, अवर्णनीय और अविनाशी है। भारुड़ सार्वजनिक संवाद का एक खुला विश्वविद्यालय है। पहले, केवल पुरुष ही भारुड़ नृत्य करते थे। लेकिन अब यह स्थिति बदल गई है। संत साहित्य की विद्वान महिला भारुड़ कलाकार गंगूबाई जाधव, लक्ष्मीबाई गिरम और चंदाबाई तिवारी भारुड़ उनके भारुड़ प्रस्तुति के लिए जानी जाती है। चंदाबाई तिवारी को संगीत नाटक अकादमी पुरस्कार भी मिल चुका है। उन्हें रेडियो और टेलीविज़न पर प्रदर्शन करने के लिए आमंत्रित किया जाता है। महाराष्ट्र में निरंजन भाकरे, चंदाबाई तिवारी और मीराबाई उमाप भारुड़ के प्रस्तुतकर्ता हैं। स्वतंत्रता-पूर्व काल में, जुन्नार तालुका की राधाबाई अरोटे और सीताबाई अरोटे (डंबरवाड़ी) पूरे महाराष्ट्र में वारकरी भारूड़ों का प्रदर्शन करती थीं। इन दोनों बहनों ने पुरुषों की वेशभूषा धारण कर महाराष्ट्र और मुंबई को प्रसिद्ध बना दिया। उनके भरुड़ के लिए मुंबई में भारी भीड़ हुआ करती थी।

संतों ने लोक शिक्षा के लिए भारुड़ की रचना की। भारुड़ को सिर्फ गायन के माध्यम से ही नहीं दिखाया जाना चाहिए, बल्कि उसे संपादित भी करना

होगा। भारुड़ में ब्रह्मज्ञान को कथा का रूप देकर मनोरंजन किया गया है। इसके अलावा, जो व्यक्ति भारुड़ करता है, उसे नर्तक होने के साथ-साथ शिक्षक भी होना चाहिए। इन दोनों चीजों के संयोजन के कारण ही भारुड़ सदियों से सार्वजनिक मनोरंजन के साधन के रूप में कार्य करता रहा है तथा जनता को शिक्षित करने और अपने धर्म के प्रति जागरुकता बढ़ाने में सहायक रहा है। ये वो शब्द हैं जो भारुड़ ललित में अभिनय करके और संवाद डालकर बोले जाते हैं और इसीलिए कहा जाता है कि ललित का बीज भारुड़ में है। मराठी संतों ने परिपक्व, शिक्षित लोगों के लिए भागवत, ज्ञानेश्वरी, गाथा और अमृतानुभव जैसे ग्रंथों की रचना की। इसी प्रकार भारुड़ के लिए भी व्यवस्था की गई ताकि अन्य सभी लोग दान का लाभ उठा सकें और अध्यात्म को सुगम बना सके। भारुड़ का अर्थ आध्यात्मिकता का अवतार बताते हुए उन्होंने कहा कि ज्ञानदेव से पहले भी लोक कलाकार थे। हमारे संतों ने शोध प्रबंध लिखे। लेकिन, भक्ति आंदोलन खड़ा करने के लिए उन्हें आम लोगों की भाषा और लोगों से संवाद करने के साधन की आवश्यकता थी। इसे माध्यम बनाने का काम भारुड़ ने किया।

संदर्भ :

1) आवटे, त्र्यं. ह. (संपा.), गाथापंचक अर्थात् सकलसंतगाथा, पुणे, 1923.

2) देखणे, रामचंद्र. भारुड़ वाङ्मयातील तत्त्वज्ञान, पुणेः पद्मगंधा प्रकाशन, 2002,

3) नांदापूरकर, ना. गो. एकनाथी भारुड श्री एकनाथदर्शन, भाग 1, श्री एकनाथ संशोधन मंदिर, औरंगाबाद, 1952.

4) फाटक न. र. संत एकनाथः वाङ्मय आणि कार्य, 1950.

5) बडवे, न. वि. श्री. एकनाथांची भारुड़े, औरंगाबाद, 1978.

6) माचवे, प्रभाकर, संत एकनाथः परिचय और कविताएँ, दिल्लीः सवस्वती विहार, 1991.

7) साखरे, नानामहराज, श्री संत एकनाथ महाराज यांच्या अभंगाची गाथा, पुणेः इंदिरा प्रकाशन, 1952.

8) Deshpande, Kusumawati and M. V. Rajadhyaksha, A History of Marathi Literature. New Delhi: Sahitya Akademi, 1988.

9) S. G. Tulpule, Classical Marathi Literature. Wiesbaden: Otto Harrassowitz, 1979-

10) Zelliot, Eleanor. "Eknath's Bhäruds: The Sant as Link Between Cultures., The Sants: Studies in a Devotional Tradition of India (1987): 91.

-डॉ. वरदा संभूस

सह-प्राध्यापक

जवाहरलाल नेहरू विश्वविद्यालय, नई दिल्ली

4

भारतीय लोकगीतों में स्त्री एकता के स्वर

-डॉ. वंदना मिश्रा

यदि आप संदेहरहित और स्पष्ट राय जानना चाहते हैं तो लोक से बेहतर कुछ नहीं है। यास्क मुनि ने लिखा 'लोकम पृच्छ'+अर्थात् लोक से पूछो। यह लोक है क्या? लोक की परिभाषा कैसे निर्धारित की जाए? विद्यानिवास मिश्र भारतीय सन्दर्भ में लोक को संस्कृति का मर्मस्थल मानते हैं।

मुश्किल यह है कि हम लोक को सभ्य जन से शहरीजन से भिन्न मानते हैं। पहले सभ्य को समझने का प्रयास करते हैं या सभ्य को समझने का प्रतिमान बनाते हैं। फिर उस चलनी से जो नीचे गिर जाता है उसे लोक कहते हैं। सभ्य के विपरीत को लोक में रखते हैं। हमारी सारी शक्ति जिन्हें हम शहरी कहते हैं उन्हें समझने में लग जाती है।

इसके विपरीत जो है वह अपने आप लोक के खाते में रख दिया जाता है।

इस तरह लोक की एक नकारात्मक छवि भी हमारे मन में उभरती है और उसकी चेतना उसकी सरलता (जिसे हम कभी-कभी बेवकूफी मान लेते हैं।)

नज़रअंदाज़ कर देते हैं, ध्यान रखने वाली बात यह भी है कि गाँव जिसे हम सरलीकरण के तहत लोक का प्रतीक मान लेते हैं वहाँ का हर निवासी उतना सरल नहीं होता है।

लोक की औपचारिकता और अनौपचारिकता दोनों असीम होती है। वह एक तरफ रहेगा उसके विचारों में स्पष्टता रहती है वह डिप्लोमेट नहीं होता है।

स्त्रियों को बहुत पहले से ही अपनी बात कहने की आज़ादी नहीं हैं। वे पुरुषों की तरह कठोरता से, निर्भीक हो कर अपनी बात कहने की सुविधा नहीं पाती हैं। अपनी बात कहने के लिए उन्होंने रसात्मकता का माध्यम खोजा। लोकगीतों में अपना दर्द कहने से एक तो उनकी बात समाज सुन लेता है, दूसरा उनका मन भी हल्का हो जाता है।

बिना विमर्श का झंडा उठाए ये स्त्रियाँ समाज में थोड़ा परिवर्तन करती ही

हैं। लोकगीतों में इन स्त्रियों के व्याकुल और घायल मन की झलक दिखती है। अपनी इन अनगढ़ कविताओं से वे उन धारणाओं को भी खंडित करती हैं, जो स्त्रियों को स्त्री के विरोध में देखता है। हम इन लोकगीतों को देखते हैं तो विश्वास होता है कि तमाम विरोधों के बाद भी स्त्री का मन एक होता है और जहाँ वह पुरुष हस्तक्षेप से मुक्त होती है वहाँ उसका असली चेहरा जो 'सखी भाव' लिए होता है, दिख जाता है।

बाहर से विभिन्न खाँचों में विभाजित दिखने पर भी, स्त्री मन अंदर से एक होता है। अपने दर्द और सुख का साथी वो अपनी सहेली, ननद, माँ, भाभी और सास को बनाती है–

"चलतू, फिरत ओढ़नी मोरी फाटी
लहँगा त फटत झकोरन से
चित्त फाटत राजा की
बोलन से ननदी!"

लोक में स्त्री विमर्श और एकता का उस तरह का स्पष्ट रूप भले ही न दिखे पर आशान्वित ज़रूर करता है। यह विमर्श शोर के रूप में नहीं बुदबुदाहट के रूप में समझा जा सकता है। इस संदर्भ में बद्री नारायण ने लिखा है–

"बुदबुदाहटे दुनिया भर के उत्पीड़तों की सबसे विश्वसनीय दस्तावेज होती हैं"

एक लोकगीत में पति नाराज़ हो कर पत्नी को घर से निकालना चाहता है। एहसान जताते हुए कहता है कि जो अपने घर से सामान बर्तन भांडे लेकर आयी हो, वह लेकर जाओ।

सास हस्तक्षेप करती है, बेटे को डाँटती है, कहती है सब लौटा दोगे, पर उसका कौमार्य लौटा सकते हो? विमर्श एवं नारी एकता का अद्भुत उदाहरण लगा यह गीत द्रष्टव्य है–

"जैसे रहल ई बाबा घर कुमार
वइसन कई के भेजो ना"

स्त्री विमर्श के पुरोधा इसमें स्त्री की यौन शुचिता को लेकर किए गए आग्रह पर प्रश्न उठा सकते हैं, पर यह लोकाग्रह एवं लोकमान्यता से मुँह फेरना ही होगा।

लोक परिवर्तन लाता है पर शोर के साथ नहीं।

स्त्री के विषय में प्रचलित एवं मानी जाने वाली अनेक धारणाओं को खारिज होता देखते हैं। हम लोकगीतों में तब यह विश्वास होता है कि तमाम

विरोधों के बाद भी स्त्री का मन एक होता है और जहाँ वह पुरुष हस्तक्षेप से मुक्त होती है। वहाँ उसका असली चेहरा जो सखी भाव लिए होता है, दिख जाता है। बाहर से विभिन्न खाँचों में विभाजित दिखने पर भी, स्त्री मन अंदर से एक होता है और वो परिवर्तन की तरफ बढ़ता है कभी-कभी बेआवाज़।

इस संदर्भ में बद्री नारायण की पंक्तियाँ द्रष्टव्य है–"कोई जरूरी नहीं, हर रुलाई में आँसू आए, आह निकले, ओह निकले, कोई जरूरी नहीं, शुक्ला सूत्र में एक वृतांत है कि विंध्य पर्वत के उस पार जो पिघल गए /मूँगे के पहाड़ वह वस्तुतः एक गूँगे के रोने से ढंहे हैं /

एक लोकगीत में अपनी व्यथा सास बहू से बताती है, जिसमें उसका पति बचपन में ही परदेश चला गया और लौटा नहीं–

"खेलत-कूदत बहुअरि निमिया लगवलीं
रेखिया भिनत ऊ बिदेसवा हो राम
फरी गईली निमिया, लहसि गईलीं डरिया,
तबहूँ ना अइलें मोर बिदेसिया हो राम ....

दर्द का यह रिश्ता कितना मज़बूत है यह कहने की बात नहीं है।

स्त्रियों की यह एकता अगर पूर्ण रूप से कहीं दिखती है तो सीता प्रसंग में।

सीता जैसी सती स्त्री का परित्याग कर राम ने समूची स्त्री जाति को पीड़ित किया है। भले ही शास्त्र ने राम को माफ़ कर दिया हो पर लोक ने नहीं किया।

राम पत्नी के प्रति तमाम समर्पण और त्याग के बाद भी लोकगीतों में प्रश्नांकित किए जाते हैं।

राम सीता सी जोड़ी चाहने पर भी, राम सा वर पाने का आशीर्वाद देने पर भी, सीता को स्त्रियाँ उलाहना देने के प्रतीक के रूप में रखती है।

पुरुष से पीड़ित स्त्री कह उठती है कि पुरुष ने तो माता सीता को भी नहीं बख्शा।

भोजपुरी के तमाम लोकगीतों में औरतें राम के ईश्वरत्व पर संदेह करती हैं। उनके पति होने को प्रश्नांकित करती हैं।

सीता को न समझे जाने का दर्द हर नारी शिद्दत से महसूस करती है। धर्म उसे ऐसा प्रतिरोध करने की इजाज़त नहीं देता।

वहाँ राम का राजा एवं ईश्वर का रूप सामने आ जाता है। प्रजा हित सर्वोपरि हो जाता है, पर लोक में यह बंधन नहीं रह जाता, वहाँ स्त्रियाँ खुलकर राम को कटघरे में खड़ा करती हैं।

वे प्रश्न करती हैं कि तुम कैसे ईश्वर थे! जिसने किसी अन्य के कहने पर अपनी पत्नी का त्याग कर दिया।

सत्ता और शक्ति से सामान्य जन लड़ नहीं सकता इसलिए लोक प्रतिरोध के मिथकीय चरित्र गढ़ लेता है।

'सोना चमाइन', 'परमेशर डीहवार', 'ओझा जी का मिथक'।

जादुई यथार्थवाद 'मार्खेज' का सिद्धांत हो पर वह सबसे ज्यादा हमारे भारत में, लोकमानस में फलीभूत होता है।

एक अतिमानव की कल्पना या फिर सन्तान से बदला दिलवाना। जन मन को संतुष्ट करता है, उसकी पीड़ा को दूर करता है।

लोकमन सीता का बदला राम की संतानों से दिलवाता है लव कुश लोकगीतों में ऐसे तमाम प्रश्न करते हैं। जिनसे राम समेत सभी अयोध्यावासी नतमस्तक हो जाते हैं।

लोक कथाओं में भी हम रानी की तरफ से उनके संतानों को प्रश्न पूछते देखते सुनते हैं। यह लोक के प्रतिरोध का एक तरीका है।

वह लोकशक्ति के जीतने की कामना करता है। तुलसीदास जिस बात को हल्के संकेत से कह कर बढ़ जाते हैं।

"तेहि अवसर करुणानिधि कहे कछुक दुर्वाद
तेहि सुन जातुधानी, लागी करे विशाद"

वह दर्द लोक में गहरा हो कर दिखता है।

लोक राम की क्रूरता को देखता भी है और प्रतिकार भी करता है।

नवनीता देवसेन कहती हैं कि–"राम कथा का स्त्री पुर्नपाठ प्रायः महाकाव्य से एक चयन है। यह संपूर्ण नहीं है क्योंकि स्वयं उनके जीवन भी खंडित हैं।"

वनवास एवं त्याग को भक्ति रामायण या तो छोड़ देते हैं या उन पर आध्यात्मिक रंग चढ़ाने की कोशिश करते हैं परंतु स्त्रियाँ लौकिक धरातल पर इस अन्याय के खिलाफ़ नज़र आती हैं। सीता के लिए राम को 'निष्ठुर' 'पापी' तक कह जाती हैं।

वही राम जो दीनदयाल है, करुणा निधान है, पतित पावन और उद्धारक हैं।

"यह भी क्या संयोग ही है कि महिलाओं की रुचि वाले ये दो कांड क्लासिकी रामायण अध्येताओं द्वारा सर्वाधिक प्रक्षिप्त माने जाते हैं।"

पूर्वांचल और बिहार आदि में बारात विदा होने के बाद स्त्रियाँ 'जगराता' या 'नकटा' का समारोह करती हैं।

'नकटा' नाम से ही उसके स्तर से नीचे होने का बोध होता है।

इसमें स्त्रियाँ पुरुष की भूमिका निभाती हैं विचारणीय है कि पुरुष की भूमिका निभाने वाले समारोह का नाम 'नकटा' ही क्यों रखा गया? क्योंकि जो उन्मुक्तता और कभी-कभी अश्लीलता को छूता हुआ व्यवहार पुरुष का माना जाता है, वो करने की छूट मिल जाती है, उस रात स्त्रियों को।

इसमें स्त्रियाँ स्वयं पुरुष बनकर, पुरुष समाज के अत्याचारों को प्रहसन के रूप में सामने रखती हैं।

यह प्रतिरोध का एक समर्थ प्लेटफार्म है। जिन बातों का विरोध वे सामने नहीं कर पाती। उनका इस तरह करती है। लोक का रूप एक स्तर पर नहीं होता, इसलिए उसके भीतर प्रतिरोध के भी भिन्न-भिन्न रूप दिखाई पड़ते हैं।

स्त्री को विरोधी रूप में रखने के पीछे पुरुष ही है। ज़र, जोरू और ज़मीन ही नहीं पुरुष भी झगड़े का कारण हो सकता है।

लोक से कुछ छुपता नहीं है। व्यास मुनि ने भी कहा था 'लोकम पृच्छ'।

लोक में स्नात्त चीज़े पवित्र हो जाती हैं।

स्त्रियाँ यज्ञ पूजन और कठिन जप-तप, ताम-झाम वाले अनुष्ठान नहीं कर पाती।

वे शरीर को तपाने वाले अनुष्ठान करती हैं।

अहोई अष्टमी के व्रत में माता स्त्री जिसके सात बच्चे अहोई आठे को मर जाते थे ने, बेमाता के कहने पर 'स्याऊ माता' को प्रसन्न किया। देखने वाली बात यह है कि वे केवल भोजन और सेवा से प्रसन्न हुई।

स्त्री के पास सोना, चाँदी धन, दौलत नहीं थी।

माता भी कंघी, चोटी, भोजन और पैर दबाने से प्रसन्न हुई और बच्चे के रोने पर अपने कान के फुरेरी दे दी।

उसके देते ही सातों बच्चे जीवित हो गए स्याऊ माता ने कहा "तूने मुझे ठग लिया" जाहिर है यह प्रेम में ही कहा।

वे प्रेम से हार गई। यहाँ देवी और सामान्य स्त्री, देवी माँ और सामान्य माँ, ममता और करुणा में एक धरातल पर खड़ी हो गई।

कुरु जनपद में होई 'माँ की पूजा की कहानी अलग है। वहाँ मिट्टी निकालते समय ननद ने सांप के सात बच्चे मार दिए। 'होई 'माता निकली और ननद को खाने की बात करती हैं। भाभी कहती है कि "यह तो सात भाइयों में अकेली है इसे मत खाइये, मैं अपने बच्चे आपको दे दूँगी"।

इस तरह उसने सातों बच्चे दे दिए। 'होई' माता उसके त्याग ननद के प्रति

प्रेम और ईमानदारी से खुश हो उसे उनके बच्चे लौटा देती हैं। यह ननद और भाभी का प्रेम है।

नीम की डाल पर, झूला झूल रही शीतला माता प्यास से व्याकुल होकर, किसी महल में नहीं मालिन की झोपड़ी में जाती हैं। यहाँ देवी एक सामान्य स्त्री की तरह झूला झूलती हैं। मालिन अपने बच्चों को गोद में लिए हुए हैं। इसलिए माँ को पानी नहीं पिला सकती।

यहाँ मातृत्व बड़ा हो जाता है देवत्व से।

मां शीतला इसे समझती हैं। माँ, माँ को न समझे यह कैसे हो सकता है।

"निबिया की डरिया मैया नावेली झुलनवा हो/ कि झूली झूली ना ....

यहाँ माँ और देवी माँ का साधारणीकरण हो जाता है। मालिन सामान्य स्त्री से माँ और देवी माँ, देवी से माँ बन जाती हैं। मालिन को आश्वासन देती हैं कि अगर तुम्हारा बच्चा रोयेगा तो मैं उसे गोद में लेकर चुप कराऊँगी, पलंग से गिरने नहीं दूँगी। विचारणीय बात यह भी है कि ऐसी हुक्मउदूली पर देवता कब का नाराज़ हो जाते, श्राप दे देते, पर माँ बन कर कोई कैसे क्रूर हो!

सन्तान पुरुष को भी चाहिए पर दूसरों की संतान को अपना मानना केवल स्त्री के वश की बात है।

राजा दशरथ ने पुत्रेष्ठि यज्ञ किया था। जिसका जिक्र वाल्मीकि रामायण में आता है–

तस्य चैवप्रभावस्य धर्मज्ञस्य महात्मान:
सुतार्थम तप्यमानस्य नासिद वशंकर: सुत:
चिंतयानस्य तस्येव बुद्धिरासीनमहात्मन:
सुतार्थम वाजिमेघेन किमर्थं न यजामयह्म।

(बालकाण्ड अष्टम सर्ग श्लोक-1-2)

तुलसीदास ने लिखा–"एक बार भूपति मन माही, भा गिलानी मोर सुत नाही, गुरु गृह गए तुरंत महिपाला, चरण लागकरी विनय विशाला।"-रामचरित-मानस में संतान इतनी बड़ी शक्ति है, जिसके बल पर राजा दशरथ जैसे संपन्न नरेश को गली में झाड़ू देने वाली हेलिन(मेहतरानी)सुबह-सुबह देखना नहीं चाहती।

इस कष्ट से मुक्ति का राजा ने अलग उपाय सोचा रानी कौशल्या ने अलग।

राजा दशरथ संतान चाहते थे। वंश आगे बढ़ाने, उत्तराधिकार के लिए। वे राजा हैं। संपत्ति रखते हैं। धर्मज्ञ और श्रेष्ठ ऋषियों से उनका संपर्क है। वे

पुत्रेष्ठी यज्ञ करते हैं।

यज्ञ अनुष्ठानों में स्त्री की भूमिका नगण्य ही है। स्त्री के न होने पर विकल्प भी था। सीता की सोने की प्रतिमा राम के अश्वमेध यज्ञ में स्थापित की गई। धनी वर्ग में सोने और निम्न वर्ग में मिट्टी की प्रतिमा का विधान था। कदाचित यही कारण है कि मिट्टी की सौत से भी जलन रखने की कहावत चल पड़ी। प्रतिमा से स्थानापन्न होना स्त्री के लिए अपमानजनक भी है।

रानी कौशल्या लोकगीतों में इन विधानों से दूर, सामान्य स्त्री की तरह है। स्त्री को पुत्र केवल ममत्व के लिए चाहिए।

वह ग्रामीण स्त्री की तरह व्रत अनुष्ठान करती हैं। स्त्री का घर की संपत्ति में हिस्सा नहीं है। कहने को तो उनके शरीर पर भी उनका हक नहीं है, पर वह इसी शरीर से जप-तप अनुष्ठान, व्रत, उपवास करती हैं।

कौशल्या भी उन्हीं ग्रामीण विधि-विधानों का पालन करती हैं–

"गंगा जी के ऊँच अररवा चढ़त डर लागेला हो।
ताहि चढ़ि कोसिला नहाइलि, मुकुति बनावेली हो
भगति बनावेली।
हंसी के पूछेली गंगा जी, सुन ए कोसिला रानी।
ऐ कोसिला कवन संकट परले कि मुकुति मनाविलु हो।"

ऊँचे घाट पर चढ़कर, मुक्ति मनाना, एक तरह से आत्महत्या का प्रयास भी है। खैर...स्त्री बनकर रानी गंगा तट पर जाती है तो माँ गंगा भी स्त्री की तरह हँस कर कष्ट पूछती हैं और निवारण का उपाय बताती हैं। यहाँ ध्यान देने वाली बात यह है कि रानी कौशल्या पंडित पुरोहित नहीं स्वयं के ऊपर भरोसा करती हैं। यानी स्त्रियों का एक अलग विधान चलता है जो पुरुष वर्ग से एकदम भिन्न है। इसमें प्रश्नकर्ता भी स्त्री है, समाधानकर्ता भी स्त्री। यह आपसी विश्वास एवं प्रेम की कथा है।

इसी प्रकार एक गीत में सीता की सखियाँ सीता से राम जैसा वर पाने का उपाय पूछती हैं–

"मिलहु सखिया सहेलरि सीतहि पूछी आवहु हो
अरे सीता कवन कियहु व्रत नेम रमईया वर पायहु हो
भूखली भई एकादसीया, दुआदसिया के पारण हो
मोरी सखि तुलसी में दियना लेसायु राम वर पायऊ हो"

(डॉ. कमला सिंह-अवधि के लोक रंग-पृष्ठ 13)

राज परिवार की इन स्त्रियों के व्रत विधान, यज्ञ हवन और उन सभी वैदिक

विधानों, जिसमें पुरुषों की सत्ता प्रभावित है का निषेध करते हुए सामान्य स्त्रियों के कर सकने योग्य उपायों पर ध्यान दिया है।

यह इस तथ्य को मज़बूत करता है कि जहाँ स्त्रियाँ, पुरुष वर्ग की हस्तक्षेप से मुक्त हैं यानी अपने निजी स्पेस में एक दूसरे से गहरी जुड़ी हुई हैं।

यह उनका सशक्तिकरण भी है, एकीकरण भी। जैसा कि उषा नेल्सन ने लिखा है कि–

"इन गीतों का गायन महिलाओं के इस विश्वास को पुनरपुष्ट करता है कि सफलता औपचारिक पुरुष प्रधान वैदिक अनुष्ठानों से इतर महिलाओं की अपनी विधियों से भी मिल सकती है।"

–उषा नेल्सन

ये सरल उपाय स्त्रियों को जटिल, अबूझ और रहस्यमयी बताने वाले तथ्यों को खारिज़ भी करते हैं। जिन कथाओं में स्त्रियों को खलनायिका बताया गया है, वह प्रायः पुरुष के ऊपर अधिकार को लेकर है।

सास–बहू, देवरानी–जेठानी या दो पत्नियों की ईर्ष्या के केंद्र में पुरुष ही है।

पुरुष का मोह हटाकर इन स्त्रियों का भोलापन और सादगी देखी जा सकती है। एक प्रसिद्ध गीत है–

"छापक पेड़ छिपुलिया त पतवन गहवर हो।
ये हो तेहि तर ठाढ़ हिरनिया
त मन अति उनमन हो।"

इस गीत के अनेक पाठ मिलते हैं। राम की छठी पर हिरण का माँस बनना है। हिरण जानता है कि राजा के शिकारी आज मुझे ले जाएँगे। हिरनी को उदास देख हिरण पूछता है कि क्या तुम्हारी घास सूख गई? या तुम्हें प्यास लगी है पानी चाहिए?हिरनी कहती है कि "नहीं मैं इसलिए उदास हूँ कि आज राजा के बेटे की छठी के लिए तुम्हें मार डालेंगे।

हिरणी अपने पति की नियति जानती है। वह राजा दशरथ से दया की उम्मीद नहीं करती। रानी कौशल्या के पास जाती है और अपने पति की खाल माँगती है।

उसका कहना था कि मेरे पति का माँस तो तुम्हारी रसोई में पक जाएगा, लेकिन खाल तुम्हारे लिए बेकार है। मैं उसे पेड़ पर टाँग कर देखूँगी और सोचूँगी कि मेरा पति यहाँ पर है।

"मचियई बैठी कौशल्या त हिरनी अरज करई हो, रानी मझवा त सीझै, रसोईया खलरी हमें देतऊ हो।"

यहाँ कौशल्या सामान्य स्त्री और माँ नहीं बल्कि पितृसत्ता और सामंती सोच रखने वाली रानी हैं। वे मना कर देती हैं। वे कहती हैं कि खाल से मेरे बेटे के खेलने की खंजरी बनेगी। जब-जब खंजरी की आवाज आती है। हिरनी को हिरण की याद आने लगती है। गीत अत्यंत मार्मिक है–

"जब-जब बजे खंजडिया सबद सुन अकनई हो
ऐ हो ठाढ़ी ढेकुलिया के निचवा त हिरनी बिसूरई हो"

(-डॉक्टर महेश अवस्थी
लोकगीत रामायण अवधी समिति प्रकाशन, प्रयाग 1990 पृष्ठ 32-33)

हिरनी आहत होती है और श्राप देती है–
बारहा बरिस राम हुई है, तब बन का सिधारी है हो
रानी जैसे मैं कलझऊ हरिनवा, वैसे तू कलझब्यू हो।"

(डॉक्टर विद्यानिवास मिश्र चंदन चौक पृष्ठ-278
उत्तर प्रदेश संगीत नाटक अकादमी 1989 ई.)

यहाँ दो स्त्रियों की भावनाओं का टकराव है। दूरी यहाँ भी नहीं है। अधिकार से माँगा गया और न मिलने पर श्राप देने का बल है। यह क्रूरता के बरअक्स क्रूरता का बिंब है।

'करुणा निधान', 'पतित पावन', राम की कथा में यह क्रूरता समा नहीं पाती। इसलिए यहाँ मुक्ति का सिद्धांत भी लाया गया। स्वतः शरीर त्याग की बात की गई।

एक और गीत में अंतिम पंक्ति में हिरण कहता है कि

"हरिनी परबै रमैया जी की छठिया तरनी तर जाबे हो।"

(-डॉक्टर विद्यानिवास मिश्र)

यहाँ हिरण हिरनी को समझाता है कि मैं राम के काम आ रहा हूँ। राम की छठी में मेरा माँस पकेगा तो मेरा तो उद्धार हो जाएगा। यहाँ भक्ति को और आध्यात्मिक रंग देने का प्रयास किया गया है।

रामचरितमानस में मारीच ने भी कहा था-

"उभय भाती देखा निज मरना तब ताकिस रघुनायक सरना।
उतर देत मोही बधव अभागे, कस न मरौ रघुपति सर लागे।"

भले ही भक्ति का रूप दिया जाए लेकिन हिरण का मरना लोकमन को स्वीकार नहीं होता। उसकी तड़प है, जिसने गीत का रूपांतरण करवाया है–

"कर जोरी हरिनी अरज करे, सुनो कोसिला रानी हो
रानी सीता के हुई है नंदलाल, हम ही कछु देतिउ हो

सोनवा मढ़हौ दूनौ सींग, भोजन तिल चाऊर हो
हिरनी भुगतो अजोधिया क राज, अभय वन बिचरुऊ हो।"
(डॉक्टर सरोजिनी रोहतगी-अवधि का लोक साहित्य-पृष्ठ 278)

यहाँ हिरनी का श्राप आशीर्वाद में बदल जाता है बदले में उसे अभयदान मिल जाता है। यह है लोकमन, यहाँ रानी और हिरनी एक धरातल पर उतर जाती है। स्त्री मन का संगम है यह। एक अन्य गीत है जिसमें सीता खेल कूद कर रात में लौटती हैं, माता उनसे पूछती हैं कि

"खेल कूद सीता घर के लवटली माया उठी रिसीआई
कहाँ तूहु सीता अस सतवंती कहवा गवायु सारी रात।
चाहे माई मारा चाहे गरियावा चाहे देहू घर से निकार
एहि रे अवधपुर से आए दू दुलरुवा, उनहीं संग खेले पिय दान"

सीता कहती हैं कि भले ही मारो या गाली दो, लेकिन दो बालक जो अवधपुरी से आए हैं। मैं उन्हीं के साथ खेल रही थी। आश्चर्य है कि यहाँ पर सीता की सच्चाई जानकर माता रुष्ट नहीं होती। अपितु उनके विवाह का प्रस्ताव भेजती हैं। यह स्त्रियों का रचा हुआ एक काल्पनिक संसार है। जिसमें वह अपनी स्वतंत्रता की आकांक्षा रखती हैं।

उसमें वे एक खुला हुआ समाज चाहती हैं। यह स्त्रियों का काल्पनिक संसार है। जो वह अपने गीतों के माध्यम से रचती हैं।

उनमें भी मुक्ति की आकांक्षा है। राम सीता के माध्यम से उनमें सामाजिक जकड़न को तोड़ने की आकांक्षा है। जिसमें माँ और बेटी की एकता है।

मां बेटी को डाँटती मारती नहीं। विवाह का संदेश भेजती हैं।

लोकगीत मन के ताप को दूर करने के लिए बनते हैं इसलिए वे कभी-कभी समय और स्थान की सीमा का अतिक्रमण करते हैं। जैसे राम के साथ वृंदावन कदम्ब और मधुबन मिलने लगे तो चौंकना नहीं चाहिए। मुख्य बात भावाभिव्यक्ति की है।

राम के साथ 'कुब्जा 'का नाम जोड़ना भी आश्चर्यजनक नहीं। लोक कथा के मूल पर ध्यान देता है। तथ्यों पर नहीं कथ्य पर ध्यान दिया जाता है। एक गीत है जिसमें राम कुब्जा के प्रेम में हैं। वन में सीता उन्हें पत्र भेजती हैं।

राम सीता का पत्र पाकर लौटते हैं वन से। परंतु फिर तुरंत उन्हें कुब्जा का संदेश आ जाता है। राम फिर चले जाते हैं।

मुख्य बात पात्र का नाम नहीं स्त्री एकता है।

"एक गोड दिहिन ढूँढूँहिया, दूसर पलंगसरिया हो राम

रामा कुंवरी संदेश आई पहुँचे, हमही बिसरावी हो राम
मचियाई बैइठ सासु, बहुअ समझावई हो राम
पछेडवा बहू छोड़ि देव, पुरुष नहीं आपन हो राम।"

यह सास बहू की एकता को प्रदर्शित करने वाला गीत है।

गौरतलब यह है कि यहाँ सास कौशल्या सीता की किसी कमी के कारण राम का विचलन नहीं मानती, बल्कि पुरुष की प्रवृत्ति को ही दोषी मानती है।

स्त्री की यह एकता विचारणीय और प्रशंसनीय है।

एक लोकगीत में राम सीता के शील की परीक्षा लेते हैं।

सूर्य, चन्द्र, रात ने असमर्थता ज़ाहिर की। अंत में सीता निर्दोष नहीं साबित हो पाई।

ध्यातव्य है कि इन कथाओं में राम को शंकालु बताया गया है और संपूर्ण भारत की स्त्रियाँ लोकगीतों में सीता के साथ खड़ी रहती हैं। इस संदर्भ में रामनरेश त्रिपाठी ने भी लिखा है कि–

"राम के जीवन चरित्र में सीता का बनवास ऐसी घटना है जो पत्थर के कलेजे को भी पिघला सकती हैं। हिंदी के भक्त कवियों ने इस घटना को छिपाने का ही प्रयास किया है पर स्त्रियों ने इस विषय को लेकर अपने गीतों में पति-पत्नी के मनोभावों के बड़े ही करुणा पूर्ण चित्र खींचे हैं।"

(रामनरेश त्रिपाठी ग्राम साहित्य भाग-1 लोक-जीवन की सीता पृष्ठ 65-66)

सीता द्वारा रावण का चित्र बनाने के बाद और इसी बात पर सीता का निर्वासन कई भाषा के लोकगीतों में आता है। एक तेलुगु गीत में शूर्पणखा सन्यासिनी के वेश में सीता से रावण का चित्र बनवाती है।

सीता का पक्ष लेकर महल की सब स्त्रियाँ राम को समझाने का प्रयास करती हैं। यहाँ उनमें अद्‌भुत एकता दिखायी देती है, पर राम सीता के वध की आज्ञा देते हैं।

तब श्रुतिकीर्ति जो कहती है, वह मिसाल है। सत्याग्रह का उदाहरण है–

"हम सब एक ही परिवार में जन्मे
एक ही घर में ब्याही हैं,
सिर्फ़ हमारी बहन सीता
ही नहीं करती, प्रेम रावण से
हम सभी करते हैं उससे प्यार
तो मार डालो हम सभी को
क्योंकि हम हैं अबला

रहती है महलों की भीतर
नहीं जान पाएगा कोई इस कृत्य को।"

लेकिन राम का क्रोध कम नहीं होता। वह सीता को वन में ले जाकर वध करने की आज्ञा देते हैं। प्रभुत्व सम्पन्न पितृसत्ता के विरोध में महिलाओं की एकजुटता तेलुगु साहित्य की विशेषता है।

"यह रामायण गीत पुरुष वर्चस्व वाले स्वीकृत मूल्यों के वाहक मुख्य धारा, भक्ति रामायण के खिलाफ एक वक्तव्य देते हैं।"

"सीता निष्कासन
हम सब भोग लें आपस में
कितनी बार होगा
सीता बनवास
जारी है हर समय, हर जगह
वन को जाते समय
सीता ने बाँट दिया था थोड़ा-थोड़ा
हम सब में।"

(Navneet Dev sen-Sitaa, garden of epic longing Outlook Oct 28)
2002A D-

सीता को एकाकी, निष्कासित और असहाय स्थिति में, प्रसव काल में छोड़कर लक्ष्मण चले आते हैं। सीता वन में अकेली रह जाती हैं। एक अकेली गर्भवती स्त्री वन में किस प्रकार रहेगी यह कल्पना से परे की चीज है।

पुरुषों द्वारा रची गई रामायण में वहाँ उसके सहयोग में वाल्मीकि आते हैं।

लेकिन स्त्रियों के लोकगीतों में सीता का निष्कासन इतना गंभीर अपराध है कि उन्होंने सीता की देखभाल के लिए किसी पुरुष की सहायता स्वीकार नहीं की। वहाँ वन देवियाँ सीता की आश्रयदाता बनती हैं।

यह महिलाओं का आक्रोश ही है। जिसे हम सामूहिक आक्रोश की श्रेणी में भी रख सकते हैं।

"बन बीच बैठी सीता मनही मन झँखै हो।
केन मोरी अगिया ले आईहै बबुर केरी जेठिया
केन हमारा जगीहैं सउरिया तो रतिया विपति के
बन से निकसी बन तपसी सीतहि समझावै
हम तोर अगिया लै अईबे
बाबुर केरी जेठिया

देवी हम तोहरा जैगबै सउरिया तौ

रतिया सुफल होइहैं।"

यहाँ सीता और वन देवी एक धरातल पर हो जाती हैं।

स्त्रियों में सीता वनवास को लेकर इतना आक्रोश है कि वह सीता के मुंह से अयोध्या में सब सबको संदेश भेजती हैं परंतु राम को नहीं।

फिर इस हिदायत के साथ संदेश भेजती हैं कि राम को उसकी खबर न मिले–

"पहिला रोचन राजा दशरथ, दूसरा कौशल्या रानी

नाउवा तीसर रोचन लक्ष्मण देवरा, पपियवा न जाने।"

"गर्भ काल में स्त्री का निष्कासन पूरे उपमहाद्वीप की स्त्रियों को विचलित कर देता है। ग्रामीण बंगाली महिलाएँ राम के लिए पाषंड(पाषाणवत) शब्द का इस्तेमाल करती हैं जो अन्यथा करुणा सिंधु कहे जाते हैं। वे राम को पापिष्ट (पापी) भी कहती हैं जो अन्यत्र पतित पावन के रूप में जाने जाते हैं।"

नवनीता देव सेन ने लिखा है कि–"महाकाव्यों के पितृ सत्तात्मक समाज तंत्र में स्त्रियों की आकांक्षाओं के लिए कोई स्थान नहीं, अपितु एक दुर्भाग्यपूर्ण घटनाक्रम है जो अपहरण, युद्ध एवं पीड़ा की ओर ले जाता है। किंतु जब हम अधिकारों से ही नहीं अपितु आवश्यकताओं से भी वंचित होते हैं, तो भी बचे रहने की कोई राह खोज ही लेते हैं। महिलाओं के श्रम गीत ऐसी राह बनाते हैं। गीतों के माध्यम से सुख-दुःख में हिस्सेदारी बाँट कर महिलाएँ जीवनी शक्ति पाती हैं और अपनी इच्छाओं को अव्यक्त करने का अवकाश रचती है।"

बेटी ससुराल से आ कर माँ से अपने उपेक्षिता होने की बात बताती है। माँ बेटी के पक्ष में खड़ी होती है और समूची व्यवस्था को कोसती है–

"जरई रे नउवा तोरी नववरिया

जरई पंडित तोर वेद

जिन मोर धिया के अस

बर खोजेली

सेजिया पर सुतई अकेले।"

छोटी ननद और भाभी का प्रेम और सखी भाव तमाम कजरी और जँतसार गीतों में दिखता है। *"कैसे खेलन जइबू सावन में कजरिया, बदरिया घिरी आई ननदि।"*

ननद पर इतना अधिकार भी है कि उससे मेहंदी पिसवाया जाता है। पति से मेंहदी मंगवा कर ननद से पिसवाना प्रेम ही तो है–

"मेंहदी आप ले के आना, छोटी ननदी से पिसाना।

फणीश्वरनाथ रेणु जी ने अपने संस्मरण 'ऋणजल धनजल' में एक लोकगीत का ज़िक्र किया है जिसमें बहन अपने भाई का सावन में इंतज़ार करती है और सबसे ज्यादा उम्मीद वह अपनी भाभी पर करती है, वह कैसे भूल गई?

"कासी फूटल कसामल रे देब
बाबा मोरा सुधिया न लेल
बाबा भेल निरमोहिया रे देबा
भैया के भेजियो न देल
भैया भेल कचहरिया रे देबा
भऊजी बिसरि कइसे गेल ..."

यह है स्त्री विश्वास और एकता की शक्ति, जिसे समाज दबाने की कोशिश करता है। जो लोकगीतों में उभर कर सामने आ ही जाती है। विमर्श के पुरोधाओं को सिर्फ़ किताबें नहीं इन गीतों को भी देखना चाहिए। बद्रीनारायण की यह उक्ति– "हो सकता है आपके पिछवाड़े रची जा रही हो प्रतिरोध की कवितावली और आपको पता तक ना हो।" इस संदर्भ में सार्थक है।

-डॉ. वंदना मिश्रा
प्रोफ़ेसर-जी.डी.बिनानी पी.जी.कॉलेज
मिर्ज़ापुर, 231001
9415876779

5

भोजपुरी लोकगीतों में स्त्री व्यथा
'दुखवा मै का से कहूँ मोरी सजनी'

-डॉ. प्रियदर्शिनी

"सईंयो से बेसी बेजोड़ लागे देवरा
लाखों के सईंया करोड़ लागे देवरा
होलिया में गाल छू के गोड़ लागे देवरा........."[1]

नील कमल सिंह (भोजपुरी गायक) द्वारा गाया हुआ यह गीत पिछले साल होली में खूब धूम मचा रहा था। संभवतः इस साल भी लोगों की जुबान पर चढ़े। लेकिन प्रश्न यह नहीं कि गीत ने कितना धूम मचाया। प्रश्न यह है कि गीत से भोजपुरिया लोक कितना और किस भाव से जुड़ा है? भोजपुरी फ़िल्म एवं गीत उद्योग ने भोजपुरी भाषा का सहारा लेकर अपनी कई तरह की मानसिक विकृतियों का उद्वेलन और विरेचन किया है। होली गीत, प्रेमगीत, मिलन के गीत, सेज के गीत, नायिकाओं के चोली, बटन, हुक, छाती, जोबन के गीत। ये सारी भावनाएँ वर्तमान भोजपुरिया सिनेमा के गीतों, यू-ट्यूब विडियो और इंस्टाग्राम रीलों में फ्लोट करते मिल जाएँगे। उद्योग का जो मूल उद्देश्य धन लाभ ही होता है। इस प्रकार के चलताऊ गीतों के कारण भोजपुरी भाषा के कलाकारों ने दुनियाभर का रुपया पीट कर अपने घर में भर लिया। लेकिन प्रश्न फिर वहीं का वहीं कि इससे लोक और भाषा को क्या मिला? लोक चेतना एवं उसकी गंभीरता कितने लोगों या यूँ कहें कि नयी पीढ़ी के भोजपुरी बोलने वालों को कितनी समझ में आयी। उद्योग का काम होता है व्यवसाय और लोक का काम होता है संस्कार, नैतिकता एवं मूल्यों को लोक मानस में हस्तांतरित करना। "लोक साहित्य, समाज और संस्कृति का प्रतिबिंब होता है। लोक-जीवन और लोक संस्कृति की विविध छवियाँ लोक साहित्य में मौजूद हैं। लोक साहित्य में एक अंचल के सुख-दुःख और राग-रंगों की अनुगूँज के साथ दूसरे अंचल के हर्ष-विषाद और जीवन स्थितियों की प्रतिध्वनियाँ भी सुनाई पड़ती है। लोक साहित्य समावेशी होता है। यही कारण है कि एक ही क्षेत्र में कई क्षेत्रों

के लोकगीत, लोक-कथाएँ, पहेलियाँ और कहावतें प्रचलित होते हैं। लोकगीतों के प्रसार में स्त्रियों की सर्वाधिक भूमिका होती है। इनका विस्तार करने में पुरुष गायक भी पीछे नहीं होते। समावेशीकरण की प्रवृत्ति के कारण ही लोक साहित्य भौगोलिक सीमाओं को पार कर जाता है।"[2]

यह सच है कि स्त्रियों के हिस्से अधिक अवसर एवं गीत आए हैं। जहाँ पुरुषों के पास रोपनी, सोहनी, निर्गुण आदि गीत हैं वहीं स्त्रियों के पास रोपनी, सोहनी, कजरी, पचरा, सोहनी, माड़ों, हल्दी, विवाह, लोरी, सिंदूरदान, बिछोह-वियोग तक, न जाने कितने ही गीत उनके कंठ में सदियों से संस्कृति की गंगा बनकर बह रहे हैं। दूसरों का सुख हो या अपना ही कोई दु:ख हो वह अपने दु:खों को राग में ढालकर समूचे लोक को अर्पित कर देती है। उनके गीतों में उनके समाज की सभी समताओं-विषमताओं का गान होता है। "लोकगीत सामाजिक-आर्थिक व्यवस्था, परंपरा, रीति-रिवाज़, धार्मिक-आस्था, विश्वास, नैतिक मूल्य तथा रागानुराग के पूर्ण प्रतिबिंब होते हैं। प्रकारांतर से कहें तो लोक में समाज की प्रतिच्छवियाँ दिखाई देती हैं। लोकगीत एक तरह से समाज के प्रतिबिंब होते हैं। वे व्यक्ति नहीं बल्कि समूह की अभिव्यक्ति होते हैं। समाज की हर इकाई इनमें जीवंत और स्फूर्त रूप से विद्यमान होती है।"[3]

स्त्री जीवन के भी विविध प्रसंगों की झाँकी पूरी-वास्तविकता के साथ लोकगीतों में व्यंजित होती है। "लोक साहित्य की प्रत्येक विधा के केंद्र में स्त्री है। वह लोक गाथाओं की नायिका है तो लोकगीतों की प्राणधारा। आल्हा खंड में आल्हा ऊदल केंद्र में हैं, लेकिन 'लोरिकायन' में चंदा की भूमिका इतनी महत्त्वपूर्ण है कि उसे चनैनी कहते हैं। दाउद ने अपने काव्य का नामकरण 'चंदायन' चाँदायन चंद्रा को ध्यान में रखकर ही किया था। लोकगीतों में स्त्री की वेदना, प्रणय-भावना और नैतिक शक्ति की अभिव्यक्ति बड़े विस्तार और प्रभावशाली ढंग से हुई है।"[4] लोकगीतों के माध्यम से जहाँ स्त्रियों ने अपने प्रवासी पतियों को पुकारा है तो वहीं बेमेल विवाह, दहेज, भाभियों के तानों, संपत्तिहीन अस्थायीत्व के जीवन को भी गीतों के माध्यम से प्रकट किया है।

लोक में बसी पितृसत्तात्मक व्यवस्था पर चोट करने के लिए लोक की स्त्री ने आंदोलनों का नहीं गीतों का सहारा लिया। "बाल विवाह और अनमेल विवाह (दोनों स्थितियों में अल्पवय का पति और युवा पत्नी) में संबंधित एक-दूसरे गीत में भी इसी तरह के भाव दिखाई पड़ते हैं; किंतु इस गीत की औरत पहले से ही सचेत थी। वह नहीं चाहती थी कि ससुराल जाने पर उसे पति के साथ मधुरिम खेल खेलने की बजाय रातभर पति द्वारा पेशाब से तर

किए गए बिस्तर को बदलना पड़े। उसका पति नादान था, छोटा था। इसलिए जब उसने अपने गौने की बात सुनी तो वह उतावली नहीं हुई। बल्कि आगामी त्रासद स्थिति और वज्र जैसे कठोर दु:ख से निबटने के लिए उसने योजना बनायी कि माँ-बाप की चोरी चिट्ठी लिखकर बालम को मायका बुला लूँगी और कामधेनु का दूध पिला कर उसे हृष्ट-पुष्ट कर दूँगी-

"गौना गौना सूनत रहली
गौना गइल निगचाय।
माई मोर नइहर में सुनली
ससुरे में पियवा नादान।
माई-बाप की चोरी-चोरी
चिठिया पठइबै
बलमा नइहर में बोलवइबै
कामधेनु का दुधवा पियाई के
बलमा के करबै पहलवान"[5]

ठीक इसी भाव का बहुप्रसिद्ध गीत मैथिली भाषा में भी गाया जाता है। विद्यापति द्वारा रचित यह गीत भी बेमेल और बाल विवाह के चक्र में पड़ी एक स्त्री की दारूण व्यथा है। गीत कुछ इस प्रकार है-

'पिआ मोर बालक हम तरूनी रे,
कौन तप चूकि भेलहूँ, जननी रे।'

अर्थात् मेरा पति इतना छोटा है कि मेरे बच्चे के समान लगता है। पता नहीं किस तप में चूक हो गई जिसके परिणाम स्वरूप ऐसा वर मुझे मिला।

लोकगीतों के माध्यम से स्त्री के उदास दाम्पत्य और विरह को भी खूब वाणी मिली है। "प्रिय योगी हो चाहे वियोगी, उससे स्त्री की स्थितियों में कोई फर्क़ नहीं पड़ता। समाज का क्रूर पंजा उसी के गाल पर पड़ता है। वक्त के नाखूनों से उसी की देह छिलती है। यह मार अमूर्त होती है, अदृश्य होती है विषय सामाजिक संरचना और स्त्री-पुरुष में भेद की बुनियादी मानसिकता को स्त्री सह नहीं पाती। हद तो तब होती है जब एक स्त्री-दूसरे स्त्री के विरूद्ध खड़ी दिखाई पड़ती है। सामाजिक नियमों की यह कठोरता लोकगीतों में मूर्त हो उठती है। फिर किसी न किसी रूप में राग फूट ही पड़ता है।"[6] ऐसे में सुंदर न होने पर या फिर संतानवान न होने पर स्त्री सास, ननद इत्यादि रूपों में घर की वधू का उत्पीड़न भी करती दिखाई पड़ती है। ऐसे परिवार में स्त्रियाँ वधू को 'कऊआ हंकनी' कह कर, निपूती कह कर बुलाने लगती हैं। तब कन्या

रो-रोकर कहती हैं कि-

"ऊँची-ऊँची बखरी लोभइला भईया बिरनू
भितरा के मरमियाँ नाहीं जनला भईया बिरनू
होले रोज मुसरा के मार भईया बिरनू।"[7]

अर्थात् महल, दुमहल, पक्की बखरी यानी घर देखना तुम लोगों ने तो मेरा विवाह कर दिया। बाहर से लकदक सुंदर घर में मुझे भेज दिया जबकि भीतर के मर्म की बात नहीं जान पाए। इसी पक्की सुंदर बखरी में रोज मुझे तरह-तरह से उत्पीड़ित किया जाता है। मुझे पर मेरे हृदय पर रोज वैसी ही घाव पड़ती है मानों कोई मूसल चला रहा हो। "ऐसा विधान है हिंदू धर्म की पवित्र पुस्तकों में कि बेटी का कन्यादान उसके रजस्वला होने से पहले कर दिया जाए और लिखा है कि पिता की संपत्ति को भाई-भाई बाँट ले। कन्यादान के बरअक्स दादी-नानियों ने गीत-कविताएँ रचीं, जिनमें अपनी हक़दारी का दावा है और हक मारने वालों से शिकायते भी दरपेश हैं। गुपचुप नहीं आए ये दावे। औरतों ने सस्वर सरेराह गाए वे तराने, जो भेदभाव से बनाई गई दास व्यवस्था को चुनौती देते हैं-

"काहे को ब्याही विदेस अरे लखिय बाबुल मेरे
भईया को दियो बाबुल महले दो-महले
हाय हमको दियो परदेस....।"[8]

बेटी समानता का अधिकार माँगती है। विवाह जहाँ एक धार्मिक प्रक्रिया है वहीं वह समाज में अनिवार्य भी है। कन्यादान एक पुण्य कर्म है। जिसमें दान करने वाले को स्वर्ग मिलता है। कन्या विवाह में माता-पिता को लिए वस्तु सरीखी है जिसका दान कर्म करके माता-पिता अपना इहलोक (सामाजिक) और परलोक (धार्मिक) दृढ़ करते हैं। ऐसे में कन्या को क्या मिलता है इस समाज से? घर के नाम पर एक ऐसा स्थान जहाँ की मालकिन वह केवल मौखिक रूप में हैं। ढेरों-ढेर दायित्व, पुत्र को जन्म देने का दबाव, सबको प्रसन्न रखने की शर्त। विवाह संस्था स्त्रियों को संरक्षण के नाम पर गुलामी। पराधीनता के वृत्त में कस कर बाँध कर रखती हैं। "किसी स्त्री से पूछिए तो उसका अनुभव बोलेगा कि श्रम, सेवा, काम और समर्पण ये चार खंभे हैं जिन पर उनका शरीर ठंडा रहता है। वह अपने अदृश्य मन के दायरे मानवीय आकांक्षाओं के लिए तरसते हुए, सहज सुखों के सपने देखते-देखते, मन मारने को लाचार होती हैं, क्योंकि उसका ईश्वर पुरुष है। राजा उसका पति है, जिसे वह पूजती है, जिसके सामने झुकती है और लोग उसके पतिव्रत की जय बोलते हैं।"[9]

लोक में दांपत्य के सरल एवं जटिल दोनों चित्र उपस्थित है। एक ओर जहाँ विवाह के पश्चात् स्त्री पूरे परिवार का मन एवं स्वभाव को समझने की कोशिश करती है और डर-डर के जीती है, वहीं दूसरी ओर प्रवासी पति की सूरत याद कर लुब्ध और मोहित होती रहती है। ससुराल में सबका स्वभाव कैसा है? यह बताने के लिए वह सुंदर बिंब रूपक चित्रों का सहारा लेती है। कहती हैं–"ससुराल में ससुर जैसे भादों की बिजली कड़कता है, गरजता है, बरसता है, भसुर जैसे सावन की अंधेरी रात (तड़प-तड़प कर बोली बोलता है), सासू रेंगनी काँटा (चुभ जाने वाली बात बोलती है), ननद जैसे बिच्छू का डंक (उसकी जहरीली बातों से सारी देह सिहर जाती है), गोतिनी जैसे जांते की जोन्हीं-छन में टूटती है, छन में जुड़ती हैं।"[10] जहाँ वह ससुराल में इतनी अकेली पड़ कर कष्ट सहती है वहीं जब भाई उससे मिलने ससुराल जाता है तो वह अपनी व्यथा रोकर-गाकर सुनाती है। भाई के पैरों से लगकर भेंटती है और अपने अभाव को गीत में ढाल कर भाई को सुनाती है–

"नव मन पीसी भइया नव मन कूटी नव मन सीझेला
रसोइया हो ना/भइया पिछली टिकरिया भोर
भोजनिया हो ना।"
ई दुःख भईया हो बा से जनि कहिह बु नु राम,
भईआ हो सभवा बइठल बाबा झंकिहे हो राम।"[11]

अर्थात्-सारे दिन नौ-नौ मन धान, गेहूँ कूटती-पीसती, सिझाती हूँ फिर भी मेरे लिए अंत में कुछ बचता नहीं, मैं बची हुई टिकरी खाती हूँ भईया। लेकिन तुम ये बात पिताजी से मत कहना जो हमेशा सभा में होते हैं। मेरी स्थिति सुनकर वह दुखी होकर शर्मिंदा हो जाएँगे। "लोकगीतों में स्त्री के सुख का आरंभ उसके दुःख की भी शुरूआत है। भाई बहन से कहता है कि मैं और मेरी बहन का जनम एक ही माँ की कोख से हुआ है, एक ही माँ ने दूध पिलाया लेकिन भाग्य का लेख ऐसा अटपटा है कि मैं पिता की चौपाल में रहा और बहन दूर-देश चली गई-

"हम तुहु बहिनी हो एके कोखी जमनी,
पियनी मयरिया जी के दूध।
हमरो लिखाइब बहिनी बाबा चउपरिया
तोहरो लिखाइल दूर देस....।"[12]

कन्या का जन्म भी लोक में समाज में दुःख का कारण है। बेटे के जन्म में सोहर, उत्सव, थाली बजाना, भोज-भात का आयोजन होता है। लेकिन बेटी

का जन्म सबको उदास कर जाता है। बेटी 'घाटे का सौदा' लगती है, जो बूढ़े माँ-बाप की सेवा नहीं कर सकती। कमा कर पिता का परिवार नहीं पाल सकती। क्योंकि वह पराया धन है। उसे एक दिन पति के घर चले जाना है। मायके में वह अतिथि हो जाती है। मायके वाले भी कन्या जन्म के साथ ही उसे ससुराल जाने के लिए प्रशिक्षित करने लगते हैं। विवाह के पश्चात् जब वह ससुराल जाने लगती है तो विदाई में कन्या की माँ रो-रोकर कहती है–

"खोखन-खोरवन बेटी दुधवा पिअवली
दहिया पिअवली सार्हीदार
एकहू क नेकी नाहिं मनलू ए बेटी चलतू
सुन्नर बर साथ। ....
काहे क दूधवा पिआलो ए अम्मा दहिया
खिअवलू साहीदार......
जनते त रहलू घियवा होहिंह पराई
काहे के कइलू मोर दुलार.....

अर्थात् माँ कहती है कि बचपन में तुमको कटोरे कटोरे भर कर दूध पिलाया, मलाईदार दही खिलाई लेकिन तुमने एक का भी उपकार नहीं माना। सुंदर वर के साथ ससुराल चल दी। कन्या उत्तर देती है कि जब तुम जानती थी कि बेटी पराई है और एक न एक दिन उसे वर के साथ चले जाना है तो फिर इतना दुलार क्यों दिखाया, दूध-दही क्यों खिलाया।

स्त्री के अधिकांश दुःख ससुराल से ही जुड़े होते हैं। दरअसल ससुराल ही औरतों का समाज होता है। जहाँ उसे स्वयं को सिद्ध करना पड़ता है, नित नई परीक्षाएँ देनी पड़ती हैं, दंड भोगना पड़ता है, उपेक्षाएँ सहनी पड़ती हैं। ससुराल का समाज स्त्री के यौवन से लेकर प्रौढ़ावस्था तक स्त्री को कस कर अपनी मुट्ठी में रखता है। "ससुराल का यही दुःख कई गुना बढ़ जाता है जब पति परदेश चला जाता है। लोकगीतों का एक बड़ा हिस्सा परदेसी के पति के वियोग में तड़पती स्त्रियों की वेदना में डूबा है। गरीबी, अभाव, पड़ोसियों के या गाँव के किसी छोकरे की या घर में ही देवर या ससुर की बुरी नज़र का डर इस दुःख को और गाढ़ा कर देता है। लोकगीतों में स्त्री के लिए सिंदूर एक चिह्न या सजावट न होकर एकनिष्ठ प्रेम का, पति से ईमानदार बने रहने की एक नैतिक कसौटी का पवित्र प्रतीक है।"[13]

इस संबंध में एक बहुत प्रसिद्ध एवं चर्चित लोकगीत है–

'रेलिया बैरन पिया को लिए जाए रे

जउन टिकसवा से बलम मोरा गैलें
पानी बरसे टिकस गल जाए रे....'

एक तो पति के जाने से भरे-पूरे परिवार में भी स्त्री अकेली पड़ जाती है। पति ही उसके जीने का अवलंब है। अत: वह यह नहीं चाहती की पति का परदेस गमन हो। किंतु इससे भी बड़ा कारण यह है कि वह इस बात से भीतर ही भीतर सशंकित रहती है कि कहीं प्रवासी पति किसी दूसरी स्त्री पर रीझ न जाए। असली डर सौतन का भी सता रहा है। प्रेम और दाम्पत्य के जिस विश्वास से वह अपना जीवन व्यतीत कर रही है, वह मन निरंतर असुरक्षा की भावना से घिरा रहता है। किसी स्त्री का पति उस स्त्री के रहते दूसरी औरत ले जाए इससे समाज में उस स्त्री कि मर्यादा घट जाती है। हालाँकि कायदे से तो पुरुष की मर्यादा घटनी चाहिए। लेकिन पुरुष के पौरुष एवं प्रतिष्ठा पर कोई विशेष फर्क नहीं पड़ता जबकि स्त्री का अंर्तमन लहू-लुहान हो जाता है–

"मैं चंदा जैसी नार राजा जी क्यों लाए
सौतनियाँ।
जो मैं होती काली-कलूटी तो लाते सौतनियाँ.........
मैं चंदा जैसी नार राजा जी क्यों लाए सौतनियाँ"

स्त्री लोकगीत के माध्यम से पति से कहती है कि मैं तो सुंदर चाँद सी औरत थी फिर तुम्हें मुझमें ऐसी क्या कमी दिखी की तुम सौतन ले जाए। यदि मैं काली कलूटी होती तो ले आते, लेकिन तुम तो मेरे मोहक होने के बावजूद दूसरी औरत पर रीझ गए। देखिए पितृसत्ता ने स्त्री के मन को किस प्रकार तैयार कर दिया है कि वह खुद इस तथ्य को मानती है कि यदि मैं अनाकर्षक होती तो दूसरी औरत लाना उचित था। पुरुष की देहवादी कामनाओं की कसौटियों में स्त्री गहरे तक फँसी हुई है। इतनी अधिक फँसी हुई है कि स्त्रियाँ ही स्त्रियों के देहयाष्टि पर कड़वी फब्तियाँ कसती, उनको 'काली माई', मोटकी, बौनी आदि बाते कहती हुई मिल जाएगी।

स्त्री का बाँझ होना उसके लिए किसी अभिशाप से कम नहीं। वह स्त्री किसी काम की नहीं जो प्रजनन में सक्षम न हो अथवा पुत्र न उत्पन्न कर सकें। लोक समाज में बोझ स्त्रियों से शुभ अवसरों पर कोई काम नहीं कराया जाता। नवजात शिशुओं को छूने-खेलाने का भी अधिकार उनको नहीं दिया जाता। "एक सोहर गीत में बाँझ स्त्री घर-परिवार से प्रताड़ित होकर जंगल में जाती है। वहाँ से बाघ से अपने परिवार के सदस्यों एवं समाज के लोगों के द्वारा बाँझिन कहकर ताने देने की चर्चा करती है और उससे खुद को खा जाने का

निवेदन करती है ताकि उसका बाँझिन नाम छूट जाए। लेकिन उसे बाघ भी खाने को तैयार नहीं होता, क्योंकि उसकी छाया बाघिन पर पड़ेगी तो वह भी बाँझ हो जाएँगी।"

ऐसे ही एक लोकगीत की पंक्तियाँ हैं–

'अंगनईया बीचे नइया डूब गइल
डूब गइल त ठीके भईल,
रोज–रोज मरलका छूट गईल'

स्त्री इस लादे गए सामाजिक नियमों को ढोते–ढोते इतनी थक गई कि उसे तिल–तिल मरने से अच्छा एक बार में मर जाना अच्छा लगता है। "इस गीत में स्त्री कहती है कि आँगन के बीच उसकी जीवन रूपी नाव डूब गई। चलो यह अच्छा हुआ क्योंकि उसने सईया जी का बाँह तोड़ दी। बाँह टूट गई तो अच्छा हुआ, उनका रोज–रोज का मारना छूट गया। इस गीत में पितृसत्ता के विरुद्ध स्त्री मन के आक्रोश की सशक्त व्यंजना देखी जा सकती है।"[15]

ऐसे अनंत दुःख और उनकी गीतात्मक अभिव्यक्तियाँ स्त्री के लोक संसार की थाती है। सबका विवरण एक लेख के माध्यम से कर दिया जाना संभव नहीं है। स्त्री के अंचरे में हर तरह के स्याह–सफेद मनोभावों के गीत हैं, जो दरअसल उनका निजी सत्य है। ऐसा सत्य जिसे अनुभव की आँच में तपाकर कंठ में अवस्थित किया गया है। जहाँ स्त्री अपने लोकगीतों के माध्यम से पितृसत्तात्मक व्यवस्था की परतें खोलती हैं वहीं उसके खोंईछे में, जांता पीसने, जलुआ खेलने, ननद–भौजी की नोंक–झोंक वाले गीत भी हैं। विवाह के शुभ अवसर पर समझी, बन्ना–बन्नी, भसुर के स्वागत गीतों, स्वास्ति–कामनाओं के साथ बारातियों को हीक भर गरिया देने वाला गायन कौशल भी है। रूठे पति को अपने हाव–भाव से मना लेने वाला दाम्पत्य ओज से भरा प्रेम भी है–

'अमवा महुअवा के झूमें डरिया
तनि ताका न बलमुआ हमार ओरिया.......

जैसे मान मनौव्वल के गीत भी हैं। "पति के प्रति स्त्री का एकनिष्ठ प्रेम लोकगीतों का उज्ज्वल पक्ष है जिसकी रामचंद्र शुक्ल ने भूरि–भूरि प्रशंसा की है। कजरी और होली के गीतों में उसका उल्लास और रोमांटिक आवेग देखते ही बनता है–

"मैं तो साँवरी, बलमू मोरा गोर बाय
जिया खुशी मोर बाय ना.....
झिन–झिन सब दाँत करै हँसि–हँसि के बात

बलम नकिया सुगनवा के ठोर बाय ना.....
जिया खुशी मोर बाय ना.......।"[16]

इस सुंदर कजरी गीत में अपने पति के रूप पर न्यौछावर होती पत्नी की प्रसन्नता एवं सुख है। लोक का स्वभाव लचीला होता है तब ही उसने अपनी प्रत्येक विधा में मानवीय अभिव्यक्तियों के लिए जगह बना ली है। लोकगीतों में भर्त्सना है तो आशीर्वाद भी है। रूढ़ि है तो प्रगतिशीलता भी है। लोक मनुष्य होना सीखता है। लोक के कई पहलू है हर पहलू "नयो-नयों लागे है ज्यों-ज्यों निहारिए' से संपृक्त है–लोक पितर, सखा, शिक्षक, पूर्वज सब है। इससे सीख कर आगे बढ़ा जा सकता है तो ऊब कर ओरहन भी पठाया जा सकता है। लोक की हर कला, हर साहित्य अपने आप में मनुष्य होने का 'इनसाइक्लोपीडिया' है। विशेषकर लोकगीतों एवं लोक कथाओं से गुजरे बिना शायद ही कोई बड़ा होता हो। लेख के आरंभ में मैंने भोजपुरी भाषा की 'कामर्शियल' दुर्गति की बात की थी। केवल भाषा का आवरण ओढ़ाकर किसी सस्ती अभिव्यक्ति के द्वारा प्रस्तुत 'धन उगाही' के कौशल को लोक प्रस्तुति या साहित्य का दर्जा नहीं दिया जा सकता। लोक का उत्थान लोक कला, साहित्य संस्कृति के महत्त्व समझने वालों के द्वारा ही हो सकता है। किसी भी भाषा, बोली का सहारा लेकर गहन मानवीय अनुभूतियों को नग्नता और छिछोरेपन के ठोगे में बांधकर परोसना न केवल लोक द्रोह है बल्कि ठगी भी है। भोजपुरी एल्बम और सिनेमाई गीत धड़ल्ले से यह ठगी कर रहे हैं। ऐसे गहरे 'क्राइसिस' के समय लोकगीतों की स्थापित आवाज़ शारदा सिन्हा जी को याद करना एक कर्तव्य है साथ ही अनिवार्यता भी। भोजपुरियाँ और मैथिली भाषा के लोकगीतों को जन-मन में अमर कर देने वाली यशस्वी स्वनामधन्य शारदा सिन्हा का योगदान चिर स्मरणीय रहेगा। उनके जाने से भोजपुरियाँ लोकगीत का आकाश सूना हो गया है। समझ में नहीं आता कि अगली छठ में अपनी मधुर आवाज़ से 'करिया छमा छठी मईया-भूल-चूक गलती हमार' कह कर छठ माता को कौन गोहराएगा। भोजपुरी लोकगीतों के ऐसी कई 'शारदाओं' की आवश्यकता है। इस लेख के माध्यम से मैं शारदा जी का पुण्य स्मरण करते हुए एक भोजपुरी लोकगीत की पंक्ति के माध्यम से उनको प्रणाम करती हूँ-

"अंगना दुआर सगरी, महल, अटरिया
तोरा बिना नीक नाहीं लागे रे सांवरियाँ....."

6

त्रिपुरी समुदायों के सांस्कृतिक स्वरूप : लोकनृत्य एवं लोकगीत

-डॉ. बीना देबबर्मा

त्रिपुरा प्राकृतिक सौन्दर्य से परिपूर्ण राज्य है। अपनी भाषा, परंपरा, रीति-रिवाज, खानपान, वेशभूषा, संस्कृति आदि के कारण आज केवल भारत देश में ही नहीं बल्कि विदेशों में भी अपनी पहचान बनाने में धीरे-धीरे सफल हो रहा है। त्रिपुरा राज्य में यदि देखा जाए तो साठ-सत्तर के दशक यहाँ के मूल निवासी जनजातीय लोग बहुसंख्यक रूप में अपना जीवन यापन कर रहे थे परंतु आज के समय में यह जनजातियाँ अल्पसंख्यक रूप में हैं। कहने का आशय यह है कि यहाँ के जनजातीय लोगों को सदैव ही भिन्न-भिन्न परिस्थितियों का सामना तब से लेकर आज तक करना पड़ा, जिनका प्रभाव उनके सामाजिक, आर्थिक, सांस्कृतिक एवं लोकजीवन पर पड़ना स्वाभाविक था। कहा जाता है कि आदिकालीन समय से ही इस राज्य में जनजातियों का प्रवास है। जिनकी अपनी लोकपरंपरा, लोकसाहित्य, लोकविश्वास है।

त्रिपुरा कई जनजातियों का निवास स्थान है। जिनमें मूलरूप से देबबर्मा, जमातिया, नोवातिया, रियाँग, रूपिनी, उचई, कलई, कुकी, लुशाई, मुंडा, हालाम, संथाली, चाकमा, गारो, मग, ओराङ्ग, चाईमल, आदि जनजातियों के अपने-अपने लोकसाहित्य समृद्ध हैं। कॉकबरक भाषा का प्रयोग त्रिपुरा में केवल आठ जनजातियाँ ही मातृभाषा के रूप में प्रयोग नहीं करती है, बल्कि कई जनजातियाँ अपनी दैनिक जीवन में कॉकबरक भाषा का प्रयोग वस्तुओं की क्रय-विक्रय, विचार विनिमय के लिए करते हैं।

कॉकबरक लोकसाहित्य आदिकल से ही मौखिक रूप से समृद्ध है परंतु लिखित रूप में अब यह अपना मौलिक रूप धीरे-धीरे प्राप्त कर रही है। त्रिपुरी समुदाय के लोक-जीवन, संस्कृति, परम्परा को समझना है तो उनके लोकनृत्य एवं लोकगीत में वह अद्‌भुत छवि देखी जा सकती है। लोकगीत लोक-रीतियाँ, लोक संस्कार, लोक परम्परा को हमेशा से ही एक समाज से दूसरे समाज को

एक साथ जोड़ने का काम किया है। मानव कहीं भी, किसी भी रूप में क्यों न रहते हो, उनका रीति-रिवाज, खान-पान, वेश-भूषा कितना ही अलग हो परंतु उनकी सामाजिक सोच, सुख-दुःख, वेदना कहीं न कहीं एक साथ मिलती -जुलती है। जो प्रायः आज भी ग्रामीण परिवेश में गीतों के माध्यम से व्यक्त करने का प्रयास देखा जा सकता है। त्रिपुरा का देबबर्मा समुदाय के कुछ लोकगीतों को यहाँ उदाहरण स्वरूप हम देखते हैं:

1) झूम लोकनृत्यः-

झूम लोकनृत्य कॉकबरक भाषा-भाषियों के जीवन में उसी तरह महत्त्वपूर्ण स्थान रखता है जिस प्रकार मनुष्य के जीवन में जल। आज से नहीं वरन् जब से इन जनजातियों ने झूम खेती करना आरंभ किया होगा तब से लोकनृत्य भी उनके जीवन का अनिवार्य अंग बन गया होगा ऐसा पूर्वजों का मानना है। उन्नीस सौ चालीस पैंतालीस के दशक में त्रिपुरा के जनजातियों का जीवनयापन केवल झूम खेती पर ही निर्भर होता था। धान फसल के कटाई के बाद फल, सब्जियाँ, मक्का, बाजरे आदि उगाई जाती हैं। झूम खेत के लिए पहाड़ों को साफ करने से लेकर, झाड़ियों को जलाने, गाइरिंग (मंचाग) बनाने तक लोकगीत, लोकनृत्य का होना आवश्यक माना गया है। झूम कृषि अकेले व्यक्ति नहीं कर सकता इसे समूह में ही अधिकाशतः किया जाता है। जिस कारण से लोकनृत्य और लोकगीत को दैनिक जीवन में साथ लेकर चलती है। किसान अपने थकान, दुःख और गरीबी को मिटाने के लिए नृत्य करते हैं। कभी-कभी वे इन नृत्य में इतना रम जाते हैं कि उनका अपना सुख-दुःख, परिश्रम, हर्षोउल्लास आदि नृत्य की भाव भंगिमा में सब कुछ स्पष्ट हो जाता है। जैसे एक झूम लोकनृत्य है-

आगिनि दिननि बोरोकरक ताग चानाईरक
जादू माई काईनाइरकद्य
चांगगो रिखासिदि, यागो दामरा नादि
आमा बाई बाबा माई काईमानि
सुरुङ गुईनानि फाईदि जादू।।
आगिनि दिननि बोरोकरक दा हुलनाईरक,
जादू तांग चानाईरक ...।।

इस लोकनृत्य का भावार्थ यह है कि प्राचीन समय के लोग झूम खेतों में काम करके खाते थे, धान लगाते थे। नृत्य में युवक सखा, सखियों से भी निवेदन करते हैं कि मित्रों अब कमर में गमछा बाँध लो और हाथों में

दाबोरोक(पुराना दांव) पकड़ लो, कारण अम्मा और बाबा से हमें धान लगाने की विधि सीखने को जाना है, वरन हम अपने तागबिति (पारंपरिक कार्य विधि) को भूल जाएंगे। यह नृत्य समूह में किया जाता है।

2) मामिता लोकनृत्यः-

इसी तरह दूसरा लोकनृत्य है–मामिता। यह नृत्य भी देबबर्मा समाज में झूम से संबंधित है। जिसे आश्विन कार्तिक महीने में जब झूम खेत की फसल की कटाई के बाद देबबर्मा समुदाय के लोग इस नृत्य को करते हैं। प्राचीन समय में इस समुदाय के लोगों को समतल क्षेत्र में खेती करने का ज्ञान न होने के कारण से उन्हें झूम कृषि पर ही निर्भर होना होता था। साथ ही इस समुदाय के लोगों के लोक मान्यताओं में यह कथा भी प्रचलन में था कि झूम कृषि से पूर्व उस पहाड़ की मिट्टी को लेकर आना होता है और घर का मुखिया उस मिट्टी को अपने तकिया के नीचे रखकर सोता है। वह ये देखना चाहता है कि इस वर्ष जो स्थान झूम खेत के लिए निर्धारित किया गया है, वह ठीक है या नहीं, इस खेत में अच्छी फसल होगी कि नहीं? इस स्थान को लेकर झूम चास करने पर मेरे और परिवार के साथ कोई अप्रिय घटना तो नहीं होगी या फिर इस पहाड़ पर भूत-प्रेतों या अपदेवता का वास तो नहीं है? झूम कृषि के दौरान कृषक बिना किसी असुविधा के मचांग का घर बना कर कुछ महीने तक इस घने जंगल में रह पाएँगे या नहीं? कारण झूम खेती के लिए जो जगह निर्धारित किया जाता है, वह मूल निवास स्थान से दूर होता है। जिससे रोज आने-जाने में उन्हें असुविधा होता है। किसान को स्वप्न में कोई बुरा संकेत मिलता है तो वह उस जमीन पर खेती नहीं करेगा। सब कुछ ठीक होने पर कृषक पहाड़ को साफ करता है, सूखे घास को जलाते हैं, फिर उस पर धान बोते हैं। फसल को बोने से लेकर कटाई तक और खेतों की रखवाली के लिए वे मंचाग का घर बनाकर वही झूम खेतों में रहते हैं। कृषक अकेले घने जंगल में कृषि नहीं कर सकता इसलिए समुदाय में रहकर ही खेती करना पंसद करते हैं। इन सभी कार्यों को करने के दौरान कृषक मनोरंजन के लिए जादूकलिजा या जादूनी जैसे लोकगीत आवश्य गाते हैं। यह लोकगीत देबबर्मा समुदाय के बीच पहले मनोरंजन का अत्यंत लोकप्रिय साधन माना जाता था। साधारण जन इसी गीत को गाकर अपने दुःख-सुख को अपने प्रियजनों को कहते थे।

यह सब प्रथा जनजीवन के साथ युगों से चली आ रही है। इस परंपरा का पालन करना लोग इसलिए आवश्यक मानते हैं ताकि फसल करने के दौरान

किसी भी प्रकार कोई समस्या न हो और फसल अच्छी हो। मामिता नृत्य को देबबर्मा समाज के लोग तब करती है, जब आश्विन कार्तिक महीने में फसल की कटाई के बाद धान को घर लाकर मायलुमा अर्थात् धान की देवी की पूजा की जाती है। इस उत्सव के दौरान मामि चावल से बना पीठा, बुतुक (देशी शराब), बागंगुई(पारंपरिक व्यंजन) आदि मायलुमा की देवी को चढ़ाया जाता है। किसान अपने घर सभी ग्रामवासियों को भोजन खिलाते हैं और मामिता नृत्य की माध्यम से मायलुमा की देवी को धन्यवाद देती है। इस पूजा में नया बांस को काट कर 'वाथप' तैयार किया जाता है जो मायलुमा देवी माँ का प्रतीक है। पूजा पुरोहित करता है और बारवा पूजा देने में पुरोहित का मदद करता है। घर में पूजा देने से पूर्व लामप्रा अर्थात् चौराहे में पूजा करना आवश्य माना गया है। जिससे मुताईकोतोर अर्थात् महादेव को पूजा देना होता है। पूजा समाप्त होने पर बांस को जल में विसर्जित कर दिया जाता है। पूजा के माध्यम से किसान फिर देवी से निवेदन करता है कि अगले वर्ष भी देवी माँ आप हम सब की इसी तरह रक्षा कीजिए जिस तरह से इस बार हर तूफान, आँधी, वर्षा, धूप और जंगली पशु-पक्षियों, भूत-प्रेतों से किया है। यह नृत्य अंत्यत हर्षोउल्लास की साथ किया जाता है।

इस नृत्य को गाँव के ही युवक-युवतियाँ मिलकर करते हैं। मामिता पूजा फसल की कटाई के बाद, घर लाने पर कभी भी किसी भी दिन किया जा सकता है। इस दिन कृषक सभी गाँव वालों को भोज खिलाता है और ईश्वर को धन्यवाद देता है कि इस वर्ष आप की कृपा से सब कुछ अच्छा हुआ है, अगले वर्ष भी हे, मातारानी हम पर अपना आशीर्वाद बनाए रखना, जिससे हम किसान ठीक से अपना खेती कर पाए। मामिता लोकनृत्य में पारंपरिक आभूषण, वस्त्र और कपड़े पहने जाते हैं। मामिता गीत में उल्लेख किया गया है कि आश्विन महीने के अंत में और कार्तिक महीने के प्रथम भाग में महाराजा दुर्गा उत्सव, पूजा पर्व आदि का आयोजन करते हैं। दुर्गा माँ की आगमन पर राजा भैस-मिथुन इत्यादि का बलि देता है। प्रजागण विशेषत: देबबर्मा समाज के लोग इस अवसर पर मामिता उत्सव का पालन करते हैं। इस अवसर पर जनता हंस, मुर्गे आदि से पूजा सम्पन्न करता है। जैसे गीत का बोल है—

"राजा बा काईवो ओसानी मुताई,
कादला मामिता रिवो,
राजाबा तानो मिसिप मथोना,
कादाला ताखुचा थारु।'

इस नृत्य का मूल भाव यह है कि राजा ने माँ दुर्गा की प्रतिस्थापन किया है और माता को मामी(चावल का नाम) से भोग दिया है, माता को मिसिप (भैस) और हंस की बलि भी दिया ताकि राज्य में सुख समृद्धि बना रहे। देश की प्रजा को किसी तरह का कोई तकलीफ न हो।

3) लेबाङ बुमानि नृत्यः-

यह नृत्य भी देबबर्मा समाज के लोगों का अत्यंत लोकप्रिय लोकनृत्यों में से एक है। जिसका संबंध कृषि से है। 'लेबाङ' का आशय कॉकबरक भाषा में कीट से है। 'लेबाङ बुमानि' का अर्थ है 'कीट आदि को भगाना या मारना' लेबाङ का अर्थ 'कीट' से और 'बुमानि' का आशय कीटों को भगाने से है। झूम या फिर खेतों के धानों में जब बालियाँ निकलने लगती है, तब उन बालियों के नर्म हिस्सों को खाने के लिए लेबाङ नाम का कीट खेतों में झुंड बनाकर दूर-दूर से आता हैं और देखते-देखते सारे फसल नष्ट कर देता है। लेबाङ नामक कीटों को भगाने के लिए गाँव के युवक-युवतियाँ भी झुंड बनाकर खेतों में जाते हैं।जब वे सब लेबाङ कीटों को पकड़ते और भगाते हैं तो आनंदित होते हैं। उनके इसी भावों को नृत्य में मनोरंजक ढंग से प्रस्तुत किया गया है। देबबर्मा समाज में इस नृत्य की माध्यम से यही बताने का प्रयास किया गया है कि कृषक को झूम खेतों में किन तैयारियों के साथ जाना चाहिए ताकि वह कीटों को जल्दी पकड़ सके, कीटों को पकड़ने के लिए पंतग को किस प्रकार दिखाया जाए ताकि कीट जल्दी भाग जाए। यदि कीट न भागे तब उसे किस प्रकार से चारों ओर से घेर कर पकड़ना चाहिए। पकड़ने के बाद कीट को कमर में खोंसना है या फिर टोकरी में रखना है, जब सब लोग लेबाङ को पकड़ने में सफल हो जाते हैं तब सभी लोग खुशी व्यक्त करते हैं। इन सभी भाव भंगिमा को लेबाङ नृत्य के माध्यम से व्यक्त किया गया है, जैसा उदाहरण स्वरूप हम देख सकते हैं-

'आइसिरि सिरि नोगों कफायाबा, सामुङबोदा नाङजाक?
नखला फारूई नखला सिबुई जादूनो सुवाईमानि,
फाईदि-फाईदि फाईदि बायारओग फाईदि,
फाईदि चालाईरओग ....।'

इस नृत्य की यही विशेषता है कि इसे समूह और खुले आकाश के नीचे किया जाता है। नृत्य में देबबर्मा समुदाय का पारंपरिक वस्त्र, आभूषणों का महत्त्व है, जिसमें रिगनाई, रिसा, राङ बुताङ, सुराङ्, माथिया आदि है। इन

पारंपरिक वस्त्रों को पहन कर नृत्य करते हैं। जिस प्रकार से इस समाज का अपना लोकनृत्य है, उसी प्रकार त्रिपुरा में रहने वाले ओर अन्य समुदायों का भी अपना अलग-अलग लोकनृत्य है जो बहुत ही आकर्षक और मनोरंजनपूर्ण है।

4) गोरिया नृत्यः-

गोरिया लोकगीत और नृत्य दोनों का ही त्रिपुरा के जनजातीय समाज में महत्त्वपूर्ण स्थान है किन्तु जनजातियों में यह मुख्य रूप से जमातिया समुदाय के बीच मनाया जाने वाला लोक उत्सव है। लगभग 415 वर्षों से जमातिया समाज के लोग इस लोक-उत्सव का आयोजन करता आ रहा है। गोरिया पूजा जमातिया समाज में लगातार एक सप्ताह मनाया जाने वाला उत्सव है। यह पूजा समाज और समुदाय का है इसलिए समाज के सभी लोग मिलकर इस उत्सव को जीते हैं। जमातिया के अलावा कलई, रियाँग, रूपिनि, त्रिपुरा आदि समाज के लोग बाबा गोरिया को पूजती है। बाबा गोरिया का स्वागत भी धूमधाम के साथ किया जाता है, जहाँ भक्त गीत और नृत्य दोनों करते हैं, जैसे–

'हर सिनि साल सिनि चायाई नुगयाई
बाबानि थानि हामारि सानवो
रसिदि चोङनों तोगमोंङ काहाम
रसिदि चोङनो वानसोकमुङ काहाम
ओ बाबा गोरिया..।'

इस गीत में बाबा गोरिया से भक्त नम्र निवेदन करता है कि बाबा सात दिन, सात रात भूखे-प्यासे रहकर हम अपने आराध्य ईष्ट देव बाबा गोरिया से प्रार्थना करते हैं। हमको अच्छा आचरण, ज्ञान, सोच और बुद्धि दो बाबा, हम तुम्हारी पूजा करते हुए, हम तुम्हें नमन करते हैं। इस तरह बाबा की पूजा अत्यंत ही पवित्रता, आस्था और श्रद्धा के साथ लोग मनाते हैं।

5) हजागिरि नृत्यः-

प्राचीनकाल से ही हजागिरी कॉकबरक भाषी लोगों के बीच मनाया जाने वाला मनमोहक और महत्त्वपूर्ण त्योहार है। जिसे प्रत्येक वर्ष पंचांग में तिथि, वार आदि देखकर आश्विन या कार्तिक महीने में मनाया जाता है। इस पर्व को लेकर लोगों के बीच मान्यताएँ भी प्रचलित हैं। दूसरी ओर इस पर्व को लेकर रियाँग समाज में लोक नृत्य भी प्रचलित है, जो अत्यंत ही मनमोहक है। जिसे पारंपरिक वाद्ययंत्रों के धुन और बोल पर किया जाता है। इस पारंपारिक नृत्य

को केवल लड़कियाँ ही करती है। यह वाद्ययंत्रों के धुन पर आधारित लोकनृत्य है।

6) लोकगीतः-

लोकगीत लोकाभिव्यक्ति का एक अद्‌भुत माध्यम है। जो लोक में प्रचलित है। लोकजीवन लोकगीत के बिना अधूरा है कारण युगों से नहीं आज भी लोग लोकगीतों को जीवन का महत्त्वपूर्ण अंग मानते हैं। गाँव, कस्बों में रहने वाले जन समुदाय, कृषक, मजदूर आदि अपना सुख-दुःख, हर्ष, उल्लास इत्यादि को इन लोकगीतों के माध्यम से आसानी से व्यक्त करते आए है।लोकगीत मानव मन को तंरगित करती है। मनुष्य की शारीरिक, मानसिक थकान को मिटाने की विशेष क्षमता रखती है। लोकगीत में लोक हृदय का राग रहता है।

त्रिपुरी (देबबर्मा) समाज में लोकगीतों का अत्यंत महत्त्वपूर्ण स्थान है। इनकी अपनी समृद्ध और पूर्ण संस्कृति है जिसे पंचा त्रिपुरा भी कहा गया है। इस समाज का अपना नियम है कि समाज में रहकर ही मनोरंजन करना है। चाहे स्त्री हो या पुरुष, अकेले हो या समूह में हो, अर्थ, धर्म, कर्म सभी क्षेत्रों, कार्यों में एक दूसरे की मदद करते हैं। जब किसी भी तरह के कार्य अवसरों पर देबबर्मा समाज के लोग मिलते थे तो लोकगीत, जादूनी लोकगीत का होना अनिवार्य था। आज समय के साथ इस समाज के अधिकांश युवा पीढ़ी भले ही इन गीतों को न गाते हो पर आज भी गाँव के लोग और कुछ युवा वर्ग इन लोकगीतों को गाते हैं और विभिन्न माध्यमों से इन लोकगीतों को लोक जीवन में फिर से लाने का प्रयास कर रहे हैं। इस समाज के लोगों के जीवन में संस्कारों का विशेष स्थान है और इनका लोक जीवन संस्कारों के पालन के बिना अधूरा माना जाता है, जिसमें जन्म, विवाह और मृत्यु संस्कारों के अवसरों पर प्रायः लोकगीतों का गाया जाना सामान्य बात है। इस समाज में संस्कार लोकगीत, सामाजिक लोकगीत, कृषि लोकगीत इत्यादि का विशेष महत्त्व हैः-

क) वायुग खिलमा लोकगीत(लोरी लोकगीत):-

कॉकबरक समाज में रहने वाला हर मनुष्य का जीवन लोकगीतों के बिना अधूरा है। गीत, संस्कार, परंपराओं, रीति-रिवाज इत्यादि से ही व्यक्ति अपने समाज, परिवार को जान पाता है और संस्कारों की राह पर चलकर ही प्रगति के पथ तक पहुँचता है।देबबर्मा समाज में भी जब घर में शिशु नहीं सो रहा होता है तो घर में माँ, दादी, बुआ, मौसी हर कोई लोग बच्चे को सुलाने का प्रयास

लोरी गीत गाकर करते हैं। इस गीत को गाने का प्रचलन आदि समय से ही है, जैसे–

राङचांगनि वायुग रुकफाईनि बुदुक
मुनाई थुमानि वायुग
वायुगदुक रोबमुई थुदिदो मुनाई
थुकाईसे माचानाई,
थुयाकाई माचाया,
मुनाई कोरोमो
थुदिदो मुनाई
ले...। ले......। ले...। ले ...।
नुफाबा थांगखा राजानि सेबुक,
मुमाबा थागखा राजानि दाईजुक,
सुबा बा नानाई तोङखा मुनाई,
वायुग दुक रोमउवई थुदिदो मुनाई,
ले...। ले...। ले...। ले..।।

इस लोकगीत का भावार्थ है कि शिशु सोना चाहता है पर वह नहीं सो पा रहा है। दादी माँ पालना में शिशु को ले जाती है और प्रेम से अपने पोता/पोती को देखकर पालना को झुलाती हुई गीत गाती है। गीत में यही समझाने का प्रयास करती है कि तुम्हारा पालना सोने का बना हुआ है और पालना का जो रस्सी है वह चाँदी का है ऐसा है मेरा लाल का पालना। मेरा राजा वायुग दुक(पालना का रस्सी) पकड़ कर सो। मेरा लाल तुम सो जाओ, सोने से खाना मिलेगा, नहीं तो भूखा रहना पड़ेगा अर्थात् दादी कहना चाहती है कि तुम्हारा सो जाने से ही मैं खाना बना सकूँगी।

दूसरी पंक्ति में दादी कहती है कि तुम्हारे पिता तो राजा का सेबुक(सैनिक) है और माँ तुम्हारी राजा की सेविका है दोनों अपने अपने काम पर गए हैं। मेरे लाल को देखने वाला कोई भी नहीं है मेरे लाल पालना का रस्सी को पकड़कर सो जाओ।

ख) काईलाईमुगनि रुचापमूँग (विवाह गीत):-

विवाह संस्कृति का एक पक्ष है, जो जीवन में रंग भरता है। इसलिए कहा यह जाता है कि लोकगीत जीवन के इस रंग को फिर से जीवित करने में महत्त्वपूर्ण भूमिका निभाता है और लोगों को जिंदगी से प्रेम करना भी सिखाता

है। जनजातियों में विवाह प्रथा बड़े ही हर्ष और उल्लास का विषय होता है। पहले 1930-40 के दशक में पुरुष भी ससुराल जाता था, जहाँ उसे एक से लेकर तीन या फिर एक साल तक रहना होता था। एक वर्ष के बाद विवाह हो जाने पर यदि वर चाहता है तो ससुराल रह सकता है वरन वधू को लेकर अपने घर जाता है। कॉकबरक लोकगीतों में विदाई के समय कई गीत गाए जाते जाती हैं, उनमें से एक है-

'हापुंग जुदानी माई चावुई खलाई,
आनो पगानु नुंगले,
तुईबुक जुदानी तुईनुगुई खाई,
नुंगले पंगानु आनो
हाजार खातुगुई नाईतुक फाईबो
जाति वाखोलओग जरा।'

इस गीत में परिवार के लोग और मित्रजन वर को कहते हैं कि दूसरे पहाड़ का अन्न खाकर और दूसरी नदियों के पानी पीकर मित्र तुम हमें भूल मत जाना। यदि हम तुम्हारे घर आए तो दूर से ही तुम हमें विदा तो नहीं कर दोगे? बीमार होने का बहाना बना कर हमें भूखा तो नहीं लौटा दोगे?

ग) बिखरा/बियालनि रुचापमूँग (अभाव का गीत):-

समाज में निर्धनता के कारण अभाव की कई स्थितियाँ हो जाती है। कही भोजन का, कही वस्त्रों का है, तो कही आवास का अभाव है। आवास, वस्त्र और भोजन के अभाव में मनुष्य का अपना जीवन निर्वाह करना अत्यंत कठिन होता है। कॉकबरक भाषियों में भी अभाव से संबधित गीत हमें सुनने को मिलते हैं। अभाव के गीतों में देबबर्मा समुदाय से संबधित गीत इस प्रकार है-

'चुराई फागसिनी सिमी अगो माई कुरुई,
आनि अगो तुई कुरुई,
बुईनो नुगतुई बुईनो सितुई
ओंग मलिया आंगले तिनी
चाना चा कुचाग माचा लांगलिया
सागनी पुदीरी खोरोग दुखिरी
देसोनी सुवाग हानि बिरिमान।'

इस गीत में अभाव से जूझने वाले उस व्यक्ति की भावनाओं को व्यक्त किया गया है जो निराश, हताश और दिशाहीन है। भूख से पीड़ित जनजाति का

पुरुष कहता है कि,' मैं तो वह अभागा हूँ, जो बचपन से ही भरपेट भोजन और पानी के लिए तरसता आया हूँ। आज दूसरों के जैसा नहीं बन पाया हूँ मैं और न ही सुख मुझे नसीब हो पाया है। मन और बुद्धि दोनों से अब मैं कमजोर हो गया हूँ। इस अभाव भरे जीवन से मैं दुखी हो चुका हूँ। दुःख ने मुझसे रिश्ता जोड़ लिया है।'

इस प्रकार हम देख सकते हैं कि अभाव भरे जीवन को जनजातीय समाज के लोग किस प्रकार से लोकगीतों में व्यक्त करते आये हैं। आज भी इस समाज में जब कोई व्यक्ति अभाव से जूझता हुआ जीवन जीता है और वह किसी से भी अपने दुःख को नहीं कह पाता है तो अनयास ही अकेले में या फिर अपने मित्रों के सम्मुख ऐसे गीतों के माध्यम से अपनी पीड़ाओं को व्यक्त करता है। देबबर्मा समाज में प्राचीन समय में इस तरह के गीत अधिकांशतः झूम कृषि या फिर कोई अन्य कार्य करते समय लोग जादुकोलिजा लोकगीत गाकर किया करते थे।

घ) बिहिक-बुसाईनी रुचापमूँग (दाम्पत्य जीवन के गीत):-

इस सृष्टि का निर्माण स्त्री और पुरुष के सहयोग से हुआ है। आदिकाल से ही हम देख सकते हैं कि स्त्री और पुरुष के इस संबंध को पति-पत्नी के नाम से संबोधित किया गया है। जनजातियों में दाम्पत्य जीवन के सुख-दुःख के हर क्षण को लेकर प्राचीन काल से ही लोकगीतों की रचना होती रही है। जिसमें पति-पत्नी के ह्रदयगत भावों को यथार्थ के साथ व्यक्त किया गया है। या गीत संयोग और वियोग दोनों तरह के प्रेम गीत हमें सुनने को मिलते हैं, जैसे–

"जैष्ठ थाङगुई आषाढ़ फाईखा;
हापुङ गुनाङगुई माई दुमुई-दुमुई
नोखा गुनाङगुई ओरिओ चुमऊई
खापाङले खा कुरूक थारो
माईफाङ पायुई पाकला ताङखा
माईफाङ तोलावों थाईचुमऊ मुनखा
जादुले नोगों कुरुई, बुफुरु फाईनाई?"

यह गीत दाम्पत्य जीवन से संबंधित विरह गीत है। इस गीत में पत्नी अपने पति से पूछती है कि हे प्रिय जेष्ठ महीना समाप्त हो गया है, अब आषाढ़ का महीना आ गया है, ऐसे में एक पत्नी को अपने प्रिय की याद सताने लगी है। झूम के खेतों में धान लग चुका है और 'पाकला' (वह धान जो अभी पूर्ण रूप से बड़ा नहीं हुआ है) धान को भी साफ कर दिया है। धान के बीचों-बीचों

लगा हुआ। 'थाईचुमु' (एक विशेष प्रकार का खीरा जोझूम के खेतों में लगाया जाता है) भी अब पक चुका है। हे प्रिय आप कब घर लौट कर आओगे?

ङ) कृषि गीतः-

बोरोक जनजातियों के जीवन में प्राचीन काल से ही कृषि का महत्त्वपूर्ण स्थान रहा है। रोजगार का माध्यम उस समय केवल झूम कृषि ही था। जहाँ गाँव में यह भी प्रथा थी कि बारी-बारी से सभी लोग एक साथ मिलकर पहले किसी एक खेत के काम को पूरा करते थे। इसी दौरान जब एक साथ मिलते थे, सभी लोग जादुकोलिजा गीत के माध्यम से अपने-अपने सुख-दुःख को व्यक्त करते थे। फसल का अच्छा होना या बुरा होना आदि भी गीत के द्वारा ही कहते थे, जैसे–

"माईनि सागनी मामि माई ओकरा
थुतरो काईवुई राबो राबाया
थुमबो थुमबाया माईताङ चबोरो बाईखा
लङ आतका हुचुङ गुरिओ
रुङनानि जोरा मानया
हाबा थाईचुमऊ कुमुन नुगुईबो
खागनानि जोरा मानया।"

इस लोकगीत में किसान खेत में कार्य कर रहा है और दूसरे खेत में काम कर रहे अन्य मित्रों से कहता है कि अपने पूर्वजनों से प्राप्त 'थुतरो' प्रजाति के धान की फसल इतनी अच्छी हुई है कि कटाई खत्म ही नहीं हो रही है। काम इतना है कि धान खाते पक्षियों को भगाने का समय नहीं है, न ही पके हुए फलों को तोड़ने का समय है हम जैसे किसानों को इधर-उधर कई काम हैं।

इस तरह से किसान अपने व्यस्त जीवन की कहानियों को गीतों के माध्यम से व्यक्त कर रहा है और जनजातीय समाज ने सदियों से अपनी आकांक्षाओं, कोमल भावनाओं को इन्हीं लोकगीतों के द्वारा सजीव रूप दिया है। हर समाज के जीने का तरीका अलग-अलग होते हुए भी संवेदनाएँ एक जैसी हैं। देबबर्मा समाज में आज भी कई ऐसे लोकगीत हैं जो मौखिक रूप से प्रचलित हैं, किन्तु लिपिबद्ध होना अभी बाकी है। जिस पर कॉकबरक लेखकों, कवियों, साहित्यकारों के द्वारा कार्य किया जा रहा है। लोकगीतों का क्षेत्र अत्यंत व्यापक है, जिसे कुछ शब्दों में समेटना कठिन है, मेरे द्वारा कुछ लोकगीतों को ही इस आलेख में उदाहरण स्वरूप प्रस्तुत किया गया है।

7

त्रिपुरा के कॉकबरक लोकगीतों में जन-जीवन

-प्रो. मिलन रानी जमातिया

'लोकगीत' लोकसाहित्य का महत्त्वपूर्ण अंग है। जन-जीवन में लोक-साहित्य के दूसरे रूपों की अपेक्षा लोकगीत सबसे अधिक प्रचलित हैं। अंग्रेजी में इसके लिए 'फॉक साँग' शब्द का प्रयोग होता है। यह स्वभाविक और अनगढ़ होते हैं। घर, गाँव के चौपालों में जीवन की जिन अनुभूतियों का साक्षात्कार मनुष्य करता है, उसी की अभिव्यक्ति हमें लोकगीतों में देखने को मिलता है। "लोकगीत मौखिक रूप से पीढ़ी दर पीढ़ी आगे बढ़ते रहते हैं तथा समयानुसार इनके मूल रूप में परिवर्तन होता रहता है। इसीलिए लोकगीत को नितांत निर्वैयक्तिक अभिव्यक्ति कहा जाता है।" इनका क्षेत्र अत्यंत व्यापक है। विश्व भर की सभी भाषाओं और सभी जातियों में ये प्रचलित हैं। एन्साइक्लोपीडिया ब्रिटानिका में लोकगीत के संबंध में कहा गया है-कि- 'A further and very important limitation of folk song must be mentioned namely that it survives by purely oral tradition.' अर्थात् 'लोकगीत वस्तुतः व्यक्तिहीन रचना होती है, जो विशुद्ध रूप से मौखिक परंपरा में जीवित रहती है... लोकगीत न तो नया होता है और न ही पुराना, वह तो जंगल के वृक्ष के समान है, जिसकी जड़ें भूतकाल की जमीन में गहरी धँसी हुई है, परन्तु जिसमें निरन्तर नयी-नयी डालियों, पल्लव और फल उगते रहते हैं।'

हिन्दी लोकसाहित्य के मर्मज्ञ रामनरेश त्रिपाठी ने लोकगीत को परिभाषित करते हुए कहा है कि 'ग्रामगीत प्रकृति के उद्‌गार हैं। इनमें अलंकार नहीं केवल रस है। छन्द नहीं, केवल लय है। लालित्य नहीं केवल माधुर्य है। ग्रामीण मनुष्य के स्त्री-पुरुषों के मध्य में हृदय नामक आसन पर बैठकर प्रकृति गान करती है। प्रकृति के वे ही गान ग्रामगीत है।'

उक्त कथनों से यही स्पष्ट होता है कि लोकगीतों का मूल उद्‌गम स्रोत लोक है, व्यक्ति विशेष नहीं। इनकी अभिव्यक्ति सरल, सहज और अकृत्रिम

होती है। यह लोकजीवन से उत्पन्न होकर, लोकजीवन को ही पुष्ट करता है। सामान्यतः लोकजीवन अनेक उतार-चढ़ावों में साँस लेता है, कभी लोक का मन दुश्चिंता से घिर जाता है, तो कभी शून्यता से भर जाता है, कभी परायेपन के भार से पिसकर टूटने लगता है तो कभी अभावों में लड़खड़ाने लगता है। तब लोकगीत ही मानव मन के भावों को जगाकर उनमें अपनी सम्पूर्ण चेतना को उद्बुद्ध करके, आँधियों, तूफानों और झंझावतों में भी 'लोक' को अक्षुण्ण बनाए रखते हैं। आचार्य हजारीप्रसाद द्विवेदी ने लोकगीतों के महत्त्व को प्रतिपादित करते हुए कहा है कि 'ग्राम गीतों का महत्त्व उनके काव्य सौन्दर्य तक ही सीमित नहीं है। इनका एक बहुत महत्त्वपूर्ण कार्य है–एक विशाल सभ्यता का उद्घाटन, जो तब-तक या तो विस्मृति के समुद्र में डूब गई है या गलत समझ ली गई है।'[4] दूसरे शब्दों में कहें तो, लोकगीतों में मनुष्य के जीवन के समस्त क्रिया-कलाप, रीति-रिवाज, आचार-विचार, रहन-सहन, धार्मिक आस्था, परंपरा, संस्कार तथा गूढ़-ज्ञान का बड़ा ही मार्मिक चित्रण होता है।

हिन्दी के विद्वानों ने लोकगीतों को संस्कार गीत, ऋतु गीत, श्रम गीत, पर्व-त्योहार के गीत, जाति गीत, देवी-देवताओं के गीत आदि कई वर्षों में विभाजित किया है और इसका उचित विश्लेषण एवं अध्ययन भी किया गया है। त्रिपुरा की जनजातीय लोकगीतों का अभी तक विस्तृत अध्ययन नहीं हुआ है। इसका अधिकांश रूप आज भी मौखिक परंपरा में ही विद्यमान हैं।

पाश्चात्य विद्वान लौरेंस ने कहा है कि कला का आशय जीवन का आशय होता है, समग्र जीवन का दर्शन ही लोकगीतों का संदेश होता है अर्थात् जीवन और यथार्थ, सभ्यता और समस्याएँ, नित्य जीवन की कठिनाइयों, मूल्य और आदर्श इन दुविधाओं के द्वंद्व का दर्शन लोकगीतों में होता है।

त्रिपुरा की जनजातियों में लोकगीत अत्यंत लोकप्रिय हैं। उनके जीवन का अंतरंग स्वरूप उनकी आर्थिक स्थिति, समाज व्यवस्था, विश्वास, मान्यताएँ, रीति-नीति, जीवानारंभ सब इनके द्वारा गाए गए गीतों में प्रतिबिम्बित होता है। जीवन का ऐसा कोई भी पहलू नहीं; जो इनमें न आया हो। यदि यह कहा जाए कि ये लोकगीत ही इन जनजातियों के वेद, पुराण आदि हैं तो कोई अत्युक्ति नहीं होगी। इन गीतों में त्रिपुरा की जनजातियों की धड़कन को स्पष्ट सुना जा सकता है। त्रिपुरा के लोकसंगीत के संदर्भ में अपनी मान्यता व्यक्त करते हुए श्री कृष्णा दास कहते हैं कि 'यहाँ के ग्राम-पहाड़ों के संगीत ही त्रिपुरा का लोकसंगीत है। उनके संगीत के केन्द्र में यहाँ की जीवन-गाथा, हँसना-रोना, दुःख, वेदना, उत्सव एवं धार्मिक चर्चा प्रमुख हैं।

उनका संगीत उन्हीं की जीवन-धारा के समान सहज, सरल, अकृत्रिम है। नदी की धारा की भाँति गतिशील है। विश्व के अन्य देशों के समान त्रिपुरा के लोकगीत का भी तथाकथित सभ्यता, शिक्षा-दीक्षा के साथ कोई संपर्क नहीं है। वस्तुतः त्रिपुरा का लोकसंगीत यहाँ के लोक-जीवन का ही स्वभाविक प्रकाश है।' (अनूदित) यहाँ की जनजातीय भाषाओं की अपनी लिपि नहीं होने के कारण वे मौखिक परंपरा द्वारा ही अपनी जनजातीय मूल्यों, संस्कारों और मान्यताओं को एक पीढ़ी से दूसरी पीढ़ी तक पहुँचाया करते थे। इसके लिए सबसे सहज और सरल माध्यम लोकगीत ही होते थे। चाहे वे संस्कार के गीत हों या धर्म संबंधित या कि झूमखेती संबंधित गीत हो। खैर, उपलब्ध विषयों के आधार पर त्रिपुरी लोकसंगीत के श्रीकृष्ण दास ने निम्नलिखित भेद किए हैं–

यह वर्गीकरण यहाँ के जनजातीय समाज एवं संस्कृति को व्यापक रूप में अभिव्यक्त करता है और उनके रहन-सहन, खान-पान, चिन्तन और मनोभावों को प्रकाशित करता है। अब इन जनजातीय लोकगीतों की विशेषताओं की चर्चा निम्न प्रकार हैं–

1. श्रम गीतः

झूमखेती केन्द्रित जीवन होने के कारण जनजातियों के अधिकांश लोकगीत झूमकृषि पर ही आधारित हैं। कृषि कार्य में सभी जनजातीय नर-नारी, युवक-युवती समवेत रूप से भाग लेते हैं। फलस्वरूप झूमखेत में ही जीवन के आवेग, प्रेम, सुख-दुःख, हँसना-रोना, आनन्द आदि प्रकट होते हैं। काम के बीच-बीच में वे एक-दूसरे से मन की बातें करते या मन और शरीर की थकान को दूर करने के लिए वे गीत एवं नृत्य आदि भी प्रस्तुत करते थे, तो कभी बड़े-बूढ़े नई पीढ़ी को झूम की शिक्षा देते थे। ये गीत सरल, सहज हृदय के उद्‌गार हैं, इसलिए जीवन्त दिखते हैं। उदाहरण के लिए कृषि-शिक्षा संबंधित गीत की पंक्तियाँ प्रस्तुत हैं–

उपजाऊ ढलानों में गुरिया धान बोना
बहुत पसंद है बच्चों को
पूर्व की ढलानों में मामि वातलक धान बोना
ठीक नहीं,
विरासत में मिले धान गारु सुकिया बोना,
कम पैदावार होती है।
मुर्गी की छाती के बराबर

टीले पर मचान बनाऊँगा
तुम औरत हो, सो धान बोना,
पगडण्डी के किनारे छिटका देना
गुन्थु के बीज, बीच-बीच में
छितरा देना
सतरोबंगों के बीज भी...

झूमकृषि से जुड़े होने के कारण यहाँ के गीतों में झूम से संबंधित उदाहरण बार-बार आते हैं, यथा–अगहन में जमीन नहीं ढूँढोगे तो झूम के लिए अच्छी जगह नहीं मिलेगी-अगहन में ही जमीन ढूँढना/पूस में झूम की सफाई नहीं करोगी तो बांस नहीं मुरझाएगा–पूस में ही झूम की सफाई करना/चैत्र में जंगल नहीं जलाओगी तो बांस नहीं जलेगा/चैत्र में ही जंगल जलाना/वैशाख में धान नहीं बोवोगी तो फ़सल नहीं आएगी/वैशाख में ही धान बोना....।

जैसे बीज बोएँगे, वैसा ही फल मिलेगा। शुद्ध बीज का फल भी मीठा होगा। त्रिपुरा के जनजातीय लोकगीतों में पग-पग पर इस माधुर्य को देखा जा सकता है। स्पष्ट है, लोकजीवन का प्राचुर्य, चातुर्य एवं माधुर्य इन लोकगीतों में प्रकट होता है। इसी तरह प्रेम का भाव मनुष्य जीवन की संजीवनी है, प्रेम से दो हृदय जुड़ते हैं, उनका मिलन होता है, जीवन में सरसता आती है। त्रिपुरा के इन जनजातीय लोकगीतों में भी प्रेम के संदर्भ मौजूद हैं, पर वे झूमकृषि से जुड़कर प्रकट होते हैं, आलोचक रामचन्द्र शुक्ल की भाषा में कहें तो इन गीतों में साहचर्यजननित प्रेम के असंख्य उदाहरण मिल जाएँगे।

माता-पिता के 'हूक' चले जाने पर बड़ी बहन या भाई ही घर और अपने छोटे भाई-बहनों का देखभाल करते हैं। उन्हें समय पर नहलाते हैं, खिलाते और सुलाते हैं। काम के बाद थोड़ा सा समय मिलने पर वे भी भाई-बहनों से तमाम तरह की बातें किया करते हैं। ऋतुओं के नए रूप में आगमन पर एक भाई कैसे खुश होकर बहन को ऋतु का स्वागत करने के लिए कहता है। आइए इन पंक्तियों को देखें-

मनाय तुम कोई गीत गाओ
वसंत ऋतु का आगमन हुआ है
ओ मनाय, तुम गीत गाओ।

2. ऋतु गीतः

अनादिकाल से त्रिपुरा की जनजातियों का जीवन पूर्णतः प्रकृति पर निर्भर

है। प्रकृति उनके लिए माता-पिता, देवी-देवता सब कुछ है। इसके बिना वे जीवन जीने की कल्पना भी नहीं कर सकते हैं। यही कारण है कि उन्हें प्रकृति का प्रत्येक रूप प्रिय हैं। ऋतुएँ प्रकृति का ही विशिष्ट रूप हैं। त्रिपुरा में प्रत्येक ऋतु का अपना अलग ही रंग-ढंग हैं। हर ऋतु परिवर्तन से संबंधित गीत यहाँ उपलब्ध हैं। जैसे धान की बुआई से लेकर कटाई तक, यहाँ तक कि झूमखेती के लिए जमीन के चुनाव, उसकी सफाई। उसे जलाने आदि पर भी जीवन्त गीत गाए गए हैं। फसल का अच्छा होना या खराब होना ऋतु पर ही निर्भर है। इसलिए वे ऋतुओं का स्वागत उमंग एवं हर्षोल्लास के साथ करते हैं। ऋतु वर्णन संबंधित गीत की पंक्तियों देखिए-भादों का महीना,

लम्बी सर्दी की आहट
भादों से गिनें तो,
सर्दी और कितने दिन?
समय...
मचानों में फफूंद लगने का
झूम-खेतों में धान कटने का
कपास में फूल खिलने का..
समय...
तिल, खुमजा के फूल चुनने का
उन्हें बालों में लगाने का
यही तो समय है
युवक-युवतियों के आनन्दित होने का

3. पर्व-त्योहारों से संबंधित गीतः

यहाँ के जनजातियों में अनेक प्रकार के पर्व एवं त्योहार मनाए जाते हैं। ये पर्व-त्योहार जीवन में नई उमंग और खुशियाँ तो लाते ही हैं। ये सामाजिक एकता और सद्भाव को भी बढ़ाते हैं। ऐसे समय लोकगीतों का गायन उल्लास को और बढ़ा देता है। त्रिपुरा में बहुत से ऐसे त्योहार हैं, जिन्हें सभी जनजाति एवं गैर जनजाति मिलकर मनाते हैं। जैसे, दुर्गा पूजा, होली, दीवाली, क्रिसमस आदि। लेकिन बुइसू, सेना, हजाइगिरि, गॉरिया पूजा, चौदह देवता पूजा आदि त्योहार केवल जनजातियाँ ही मनाती हैं। ये त्योहार उनकी संस्कृति की अमूल्य धरोहर है। इन त्योहारों के दौरान युवक-युवतियों कई तरह के मोहक नृत्य प्रस्तुत करते हैं एवं गीत गाकर सभी के जीवन के लिए मंगल कामना करते

हैं। होली-गीत की कुछ पंक्तियाँ उदाहरण के रूप में प्रस्तुत हैं-

हे प्रिय,
आज मैं तुम्हारे साथ और होली नहीं खेलूँगी,
तुमने मुझे बहुत लज्जित किया है,
तुमने कुमकुम और पिचकारी से मेरे सारे कपड़े भिगो दिए,
मेरे संपूर्ण शरीर में रंग लगा दिए
अब मैं कैसे घर जाऊँगी?
मेरी सासु माँ मुझे अब डाटेंगी।

4. प्रेम गीतः

त्रिपुरा की जनजातियों में कई तरह के प्रेमगीत पाए जाते हैं। यह प्रेमगीत कभी ईश्वर की भक्ति के रूप में तो कभी पति-पत्नी के बीच प्रेम के रूप में अभिव्यक्त होते हैं। कभी भाई-बहन, माता-पिता का बच्चों के प्रति, प्रेमी-प्रेमिका या फिर प्रकृति के प्रति जनजातियों के संपूर्ण समर्पण भाव के रूप में सामने आते हैं। किन्तु सबसे ज्यादा समवयस्कों के बीच होने वाला प्रेम-भाव ही लोकगीतों में अधिक प्रचलित हैं। जिसे झूमखेती संबंधी उत्सवों में बड़े ही सजीव ढंग से प्रस्तुत किया जाता है, क्योंकि युवक-युवतियों को अपना प्रेम प्रकट करने के लिए एकान्त की आवश्यकता होती थी, जो उन्हें एकान्त केवल झूम के खेतों में ही मिल सकती थी। युवती ढलते सूरज पर अपनी खीझ प्रकट करती हुई कहती है कि-

दिनभर काम करने के बाद
अब तो शाम ढलने को है
फिर भी काम से जी नहीं भरा है
और तो और ये कीट-पतंगे भी
शाम होते ही क्यों गीत गाने लगते हैं
कानों में उनकी ध्वनि गूँजते ही
हे प्रिय! हमें तुम्हारी तीव्र स्मृति होती है।
मेरा हृदय और अधिक व्याकुल हो उठता है।

ऐसा ही एक और गीत देखा जा सकता है, जिसमें युवती हृदय के उद्‌गारों को स्वतंत्र एवं निःसंकोच भाव से प्रकट करती है। यथा-

जबसे हैं धरती पर
मिट्टी और दूब

तब से है प्यार मेरा-तुम्हारा
खेला करते थे मिट्टी में
तब से है प्यार मेरा-तुम्हारा
संग खेले बर्तन मिट्टी के
नारियल के खोपड़े की
हाँडी बनाकर।
मां की गोद में बड़े हुए।
और युवा हो गए हम दोनों
आओ अब मिलकर, गृहस्थी बसाएँ।

झूमखेत के एक मचान पर प्रेमी है तो दूसरे मचान पर प्रेमिका। ऐसे में दोनों गीत के माध्यम से ही एक-दूसरे से मन की बात करते हैं और एक-दूसरे को यह भी बताते हैं कि उनके झूमखेतों की क्या स्थिति है। साथ ही प्रेमिका, अपने प्रेमी से प्रेम का इजहार भी करती है–

प्रेमिका–हे प्रिय, मेरी गायरिङ पर चले आओ, तुम्हारी गायरिङ जर्जरित हो चुकी है, उसमें फूँफूद लग गया है।

मेरी गायरिङ नई और हवादार है, चले आओ प्रिय।

प्रेमी–तुम्हारी गायरिङ पर आना तो चाहता हूँ, लेकिन माँ से डरता हूँ।

प्रेमिका–तुम्हारे बदले मैं डॉट खा लूँगी, चले आओ प्रिय।

प्रेमी–तुम्हारी गायरिङ पर आऊँगा तो कौआ भुट्टा खा जाएगा।

प्रेमिका–कौवा भुट्टा खाएगा तो मैं एक के बदले में तुम्हें दो भुट्टा दूँगी। मेरी गायरिङ पर चले आओ प्रिय।

प्रेमी–तुम्हारी गायरिङ पर आऊँगा तो माँ मेरी पिटाई करेगी।

प्रेमिका–माँ के सामने तुम्हारी पीठ की जगह मैं अपनी पीठ दे दूँगी। मेरी गायरिङ पर चले आओ प्रिय, मेरी गायरिङ पर चले आओ प्रिय।

5. विदाई गीतः

जनजातीय लोकगीतों में बेटी की विदाई के समय माँ और बेटी की मनःस्थिति को बहुत ही मार्मिक और सजीवता के साथ प्रस्तुत किया जाता है। बेटी ससुराल जाने से पहले माँ से कहती है। गीत की कुछ पंक्तियाँ देखिए-

ओ आमा!
दूसरों के घर मैं कैसे जाकर रहूँ
दूसरों के माता-पिता को कैसे माँ-बाबा बुलाऊँ

वो घर बार तो दूसरों का है
पनघट पर पानी भरते समय
यदि गलती से घड़ा फूट जाए
ओ आमा!
आलसी कहलाऊँगी
मैं कैसे रह पाऊँगी।

इन लोकगीतों की सबसे बड़ी विशेषता, जो इन्हें अन्य प्रदेशों के गीतों से अलग करती है, वह है घर जमाई (चामोरोई अम्पा) के गीत। त्रिपुरा के जनजातीय समाज में जिस तरह लड़की विदा होकर लड़के के घर जाती है, उसी तरह लड़के भी विदा होकर लड़की के घर रहने जाते हैं, यह एक सामाजिक रिवाज है। हर प्रदेश में मानवीय मूल्यों का एक अद्‌भुत रूप होता है। जनजाति क्षेत्रों में तो इसके और भी निराले रूप देखे जा सकते हैं। घर जमाई के गीत इसी के साकार उदाहरण हैं–

ओ साजोला!
दूसरों के घर चामोरोई[9] बनकर जा रहे हो
अब तुम्हें लांगन[10] उठाना पड़ेगा
ओ साजोला!
बड़ों का मान रखना
समझदार कहलाना
दूसरों का कहा कानों में न लेना
सोच-समझकर चलना
ओ साजोला....।"

6. वात्सल्य गीतः

भारत और दुनिया की अन्य भाषाओं की तरह त्रिपुरा में भी वात्सल्य संबंधी गीत मिलते हैं। मध्यकालीन हिन्दी कवि सूरदास ने अपने आराध्य कृष्ण के बालरूप का और तुलसीदास ने राम का बहुत मनोहारी और चित्ताकर्षक वर्णन किया है। त्रिपुरा के लोककवियों ने भी अपने आराध्य बाबा गरिया के बालरूप को लेकर लोकगीत रचे हैं, यथा–

चारों दिशाओं में
लाल-हरे फूलों की
खुशबू फैल गई है

पहाड़-पर्वत, नदी-नाले
पशु-पक्षी, बाघ-हाथी
तुम्हारा नाम लेकर
जगा रहे हैं
अब तो उठ जाओ
ओ नरसिंह!

7. भक्ति गीतः

त्रिपुरा की जनजातियाँ विशेषकर कॉकबरक भाषी अत्यंत धार्मिक हैं। वे कोई भी शुभकार्य करने से पहले देवी-देवताओं की स्तुति करते हैं। चाहे वह जन्म का अवसर हो, विवाह हो या तीज-त्योहार हो, झूमखेती के लिए जमीन का चयन हो या फसल की कटाई हो आदि। इन सब प्रक्रियाओं को पूर्ण करने के लिए वे हमेशा 'लाम्प्रा' पूजा करते हैं। शुभ-अशुभ दोनों ही स्थिति में यह पूजा की जाती है। 'केर पूजा' भी इन जनजातियों के जीवन में अत्यंत महत्त्वपूर्ण मानी जाती है। यह पूजा निजी एवं गाँव की कुशल मंगल के लिए की जाती है। यहाँ की जनजातियाँ बड़े मनोयोग से हर अवसर पर पूजा-अर्चना का आयोजन करती हैं। ऐसे में सालाना गॉरिया पूजा, होली, हजाइगिरि (लक्ष्मी पूजा) या चौदह देवता पूजा की तिथियाँ आएँ तो जिन्दगी का आनन्द, उत्साह और उमंग दुगुना हो जाता है। संपूर्ण भाव से वे ऐसे समय में देवी-देवताओं से संबंधित गीत-नृत्य आदि प्रस्तुत करते हैं। मंत्रोच्चारण आदि से वातावरण में पवित्रता का रस घोल देते हैं। गॉरिया देवता के स्वागत में गाए जाने वाली गीत की पंक्तियाँ दृष्टव्य हैं–

गॉरिया देवता के प्रतीक बाँस की चोटी पर
तसकूमा पक्षी बैठ गए हैं।
आओ साथियों आओ
गॉरिया देवता केवल भक्तों से मिलने आए हैं
उन्हें न तो खाने का शौक है और न पीने का
वह उदार, सरल ह्रदय वाले हैं
वह सिर्फ भक्तों के कुशल मंगल जानने आए हैं
साथियों समवेत होते हैं
देवताओं के राजा गॉरिया देवता पधारे हैं
सभी को धन, दौलत से संपन्न करने आए हैं

जिस तरह मासुवा राङगा पक्षी
मछली मिले बिना जल नहीं छोड़ता
उसी तरह गॉरिया देवता भी सभी के जीवन को
खुशियों से भरे बिना हमारे जीवन से नहीं जाएँगे
आओ साथियों आओ
समवेत होते हैं।

जनजातियों में परिवार के मंगल हेतु देवी सङगोतरा माँ की पूजा की जाती है। प्रत्येक रविवार में देवी की पूजा करना शुभ माना जाता है। देवी सङगोतरा माँ को संबोधित एक वंदना गीत देखिए-

हे देवी! तुममें इतनी शक्ति है..।
तुम फूलों के बागान को काँटों का
काँटों के बागान को फूलों का बना सकती हो।
कृपा करके मेरे घर पधारिए
और आसन ग्रहण कीजिए
यदि मुझसे तेरी भक्ति में कोई चूक हो जाए
तो नाराज मत होइए
मुझे क्षमा कर दीजिएगा।
कृपा करके हाथ एवं पैर धोकर
सामान्य पीढ़ा को ही सोने का समझकर
आसन ग्रहण कीजिए।
तेरी भक्ति में मैंने जो भोग लगाई है
उसे केले के पत्ते में ही सोने और चाँदी की
थाल समझकर ग्रहण कीजिए
हे देवी।

8. शोक गीतः

संस्कार का अर्थ है–संस्करण अथवा शुद्ध करना। भोलानाथ तिवारी ने अपनी पुस्तक 'व्यावहारिक हिन्दी कोश' में संस्कार के कई अर्थ दिए हैं, जैसे 'दोष दूर करके शुद्ध तथा उन्नत, पूर्ण जन्म शिक्षा, संस्कृति आदि के प्रभाव से मन या आत्मा पर पड़ी हुई छाप, हिन्दू धर्म में जन्म से लेकर मृत्यु तक किए जाने सोलह कृत्यः नामकरण, मुंडन, यज्ञोपवीत इत्यादि। त्रिपुरा की जनजातियों में अधिकांश संख्या हिन्दुओं की हैं, किन्तु वे इन सारे संस्कारों का पालन नहीं

करते हैं। उनके जीवन में विभिन्न संस्कारों के अवसरों पर जो गीत गाए जाते हैं; उनमें प्रमुख हैं–पुत्र जन्म, अन्नप्राशन्न, विवाह, मृत्यु आदि। उल्लेख्य है कि जमातिया को छोड़कर यहाँ की जनजातियों में मृत्यु गीत गाए जाने की प्रथा नहीं है, लेकिन ग्रामीण क्षेत्रों में मृत्यु के अवसर पर रोते हुए मृतक के गुणों का वर्णन करते अवश्य सुना जाता है। पत्नी की मृत्यु पर पति का विलाप देखिए–

हे प्रिया,
नादान और नासमझ बच्चों को
तुम कैसे छोड़कर जा रहे हो
किसके भरोसे छोड़ा?
तुम्हें भी इस संसार से एक दिन जाना है
मुझे भी जाना ही होगा
अभी ही अपने साथ मुझे भी ले चलो।
एक ही डगर पर कदम से कदम मिलाकर चलेंगे।
टपकी ओस पर गौर करो।

जमातिया जनजाति में मृत्यु के अवसर पर गाए जाने वाले शोक गीत कुछ पंक्तियों देखिए–

ओ मोताय, ओ मोताय[13]
तेरा पूत यहाँ से विदा हो चला
बस तुम इसे अपने पास रखना
इसे न धर्म पता है न कर्म
ओ मोताय, ओ मोताय
इसे अपने हाथ का सहारा देकर रखना
अपना ही अंश बना लेना
ओ मोताय, ओ मोताय
जल, अग्नि, हवा, तूफ़ान के साथ
वह इस दुनिया रहा
पर अब उसे साथ में रखना
अभी उसे चलना है लम्बा रास्ता
कोई नहीं है अब उसका
उसे आपका ही सहारा है
बस अब उसे साथ में रखना

ओ मोताय, ओ मोताय

जाहिर है, त्रिपुरा की जनजातीय समाज में भी भारत के अन्य बहुत सारे समाजों की तरह यही मान्यता है कि मृत्यु के बाद मनुष्य ईश्वर के पास ही जाता है।

9. उपदेशात्मक गीतः

त्रिपुरा के जनजातीय लोकगीतों में कई तरह के उपदेशात्मक गीत पाए जाते हैं। चूँकि लोककथाओं एवं लोकगीतों का जन्म ही आम जनता को उपदेश देने के लिए हुआ था। जाहिर है, जनजातीय लोकगीत भी इसके अपवाद नहीं है। कॉकबरक भाषी समाज पीढ़ियों तक शिक्षा आदि से दूर रहा है। लिखित साहित्य का विकास भी हाल ही में हुआ है। ऐसे में लोककथाएँ एवं गीत ही इस जाति को जागृत करने का कार्य करते थे। अन्य जाति एवं जनजाति की उपयोगी बातों को इन तक पहुँचाया करते थे। इसी तरह तमाम सामाजिक, धार्मिक, सांस्कृतिक एवं आर्थिक शिक्षा भी इन जनजातियों को दिया करते थे। इसकी झलक इस प्रकार है–

रोज बारिश होने से
क्या नहीं नहाओगे?
खाने से नाराज हो क्या
जीवन भर उपवास रखोगे?
पिता बूढ़े बाज के समान हो गए हैं
और
चूल्हे के सामने झपकियाँ लेती माँ
कूबड़ निकली हुई बिल्ली की तरह,
क्या?
अब भी जिम्मेदारी नहीं उठाओगे?
ओ प्रिय। उन्हें मत सताओ
अभिशाप मिलेगा।

इसी तरह जनजातियाँ अपनी नई पीढ़ियों को कभी मौसम की तो कभी समय की जानकारी देते रहते हैं–बादल घिरे हो/या हो रही हो वर्षा/सूरज कहीं छिप गया हो और करनी हो जानकारी दोपहर की तो/खिले हुए खुमजा को देखो/शाम की जानकारी देगा तुरई फूल/उम्र का अन्दाज न मिले किसी की तो पढ़ लो/हमउम्रों के चेहरों की रेखाएँ/तुरई के फूल का पीला रंग और

सांध्यमालती से यदि/न हो जानकारी शाम के डलने की तो/इधर-उधर बिखरे बॉस के पत्तों पर...

10. बगला गीतः

जनजातीय लोकगीतों में हास्य गीत भी प्रचुर मात्रा में उपलब्ध होते हैं। इन्हें प्रायः शादी-ब्याह, तीज-त्योहारों में लोगों को गाते सुना जा सकता है। खासतौर पर गरिया पूजा के दौरान बगलागण इस तरह के गीत गातें हैं। हालाँकि बगला गीतों में मनोरंजन एवं अश्लीलता का पुट भी विद्यमान रहता है, यथा-

बालो रे बालो, बालो
बालो रे बालो, बालो
बंगालियों के आंगन में सिर उठाए मिर्च फलती है
उसी तरह हमारी गाँव की युवतियों के जुड़े भी एक-साथ उठे हुए हैं
बालो रे बालो, बालो
बालो रे बालो, बालो

11. विविध गीतः

लोकगीतों के संकलन के क्रम में कुछ गीत ऐसे भी मिले, जिन्हें उनके विषयों के अनुसार उपर्युक्त शीर्षकों में से किसी श्रेणी में नहीं रखा जा सकता, उन्हें 'विविध गीत' शीर्षक के अंतर्गत रखा गया है। ये गीत भी यहाँ के जनजातियों के जीवन में महत्त्वपूर्ण स्थान रखते हैं। यथा-सीता की इच्छा पूर्ति के लिए पूरे जंगल, पर्वत हिरण को खोज लिया/किन्तु कहीं भी हिरण नहीं मिला केवल दुःख ही लक्ष्मण के जीवन में आया/सीता ने लक्ष्मण रेखा को पार किया/तभी तो उसका हरण हुआ।

निष्कर्षतः हम यह कह सकते हैं कि त्रिपुरा की जनजातीय समाज की समस्त सामाजिक-सांस्कृतिक, सांगठनिक अभिव्यक्ति इन गीतों में देखी जा सकती है। पूर्व में समाज को पारिवारिक, सामाजिक, सांस्कृतिक उत्तरदायित्वों और मर्यादाओं का बोध इन्हीं गीतों से कराया जाता था। बचपन में इन्हीं गीतों को लोरी की तरह गाया जाता है। यौवन काल में इन्हीं को प्रेमाभिव्यक्ति के रूप में प्रयोग किया जाता था तो जीवन के अंतिम पड़ाव में भी इन्हीं गीतों से आखिरी यात्रा हुआ करती थी। जनजातीय समाज के धार्मिक आचार-विचार, कुप्रथाओं, अंधविश्वासों अर्थात् सामाजिक मान्यताओं और मानदण्डों के ये गीत महान कोष हैं। ये लोकगीत विदग्ध हृदय को सांत्वना, प्रताड़ित को संबल,

पथ-भ्रष्ट का मार्ग-निदर्शन एवं मोह-जाल में फँसे व्यक्ति को सदुपदेश देते हैं और क्लांत की थकान हरते हैं।

इस तरह इन गीतों में जनजातीय संस्कृति का सांगोपांग चित्रण एवं व्यापक भावों का उल्लेख मिलता है। लोकगीतों के महत्त्व पर प्रकाश डालते हुए लालालाजपत राय ने एक महत्त्वपूर्ण बात कही है–'देश का सच्चा इतिहास और उसका नैतिक और सामाजिक आदर्श इन गीतों में ऐसा सुरक्षित है कि इनका नाश हमारे लिए दुर्भाग्य की बात होगी।' हमें इस बात का पूरा-पूरा ध्यान रखना चाहिए और समय रहते इन्हें संकलित किया जाना चाहिए अन्यथा यह थाती लोक में ही बिखर कर समाप्त हो जाएगी और हम अपनी वास्तविक विरासत से वंचित रह जाएँगे।

8

बुंदेली लोकगीतों का सामाजिक परिप्रेक्ष्य : हम भी सूरज जस चमकैंगे

-डॉ. मलखान सिंह

लोकगीत किसी भी समाज की सांस्कृतिक सम्पदा होते हैं, जो उसकी परंपराओं, रीति-रिवाजों, मान्यताओं और भावनाओं को अभिव्यक्त करते हैं। बुंदेलखंड क्षेत्र के लोकगीतों में यहाँ के सामाजिक जीवन की झलक स्पष्ट रूप से देखी जा सकती है। विशेष रूप से बुंदेली लोकगीतों में राई, फाग, आल्हा, कजरी और सोहर प्रमुख है। इन लोकगीतों में आम जनजीवन के सुख-दुःख, भाव-विचार, स्वप्न-संघर्ष, आस्था-अनास्था, राग-विराग, आशा-निराशा आदि अनेक स्थितियों के उतार चढ़ाव देखने को मिलते हैं। लोकजीवन के राग-रंग में रंगे इन गीतों में सहजता, सरसता, संवेदना और आत्मीयता की वास्तविक दुनिया है। लय और थिरकन के साथ व्यंग्य की चिकोटी, उलाहना की मधुरता, सवाल-जवाब का खरापन बुन्देली लोकगीतों को विशिष्ट बनाता है।

लोकगीत, समाज के विभिन्न पहलुओं को प्रतिबिंबित करते हैं। इनमें प्रेम, वीरता, ऋतु परिवर्तन, धार्मिक आस्था, सामाजिक संस्कार तथा सांस्कृतिक स्वरूप का विवरण मिलता है। बुन्देली लोकगीतों का समाजशास्त्रीय दृष्टि से विशेष महत्त्व है। बुन्देली लोकगीत विभिन्न अवसरों और विषयों के आधार पर विभाजित किए जा सकते हैं–

1. संस्कार गीत, जन्म, मुंडन, ब्याह आदि से जुड़े रीति-रिवाजों और परंपराओं को प्रदर्शित करने वाले गीत।
2. वीर रस के गीत, ऐतिहासिक वीरों और योद्धाओं की वीरता का गुणगान करते गीत।
3. धार्मिक गीत, देवी-देवताओं की स्तुति और धार्मिक आस्थाओं से जुड़े गीत।
4. ऋतु और प्रकृति गीत, फसल, मौसम परिवर्तन और प्रकृति की सुंदरता पर आधारित गीत।
5. समाज सुधार गीत, सामाजिक बुराइयों, कुरीतियों और सुधार के संदेश

देने वाले गीत।

6. हास्य-व्यंग्य गीत, सामाजिक विकृतियों पर प्रहार करने वाले तथा विवाह आदि के अवसर पर अनुरंजन हेतु द्विअर्थी हास्य गीत, रिश्तों की मधुरता व आत्मीयता को उद्घाटित करते हैं।

समाजशास्त्रीय दृष्टि से बुंदेली लोकगीतों का प्रभाव और महत्त्व देखा जा सकता है:

1. सामाजिक संरचना और परंपराएँ–यह गीत पारिवारिक, जातिगत और सामुदायिक संरचना को परिलक्षित करते हैं। इनमें रिश्तों की मर्यादा, रीति-रिवाज और पारंपरिक मूल्यों की झलक मिलती है।
2. महिला सशक्तिकरण–विवाह गीतों और अन्य महिला केंद्रित गीतों में महिलाओं की स्थिति, उनके संघर्ष एवं उनकी भावनाओं को प्रमुखता दी जाती है।
3. सामाजिक समरसता–लोकगीत विभिन्न वर्गों और जातियों को जोड़ने का कार्य करते हैं। वे समरसता और एकता का संदेश देते हैं।
4. आर्थिक और आजीविका के पहलू–कृषि, श्रम और ग्राम्य जीवन से जुड़े गीत ग्रामीण अर्थव्यवस्था और किसानों की स्थिति का चित्रण करते हैं।
5. धार्मिक एवं नैतिक मूल्य–ये गीत समाज में नैतिकता, ईमानदारी और धार्मिक आस्था को प्रोत्साहित करते हैं।

लोकगीत किसी भी समाज की संस्कृति, परंपरा और जनजीवन का सजीव दस्तावेज होते हैं। ये गीत हमें हमारी परंपराओं, रिश्तों और सामाजिक संरचना का बोध कराते हैं। आधुनिकता के इस दौर में भी इन गीतों का महत्त्व कम नहीं हुआ है, बल्कि ये बुंदेलखंड की सांस्कृतिक पहचान के रूप में आज भी जीवित हैं। बुंदेली लोकगीत, बुंदेली लोकजीवन की वास्तविक स्थिति को अभिव्यक्त करते हैं। इनमें लोक जीवन की उलझी-सुलझी स्थितियों का यथार्थ चित्रण मिलता है। इन गीतों में लोकरंग, लोकलय, लोक चेतना, लोकदर्शन, लोक पद्धति, लोक विश्वास आदि का सहज स्वरुप अभिव्यक्त होता है। बुंदेली लोकगीतों में किसान जीवन की कठिनाइयाँ, स्त्रियों के संघर्ष और दलित समाज की पीड़ाओं तथा उनकी आकांक्षाओं का सजीव चित्रण देखने को मिलता है।

बुंदेली लोकगीतों में किसान जीवन :

बुंदेली लोकजीवन कृषि पर आधारित है और बुन्देली लोकगीतों में किसानों का सुख-दुःख, श्रम-संघर्ष, कठिनाइयाँ-चुनौतियाँ, खेती-किसानी की परम्परा,

मान्यता, विश्वास आदि का वर्णन मिलता है। उदाहरण के लिए, वर्षा के आगमन पर गाए जाने वाले गीतों में वर्षा के महत्त्व और किसान की खुशी को दर्शाया गया है–

'बूँदा बरसे धान पिरोई,
मोरे खेत अटारी हो राम..'

जैसे बारिश से धरती की प्यास बुझती है और वह हरी भरी हो जाती है उसी प्रकार किसान बारिश को देखकर खुशी से झूम उठता है। ये गीत किसान के भावों की भाषिक व्यंजना है–

'बदरा गरजै, धरती हर्षे खेतवा हरियर होइ गए

बुंदेली किसान प्रकृति पर अत्यधिक निर्भर है। कभी अच्छी बारिश उसकी खुशियों को बढ़ा देती है, तो कभी सूखा और अकाल उसकी आजीविका को संकट में डाल देता है। इन भावनाओं को बुंदेली लोकगीतों में स्पष्ट रूप से देखा जा सकता है–

'घाम पड़े तो सूखै खेतवा, पानी आवै तब लहरावै खेती के दुःख कौन जाने, जो न किसान कहावै?'

यह गीत बताता है कि किसान की मेहनत पूरी तरह से प्रकृति के हाथों में होती है। जो किसान नहीं है वह किसानी का दुःख क्या जाने, अतीत में जमींदारी शोषण और सूदखोरी के कारण किसान बदहाल रहा और वर्तमान में राजनीतिक नासमझी और कुनीति के कारण किसान कमजोर होता चला जा रहा है। बुंदेली लोकगीतों में बैंकों, साहूकारों, सूदखोरों के अत्याचारों का उल्लेख मिलता है–

"कबहू न नींद भई सुख की, कर-कर बंधी गइयो किसानी।"

इस तरह के गीत किसानों की कमजोर आर्थिक स्थिति को उजागर करते हैं तथा सामाजिक असमानता को प्रकट करते हैं। ये गीत किसान जीवन को कमजोर आर्थिक दशा को मार्मिक ढंग से प्रकट करते हैं–

बिटिया दइयो तो धन दइयो राम-गरीबी मत दइयो

बुंदेली लोकगीतों में स्त्री जीवन :

बुंदेली लोकगीतों में स्त्री जीवन का मार्मिक और सजीव चित्रण मिलता है। इन गीतों में ग्रामीण महिलाओं की भावनाएँ, उनके सुख-दुःख, प्रेम, विवाह, विरह, स्मृति, श्रम, संघर्ष और भक्ति को दर्शाया गया है। बुंदेली समाज में स्त्रियों परिवार और संस्कृति की धुरी होती हैं और बुन्देली लोकगीत उनके

जीवन के हर पहलू को प्रकट करते हैं।

बुंदेली लोकगीतों में विवाह के बाद स्त्री के मायके से बिछड़ने की पीड़ा को गहरे भाव से व्यक्त किया गया है। विवाह के बाद जब बेटी ससुराल जाती है, तो वह अपने मायके को याद करके विरह के गीत गाती है। ये गीत बेटी के मायके के प्रति लगाव और विवाह के बाद आने वाली भावनात्मक दूरी को दर्शाते हैं।

'बाबुल मोहे काहे ब्याह दियो परदेस जियरा रोवत रहै दिन-रात!
बाबा मोहे भेजो संदेसवा, माई को याद बहुत आवे...'

ग्रामीण समाज में विवाहित स्त्रियों को घरेलू कार्यों में कड़ी मेहनत करनी पड़ती है। लोकगीतों में इस कठिन श्रम और उनकी सहनशीलता का सुंदर चित्रण मिलता है। ये गीत ग्रामीण स्त्रियों के कठिन जीवन और श्रमसाध्य दिनचर्या को दर्शाते हैं।

'कइसे भरूँ गगरिया, नदिया गहरी, पनिया दूर...'

बुंदेली लोकगीतों में पति-पत्नी के प्रेम और विरह का भी गहरा चित्रण किया गया है। जब पति परदेश चला जाता है, तो स्त्री विरह में दुखी होकर गीत गाती है। पत्नी अपने प्रवासी पति को याद करके उसके लौटने की प्रतीक्षा करती है। विरह के ये गीत स्त्री के प्रेम की भावनात्मक गहराई को दर्शाते हैं–

'बरखा आई, सजनवा नाहीं कैसे बीतै सवनवा'

फाग गीतों में प्रेम का एक सुंदर चित्रण मिलता है। ये गीत राधा-कृष्ण की लीलाओं से लेकर ग्रामीण युवक-युवतियों के प्रेम प्रसंगों तक फैले होते हैं। पति-पत्नी, प्रेमी-प्रेमिका के बीच प्रेम की कोमल भावनाओं को इन गीतों में व्यक्त किया जाता है

"अंखियाँ लड़ि गई मोरी साँवरिया से रंग डारि गए मोपे बलम"

बुंदेली समाज में महिलाओं की स्थिति, उनके अधिकार और कर्तव्यों का चित्रण भी राई गीतों में मिलता है। इनमें एक ओर नारी की कोमल भावनाएँ झलकती हैं, तो दूसरी ओर उनके संघर्षों का भी उल्लेख होता है–

'बाबुल मोहे भेजे परदेश
कैसे कटै अब मोरी उमर'

बुंदेली फाग लोकगीतों में एक और भाव प्रवणता प्रकट होती हैं, तो दूसरी ओर पारिवारिक सामाजिक अंतर्विरोधों की अभिव्यक्ति होती है–

'सासु कहे घर में बैठो,
ननदिया कहे रंग खेलो'

स्त्रियाँ हर त्योहार को उल्लास और अनुराग भाव से मनाती हैं। तीज, दीपावली, होली आदि पर गाए जाने वाले लोकगीतों में स्त्री के मनोभाव झलकते हैं। राई और फाग गीतों में प्रेम की सरलता और लोकजीवन की मासूमियत साफ दिखाई देती है–

'राम रंग में रंगे, राम रंग में रंगे, हरदी में रंगी सिया–जानकी'

बुंदेली लोकगीतों में स्त्री जीवन के हर पहलू को खूबसूरती से प्रस्तुत किया गया है। ये गीत स्त्रियों की भावनाओं, संघर्षों, प्रेम, त्याग और शक्ति को अभिव्यक्त करते हैं। चाहे वह मायके-ससुराल की भावनाएँ हों, श्रम और संघर्ष की कहानियाँ हों, प्रेम और विरह की पीड़ा हो या भक्ति और मातृत्व का स्नेह बुंदेली लोकगीतों में स्त्री जीवन का हर रंग देखने को मिलता है।

बुंदेली लोकगीतों में दलित जीवन :

बुंदेली लोकगीतों में समाज के वंचित, शोषित, पीड़ित, दलित समुदाय के यथार्थ और संघर्ष की अभिव्यक्ति भी हुई है। इन लोकगीतों में सामाजिक भेदभाव, आर्थिक असमानता, श्रम का शोषण, अधिकारों का हनन आत्मसम्मान पर प्रहार और अस्मिता पर सवाल आदि स्थितियों का चित्रण मिलता है। दलित समाज पारंपरिक रूप से मेहनतकश रहा है। श्रमसाध्य कार्यों में उनकी भूमिका महत्त्वपूर्ण रही है, लेकिन उन्हें समाज में यथोचित सम्मान नहीं दिया गया। इन लोकगीतों में उनकी मेहनत और पीड़ा को व्यक्त किया गया है–

'हमरे हाथ से महल बनत हैं,
हमरे घर कच्चे रहत हैं।'

कुछ बुंदेली लोकगीतों में जाति–आधारित भेदभाव का भी उल्लेख मिलता है। दलित समाज को उनके अधिकारों से वंचित रखने की प्रवृत्ति पर व्यंग्य किया गया है–

'जिनके हाथे रोटी पकती, उनके हाथे भात न मिले।'

आधुनिक बुंदेली लोकगीतों में दलित समुदाय की जागरुकता और अपने अधिकारों के लिए संघर्ष की भावना भी झलकती है–

'अब न कोई रोके हमका, हम भी सूरज जस चमकैंगे।'

यह गीत दर्शाता है कि समाज में अब परिवर्तन की लहर चल रही है और दलित समाज अपने सम्मान और अधिकार के प्रति जागरूक हो रहा है।

इस प्रकार बुंदेली लोकगीत समाज के वास्तविक जीवन का दर्पण भी हैं। इन गीतों में किसान की मेहनत और पीड़ा, स्त्री की संवेदनाएँ और संघर्ष तथा

दलित समाज के अधिकार और सम्मान की लड़ाई को सजीव रूप में व्यक्त किया गया है। ये लोकगीत हमारी सांस्कृतिक विरासत को सहेजने के साथ-साथ सामाजिक वास्तविकताओं को समझने का भी एक महत्त्वपूर्ण माध्यम हैं। बुंदेली लोकगीतों की यह परंपरा हमें समाज के प्रत्येक वर्ग की भावनाओं और जीवन स्थितियों को महसूस करने का अवसर प्रदान करती है।

वस्तुतः बुन्देली लोकगीतों में समाज के सभी वर्गों का समावेश देखने को मिलता है। इसमें जाति, धर्म और वर्ग भेदभाव से ऊपर उठकर सामाजिक एकता का संदेश दिया जाता है। मेलों, त्योहारों तथा उत्सवों में गाए जाने वाले ये गीत सामाजिक समरसता को मजबूत करते हैं। बुंदेलखंड वीरभूमि रही है, जहाँ रानी दुर्गावती, छत्रसाल और आल्हा ऊदल जैसे वीर योद्धाओं ने समाज की रक्षा के लिए संघर्ष किया। राई गीतों में इन वीरों की गाथाएँ भी सुनाई देती हैं–

'चलो सखी अब आल्हा गावत बुंदेलों की शान बतावत'

इस प्रकार लोकगीत किसी भी समाज की संस्कृति, परंपराओं और भावनाओं को व्यक्त करने का सशक्त माध्यम होते हैं। बुंदेलखंड का लोकसंगीत अपनी विशिष्ट शैली और भावनात्मक गहराई के लिए प्रसिद्ध है। इनमें फाग, राई, कजरी, देवारी, गारी लोकगीत विशेष स्थान रखते हैं, जो अलग-अलग अवसर पर गाए जाते हैं। ये गीत ग्रामीण जीवन की सहजता निश्छलता, दृढ़ता, भाव प्रवणता, बेधकता, वीरता, रिश्तों की सरसता, हास्य-व्यंग्य की मधुरता और सामाजिक समरसता के लिए जाने जाते हैं। बुन्देली लोकगीतों में बुंदेली समाज का जीवंत चित्रण मिलता है, जो यहाँ के रीति-रिवाजों, मान्यताओं और उत्सवधर्मिता को उजागर करते हैं।

-डॉ. मलखान सिंह
असिस्टेंट प्रोफेसर
भारतीय भाषा केंद्र / भाषा, साहित्य और संस्कृति अध्ययन संसथान
जवाहरलाल नेहरू विश्वविद्यालय, नई दिल्ली 67

9

गोजरी लोकगीत : परंपरा और महत्त्व

-डॉ. नसीब अली चौधरी

गोजरी लोक साहित्य को हम दो बड़े हिस्सों में विभाजित कर सकते हैं।

1. गद्य लोक साहित्य
2. काव्य लोक साहित्य।

जहाँ तक गद्य लोक साहित्य का संबंध है तो इस हिस्से में गोजरी भाषा और साहित्य में कहानियाँ, दास्तानें, मुहावरे, भजारत और अखान आदि शामिल हैं। गोजरी लोक साहित्य की परंपरा सदियों पुरानी है। इस भाषा में किसी भी विधा की उम्र का सही निर्धारण करना अगर असंभव नहीं तो कठिन ज़रूर है। गोजरी भाषा की लोक कथाओं पर दूसरी भाषाओं का प्रभाव देखा जाता है जैसे-उर्दू भाषा और साहित्य में बादशाहों के ऐश्वर्य के किस्से आदि शामिल हैं, वैसे ही गोजरी भाषा में भी ये किस्से दास्तान, भजारत आदि इस भाषा में विपुल मात्रा में पाये जाते हैं।

जहाँ तक गोजरी लोक साहित्य की कविता का संबंध है, तो इसमें शादी-ब्याह के गीत, मेहंदी, चौकी, मौसमी गीत जैसे-वैशाख, जेठ या फिर कूकू का बोलना, लेतरी या घास कटाई के वक्त जो गीत गाए जाते हैं या फिर इश्क़ और मोहब्बत या फिराक और जुदाई के गीत, बहादुरी और युद्ध से संबंधित गीत आदि इस भाषा के प्रसिद्ध गीतों में गिने जाते हैं। शादी-ब्याह के संदर्भ में जो गीत गोजरी भाषा में गाए जाते हैं, उन गीतों में पंजाबी, पोठारी, डोगरी और पहाड़ी भाषा में इतनी समानता है कि मामूली शब्दों के उलटफेर से वे एक जैसे लगने लगते हैं। उदाहरण के तौर पर बुटना, मेहंदी, महाराजा के गीतों में एक शब्द को इधर-उधर करने से वे गीत किसी दूसरी भाषा के जैसे लगने लगते हैं। यही हाल कुछ अन्य लोकगीतों का भी है, जिनमें माईया, चन और कूकू जैसे मौसमी गीत शामिल हैं। ऐसा लगता है कि ये गीत उस दौर के उत्पाद हैं जब गुज्जर बकरवाल समाज पंजाब में कुछ समय रुकने के बाद

कश्मीर की ओर रवाना हुए थे। इस बात का प्रमाण हमें गोजरी, पहाड़ी और पंजाबी भाषाओं में भी मिलता है। उदाहरण के तौर पर, यह पंक्ति देखिए-

मुल्ला बैठो बिच मसीत कर के आस पराई
कख अले मुल्ला तक्के मत कोई टिक्की आई (गोजरी)
मुल्ला बैठा विच मसीति कर गए आस पराई
कख अले मुल्ला तक्के मत कोई टिक्की आई (पंजाबी)

गोजरी लोक साहित्य का अधिकांश हिस्सा लोकगीतों पर आधारित है। संख्या और मिठास के हिसाब से पंजाबी भाषा के बाद अगर किसी भाषा में लोकगीतों की अधिकता मिलती है, तो वह गोजरी भाषा है। गोजरी भाषा के लोकगीतों ने सदियों से अनुश्रुतियों के माध्यम से लोगों के दिलों पर राज किया है, शायद यही कारण है कि वर्तमान सदी में गोजरी भाषा के लिखित साहित्य में सी-हर्फी के बाद लोकगीत ही अधिक संख्या में मिलते हैं। शुरू-शुरू में लिखे जाने वाले अधिकांश गोजरी गीत लोकगीतों की शैली में थे जैसेः माईया, कैंची, दरशी आदि। फिर धीरे-धीरे गीतकारों ने नई-नई शैली में लिखना शुरु किया। इसी तरह अगर हम देखें तो गोजरी लोक साहित्य के शायरों ने हर जीवित चीज़ को अपनी कविता का विषय बनाया है, जैसे–

कूकूः गोजरी लोक साहित्य में कूकू (कोयल) को विशेष स्थान प्राप्त है, क्योंकि इसका मधुर स्वर वसंत (बहार) के आगमन का संदेश लाता है। गोजरी के कवि और गीतकार इस पक्षी की आवाज़ को प्रेम, विरह और प्रकृति के सौंदर्य के प्रतीक के रूप में प्रस्तुत करते हैं। गोजरी गीतों में कूकू को वसंत ऋतु का दूत माना गया है जो नई उमंग और जीवन के पुनर्जागरण का प्रतीक है। पारंपरिक गोजरी गीतों में कूकू की आवाज़ को नायिका की प्रतीक्षा, मिलन की आशा और यादों की गहराई से जोड़ा जाता है जैसे यह गीत-

कूकू तेरा गल मा पट की डोर हैं
जीता का चगढ़ा तै मोयों की गोर हैं
परदेसिया कूकुआ बोल
चन मेरो चढ़ियो नहीं चाननी न तरसूँ
उच्चे चढ़े राह देखूँ गिनू कल परसुं
गिनू कल परसुं

गोजरी लोक साहित्य में फिराक़ (विरह) और हिज्र (जुदाई) के गीतों का महत्त्वपूर्ण स्थान है। यह साहित्य प्रेम, बिछोह और प्रकृति के साथ गहरे संबंध को दर्शाता है। जिस तरह फिराक़ और हिज्र के गीत गोजरी भाषा में व्यापक

रूप से प्रचलित हैं, वैसे ही कैंची और दरशी के गीत भी गोजरी साहित्य की समृद्धि को बढ़ाते हैं।

कैंची के गीत– ये गीत विशेष रूप से प्रेम, सौंदर्य और नायिका के मनोभावों को व्यक्त करते हैं। इनमें नायिका का श्रृंगार, उसके मन की व्यथा और उसके प्रियतम के लिए प्रेम भाव प्रमुख रूप से उभरकर आता है।

दरशी के गीत–दरशी गीतों में नायक-नायिका के संवाद, प्रेम की अभिव्यक्ति और कभी-कभी सामाजिक या सांस्कृतिक संदर्भों को पिरोया जाता है। ये गीत संगीतमय होते हैं और विशेष अवसरों पर गाए जाते हैं। कैंची और दरशी के गीतों में गहरी भावनाएँ और सांस्कृतिक विरासत की झलक मिलती है, जो इसे लोक साहित्य का एक महत्त्वपूर्ण अंग बनाती हैं। जैसे–

लगी कैंची दिल की रेह दिल मेरो तंग है
मुंशी की निशानी मेरी बीनी नाल बंग है
लगी कैंची दिल की रेह दिल मेरो तंग है
दर्शी का बन्ना विच दिल मेरो जाने
ग्यों मेरो मुंशी ते अल्लाह नबी आने
लगी कैंची दिल की रेह दिल मेरो तंग है
दर्शी का बन्ना विच सोनी सोनी ढोक
ग्यों मेरो मुंशी ते रोवे सारो लोक
लगी कैंची दिल की रेह दिल मेरो तंग है

शुरू-शुरू में गोजरी लोकगीत रेडियो स्टेशन और कल्चरल अकेडमी की किताबों में प्रकाशित होते रहे। एक के बाद एक निजी स्तर पर जितनी भी किताबें गोजरी में छपीं, उन सभी किताबों में लगभग गोजरी गीत शामिल हैं। बीसवीं सदी के शायरों ने गोजरी गीत लिखने या यूँ कहें कि इन लिखने वालों ने गोजरी गीत रचनाओं का हक अदा कर दिया। इन शायरों में इसराइल असर, नसीम पंछी, राना फ़जल हसन, इकबाल अज़ीम, महजूर पूछी, सरवरी कसाना और फ़ैज़ कसाना आदि के नाम काबिल-ए-जिक्र है, उदाहरण के तौर पर इनकी गीतों के कुछ बोल देखें–

चनना लकड़ी न चीर आके
सजना की याद आवें, लगीं सीनामा तीर आके
अज कर मिनना दुखियार, मेरो माई चलिओ
उठ चलियो मेरो यार, मेरो माई चलिओ
अज नई है करार मिनना

दुख गया है मार मिनना क्यों गयो है
बसार मिनना परदेसिया मिल जाइए

अब इसराइल असर के ये गीत देखें-

खुशियाँ न छोड़के ते सुख न बसार के
प्यार तेरो जीत्यो मैं जिंदगी न हार के
काल्जा का लाल मेरा अथरू न तौलिये
कालिए कोएले तु उड़ उड बोलिए
डुबता वा तारां का देखूँ नजूज़ारा
काली काली रातां का दुखड़ा हैं भारा
लगियाँ की बिपता हूँ किसना सुनाऊँगी
चनना तेरी चननी मा पिया न बुलाऊँगी

इसी परंपरा को आगे बढ़ाते हुए इकबाल अज़ीम और फैज़ कसाना ने भी गोजरी गीत को काफी प्रोत्साहन दिया। उदाहरण के तौर पर इनकी गीतों में से एक बोल देखें-

टुर चलियो थो गम लाके
फिर हालवी नहीं पुछियों परदेसिया ते आके
कोठा पर दाना था,
चंगी भली जींदड़ी न ये रोग नई लाना था (इकबाल अज़ीम)
कंघी फेरूँ ते दुखें मेरा बाल नी माय
अम्माँ ओवें ते फेरें दरदां नाल नी माय (फैज़ कसाना)

इस तरह से लतीफ़ कमर, मुखलिस वजदानी और बाबुनूर मोहम्मद नूर का योगदान अविस्मरणीय है। इन कवियों ने गोजरी लोकगीतों की परंपरा को समृद्ध किया और इसे शिखर तक पहुँचाया। इनके गीतों में प्रेम, विरह, प्राकृतिक सौंदर्य और लोकजीवन की झलक देखने को मिलती है। उदाहरण के तौर पर उनके गीतों के कुछ बोल प्रस्तुत हैं-

ये ढाका ऊँचा पहाड़ा का
इत पखु गावें जाड़ा का
तुन गलियाँ विन्चुं आ जाइये
मेरा सजरा जख्म मिटा जाइए (लतीफ़ क़मर)
अज सजन मिलियो तल्लां मल्लां
हूँ मिट नइ सकती पल्लां मा
दिल ले ग्यों गल्लां गल्लां मा

इस सीना ज़ोर न के कईए (मुखलिस वज्दानी)
मन को खाइए मन को पिये मन को जग पर लाइए
मन चाए ते मन को जग पर इक दिलदार बनाइये
वफादार होवे जे पक्को तन को माँस खिलाइए
यार जे नूर बेकार होवे ताँ यारी का नाम न लाइए (बाबू नूर मुहम्मद नूर)
आजाओ मोड़ महर कद्दे
किल महर गायीं कित प्यार गया
क्यों सजना दिलों बसार गया
भुल अपना कौल करार गया
नई आया मुड़ इकवार कद्दे
आजाओ मोड़ महर कद्दे
इन लम्बियाँ हिज्र जुदाईयाँ ने
इन रात की तन्हाईयाँ ने
मेरो साड़ के दिल अंगार कियो
मिनना डाडो बेक़रार कियो (ज़बीह राजौर्वी)
कद्दे आके मुँह ते दस मित्रा
हुन आके घर मा बस मित्रा
मेरे बेड़े आके हस मित्रा
कद्दे आके मुँह ते दस मित्रा (अब्दुर्रहीम नदीम)
काए गल अमड़ी की दस घड़िया
फिर पानी भरतां हस घड़िया
उत ठंडी ठंडी छां होवे थी
उत पानी की इक बां होवे थी
उत मेरी प्यारी माँ होवे थी
थी नाल उससे के चस घड़िया
काए गल अमड़ी की दस घड़िया (राणा फजल हुसैन)
अगर हम देखें तो गोजरी समाज में और भी रस्में लोकप्रिय हैं।

बच्चे के जन्म के समय गीतः गोजरी लोकगीतों में बच्चे के जन्म के मौके पर भी हमें गीत देखने को मिलते हैं। ये गीत न केवल खुशी का इजहार करते हैं, बल्कि सांस्कृतिक धरोहर और सामाजिक मेलजोल का भी प्रतीक होते हैं। इस मौके पर रिश्तेदारों और मित्रों का एकत्रित होना, बच्चे को सजाना-संवारना एक सामूहिक खुशी का अहसास कराता है। गोजरी लोकगीतो में अक्सर जन्म

के सुख, नवजात के स्वास्थ्य और समृद्धि की कामना की जाती है। इन गीतों में परिवार और समुदाय की भावना झलकती है और ये न केवल बच्चे के जन्म की खुशी को बढ़ाते हैं, बल्कि लोक संस्कृति को भी जीवित रखते हैं।

खतना के समय गीतः खतना की रस्म गोजरी संस्कृति में एक महत्त्वपूर्ण सामाजिक और धार्मिक आयोजन है। इस अवसर पर पारंपरिक गीतों और ढोल की थाप के साथ खुशी मनाई जाती है। इस रस्म के दौरान बच्चे को दूल्हे की तरह सजाया जाता है—नए कपड़े, पगड़ी और गहने पहनाए जाते हैं। यह उसके जीवन के एक नए अध्याय की शुरुआत का प्रतीक है। औरतें और पुरुष ढोल की थाप पर पारंपरिक लोकगीत गाते हैं। इन गीतों में खुशी, आशीर्वाद और भविष्य की मंगलकामनाएँ होती हैं। गीतों में धार्मिक तत्व भी शामिल होते हैं, जिसमें आशीर्वाद और पवित्रता की कामना की जाती है। अंत में इस अवसर पर पास-पड़ोस, रिश्तेदार और दोस्त तथा अतिथि गण को विशेष भोजन परोसा जाता है, जिसमें स्थानीय व्यंजन और मिठाइयाँ होती हैं।

मिट्टी लाने की रस्मः गोजरी समाज में शादी से पहले मिट्टी लाने की रस्म (जिसे कई जगहों पर "माटी की रस्म" भी कहा जाता है) विशेष महत्त्व रखती है। यह रस्म शादी के घर को संवारने और नई शुरुआत की प्रतीक होती है।

समूह में मिट्टी लानाः मोहल्ले या बिरादरी की महिलाएँ इकट्ठा होकर खेतों या किसी पवित्र स्थान से मिट्टी लाती हैं। इसे शादी वाले घर की मरम्मत और सजावट के लिए प्रयोग किया जाता है। इस मौके पर महिलाएँ पारंपरिक गोजरी गीत गाती हैं, जिनमें खुशी, दुल्हन के सौंदर्य और घर-आँगन की रौनक का वर्णन होता है। रस्म पूरी होने के बाद घर में मिठाइयों बाँटी जाती हैं और पूरा माहौल उत्सवमय हो जाता है।

लकड़ी काटने की रस्मः शादी की तैयारियों का एक महत्त्वपूर्ण हिस्सा होती है। जैसे-जैसे शादी का दिन नज़दीक आता है, मोहल्ले और बिरादरी के पुरुष सुबह-सुबह इकट्ठा होते हैं और पास के जंगल, खेत या बाग से लकड़ी काटने जाते हैं तथा लकड़ी काटते समय लोग पारंपरिक गोजरी गीत गाते हैं, चुटकुले सुनाते हैं और शादी की तैयारियों को लेकर उत्साह प्रकट करते हैं। इस लकड़ी का उपयोग शादी के दिन भोजन पकाने और अन्य रस्मों में किया जाता है।

निहारियों (खाने का सामान) की रस्मः मेहंदी रात को आमतौर पर निहारियों को शादी वाले घर में लाया जाता है। सभी लोगों को खाना खिलाया जाता है और इसके बाद मेहंदी की रस्म अदा की जाती है और गीत भी गाए जाते हैं जैसे—

मेहंदी लावे अमड़ी रानी बेन लावे तेल
विच परदेशियाँ बेरन चलियो रब कराए मेल
जा रब के हवाले

दूल्हा और दुल्हन के लिए पानी लाने की रस्मः रिश्तेदार और मोहल्ले की महिलाएँ एक साथ मिलकर झरने से दूल्हा और दुल्हन के लिए पानी लाती हैं, जिससे दूल्हा या दुल्हन को नहलाया जाता है और विभिन्न प्रकार के गीत भी गाए जाते हैं।

जैसे–

बोटिये सुत्ती है ते जाग सर पर संगन खल्ली है
ओई सरगी संगन पानी तेरो भरण चली हैं
या नावट गाती रस्म जाता
बोटिये भल्ली भल्ली जाग
पानी के कोले दो शहज़ादा बैठा हैं
शहज़ादा की कड़ी हूँ कुर्बान वीरां
मेरा तूं डाडेया वीरा
हूँ कुर्बान वीरा

बारात का स्वागतः बारात का स्वागत महिलाएँ घर की छत पर एकत्र होकर कुछ इस तरह से करती हैं:

आतिया मराजा तेरी कैसी है चाल
सोनों तेरो सेरो हथ रत्तो ये रुमाल
मराजा घोड़ बागें बागें मोड़

आखिर में गोजरी माईया जो कि गोजरी लोक साहित्य की कीमती संपत्ति है। माईया के इन बोलों पर मैं अपने लेख को समाप्त करता हूँ–

कोए बबड़ी को घा माईया

अख मेरी दुक्खन लगीं तेरा तक तक राह माईया
रस्ता विच फुल फुल्या
रब तिन्ना हस्तां रक्खे परदेशी ते टुर चलिया
परदेश न जा माईया
लोका का ताना मिन्ना पिच्छे देंगा सुक्का माईया
सुक सुक के न जी बालो
रत या जवानी की रो-रो के न पी बालो
पी लेना हैं गम माईया

दर्द विछोड़ा का मिन्ना लावेंगा डम माईया
इन कू कू का बोला ने मेरा दर्द जगा छोड़्या
मदहोश था मुद्दघ्ता का अज फिर जगा छोड़्या

निष्कर्ष

गोजरी लोकगीतों की महिमा और उनका सांस्कृतिक महत्त्व अत्यधिक है। ये गीत न केवल विभिन्न सामाजिक और धार्मिक रस्मों के दौरान गाए जाते हैं बल्कि ये हमारे पारंपरिक जीवन, भावनाओं और सांस्कृतिक धरोहर को संरक्षित करने का कार्य भी करते हैं। चाहे वह शादी हो, बच्चे का जन्म या अन्य कोई उत्सव, गोजरी लोकगीत इन सभी अवसरों पर खुशी, समृद्धि और सामाजिक मेलजोल को प्रकट करते हैं। इन गीतों में एकता, आशीर्वाद और सांस्कृतिक पहचान का प्रतीक है, जो पीढ़ी दर पीढ़ी परंपरा को जीवित रखते हैं। गोजरी लोकगीत केवल मनोरंजन का साधन नहीं हैं, बल्कि वे समाज की आत्मा को जोड़ने वाले सूत्र का काम करते हैं।

–डॉ. नसीब अली चौधरी
सहायक प्रो. भारतीय भाषा केंद्र
जवाहरलाल नेहरु यूनिवर्सिटी, नई दिल्ली

10

लिंबू (याकथुङ) लोकगीत की परंपरा : एक अवलोकन

–डॉ. शोभा लिम्बू यल्मो

कोई भी कला चाहे वह किसी भी रूप में क्यों न हो, व्यक्ति या समाज के अंदर की उस छिपे हुए घुटन, खुशी एवं भावनाओं को व्यक्त करने का एक बहुत ही सुंदर माध्यम है।

लिम्बू जिसे 'याकथुङ' नाम से भी जाना जाता है। यह उत्तर पूर्व की एक आदिवासी समुदाय है। इनकी अपनी एक विशिष्ट पहचान है।

भारत में आदिवासी शब्द स्वदेशी समुदायों की सामाजिक, कला, (लोकगीत, लोकनृत्य, वाद्ययंत्र, वास्तुकला, चित्रकला, ललित कला आदि) सांस्कृतिक और आर्थिक संरचना को पारिभाषित करता है। इसमें आदिवासी स्वायत्त शासन व्यवस्था, परम्पराएँ एवं सामूहिक सामाजिक व्यवस्था शामिल है।

लिम्बू लोक संगीत में गीत के माध्यम से उनके सभ्यता और संस्कृति की छाप स्पष्ट रूप से परिलक्षित होती है। वे अपनी भाषा, परम्पराओं के कितने धनी है, उनके लोकगीत जो लोक संस्कृति के वृहत्तर जन समुदाय के दैनिक जीवन के विभिन्न उनके क्रियाकलापों से जुड़ी हुई होती है।

लोकगीत की इस परम्परा के जरिए ही व्यक्तियों, समूहों और समुदायों के बीच साझा करने का एक उत्तम माध्यम होता है। यह लोकगीत मनोरंजन के साथ-साथ अपनी संस्कृति, इतिहास, भाषा और अपनी पहचान को बनाए रखती है।

यही मौखिक परम्परा ही उनका प्रामाणिक दस्तावेज है।

सभी आदिवासी समुदाय को पूरी तरह से रेखांकित करना सम्भव नहीं है इसलिए मैं किरात लिम्बू आदिवासियों के संगीत कला और उनके सौंदर्य शास्त्र के कुछ बिन्दुओं पर प्रकाश डालने की कोशिश करुंगी।

उनके कला सौंदर्य को सटीक रूप से पहचानने के लिए सर्वप्रथम उनके आधारभूत उत्सव को जानना बहुत जरूरी है क्योंकि कला, साहित्य का सीधा सम्बन्ध उनके सामाजिक पृष्ठभूमि से जुड़ी हुई होती है।

सर्वप्रथम तो आदिवासी प्रकृति पूजक हैं, यानी पेड़-पौधे, जीव-जन्तु, नदी, जल, पर्वत, आकाश, चन्द्रमा, सूर्य, अनाज सभी प्रकृति की सम्पदाओं को पूजते हैं। यह सृष्टि कर्ता यानी ब्रह्मांड बनाने वाले शक्ति को मानते हैं। उनके जीवन का आधार ही प्रकृति है जिसका अनुकरण करके ही अपने जीवन का संचालन करते हैं। उनमें कोई कृत्रिमता नहीं है। वे प्रकृति पर आश्रित और निर्भर है, यही मूल रूप से उनकी अपनी मौलिक परम्परा और जीवन है। उन्होंने अपनी सभ्यता, संस्कृति, कला, भाषा, इतिहास को मौखिक रूप से हस्तान्तरित करते हुए जीवंत रखा है और यही आदिवासियों का जीवन है।

बाहरी दुनिया के नजरिए से देखे तो उन्हें विभिन्न नामों से परिभाषित किया गया है जिसका जिक्र कर चुकी हूँ और विशेषकर उनमें अशिक्षित, असभ्य, जंगली, आधुनिकता की कोई गुंजाइश नहीं है आदि...

आज उनका कोई लिखित दस्तावेज उपलब्ध नहीं है और उसी आधार पर उनका बड़े-बड़े विद्वानों और लिखित वेद, पुराण, महाकाव्य ग्रंथों से उनके साहित्य की तुलना करना आधारहीन है।

प्रथमतः आदिवासी की जो मौखिक परम्परा है, जिन्हें अंग्रेजी में 'Oral tradition' कहा गया है। इनकी अपनी जितनी भी परम्पराएँ हैं सभी मौखिक रूप से प्रत्यक्ष हस्तांतरण होते हुए चली आ रही है, जो लोकगीत, लोकनृत्य, लोककथा, लोकोक्ति, बोली भाषा के रूप में जीवंत है। आदिम युग में कोई लिखित दस्तावेज लिखकर रखने का प्रावधान नहीं था फिर भी इनकी अपनी मौलिक परम्परा, संस्कार, सभी प्रकृति से सम्बंधित होने के कारण प्रकृति के बीच मौखिक दस्तावेज को अपने साथ अपनी व्यवस्था के अंदर सुरक्षित कर रखा करते थे। जल, जंगल और जमीन के मालिक वे खुद हुआ करते थे।

आज किरात जनजाति विश्व के चारों तरफ फैले हुए हैं। 'किरात' एक ज़ातीय समूह है जिनकी विविध शाखाएँ विश्व में पाई जाती हैं। प्राचीनतम जातियों में किरात की गणना होती है। ऋग्वेद में भी इनका उल्लेख मिलता है।

"वर्तमान नेपाल देश के पहाड़ी क्षेत्र को किरात नाम से पहचाना जाता था। आजकल पूर्वी नेपाल क्षेत्रों को इतिहास में 'माझ' या 'पल्लो' किरात के नाम से चिह्नित किया गया है। 'पल्लो' या 'माझ' किरात कहने से लिम्बूओं या याकथुङबाओं का वास स्थान समझा जाता था। इन दोनों प्रदेश के किरात लोग बाद में अपने पूर्व स्थल छोड़कर हिंदुस्तान के मैदानी क्षेत्र में आकर बसे थे। इसके पश्चात् इनके वंशजों की जनसंख्या अधिक बढ़ने के कारण कोई पूर्व और कोई उत्तर दिशा की ओर बढ़ने लगे। इस वंश का पूर्वी नाम 'सौमर' रखा

गया। यह 'सौमर' वंश किस विशेष स्थान और किस शताब्दी में हिंदुस्तान में आए थे इसका उल्लेख भिन्न-भिन्न इतिहासकारों ने भिन्न-भिन्न रूप से दिए हैं।" ('किरात इतिहास', पहला अध्याय, पृष्ठ 1-ईमान सिंह चेम्जोंग)

'जिस समय आर्य लोग सप्तसिन्धु में आ पहुँचे थे उस समय से पहले आबाद होकर सभ्यता का निर्माण किरात जाति के नेता शम्बर कर चुका था।' (वैरागी काइंला मुन्धुम, पृष्ठ : 245, निर्माण संस्कृति विशेषांक, निर्माण प्रकाशन-दक्षिण सिक्किम)

सुनीति कुमार चटर्जी के अनुसारः-"किरात शब्द विशेषतः आदिम तथा आर्यतर जाति है। मंगोल वंश की ये किरात जातियाँ हिमालय के दक्षिण भाग नेपाल, सिक्किम के पूर्वोत्तर भारत में वास करते हैं। जिनमें नेवार, मगर, गुरुङ, धिमाल लिम्बू, थामी, लाप्चे, सुनुवार मुर्मी टोटो आदि हैं।"

'किरात' शब्द की उत्पत्ति को लेकर विभिन्न इतिहासकार, भाषाविद्, विद्वानों ने अपने मतानुसार विभिन्न परिभाषाओं से परिभाषित किया है।

लिम्बू की अपनी पृथक् जातीय विशेषताएँ हैं :

1. लिम्बू (याकथुङ) किरात समूह की एक शाखा है। भाषा परिवार के अनुसार देखे तो ये भोट बर्मेली परिवार की पूर्वी शाखा के अन्तर्गत बोडिग उपशाखा हिमालयी वर्ग की पूर्वी भाषा है।
2. इनका अपना आदिम धर्म 'युमा साम्यो' है जो इनके आदिम होने की सबसे बड़ी पहचान है। ये प्रकृति पूजक है।
   जीवोत्पत्ति (Abiogenesis) पर आस्था रखने वाला धर्म है। मुन्धुम में वर्णित सृष्टि की उत्पत्ति निर्जीव पदार्थ से जीवन की उत्पत्ति मानते हैं।
3. इनका दार्शनिक पक्ष बहुत ही परिपक्व और सुगठित है।
4. इनकी अपनी संस्कृति, परम्परा और लिपि है जिसे सिरिजंगा लिपि कहते हैं।
5. 'मुन्धुम' इनके जीवन का आधार है और जीवंत मौखिक दस्तावेज है।

इस समुदाय की पहचान उनकी अपनी विशिष्ट लिपि, भाषा, परम्पराएँ, सामाजिक, धार्मिक और सांस्कृतिक आधारभूत पारम्परिक संरचना है।

किसी भी समुदाय की आधारभूत ऐतिहासिक पारम्परिक सांस्कृतिक संरचना के माध्यम से उन विशेष समुदाय की समयकाल, सभ्यता, भाषा परिवार और पृष्ठभूमि का आसानी से पता लगाया जा सकता है।

सौन्दर्यशास्त्र वह शास्त्र है जिसमें कलात्मक कृतियों, रचनाओं आदि से

अभिव्यक्त होने वाले सौंदर्य का तात्विक, दार्शनिक एवं मार्मिक विवेचन होता है।

सरल भाषा में कहें तो हमारे इर्द-गिर्द प्रकृति में सर्वत्र जो सौंदर्य विद्यमान है, उसे देखकर हमारे मन में जो आनंद और खुशी की अनुभूति होती है, उसके साथ जीवन में होने वाली अन्य अनुभूतियों के साथ समन्वय स्थापित करना ही सौंदर्य शास्त्र का मुख्य उद्देश्य है।

हम देखते हैं कि सौंदर्य शास्त्र का एकमात्र उद्देश्य इंद्रिय सुख की चेतना है। इसपर विभिन्न दार्शनिकों एवं विचारकों ने भिन्न-भिन्न अपने विचार व्यक्त किए हैं।

आधुनिक चिंतक एवं साहित्यकारों ने सौंदर्य के लिए संबंध को महत्त्व दिया है। जिस संबंध में प्रयोजन, लाभ, क्षति का कोई स्थान नहीं होता है। एक निःस्वार्थ अनुभूति ही सौंदर्यशास्त्र का वास्तविक उदेश्य होता है।

प्लेटो ने एक जगह कहा था, 'If anything is beautiful it is beautiful for no other reason then that is partakes of absolute beauty.'

लिम्बू आदिवासी जीवन दर्शन में संस्कार, संस्कृति और सामाजिक व्यवस्थाओं में प्रकृति के प्रति सौंदर्य की अनुभूति, संवेदनाएँ और भावनाएँ आदि समाविष्ट हैं। प्रकृति के बीच रहकर संवेदनशील और आत्मीयता का जो एक परस्पर संबंध उनमें दिखाई देता है, वही वास्तविक रूप में सौंदर्य की अनुभूति होना है। वे प्रकृति पूजक है, यानी पेड़-पौधे, नदी, पशु-पक्षी, जीव जन्तु, चाँद-तारें, पत्थरों, चट्टानों आदि सृष्टि के सभी वस्तुओं को अपना सर्वस्व मानते हैं। प्रकृति ही उनके जीवन का आधार है, इसलिए प्रकृति की रक्षा करना और पूजना उनका धर्म है। उनकी सभ्यता, संस्कृति, परंपरा एवं इतिहास को देखे तो सभी का उत्स प्रकृति ही है। प्रकृति के साथ उनका अन्योन्याश्रित सम्बंध है।

अतः इनके कला, साहित्य के माध्यम से इनके प्रकृतिवादी जीवन दृष्टि को समझने की कोशिश कर सकते हैं।

'कला' शब्द को अगर परिभाषित करें तो किसी भी कार्य को कुशलता पूर्वक और व्यावहारिक रूप में उपयोगी बनाना ही कला है। हमारे वादन, नृत्य, चित्रकला, गायन, वास्तुकला, पाककला, शिल्पकारिता, अभिनय विनम्रता आदि 'कला' के अंदर ही समाविष्ट है।

लिम्बू जनजाति की कलाओं के विषय में बात कही जाय तो इनकी कला बहुत ही सान्दर्भिक और प्रकृति से जुड़ी हुई है।

हमारे जीवनशैली में विविध प्रकार के कला अंतर्भूत है जिनमें ललितकला, वास्तुकला, (भूमि-घर, भवन निर्माण, किला निर्माण, पुल, भवन), मूर्तिकला,

चित्रकला, नृत्यकला आदि...

यह सभी कलाएँ हमारी संस्कृति के अंदर ही समाविष्ट हैं इसलिए संस्कृति से अलग हम 'कला' की परिकल्पना नहीं कर सकते हैं।

लिम्बू संगीत कला :

लिम्बू समुदाय में लोकगीत / लोकनृत्य सभी व्यक्ति विशेष के मन के अंदर छिपे हुए सुख-दुःख, हर्षोल्लास, शोक, विस्मय आदि अनुभूतियों को अभिव्यक्त करने का एक सशक्त माध्यम है।

लिम्बू संगीतकला में संगीत वाद्य वादन का बहुत ही रोचकपूर्ण वर्णन एवं कथा 'मुन्धुम' में है।

सबसे प्रथम वाद्य वादन 'सावा युकफुङ केम्बा' के पुत्रों ने जिनमें साम्दाङ खेवा और लिङदाङ खेवा ने बनाया था जिसका उल्लेख मुन्धुम में है। उनलोगों ने अपनी बहन के लिए बांस से एक कंघी (सिमिक्लापरि) और सुनाखरी (फूल) के पत्तों से एक थैला और उनके भाई सुत्सुरु सुहाङ फेबा को बांस से 'बिनायो' (सिमक्ला कोम) वाद्य बनाकर उन्हें भेंट किया था।

'च्याब्रुङ' भी लिम्बू का प्रमुख वाद्य यंत्र है। मुन्धुम कथा के अनुसार केसाप्मी नामसाप्मी नामक एक व्यक्ति ने अपने भाई नरसिंह को मारकर उसके शरीर के चमड़े से च्याब्रुङ वाद्य यंत्र (ढोल सदृश्य वाद्य) बनाया था।

इस तरह लिम्बुओं का 'मुन्धुम' में वर्णित विभिन्न लोककथाओं में विविध वाद्य यंत्रों का उल्लेख पाया जाता है।

भारतीय और पाश्चात्य वाद्य यंत्रों की तुलना में तो लिम्बुओं के पारम्परिक संगीत वाद्य वादन को निम्नलिखित वर्गों में वर्गीकृत किया गया है :

1. तालवाद्य-च्याब्रुङ (होङसिंङ), नगरा (दुन्दुभी)।
2. घन अथवा ठोस वाद्ययंत्र-कांस की थाली (चेत्थ्या), घंटी (पोंधे), करताल (सोयेङ), बिनायो (कोम), तेत्लाफेक्ला।
3. वायु की सहायता से बजने वाले वाद्य यंत्र-मुरलीधर/ बाँसुरी (मेफ्रामा)।
4. तार से बंधा हुआ वाद्य यंत्र-एकतारा (तुङगेबा), टुङना-सारंगी (उङदुङ), यालम्बर बाजा (ढोलक)।

संगीत कला में इन वाद्य यंत्रों की अहम भूमिका होने के साथ-साथ समृद्ध परम्परा भी है। लोकगीत भी उनकी सामाजिक घटनाओं को अभिव्यक्त करने का एक बहुत ही महत्त्वपूर्ण माध्यम है। सिर्फ घटनाएँ ही नहीं वरन् मन की भावनाओं को चाहे वह सुख हो या दुःख सामाजिक, धार्मिक विविध

अवसरों पर समूह में भाव व्यक्त करने का बहुत ही सुंदर पारम्परिक माध्यम है। लिम्बू (याकथुङ) समुदाय में लोकगीत की परम्परा जीवन की अहम भूमिका निभाते आ रहे हैं।

लिम्बू लोकसंगीत या लोकगीत की शुरूआत कब और किसने की सटीक रूप से कहना मुश्किल है और इसका कहीं भी उल्लेख नहीं है। वैसे देखा जाए तो जब से समाज का स्वरूप बना और एक-दूसरे के भावनाओं को साझा करने की आवश्यकता पड़ी उस समय सुरों के माध्यम से व्यक्त करने की उस प्रक्रिया को ही बाद में लोकगीत कहा जाने लगा। 'लोकगीत' यानी लोगों के बीच भावनाओं की अभिव्यक्ति है।

इन लोकगीतों के माध्यम से हम लिम्बू समुदाय के विविध अवसरों, घटनाओं और भावनाओं को आसानी से समझ सकते हैं।

लिम्बू समुदाय में मृत के अन्त्येष्टि के समय या किसी दुखद घटना के समय गीत नहीं गाते हैं।

इनके लोकगीत को विविध समूहों में वर्गीकृत किया गया है :

(क) संवाद गीत (ख्याली) :

संवाद करते हुए गाए जानेवाला लोकगीत ख्याली है। विशेषकर युवक-युवतियाँ बहुत ही मीठे लय के साथ काव्यमय अभिव्यक्ति में इसे गाते हैं। अपने रुमानी अनुभूतियों एवं विचारों को इन्हीं ख्याली या संवाद के माध्यम से आदान-प्रदान करते हैं। यह लोकगीत दिन के समय में नहीं बल्कि रात में गाया जाता है। इस गीत में अनुप्रास, रुपक अलंकार का प्रयोग होता है।

(ख) हाक्पारे साम्लो :

युवक-युवतियाँ के गाने वाले ऐसे गीत हैं जो सवाल जवाब के माध्यम से गाए जाते हैं, जिसमें श्रोतागण को उठाए गए प्रश्नों का जवाब देना पड़ता है। हाक्पारे साम्लो लोकगीत में भाग लेने वाले गायकों को 'मुन्धुम' का ज्ञान अच्छी तरह होनी चाहिए।

यह एक शास्त्रीय गीत है। इस गीत में मुख्य रूप से मुन्धुम वर्णित मिथक, सुक्ति संग्रह, उपाख्यान-पुरातन स्मृतियों का वर्णन रहता है। यह लिम्बू मौखिक साहित्य का एक प्रामाणिक दस्तावेज है।

(ग) निसाम्माङ सेवा साम्लो : (धर्मानुष्ठान में गाए जाने वाले गीत)

इसे फेदाङमा, साबा, येबा धर्म गुरु विशेष धार्मिक अनुष्ठानों में गाते हैं।

(घ) के साम्लो :

च्याब्रुङ वाद्य यंत्र के साथ गाए जाने वाला गीत है। यह विवाह और किसी भी शुभ अवसर में गाया जाता है।

लिम्बू अपने लोक संगीत और लोकनृत्य वाद्य यंत्रों के तालमेल के साथ सामूहिक रूप में गाते हुए नृत्य करते हैं।

(ङ) पालाम साम्लो (गीत) :

धान रोपने और कटनी के समय गाये जाने वाले गीत / नृत्य है। यह साम्लो ताल, लय, शब्द और छंद अनुसार गाया जाता है।

गीत इस प्रकार है (लिम्बू भाषा में) :

'लाघुङमा यङघङ च्वा चुप्सेल्ले
केजीङमा पाङजुम् आजुप्सेल्ले।
लासोरी खेम्मा फुङवामानु
सुक्खेबा फुङग लुङ वामानु।
फेसेङगी फाइङग सेङमा आङ
काई नु सोधोक चेङमा आङ।
फुङइक्सो नुमा सा-क्मा रो
हेक्केआङ याम्मो ला-क्मा रो।।

अर्थात्-कई नदी नाले लाघुङमा नदी को पार कर इस गेजिङ बजार के मेले में आए हुए हजूर के साथ भेंट होना सौभाग्य की बात है। नाच और गान हमने हाथ पकड़ कर साथ-साथ किया पर हम दोनों का क्या संबंध है! बिना संबंध के गीत की गहराई तक पहुँचना मूर्खता होगी। इसलिए पहले हम अपने संबंध को तय कर ले।'

(च) केङजोरी साम्लो :

यह हास्य पूर्ण गीत है। यह गीत एवं नृत्य, युवक-युवती से लेकर वृद्ध जन तक विविध उत्सवों में मनोरंजन के लिए मिलकर जुवारी की तरह गाते हुए नृत्य करते हैं।

(छ) चिराक ला-क साम्लो :

धान को पैर से कुचलते समय गाने जाने वाले गीत है। इसमें मुख्यतः पुरुष लोग भाग लेते हैं।

गीत इस प्रकार है (लिम्बू भाषा में) :

'सेन्छेङला ला-ग ए चिराक लाङ

ला-क्खिरो आन्जुमसे आनी आङ।

वेत्छाः बुङ नुरे सा क नुः मारे
चिराक ला के नुरे ला-के नुमारे।

मेन्छामले हिङवा पगु चा रो
होम्बिक्वा मेल्लुङ हाङनाम ता रो।

अर्थात-मंङ्सिर महीना लगा हुआ है और सब धान झड़ने लगे है और पुआल को मढ़ा जा रहा है। हे मित्र हम सब भी इसी तरह मिलकर गाते एवं नाचते हुए पुआल को माढ़े। जिस तरह धान के पौधे को परिश्रम करके उगाते हैं, उसी तरह पुआल को भी अगर बल के साथ हम सभी मिलकर पैर से कुचलकर माढ़े तो सभी धान आसानी से झड़ जाएँगे। मानव जीवन अन्न पर ही निर्भर होता है इसलिए परिश्रम कर पसीना निकालकर कार्य करने पर कभी भी अभाव नहीं होगा यानी दुःख नहीं होगा।'

(ज) मेक्काम साम्लो :

विवाह लगन के समय गाने वाले गीत है।

(झ) लोई-लोई साम्लो :

बच्चों को सुलाते समय गाने वाले लोरी गीत है।

गीत इस प्रकार है (लिम्बू भाषा में):

'आ... आ... लोई लोई
नुनुरो पिबिरो ईम्इम् लो चिजीरो
वरुपलुप सारो माङसादिङ सा रो।

मिक्युसो केत्तेओ ईमासो केत्तेओ
सेसेवा सारो हाङ हाङवा सा रो।

चोसाप्पि नु रो हाङवासो नु रो
थामे मा हिङ घो थाबे पा हिङयो
आ... ओ..... लोई लोई-

अर्थात-तुम्हें दूध खिलाया है अब चुपचाप निद्रा देवी की गोद में सो जाओ।

ईश्वर के आशीर्वाद से तुम कितने स्वस्थ हो। सो जाओ, नींद पूरा करो, तुम कितने पवित्र हो, संतोषी हो। भाग्यवान हो, आयुष्मान हो, माता-पिता को याद करना और उनकी सेवा करना।'

(ञ) ताम्के साम्लो :

मकई को गोड़ते समय गाने वाले गीत है।

(ट) तुम्याहाङ साम्लो :

सभी अनुष्ठान में गाये जाते हैं।

(ठ) हाक्पारे साम्लो :

करुण और मार्मिक गीत है।

(ड) ख्याली साम्लो :

हाजिरी-जवाब गीत है। यह गीत पोहा छंद में होता है। यह गीत लयबद्ध नहीं होता है।

समाज में युवक-युवतियों के बीच एक दूसरे को बहुत ही आदर सत्कार के साथ खिलाने का दस्तूर है। सभी पकवान अतिथि के सामने परोस कर परोसने वाला उन्हें ख्याली शैली में खाने के लिए बोलते हैं जो इस प्रकार है–

ए....... सिङ वाली सिङबुङ तुक्खेवा हिम्बुङ
ए....... नाबारी थुक्वा तुक्खेवा हुक्वा
ए....... हुक्सोगेन चिभाग तोन्दुम्बे इल्ले
ए....... कुजानी नुग्र खीम्मार चामा
ए........ कुजानी फेङग्र सिरीमोनु चामा रो....

अर्थात–'इस दुखिया के घर पर क्या हो सकता है! फिर भी आपको बुलाकर कष्ट दिया। स्वादिष्ट होने पर भाव लोभ के साथ और अगर स्वादिष्ट न हो तो संकोच से हमारे चढ़ाए हुए सत्कार को स्वीकार कर हाथ लगाकर जूठा कर खाना ग्रहण करें, हमें खुशी होगी।'

लोकगीत की शुरुआत मानव के आरम्भिक काल से ही व्यावहारिक रूप में विद्यमान होते आ रहा है। किसी भी तरह की खुशी या आनंद को अभिव्यक्त करने का यह एक जरिया है।

लोकनृत्य लिम्बुओं के जीवन का एक अभिन्न अंग है। उनके पारम्परिक

सामाजिक, धार्मिक विभिन्न अवसरों में नृत्य के साथ उनका गहरा संबंध है। लिम्बू समुदाय में स्त्री-पुरुष समान रूप से सभी अवसरों में मिलकर लोकनृत्य में शामिल होते हैं। यह समुदाय मातृसत्तात्मक होने के कारण किसी भी अनुष्ठान में स्त्रियों को भाग लेने का समान अधिकार देता है। स्त्रियों के लिए पर्दा प्रथा किसी भी सामाजिक या धार्मिक अनुष्ठानों में नहीं है।

मुन्धुम के अनुसार तो प्रथम मानव लोदेन हाङ और फुङदेन हाङ थें जिन्होंने प्रथम नृत्य (के लाङ) प्रस्तुत किया था।

लिम्बू लोकनृत्य निम्नलिखित है :

1. के लाङ नृत्य
2. कृषि नृत्य : दाम्के लाङ, ये आलाङमा
3. युद्ध नृत्य (नाहाङमा)
4. पौराणिक नृत्य : याग्गाङसिङ लाङ, फुङसोक लाङ, तःओङसिङ लाङ

लिम्बू काव्य कला का उत्तम उदाहरण 'मुन्धुम' है। मुन्धुम पद्यात्मक / काव्यात्मक शैली में है। 'मुन्धुम' को फेदाङमा (गुरु) मौखिक रूप में गायनशैली में मंत्रोच्चारण कर सृष्टि के आरम्भ से लेकर आज तक के आख्यान को सुनाते हैं।

'मुन्धुम' में सृष्टि और उत्पत्ति का आख्यान, सामाजिक और धार्मिक चलन व्यवहार में समानता, सृष्टि, उत्पत्ति, पापाचार, दुराचार, ईर्ष्या, आँखी-डाह आदि सिर्फ़ आख्यान और श्रुतिपरक रूप में ही नहीं वरन् इसमें जन्म-मरण, विवाह, मृत्यु के कर्मकांड, संस्कार, रीति-परम्परा सभी वर्णित है।

अनुष्ठान के बाद इसी तरह अपने शिष्यों को सस्वर गाकर ज्ञान प्रदान करते हैं और शिष्य भी सस्वर पाठ सुनकर अपने स्मृति में संचय करते हैं। इस मौखिक परम्परा का चलन आज तक समुदाय में जीवित है।

साहित्य का अर्थ ज्ञानदायक अक्षरों का लिखित दस्तावेज है।

प्रारंभ में लिम्बुओं का कोई भी लिखित साहित्य उपलब्ध नहीं था। उनकी मौखिक परम्परा है, उनका महत्त्वपूर्ण दस्तावेज मौखिक रूप में हस्तांतरित होते हुए चला आ रहा है। वर्तमान में सभी मौखिक दस्तावेजों को लिखित रूप में संग्रहित कर साहित्य का रूप दिया जा रहा है।

पौराणिक इतिहास को अगर देखे तो 'मुन्धुम' जो मौखिक दस्तावेज के रूप में सुरक्षित है। आज भी मुन्धुम को गायन शैली में काव्यात्मक रूप में पाठ करने की परम्परा है। इसे 'फेदांङमा' वर्ग (आध्यात्मिक गुरु) विविध अवसरों में पाठ करते हैं। इस समुदाय के जीवन का आधार 'मुन्धुम' है।

इस समुदाय में विशेष प्रकार के लोकनृत्य, लोकगीत, लोककथाओं ऐतिहासिक, सांस्कृतिक, धार्मिक, सामाजिक परम्पराएँ दस्तावेज के रूप में आज भी जीवित है।

अतः इनके मौखिक दस्तावेजों के आधार पर यह प्रमाणित होता है कि गायन शैली की परम्परा आदिम समय से चली आ रही है, जो आज लोकगीत के नाम से जानी जाती है।

लिम्बू भाषा साहित्य के इतिहास को देखे तो लिम्बू साहित्य में पहला व्यक्ति राजा सिरिजंगा का उल्लेख मिलता है। वे एक महान भाषाविद् थे जिन्होंने लिम्बू लिपि एवं वर्णमाला का आविष्कार 10वीं शताब्दी के आसपास किया था, जिसका उल्लेख 'सिरिजंगा मुन्धुम साप्ला' इमानसिंह चेम्जोंग कृत रचना में है जो अप्रकाशित है।

इसके पश्चात् सिरिजंगा के भाई योगजंगा ने भी लिम्बू भाषा विकास में अथक सहयोग प्रदान किया। उनकी कोई भी कृति उपलब्ध नहीं है। उन्होंने मौखिक रूप में लोगों को भाषा प्रचार-प्रसार द्वारा शिक्षा देने का महत्त्वपूर्ण कार्य किया।

सिरिजंगा और योगजंगा के बाद महान अवतारी पुरुष 'ते-ओङसी सिरिजंगा सिंग थेबे' का पदापर्ण 18वीं शताब्दी में हुआ। इनके आविर्भाव को लिम्बू साहित्य के इतिहास में नवजागरण काल के रूप में माना जाता है। इनका समयकाल 700 वर्ष रहा। यह आश्चर्य की बात है कि इनके समय काल तक मौखिक साहित्य कैसे और किस रूप में सुरक्षित रहा होगा। इन्होंने भाषा और मुन्धुम का प्रचार-प्रसार का कार्य 1730-1741 तक किया। इनके समय में वर्णमाला ही मिले थे। सन् 1741 में पश्चिम सिक्किम के मारताम नामक स्थान पर साङ लामा ने उसे पेड़ पर लटकाकर, शरीर पर असंख्य तीर चला के उनकी हत्या कर दी गई थी। उनकी कोई भी लिखित कृति उपलब्ध नहीं है।

सिरिजंगा थेबे के पश्चात् करीब डेढ़ शताब्दी तक भाषा-साहित्य विकास के पथ पर निस्तब्ध था। उसके बाद लालसोर सेनदाङ 19वीं शताब्दी लिम्बूवान में आठराई ठूलो के रूप में पदार्पण हुआ। उन्होंने गाँव-गाँव भाषा के प्रचार-प्रसार द्वारा शिक्षा देने का कार्य किया। वहाँ से सिक्किम के दरमदिन में जाकर भाषा शिक्षण का कार्य कर फिर वहाँ से सन् 1926 में कालिम्पोंग के 'डुगरा बस्ती' में लोगों को मुन्धुम पढ़ाना सिखाया। वहाँ से आसाम पहुँचे और वहीं उनकी मृत्यु हुई। उनकी कोई लिखित दस्तावेज उपलब्ध नहीं है।

19वीं शताब्दी के मध्यकाल में एक ब्रिटिश व्यक्ति ने 'लिम्बू अंग्रेजी

डिक्शनरी' लिखी, जिसे पहला लिम्बू कोश के रूप में माना जाता है। सन् 1925 के बाद इतिहासकार और शिक्षाविद ईमानसिंह चेम्जोंग और सूबेदार बालवीर थोलोंग का लिम्बू साहित्य जगत में एक चमकते हुए सितारें के रूप में अभ्युदय हुआ। उन्होंने 'तुम याकथुङ निङवाफुसाप्ला' साइक्लोस्टाइल में प्रकाशित किया था। यह पुस्तक लिम्बू लिपि में लिखी हुई पहली पुस्तक है जो प्रथम प्रकाश में आयी। इसी विकास क्रम में पी.एम. मुरिङला द्वारा लिखित लेख सन् 1994 में प्रकाशन में आया।

ईमानसिंह चेम्जोंग कृतः- 'सिरिजंगा मुन्धुम साप्ला', 'हिस्ट्री आफ विजयपुर', 'हिस्ट्री एण्ड कल्चर आफ किरात पिंपल्स', 'लिम्बू अंग्रेजी डिक्शनरी', 'किरात साहित्य को इतिहास', 'किरात को वेद'।

उपर्युक्त कृतियाँ लिम्बू समाज और साहित्य जगत के लिए एक महत्त्वपूर्ण दस्तावेज के रूप में जीवित रहेगा।

भाषा के प्रचार-प्रसार में महागुरु फाल्गुनानन्द और उनके शिष्य सत्यहाङमा के अवदान को हम नहीं भूल सकते हैं। उन्होंने शिक्षा प्रसार के साथ-साथ समाज में व्याप्त कुसंस्कारों को मिटाने का भी कार्य किया।

इस क्रमिक विकास में 20वीं शताब्दी में लिम्बू भाषा सिर्फ़ लिपि के प्रचार-प्रसार तक ही सीमित रह गई, कुछ साहित्य लिखा गया पर प्रकाश में नहीं आया। कुछ पाठ्यपुस्तक जो नेपाल, दार्जिलिंग, कालिम्पोंग और सिक्किम से प्रकाशित हुआ था। अगर देखा जाए तो उत्कृष्ट कोटि के साहित्य का अभाव था।

किसी भी समुदाय की सभ्यता, संस्कृति, धर्म, कला और परम्पराएँ साहित्य के विकास में मुख्य भूमिका का निर्वाह करती है।

लिम्बू साहित्य जगत में मुख्य रचनाकारों में ईमानसिंह चेम्जोंग, बी.बी. मुरिङला, पी.ए. मुरिङला, तिल विक्रम नेम्बाङ, वैरागी काइंला, काजीमान कानदाङवा, येहालावती, विरही काईला, अईतमान तामलिङ, हर्क बहादुर तामलिङ, वीर नेम्बाङ, मोहन प्रकाश इजोम आदि लिम्बू साहित्य जगत के नींव हैं।

अतः सभी विवेचनाओं के अंत में हम इसी निष्कर्ष पर पहुँचते हैं कि आदिवासियों के मौखिक कलात्मक कृतियाँ, भाषा, सभ्यता, संस्कृति, परम्पराओं, श्रुतिपरक मौखिक दस्तावेजों, जीवन दर्शन में निहित सौंदर्य का तात्विक, दार्शनिक एवं मार्मिक विवेचन सार्थक रूप में अभिव्यक्त होता हुआ स्पष्ट दिखाई देता है।

अन्य आधुनिक भाषाओं की तरह लिम्बू भाषा की भी प्राचीन भाषिक परम्परा है। लिम्बू भाषा की आधुनिकीकरण की प्रक्रिया की बात कही जाए तो

'आधुनिकीकरण' शब्द तो आधुनिक है किन्तु देश हो या समाज, भाषा हो या संस्कृति, इन सभी के सहज और सीधा आधुनिकीकरण की प्रक्रिया काफी प्राचीन है। सभी साहित्यकारों, इतिहासकारों ने अपने समयकाल अनुसार अपने दृष्टिकोण से संस्कृति और समाज का आधुनिकीकरण किया है। समयानुसार सामाजिक, राजनीतिक, सांस्कृतिक, आर्थिक, चिंतन, आदर्श और मूल्य आदि के स्तर पर बदलाव आता है तो भाषा में भी समकालीन चुनौती के अनुसार बदलाव आना स्वाभाविक ही है।

अतः लिम्बू लिपि में भी समाज की आवश्यकता अनुसार भाषिक कुछ प्रकार्य परिष्कृत होता आया है और यही है इस भाषा का आधुनिकीकरण।

सिरिजंगा लिपि को अध्ययन के सुविधानुसार तीन भागों में विभाजित किया गया है :

1. 18वीं शताब्दी में प्राप्त लिपि
2. प्रथम आधुनिक लिपि (1914-1975)
3. वर्तमान लिपि (1975 से अब तक)

आज लिम्बू लिखित साहित्य विभिन्न विधाओं (पद्य, गद्य, पत्र-पत्रिकाएँ) में उपलब्ध है और वर्तमान में लिम्बू भाषा विद्वान, इतिहासकार, भाषाविद्, अनुवादक साहित्य के संरक्षण और रचनात्मक कार्यों में सफलता के साथ आगे बढ़ रहे हैं। प्राचीन मौखिक दस्तावेजों जिनमें लोकगीत, लोकनृत्य, लोककथा आदि दस्तावेजों को समयानुसार तकनीकी सुविधानुसार लिखित रूप में संग्रहित किया जा रहा है। यह सारी प्रक्रिया भाषा, साहित्य, सभ्यता और संस्कृति के विकास एवं संरक्षण के लिए बहुत ही महत्त्वपूर्ण है।

किसी भी समुदाय के सामाजिक परिदृश्य यानी कला, साहित्य को अगर समझना है तो उनके ऐतिहासिक पृष्ठभूमि, साहित्य, दार्शनिक आधार, धार्मिक आधार को समझना अति आवश्यक है, जिसके ज्ञान के बिना सामाजिक परिदृश्य आधारहीन साबित होगा।

इस समुदाय के लोकसंगीत में चाहे वह गायन शैली में हो, वाद्ययंत्र शैली में या नृत्य शैली में हो, सभी का संबंध सामाजिक क्रियाकलाप एवं मन की भावनाओं से जुड़ी हुई है। व्यक्ति और समूह से ही तो समाज बनता है और सामाजिक प्रक्रिया में लोकसंगीत भी एक अभिन्न अंग है। यह जीवन का आधार है क्योंकि इसमें जीवन के सभी पहलुओं को समझने में आसानी होती है।

अतः लिम्बू समुदाय के कला, साहित्य और सौंदर्य शास्त्र के विविध पहलुओं और परम्पराओं की विवेचनाओं के बाद इस निष्कर्ष पर पहुँचते हैं कि

भाषा साहित्य, कला और संस्कृति की पहचान एवं विकास के लिए भाषा को समृद्ध और संरक्षित होना बहुत आवश्यक है तभी हमारी सामाजिक भाषिक पहचान विश्व पटल पर सम्भव हो पाएगी और हम पूर्ण रूप से सक्षम कहलाएँगे।

सहायक ग्रंथ :

1. 'किरात को वेद'-ईमानसिंह चेम्जोंग
2. 'निर्माण सांस्कृतिक विशेषांक', निर्माण प्रकाशन (दक्षिण सिक्किम
3. 'किरात-इतिहास'-ईमानसिंह चेम्जोंग
4. 'तङ सिङ मुन्धुम'-मेहमान लाबुङ एवं हर्कजङ कुरुम्बाङ (संकलन/ सम्पादन)
5. 'याकथुङ मुक खेदा'-डॉ शोभा लिम्बू यल्मो (संग्रहित एवं सम्पादित)
6. 'हिस्ट्री एन कल्चर आफ किरात पिंपल्स'-ईमानसिंह चेम्जोंग
7. 'मुन्धुम र मिथक हरु'-अंजुल याकथुङबा
8. 'लिम्बू, अंग्रेजी और नेपाली डिक्शनरी'-
9. 'The philosophy and Concepts of Yuma Samyo Tradition'-J- R- SUBBA (Pondhak), Gangtok, Sikkim.
10. 'पाश्चात्य काव्यशास्त्र के सिद्धांत'-डॉ कृष्णदेव शर्मा
11. 'भारतीय काव्यशास्त्र'-रामानंद शर्मा
12. बी.बी.सुब्बा, (पृष्ठ-466-476), निर्माण संस्कृति विशेषांक, निर्माण प्रकाशन (नाम्ची, दक्षिण सिक्किम)
13. जसराज सुब्बा, (पृष्ठ-537-552), निर्माण संस्कृति. विशेषांक, निर्माण प्रकाशन, नाम्ची, दक्षिण सिक्किम।

-डॉ. शोभा लिम्बू यल्मो,
एसोसिएट प्रोफेसर,
हिंदी विभाग (विभागाध्यक्ष),
कालिम्पोंग कालेज,
(पश्चिम बंगाल)

11

“कोइली डाकिला मो बुद्धि हजिला...”

(ओड़िआ लोकगीतों में अभिव्यक्त समाज और संस्कृति)

-डॉ. अभिषेक शर्मा

लोक की सूक्ष्मातिसूक्ष्म चित्तवृत्तियों को साकार रूप देने के लिए मनुष्य शताब्दियों पहले से ही जिज्ञासु एवं उद्यमी बना हुआ है, जिसके फलस्वरूप कला के क्षेत्र में उसके प्रयत्न न सिर्फ बहुआयामी हैं, अपितु उसका स्वरूप भी कई अर्थों में कालजयी है। अमूर्त भावों का मूर्तन करना तथा उसे अपनी लोक-भाषा में पिरोना, उसके लिए शुरू से ही एक भावनात्मक कार्य रहा है। यहाँ मुझे यह कहने में तनिक भी संकोच नहीं हो रहा है कि वर्तमान समय में तकनीक के विकास के बाद भी अब यह कार्य लोकगीतकारों के लिए अत्यधिक चुनौतीपूर्ण बन गया है। आज लोकगीतों का सृजन, उसकी लयात्मकता, बोधगम्यता एवं स्वीकार्यता सब कुछ संकटग्रस्त है। ऐसी जटिल, दुरूह और नीरस सामाजिक स्थिति को देखते हुए 'आचार्य रामचंद्र शुक्ल' ने अपने निबंध 'कविता क्या है?', में लिखा है कि-“...ज्यों-ज्यों वृत्तियों पर सभ्यता के नए-नए आवरण चढ़ते जाएँगे त्यों-त्यों एक ओर तो कविता की आवश्यकता बढ़ती जाएगी, दूसरी ओर कवि-कर्म कठिन हो जाएगा।” कविता या लोकगीत का प्रधान उद्देश्य इन्हीं आवरणों को हटाकर मनुष्य मात्र को नाना प्रकार के आदिम भावों से साक्षात्कार कराते हुए, उसे अत्यधिक संवेदनशील बनाना है। मनुष्य अपनी सामाजिक एवं सांस्कृतिक बंधुता स्थापित करने के लिए शुरू से ही लोकगीतों का सहारा लेता रहा है। वह अपने लोकयश और लोकछवि को दुरुस्त करने के लिए भी इन गीतों के गायन का आयोजन मानव-समाज के बीच लम्बे समय से करता चला आ रहा है। इसलिए लोकगीत किसी भी देश की काव्य-परंपरा के विकास के प्रारंभिक चरण माने जा सकते हैं। सूक्ष्म मनोभावों का प्रस्फुटन और गेयता इन लोकगीतों की पहली खूबी है। अपनी मूल प्रकृति में लोकगीत सर्वथा गेय, मादक और सहज संवेद्य होते हैं। 'मादकता' से यहाँ मेरा अभिप्राय उसके भोलेपन, आकर्षणीयता एवं भाव-विभोर

करने वाली प्रकृति से है। कविता के सन्दर्भ में 'आचार्य रामचंद्र शुक्ल' ने इसी को 'रमाने की प्रवृत्ति' कहा है। लोकधुन और लोकछटाएँ इन गीतों के ताने-बाने हैं, जहाँ गीतकार अपने सूक्ष्म और अकुंठ भावों को शब्दों के महीन तंतुओं से बुनता है।

लोकगीत एक ऐसा बहुरंगी चित्रपट है, जहाँ हम अपने संपूर्ण जीवन की समग्रता का बोध करते हैं। यह समग्रता ही हमें लोकोन्मुखता की ओर अग्रसर करती है, जो कहीं-न-कहीं भौतिकता की विरोधी भी है। लोकगीत जहाँ सुरीले और अभिनेय होते हैं, वहीं आज की कविता इन गुणों से दूर होती हुई नजर आती है। लोकगीतों में नृत्य एवं हाव-भावों के संश्लिष्ट चित्र होने के कारण उसकी संप्रेषणीयता हमारे लिए चिरस्मरणीय और अधिक बोधगम्य होती है। किन्तु आज समकालीन कविता विचारों के बोझ तले दबी जा रही है। किसी भी कविता या लोकगीत का लोक जिह्वा पर चढ़ना ही उसकी प्रभावोत्पादकता एवं लोकप्रियता का मूलाधार है। क्योंकि लोक मौखिक और संस्कृति लिखित होती है। लोक में दीर्घकाल तक बची हुई गुणवान प्रवृत्तियाँ ही कालांतर में संस्कृति का रूप ग्रहण करती हैं। सामान्यतः कोई भी 'संस्कृति' लोक का अनुगमन करती हुई स्वयं को मानव समाज के लिए उपयोगी बनाती है। विभिन्न मानव जातियों के कुनबे जिन्हें हम मानव समाज कहते हैं, उनकी संस्कृतियाँ तो भिन्न-भिन्न हो सकती हैं, किंतु उनके निहितार्थ और उद्देश्य एक जैसे ही हैं। इस संसार में शुद्ध संस्कृति जैसी कोई वस्तु नहीं है, सब कुछ मिश्रित एवं अनुकूलित है। 'संस्कृति' के संदर्भ में 'राहुल सांकृत्यायन' का स्पष्ट मत है कि-"...संस्कृति वस्तुतः देश-जाति से संबंधित है, धर्म के साथ उसका नाता जोड़ना गौण रीति से ही हो सकता है। जाति के साथ संस्कृति या संस्कार का संबंध वैसे ही है, जैसे नए घड़े में घी या तेल भर के कुछ दिन रखकर उसे निकाल देने पर घड़े के भीतर प्रविष्ट स्नेह का अंश बचा रहता है। एक पीढ़ी आती है, वह अपने आचार-विचार, रूचि, कला-संगीत, भोजन-छाजन या किसी और दूसरी आध्यात्मिक धारणा के बारे में कुछ स्नेह की मात्रा अगली पीढ़ी के लिए छोड़ जाती है। एक पीढ़ी के बाद दूसरी, दूसरी के बाद तीसरी तथा आगे बहुत सी पीढ़ियाँ आती-जाती रहती हैं और सभी अपना प्रभाव या संस्कार अपने से अलग पीढ़ी पर छोड़ती जाती हैं। यही प्रभाव (संस्कार) संस्कृति है।" चूँकि संपूर्ण विश्व अनेकानेक मानव-समूहों से निर्मित एक पिंड है, इसीलिए इसमें विविध मानव संस्कृतियों के मेल-जोल के साथ-साथ टकराहटें भी हैं। इन्हीं टकराहटों के बीच विश्व-बंधुत्व की भावना का प्रसार

करने वाले महामानवतावादियों महात्मा गांधी, राजनेताओं, विचारकों एवं साहित्यकारों का यह प्रयत्न रहा है कि संपूर्ण विश्व समुदाय के लिए एक सर्वमान्य 'मानव संस्कृति' निर्मित हो, जिसका मूल उद्देश्य प्रेम-सौहार्द, एकता, भाईचारा, कर्तव्य की भावना का प्रसार एवं अहिंसामूलक समाज का निर्माण हो और इसी के सहारे हम सम्पूर्ण सृष्टि के संरक्षण, संवर्धन और विकास का संकल्प लें। हमारे यहाँ 'वसुधैव कुटुंबकम्' की अवधारणा पहले से ही मौजूद है। फलतः गुरुदेव 'रवींद्रनाथ टैगोर' जैसे महान विचारकों ने पूरी दुनिया को एक 'घोंसले' जैसा माना और भारतवर्ष को 'महामानवों का समुद्र' तक कह दिया । अर्थात् भारतवर्ष ब्रह्माण्ड का सबसे बड़ा घर है! जहाँ सब आकर रहे हैं (शक, हूण, कुषाण, मुग़ल, अंग्रेज आदि) और सब आकर रह सकते हैं। भविष्य में विश्व-मानव समाज के लिए एक सर्वमान्य मानव संस्कृति की कल्पना साकार हो, इसके लिए गुरुदेव के समकालीन 'आचार्य हजारीप्रसाद द्विवेदी' कहते हैं कि–"मेरे विचार से सारे संसार के मनुष्यों की एक सामान्य मानव-संस्कृति हो सकती है। यह दूसरी बात है कि वह समन्वयक संस्कृति अब तक सारे संसार में अनुभूत और अंगीकृत नहीं हो सकी है। नाना ऐतिहासिक परम्पराओं के भीतर से गुजरकर और भौगौलिक परिस्थितियों में रहकर संसार के भिन्न-भिन्न समुदायों ने उस महान मानवी संस्कृति के विविध पहलुओं का साक्षात्कार किया है। नाना प्रकार की धार्मिक भावनाओं, कलात्मक प्रत्यनों और सेवा, भक्ति तथा योगमूलक अनुभूतियों के भीतर से मनुष्य उस महान सत्य के व्यापक और परिपूर्ण रूप को क्रमशः प्राप्त करता जा रहा है, जिसे हम 'संस्कृति' शब्द द्वारा व्यक्त करते हैं।"

ओड़िआ समाज और संस्कृति 'भारतीय संस्कृति' का एक अविभाज्य अंग है। इस राज्य की प्राकृतिक छटा एवं आध्यात्मिक गतिविधियाँ मानव समाज एवं उनकी संस्कृति की उन्नति के मूल उत्स हैं। ओड़िशा के प्राचीनतम् मूल निवासियों में 'शबर समुदाय' अग्रगण्य है। ओड़िशा के लोकगीतों में अभिव्यक्त संस्कृति और समाज से मेरा तात्पर्य राज्य विशेष के मूल निवासियों की लोकाश्रित कला, संगीत, साहित्य, पर्व-त्योहार, रहन-सहन, परंपरा-बोध और उसके आचार-विचार आदि मनुष्योचित गतिविधियों से है। ओड़िआ लोकगीतों में हम 'काल-संसक्ति' और 'लोक-संसक्ति' के स्पष्ट भावों को जीवंत रूप में देख सकते हैं। ऐतिहासिक साक्ष्यों के अनुसार प्रथमतः 'शबर' ही इस राज्य के मूल निवासी हैं। इनके द्वारा ही सर्वप्रथम भगवान श्री जगन्नाथ जी की प्रतिष्ठा और आराधना शुरू हुई। इनके अतिरिक्त इस राज्य विशेष में द्रविड़,

आर्य और तुर्क आक्रांता भी आए। कुछ लोग आर्यों से संघर्ष में पराजित होकर पर्वतों और वनों में निवास करने लगे, जिन्हें हम कालांतर में 'गिरिजन' एवं 'आदिवासी' के रूप में जानते हैं। इन जातियों के संघर्षों की कथा जितनी पुरानी है, उतनी ही रोचक भी। वस्तुतः ओड़िआ लोकगीतों में अभिव्यक्त संस्कृति और समाज में इन जातियों के राग-द्वेष, स्नेह-विछोह, आशा-निराशा, सहिष्णुता-उन्माद जैसे अनेक भावों के जीवंत चित्र भरे पड़े हैं। हो सकता है कि इतिहास में सब कुछ दर्ज न हो, कभी-कभी इतिहास लेखन भी प्रायोजित होता है किन्तु इन लोकगीतों का सृजन सहज, स्वाभाविक एवं सत्योन्मुखी है। ये इतिहास से भी पहले के साक्ष्य हैं। इनका लेखन और श्रवण मनुष्य-मात्र की साँसों में बसा हुआ है। ये लोकगीत आदिम हैं। अतः 'इतिहास' की गैर-मौजूदगी में भी हम इन लोकगीतों के सहारे ओड़िआ संस्कृति एवं समाज की एक प्रामाणिक रूपरेखा तैयार कर सकते हैं। लोकगीतों के सृजनकर्ता अमूमन गुमनाम होते हैं किंतु उनकी प्रभावोत्पादकता सदैव देशकाल की सीमाओं का अतिक्रमण करती है। ओड़िआ लोक-साहित्य के संदर्भ में विचार करते हुए 'डॉ. गौरांग चरण दास' कहते हैं कि–"समाज के प्रत्येक वर्ग की जीवन-जिज्ञासा, जीवन-आदर्श जो मनुष्य के लिए ग्राह्य है, जो अंतर चेतना को अभिभूत कर सके। जिसके अंदर वे अपनापन तलाश सकें, वही उस जन सामान्य का साहित्य, कला, संगीत तथा व्यापक पैमाने पर लोक हृदय का उद्‌गार ही लोक साहित्य है, वही लोक वेद है।" यहाँ स्पष्ट है कि 'डॉ. दाश' ने लोक-साहित्य को 'लोक-वेद' की उपमा से नवाजा है। वस्तुतः उनकी इस स्थापना के पीछे कहीं-न-कहीं यह भाव छिपा है कि ओड़िआ समाज और संस्कृति यदि चाहे तो इन्हीं लोकगीतों (साहित्य) के सहारे वह आज भी अपना पुनर्निर्माण कर सकती है। सच्चे अर्थों में ये लोकगीत (साहित्य) ओड़िआ समाज के नियामक एवं सतत् विकास के प्रेरणा-स्रोत हैं। सर्वप्रथम मनुष्य के मन में ही गीतों का प्रादुर्भाव हुआ है। जब वह सभ्यता-संस्कृति से अनजान था, जब उसके पास भोजन, वस्त्र और सगे-संबंधी नहीं थे, तब भी वह गुनगुनाता था। इन्हीं गीतों के माध्यम से वह चराचर जीव-जगत से एक भावनात्मक संबंध स्थापित करने की कोशिश भी करता था। ओड़िआ लोकगीतों की प्रभावोत्पादकता के संदर्भ में 'डॉ. कुंजबिहारी दाश' लिखते हैं कि–"लोकगीत प्राचीन है, फिर भी चिर नवीन है। युगांतर में बाह्य परिवेश होने पर भी प्राचीन धारा निरंतर प्रवाहित होती है। पुराने युगों का संदेश लोकगीतों के जरिए हमारे पास पहुँच सका है। इस दृष्टि से लोक-साहित्य शिष्ट साहित्य का जनक है, नियामक है।

लिपि उद्भावन से पहले यह मौखिक रूप से प्रचलित था, बाद में लिपिबद्ध हुआ। नए-नए रूप रंगों के साथ लोकगीत अतीत से वर्तमान, वर्तमान से भविष्य की ओर गतिशील होने लगा, अर्थात् लोकगीत अतीत का साक्षी, वर्तमान का वाहक और भविष्य का रक्षक है। यह निराश मन में नई आशा संचार करता है, जीवन जीने की कला सिखाता है। समाज को स्वस्थ, सुंदर बनाने के साथ-साथ यह हमारे अंदर प्रेम, सद्भाव, शांति, मैत्री की भावना भर देता है।" ओड़िआ लोकगीत (बहुलांश) वाचिक परंपरा में होने के बाद भी यहाँ के लोकजीवन का वास्तविक प्रतिनिधित्त्व करते हैं। ओड़िआ समाज के गौरवपूर्ण चरित्र को समझने के लिए यहाँ के लोकगीत एक स्थायी रिफरेंस की भूमिका अदा करते हैं। इन लोकगीतों के सम्यक् अनुशीलन से हम ओड़िआ लोकजीवन, उसकी संस्कृति, भाषा, आचार-विचार, परंपराएँ एवं उसकी लोक-नीतियों पर प्रामाणिक रूप से अपने विचार व्यक्त कर सकते हैं। ओड़िआ लोक-जीवन में रचे-बसे इन लोकगीतों के भाव जितने वैविध्यपूर्ण हैं, उनके क्षेत्र भी उतने ही व्यापक हैं। लोक-जीवन के कोने-कोने में उनकी पहुँच है। ऋषि-संस्कृति से कृषि-संस्कृति तक वे फैले हुए हैं। राजभवनों से लेकर गाँव के चरवाहों तक वे गाए और सुने जाते हैं। वस्तुतः ओड़िआ लोकगीतों में मानव जीवन के प्रत्येक पक्षों के प्रतिनिधित्त्व का भाव छिपा है। वे मानव जीवन की प्रत्येक गतिविधियों से अविच्छिन्न रूप से संपृक्त हैं। वे मनुष्य के सुख-दुःख के सच्चे साथी हैं। ओड़िआ लोक-जीवन में लोकगीतों के अनेक प्रकार प्रचलित हैं, जिसमें चरवाहा-गीत, गाड़ीवान-गीत, कान्दणा-गीत, विवाह-गीत, हलवाहा-गीत, लोरी-गीत, झूला-गीत आदि प्रमुख रूप से उल्लेखनीय हैं। गोचारण की संस्कृति का प्रतिनिधित्त्व करने वाले 'चरवाहा-गीत' का एक लोकप्रिय पद्य-खंड यहाँ द्रष्टव्य है-

"मईषि खाइले बिरि उठिआ लो
खरि पड़िया रे गोठ
दूहा बरड़िया अलगा कर लो
बोहू मड़ाइबे भार
माआ माइला कि बाआ माइला
कहा बोले गल रुषि
आणे पनिआ मा रे उकुणि
खंजा महुड़ा रे बसि
एहि परा तुम डेंगा उआस

चिल पशि बिल खाउचि
एहि परा तुम सुआगि माइप
नुण नाहिं पेज पिउछि।"

यहाँ हास्यात्मक शैली में 'चरवाहा' कहता है कि–भैंस उड़द का खेत चर जाती है और गाय घास खाती है। दोनों का भोजन अलग है, इसलिए दोनों का दोहन अलग होना चाहिए। अगली पंक्ति में 'चरवाहा' कह रहा है कि पता नहीं माँ ने मारा है या बाबूजी ने! लाडली बेटी रूठ गई है। इसीलिए उसे रिझाने के लिए माँ अपने पास बुलाकर कहती है–जा! कंघी ले आ तेरे बालों से आज जूँए निकाल देती हूँ। विवेच्य खंड के अंत में 'चरवाहा' कहता है कि यही इन रईसों की रखवाली है, कभी-कभी तो चील भी घुसकर खेत चट कर जाती है और उसकी पत्नी बेचारी बिना नमक के उबले हुए चावल (पसावन) का पानी पीती है। उद्धृत अनुच्छेद में लोकगीतकार ने ओड़िआ समाज और संस्कृति का एक संश्लिष्ट चित्र खींचा है। साधारणतः 'गोचारण की संस्कृति' का संबंध 'ब्रजक्षेत्र' से ही लिया जाता है, किंतु इस संस्कृति का वास्तविक विस्तार अखिल भारतीय है। लोकगीतकार ने इस चरवाहा गीत के माध्यम से बहुत ही विनोदपूर्ण शैली में ओड़िआ समाज की संपन्नता एवं विपन्नता की झाँकी खींची है। उद्धृत लोकगीत में मानव जीवन का संपूर्ण कार्य-व्यापार समाहित है। यहाँ हम गृहस्थ जीवन का सौंदर्य और उसके अभावों को स्पष्ट रूप से देख सकते हैं। अभावों में भी प्रसन्नता और मस्तमौला बने रहना इन लोकगीतों की अपनी पूँजी है। कविवर 'भिखारी ठाकुर' इसीलिए सुविख्यात और अमर हैं। यहाँ ग्राम्य-जीवन का जितना भावपूर्ण चित्र खींचा गया है, उससे उतनी ही करूणा भी निःसृत हो रही है। किंतु लोकगीतकार ने अपने इस गीत में करूणा को प्रच्छन्न रूप से प्रकट नहीं होने दिया है। उसके यहाँ करूणा भी जीवन को गति देने के लिए है, न कि जीवन को बाधित करने के लिए। इस गीत के आलोक में हम निःसंदेह यह कह सकते हैं कि ग्रामीणों में अभाव और दुःख सहने की क्षमता अभिजात्यों से कहीं अधिक होती है। चरवाहे के पास खाने के लिए नमक रोटी नहीं है लेकिन वह हास-परिहास में अपने परिवार के साथ डूबा हुआ है। वस्तुतः इस लोकगीत में प्राकृतिक सुषमा और उससे मानव जीवन का रागात्मक संबंध अपनी संपूर्ण गरिमा के साथ रूपायित हुआ है।

ओड़िआ लोकगीतों की विवेचना के क्रम में 'गाड़ीवान गीत' भी बहुत लोकप्रिय है। वस्तुतः ये गीत 'यात्रा-वृत्तांत' जैसे हैं, किंतु ये यथातथ्य और रसहीन नहीं हैं। इनके पोर-पोर में रस, सुगंध और आकर्षण भरा हुआ है।

'गाड़ीवान-गीत' की प्रत्येक पंक्तियाँ प्राकृतिक सौंदर्य एवं चराचर जगत के सुरम्य कार्य-व्यापारों से भरी पड़ी हैं। 'गाड़ीवान-गीत' में लोकगीतकार ने प्रकृति का चित्रण 'आलंबन' रूप में किया है, क्योंकि प्रकृति उसके लिए एक सहचरी है न कि अवसरानुकूल काम आने वाली कोई भौतिक वस्तु। 'गाड़ीवान-गीत' का एक अंश यहाँ विशेष रूप से उल्लेखनीय है –

"दूर कु सुन्दर परबत माल
गाँ कु सुन्दर त नड़िया गुआ ताल
बन्धु कु सुन्दर त दिशइ दूर बाट
सिन्धु कु सुन्दर त लहड़ा भंगा घाट
सभा कु सुंदर त पधान सान भाई
गोठ कु सुन्दर त दुहालिआ गाई
घर कु सुन्दर जेबे लो घरणी
न जिबु बाप घर लो।
X X X
पोखरी हुड़ाटि चारि चउरस।
डिम्ब पारि देला अण्डिरा राजहंस
एक गोटि डिम्ब कु दुइ गोटि छुआ
गोटिए नीलवर्ण गोटिए हलदिया
माआ नाहिं पिला दाण्ड रे खेलुछि
बापा नाहिं पिला शून्य रे उडुछि हो।"

इस गीत में गाड़ीवान सुदूर स्थित पर्वत माला की सुंदरता का वर्णन अलग-अलग उपमानों के सहारे कर रहा है। जैसे-गाँव में ऊँचे-ऊँचे नारियल, सुपारी और ताड़ के पेड़ अच्छे लगते हैं, जैसे दूर के रिश्तेदारों का आना अच्छा लगता है, जैसे समुद्र की ऊँची-ऊँची लहरें अच्छी लगती हैं, जैसे सभा में नया-नवेला सरपंच अच्छा लगता है, जैसे गायों के झुंड में अधिक दूध देने वाली गाय अच्छी लगती है और मायके न जाने वाली पत्नी प्रिय लगती है-वैसे ही दूरस्थ पर्वत बहुत ही आकर्षक लग रहा है। लोकगीत के दूसरे अंश में 'राजहंस' पर केंद्रित एक ओड़िआ लोककथा का जिक्र है। एक तालाब के किनारे एक राजहंस ने तंबू गाड़कर अपने लिए जगह बनायी। वहाँ उसने दो अंडे दिए। एक नीला और दूसरा पीले रंग का। उनकी कोई माँ नहीं है, इसलिए दोनों अंडों से निकलने वाले बच्चे हमेशा बाहर खेलते हैं और उनका कोई बाप भी नहीं है इसीलिए वे हमेशा हवा में उड़ते रहते हैं। विवेच्य लोकगीत में

लोकगीतकार अपनी सूक्ष्म अन्वेषणात्मक दृष्टि के माध्यम से ओड़िआ लोक-जीवन के अत्यंत स्निग्ध चित्र खींचता है। यहाँ प्रकृति का साहचर्य जीवन को नई ऊर्जा प्रदान कर रहा है। इस गीत में ओड़िआ संस्कृति और समाज के अनेक मार्मिक दृश्य एवं गतिविधियाँ मौजूद हैं। कवि को मायके न जाने वाली स्त्री विशेष रूप से प्रिय है। इस कथन की भंगिमा पर लोकमन लुब्ध हुआ जाता है। लता, तृण, गुल्म, समुद्र की लहरें, नवनिर्वाचित सरपंच और पतिव्रता स्त्री सभी अपने व्यापक सौंदर्य और लोक-गरिमा के साथ इस लोकगीत में उपस्थित हैं। वस्तुतः इस गीत के आधार पर मैं यह कह सकता हूँ कि ओड़िआ समाज सच्चे अर्थों में सहिष्णु, परदुखकातर और उसकी संस्कृति व्यापक स्तर पर सर्वसमावेशी एवं विश्वबंधुत्व की भावना से ओत-प्रोत है।

ओड़िशा राज्य की भौगोलिक स्थिति किसान जीवन के सर्वथा अनुकूल है। कृषक-जीवन का सौन्दर्य अपने समग्र अर्थों में यहाँ चरितार्थ हुआ है। कृषि संस्कृति सजीवता के साथ यहाँ फल-फूल रही है। किसान और उसके कार्य व्यापार से जुड़े हुए अनेक लोकगीत यहाँ प्रचलित हैं, जिसमें सर्वप्रमुख 'हलवाहा-गीत' का एक अंश द्रष्टव्य है –

"राम लक्ष्मण दुई गोटि भाई
के फान्दे लंगल, के फान्दे आड़ मई
पल्हा परशिबे राम जे लक्ष्मण
सीता जिबे बिल रोई हो...

X X X

ए....राम बिभाघरे हो लक्ष्मण बरजाति
कनक बेदी तले मो कला धला छति
बिभा संभरव तो त्रिशाखा मुकुट
बेगे सज कर सीतांकु जे
लक्ष्मण बाहु रथ हो।"

उपर्युक्त 'हलवाहा-गीत' के प्रमुख चरित्र भगवान श्रीराम, लक्ष्मण एवं सीता जी हैं। हलवाहे के माध्यम से लोकगीतकार कहता है कि राम-लक्ष्मण दो भाई हैं, वे खेत में हल जोत रहे हैं और सीता जी चारा रोप रही हैं। यह वर्षा ऋतु का दृश्य है। धान की रोपाई में भगवान श्रीराम अपने पूरे परिवार के साथ लगे हुए हैं। वस्तुतः यह कवि दृष्टि ही है, जो ईश्वर को भी मनुष्य रूप (किसान) में चित्रित करके उसे हम सबके लिए ग्राह्य, विश्वसनीय और अनुकरणीय बनाती है। 'प्रियप्रवास' में अयोध्या सिंह उपाध्याय 'हरिऔध' जी

ने भी यह प्रयोग 'राधा और कृष्ण' के संदर्भ में किया है। वस्तुतः वे उन्हें ईश्वरत्त्व से सर्वथा मुक्त एक विशुद्ध लोकनायक और लोकनायिका मानते हैं। यहाँ भगवान का अपने पूरे परिवार के साथ कृषक रूप में अवतरित होना, ओड़िआ लोकगीतकारों की एक नवीन उद्‌भावना है, जिसमें ईश्वरत्त्व को मनुष्यत्त्व के और अधिक निकट लाने की विराट चेष्टा छिपी हुई है। इस गीत के दूसरे अंश में सीता स्वयंवर का उल्लेख है, जिसमें राम जी की बारात को लेकर लक्ष्मण आ रहे हैं। बेदी सजी है, सखियाँ सीता जी का श्रृंगार कर रही हैं। लक्ष्मण जी भगवान श्रीराम को अपने कंधे पर उठाकर शादी के मंडप में ले जा रहे हैं। इस लोकगीत में ईश्वर कहीं किसान, कहीं मित्र, कहीं सहयोगी तो कहीं सेवक के रूप में दिखाई पड़ते हैं। वस्तुतः इन लोकगीतों के मूल्यांकन से ओड़िआ समाज और संस्कृति का जो रूप हमारे सामने उभरता है वह अत्यंत लोकोन्मुखी, मनुष्योचित और देशकालातीत महत्त्व का है। ओड़िआ लोकगीत मानव-मन के उल्लास का गीत है। वहाँ ईश्वर और मनुष्य की हमजोली तथा चराचर प्रकृति से मित्रता का भाव है। 'वेद' में कहा गया है कि–"उस व्यक्ति को 'संसद' में जाने का अधिकार नहीं है, जो खेती ना करता हो।" (न सः समितिम् गच्छेत् यश्चनो निर्वतेत् कृषिम्) कवि ने यहाँ राम, लक्ष्मण और सीता सब को किसान बना दिया है। वस्तुतः यह कोई कवि ही कर सकता है, किसी शासक के वश की बात नहीं है। कहीं-न-कहीं यह उसके स्नेह और साहस का भी एक ज्वलंत प्रमाण है। ओड़िआ लोकगीतों में अभिव्यक्त समाज और संस्कृति बिल्कुल तपोवन सरीखी है। जहाँ लेशमात्र भी द्वेष भाव नहीं है।

'कान्दणा-गीत' भी ओड़िआ लोकगीतों का एक प्रमुख प्रकार है। इस गीत में बेटी की अश्रुपूर्ण विदाई का भाव व्यंजित है। गीत के बोल इस प्रकार हैं–

"धूलि खेल मोर सरि नथिला मो बोउ
जमशाल मोते किए खंजिला मो बोउ।
लुहा जन्म छूंचि मुने सरिछि मो बोउ
झिअ जन्म मोर सरि जाउछि मो बोउ।

X X X X X

पाणि टेकि देइ हेल अचिंता मो बापा
देल जोगि हाते झिअकु भिक्षा मो बापा।
मो लागि थिला तुमर जंजाल मो बापा
एबे जंजाल रु मुक्त होइल मो बापा।"

इस पद्यानुच्छेद में एक बेटी की विदाई हो रही है। विदाई के समय वह

अपने पिता और माँ से अपना दुःख व्यक्त कर रही है। हे मेरी माँ ! मेरा बचपन अभी खत्म भी नहीं हुआ था कि तूने मुझे नर्क में भेज दिया - यम यंत्रणा सहने के लिए। जिस तरह लोहे की मृत्यु से सुई का जन्म हुआ है, वैसे ही आज तेरी बेटी की मृत्यु है क्योंकि कल से मैं किसी की बहू बन जाऊँगी। पिताश्री, आप मुझे दान में देकर चिंता मुक्त हो गए ! एक योगी के हाथ में मुझे भिक्षा के रूप में आप कैसे दे सकते हैं ? मैं तुम्हारे लिए जंजाल थी और अब आप जंजाल से मुक्त हो गए। इसी प्रकार कन्या की 'विदाई' का भी एक अश्रुपूरित लोकगीत यहाँ उल्लेखनीय है –

"कअंला बाछुरी कान
बापा देइ देले कनिआं दान
हांडिशाले जिब दिन लो।
नड़िआ गोटमा कषि
दूर राइज रे देइछ बापा हे
दोषडा कानिरे लेशि लो।"

उद्धृत गीत में एक कन्या की विदाई हो रही है और वह अत्यंत विह्वल भाव से कह रही है कि–जैसे-बछड़े का कान बहुत मुलायम होता है, वैसे ही मैं भी बहुत सुकोमल हूँ। किंतु इसके बाद भी मेरे पिता मेरा कन्यादान कर दिए, अब जीवन भर मुझे चूल्हा-चौका करना पड़ेगा। जैसे-नारियल का पेड़ ऊँचा होता है और उसके फल हमें छोटे-छोटे दिखते हैं, वैसे ही मेरे पिताजी ने मेरी शादी उस जगह कर दी है, जो मेरे मायके से कोसों दूर है।

ओड़िशा के पर्व-त्योहारों पर भी अनेक लोकगीत लिखे गए हैं। ओड़िशा एक उत्सवधर्मी राज्य है और 'रज संक्रांति' यहाँ का एक प्रमुख पर्व है। यह जून के महीने में मनाया जाता है। 'रज संक्रांति' त्योहार से संबंधित एक लोकगीत यहाँ विशेष रूप से द्रष्टव्य है–

"रज दोलि खेलुथिली
नना डाकि देले जसोदा बोलि
हात थोइ भात देलि।
पिता शाग बुदि बुदि
भाइ का साथिरे कले पीरति
हातु देइ सुना मुदि।
रज दोलि कट-कट
मो भाई मुंडरे सुना मुकुट

दिशुथाइ झट-झट।"

'रज संक्रांति' का पर्व ओड़िशा में विशेष महत्त्व का है। इस त्योहार पर लड़कियाँ नए वस्त्र पहन कर झूला झूलती हैं और खूब हर्षोल्लास के साथ गीत गाती हैं। इस लोकगीत में यशोदा नाम की एक लड़की कहती है कि जब वह झूला झूल रही थी तभी उसका बड़ा भाई उसे बुलाता है, फिर वह घर जाकर उसे खाना परोसती है। कड़वा साग इधर-उधर गुच्छे में है। उसका भाई प्रेम के वशीभूत होकर किसी को सोने की अंगूठी दे आया है जबकि वह अँगूठी उसको मिलने वाली थी। आगे वह कहती है कि—जिस झूले पर वह बैठी है वह कट-कट की आवाज कर रहा है, लेकिन इसके बाद भी उसका भाई उसके लिए सर्वश्रेष्ठ है, दुलारा है।

इसी तरह ओड़िआ लोकगीतों में बच्चों के खिलाने और उन्हें पालने-पोसने का भी गीत है। इसे हम लोरियों की कोटि में रख सकते हैं। 'पालने का गीत' का एक उदाहरण यहाँ अवलोकनीय है—

"झुलु रे हाती झुउलु
बाआ पाणि खाइ फुउलु।
हाती जाइथिला रजा नअर
मो हाती मुण्डरे सुना चअँर
हाती धाइं थाए लसर पसर
किआ कंदा खाइबाकु
मो कन्हेइ धाएँ नसर पसर
बोउ देइ खाइबाकु।"

ओड़िआ भाषा में लिपिबद्ध इस लोरी में सिर्फ उक्ति वैचित्र्य और शब्द क्रीड़ा है। अर्थात् छोटे बच्चों को बहलाने का एक उपक्रम मात्र यहाँ दिखाई पड़ता है। लोककवि चमत्कारवाद का सहारा लेकर अबोध बालकों को कल्पना की सैर कराता है। विवेच्य गीत में छोटे बच्चे कपड़े से बने एक हाथी के बच्चे के साथ खेलते हुए कहता है कि—रे हाथी! तू झूलता रहा, हवा, पानी खाकर फूलता रहा। हाथी राजा के नगर गया था और वहाँ राजा ने उसके सर पर सोने का चादर चढ़ा दिया है। हाथी केवड़े का कंद खाने के लिए आता है और मेरा कान्हा (बच्चा) यहाँ अपनी माँ का दूध पीने के लिए व्यग्र है। इसी क्रम में बच्चों को भोजन कराने का भी एक गीत यहाँ उद्धृत है—

"तालि तालि बनमालि
बनमालि खाए सरथालि

तालि सर, तालि सर
टोकेइ कण्ढेई सज कर
नेइ पलेइबा घुमुसर।"

इस लोकगीत में 'माँ' अपने छोटे बच्चे को गाना गाकर खाना खिलाने का प्रयत्न कर रही है। 'माँ' ताली बजाकर कहती है कि–"मेरा बेटा थाली में परोसा गया सारा खाना खा जाएगा और खाना खाने के बाद गुड़ियों से भरी एक टोकरी हमें दे देना जिसे लेकर हम 'घुमुसुर' राज्य में जाएँगे।

ओड़िआ लोकगीतकारों ने कई वीरतापरक लोकगीत भी लिखे हैं। ओड़िशा की भूमि 'युद्ध और शांति' की प्रतीक है। 'कलिंग युद्ध' और उसका देशकालातीत प्रभाव सम्पूर्ण सृष्टि के सम्मुख है। मेरी समझ से भारतवर्ष में 'महाभारत' के बाद (कलिंग युद्ध) यह दूसरा सबसे बड़ा युद्ध है। वस्तुतः युद्ध पहले भी होते थे और आज भी हो रहे हैं, किंतु उनके स्वरूप अब थोड़ा भिन्न-भिन्न हैं। ओड़िशा के राजा 'गजपति महाराज' एक महान योद्धा हैं। उनके वीरत्त्व की प्रशंसा करते हुए लोकगीतकार कहता है कि –

"श्री श्री श्री अष्ट उत्तर श्री
बीर श्री गजपति गज ईश्वर
अखंड खंड मही मण्डल ललाटे कलेबर
बीराधिबीरबर प्रतापी गौडेश्वर
कलि युग षण्ढा
झाड़ पातिशा खंडा
नव कोटि कर्नाट कलबर्ग चंडा
क्षत्री कुल लंजा, भैरबी धूप खंडा
परमेश्वरंक धंडा, सुदर्शन चक्र झंडा।"

अर्थात् श्री श्री श्री आठों दिशा के स्वामी महान वीर श्री गजपति गज के ईश्वर इस अखंड धरा को अपने ललाट पर सजाए हुए हैं। वीरों के वीर प्रतापी गौड़ देश के ईश्वर, कलयुग के वृषभ, काल वर्ग सम्राट के नाशक जो नौ बड़े-बड़े राजाओं का नाश किए थे। वे क्षत्रीय कुल के अग्रज हैं तथा श्री जगन्नाथ जी और माँ भैरवी के पूजक हैं। परमपिता परमेश्वर की कृपा से उनके झंडे में सुदर्शन चक्र शोभा पा रहा है। ओड़िआ लोकगीतों में यह एक श्रेष्ठ युद्धपरक गीत है, जो किसी भी संकल्पशील व्यक्ति (योद्धा) को आज भी श्रम, संघर्ष और विजय के लिए सदैव प्रेरित करता है।

ओड़िआ लोकगीतकारों ने प्रेम के विविध पक्षों पर अनेक सुमधुर लोकगीत

लिखे हैं। प्रेमी-प्रेमिका की भावपूर्ण चेष्टाएँ, उनके मन के गोपन भाव, समाज का अंकुश, अभिसार का सुख, वियोग की वेदना आदि अनेकानेक भाव इन लोकगीतों में समाहित हैं। प्रेम ही सृष्टि है और प्रेम ही सर्वस्व है। प्रेम को प्राप्त करना ही मानव जीवन का परमोद्देश्य है। प्रेम से ही मनुष्य का अहंकार विसर्जित हो सकता है। प्रेम ही उसे लोकदशा में लीन कर सकता है और प्रेम से ही जाति-धर्म के बंधन टूट सकते हैं। वस्तुतः प्रेम का सार्वकालिक महत्त्व एवं उसका अशेष आकर्षण ओड़िआ भाषा के बहुतायत लोकगीतों में सजीव रूप में अभिव्यक्त हुआ है–

"कोइली डाकिला मो बुद्धि हजिला
धइली धसाई पशि
दोली उन्चे गला चालि
खसि आसु आसु किबा देखिलि
पराण समर्पि देलि
कटिली सुगन्धि बेणा
नास्ति करू करू धइले डेणा
करि न पारिलि मना।"

उद्धृत लोकगीत में प्रेमी और प्रेमिका के अभिसार की अनेक चेष्टाएँ वर्णित हैं। प्रेमी जब कोयल की आवाज निकालकर इशारे से प्रेमिका को बुलाता है, तो प्रेमोन्माद में प्रेमिका सब कुछ लाँघकर अपने प्रेमी से मिलने चली आती है और स्वयं को समर्पित कर देती है। जब प्रेमी उसके बालों को मनोविनोद से खींच लेता है, तब उसके केशों में लगे फूल की खुशबू चारों दिशाओं में फैल जाती है। इसी क्रम में प्रेमिका जब उससे अपने केश छुड़ाने की कोशिश करती है, तब प्रेमी हठात् उसकी बाहें जकड़ लेता है। प्रेमिका के लाख अनुरोध के बाद भी प्रेमी उसे आलिंगन मुक्त नहीं करता है। ओड़िआ लोकगीतकारों ने प्रेम के अनेक संश्लिष्ट चित्र अपनी रचनाओं में पिरोये हुए हैं। इन लोकगीतों में प्रेम की भाव-भंगिमाओं के साथ-साथ प्रकृति का भी साहचर्य है, वह भी 'आलंबन' रूप में। ओड़िआ लोकगीत मानव जीवन के विविध पक्षों एवं अनेकानेक भावों का प्रतिनिधित्त्व करते हैं। इन गीतों में उपस्थित 'प्रकृति' का रूप वैविध्यपूर्ण एवं मित्रवत् है। यहाँ लोक की नाना प्रकार की गतिविधियाँ मौजूद हैं। फलतः इन लोकगीतों से निर्मित ओड़िआ समाज और संस्कृति अपने मूल प्रकृति में सहिष्णु, समावेशी एवं सर्वोपयुक्त है। यहाँ का देशकाल और वातावरण सर्वजन हिताय एवं सर्वजन सुखाय की भावना से ओतप्रोत है। यहाँ

की जनता आपसी प्रेम, विश्व-बंधुत्व की भावना, परोपकार और प्रवृत्तिमार्गी जीवन दर्शन में आस्था रखती है। मानव जीवन उसके लिए सर्वथा आकर्षणीय, वरेण्य और सुन्दरतम् है। व्यक्त जगत ही उसका केंद्र बिंदु है। वह इसी में आकंठ डूब जाना चाहती है। वह जीवन की जड़ता को निर्मूल करने के लिए अहर्निश कर्मण्य है। इस सन्दर्भ में लोककवि 'त्रिलोचन शास्त्री' की एक कविता यहाँ विशेष रूप से उल्लेखनीय है–

"यूँ ही कुछ मुस्काकर तुमने
परिचय की वो गाँठ लगा दी!
था पथ पर मैं भूला-भूला
फूल उपेक्षित कोई फूला
जाने कौन लहर थी उस दिन
तुमने अपनी याद जगा दी।
कभी-कभी यूँ हो जाता है
गीत कहीं कोई गाता है
गूँज किसी उर में उठती है
तुमने वही धार उमगा दी।
जड़ता है जीवन की पीड़ा
निस्-तरंग पाषाणी क्रीड़ा
तुमने अनजाने वह पीड़ा
छवि के शर से दूर भगा दी।"

समन्वयक
हिंदी विभाग
रेवेंशा विश्वविद्यालय
कटक-753003, ओड़िशा, भारत
मो. नं.- 8847857125 (व्हाट्सएप), 7064321757
ईमेल:- abhishekshamalba@gmail.com

12

पंजाब के लोकगीत : विविध आयाम

-निधि शर्मा

लोकगीत मानव-मन की अनुभूतियों को संप्रेषित एवं ग्रहण करने का आनंदमयी स्रोत होते हैं। यह किसी क्षेत्र विशेष की सभ्यता एवं संस्कृति के परिचायक होने के साथ-साथ मानव-जीवन एवं व्यवहार का सजीव वर्णन भी प्रस्तुत करते हैं। लोकगीतों की एक विशेषता यह भी है कि उनके सृजन के लिए किसी प्रकार की औपचारिक शिक्षा प्राप्त करने की आवश्यकता नहीं होती, अपितु ये लोकगीत भविष्य में हमारे प्रेरणा स्रोत बन हमारा मार्गदर्शन भी करते हैं।

भारतीय संस्कृति में लोकगीतों का अपना एक विशेष स्थान है। यह भारत की अमूल्य निधि हैं। भारत विभिन्न संस्कृतियों का एक उद्यान है; जहाँ अनेकों सभ्यताएँ फूलों की भांति इसकी शोभा में चार चाँद लगाती हैं। भारत का कोई भी प्रदेश लोकगीतों की संस्कृति से अछूता नहीं या यूं कहें कि यहाँ की सांस्कृतिक विरासत अत्यंत समृद्ध है। इन्हीं लोकगीतों की संस्कृति का महत्त्व बतलाते हुए डॉ. श्रीराम शर्मा जी कहते हैं कि-

"लोकगीतों में मानव सभ्यता एवं संस्कृति के चित्र अत्यंत सहज किन्तु सूक्ष्म रूप में अंकित होते हैं। सामान्य जनता के लोकविश्वासों, धार्मिक भावनाओं, रीति-रिवाज़ों एवं परम्पराओं का संगम स्थल लोकगीतों को ही माना जा सकता है।"

भारत की इसी सांस्कृतिक विरासत की समृद्धि में अतुलनीय योगदान देने वाले 'रंगले पंजाब' के लोकगीतों की उत्कृष्टता से केवल भारतीय ही नहीं अपितु विदेशी भी भली-भाँति परिचित हैं। जब पंजाब के लोकगीतों की बात की जाती है, तो उसमें लोक से संबंधित सभी आयाम सम्मिलित होते हैं। यथा-प्रेम, सौंदर्य, रिश्ते-नाते, आचार-व्यवहार, सामाजिक मान्यताएँ, संस्कार, पर्व एवं त्योहार इत्यादि। पंजाब के लोकगीतों के मधुर बोल एवं संगीतात्मकता

वाद्ययंत्रों के संग लोगों को मस्ती में झूमने का निमंत्रण देते हैं। आज पंजाब के लोकगीतों के संग्रह अपनी प्रवीणता के कारण उच्चतम स्थिति में है। पंजाब के लोकगीत मानव-जीवन के किसी भी पहलू से अछूते नहीं हैं अर्थात् इनमें मानव जीवन के सभी क्रियाकलापों, मानवीय-मूल्य, संवेदनाओं एवं परंपराओं इत्यादि का वर्णन मिलता है।

पंजाब के लोकगीत यहाँ के लोगों के रोम-रोम में रचे-बसे हुए हैं। यहाँ ऐसा कोई मौका नहीं जिससे सम्बंधित लोकगीत न हों। यहाँ के लोकगीत पंजाबियों के दिलों की धड़कन हैं। इनमें पंजाबी सभ्याचार की झाँकी स्पष्ट रूप से देखी जा सकती है। पंजाबी लोकगीतों में इतनी विविधता है कि शायद ही कोई ऐसा विषय हो, जिससे सम्बंधित कोई गीत न हो। इन लोकगीतों का पंजाबियों के जीवन से घनिष्ठ संबंध है। पंजाबी लोकगीतों में घोड़ियाँ, सुहाग, बोलियाँ, टप्पे, छल्ला, सिठ्नियाँ, उलाहने (ताहने) आदि स्त्रियों द्वारा शुभावसरों पर गाये जाने वाले गीत हैं। इसके अतिरिक्त दुःख की स्थिति में स्त्रियों द्वारा वैन भी गाये जाते हैं। पुरुषों द्वारा भी कई प्रकार के लोकगीत ढोल की थाप और तुम्बी के साथ गाये जाते हैं, यथा-मिरजा, हीर, माहिया, जिन्दुआ, टप्पे, छल्ला, जुगनी आदि। इस प्रकार पंजाबी लोकगीत कई रूपों में मिलते हैं, जिन्हें खुशी के विविध अवसरों पर बड़ी उमंग के साथ गाया जाता है।

पंजाब के लोकगीतों के अंतर्गत रिश्तों के बंधन, रीति-रिवाज़, आचार-व्यवहार, मेले, तीज-त्योहार, यही नहीं जन्म से मृत्यु तक के सभी संस्कार, रस्में एवं परम्पराएँ इत्यादि विद्यमान हैं। पंजाब के लोगों की सभ्यता एवं संस्कृति के उदाहरण यहाँ के लोकगीतों में कुछ इस प्रकार दिखाई देते हैं-

संतान के जन्म के पश्चात् पंजाब में कई प्रकार के बधाई गीत गाकर उत्सव मनाया जाता है। किन्नर जाति के लोग नाच-गाकर बधाइयाँ एवं आशीर्वाद देने आते हैं। वे पूरे परिवार को बधाइयाँ देते हैं और उपहार प्राप्त करते हैं। वे ढोलक की थाप के साथ स्वयं भी नाचते हैं और पूरे परिवार के सदस्यों को भी अपने गीतों के बोलों पर नचाते हैं। किन्नर बच्चों को दुआएँ देते हुए गीत गाते हैं-

"मुबारकां जी, मुबारकां! तेरा पुत्तर होवे राज दुलारा,
धन-दौलत घर विच आवे, सुख-समृद्धि नाल विहारे!"

इन गीतों के माध्यम से किन्नर नवजात शिशु को आशीर्वाद और परिवार के सदस्यों को बधाइयाँ देते हुए, नवजात शिशु के उज्ज्वल भविष्य की कामना करते हैं। यह परंपरा पंजाब की सांस्कृतिक धरोहर का महत्त्वपूर्ण हिस्सा है। इस

प्रकार शुभ अवसरों पर किन्नरों का आना भी शुभ माना जाता है तथा उनसे मिलने वाले आशीर्वाद का महत्त्व भी इन लोकगीतों के माध्यम से भली-भांति परिलक्षित होता है।

शिशु के जन्म के उपरांत प्रत्येक प्रकार के क्रियाकलापों में लोकगीतों की झलक देखी जा सकती है। बेटे को सुलाने व सहलाने के लिए माँ लोरियाँ गाती है–

"अल्लहड़ बल्लहड़ बावे दा,
बावा रूँ लिआवेगा।
बावी पूणियाँ वट्टेगी,
बहि के सूत कत्तांगे।
सोने कपड़े पावांगे,
नानकियाँ दे जावांगे।"

भावार्थ-बेटे तुम अभी सो जाओ, अभी तुम्हारे बाबा(पिता) रूई लेकर आयेंगे। फिर तुम्हारी माँ रूई को मलकर बाती बनाएगी। फिर हम बैठकर सूत कातेंगे। जिससे सुंदर कपड़े बनाकर पहनेंगे, फिर ननिहाल जायेंगे। यहाँ माँ अपने रोते हुए बेटे को बातों में लगाकर सुलाने का प्रयत्न कर रही है तथा इसके साथ ही सांकेतिक रूप से अपने मायके जाने की इच्छा भी प्रकट कर रही है।

पंजाब में विवाह के अवसर पर गाये जाने वाले गीत भी विविध प्रकार के होते हैं। यहाँ लड़के की शादी के अवसर पर जो गीत गाये जाते हैं उन्हें 'घोड़ियाँ' कहते हैं और लड़की की शादी के अवसर पर गाये जाने वाले गीतों को 'सुहाग' कहते हैं। घोड़ियों के माध्यम से घर की औरतें मुख्यतःदूल्हे की बहनें अपने भाई की प्रशंसा में गीत गाती हैं। वे अपने भाई के विवाह की सभी रस्मों की व्याख्या अपने गीतों के बोलों द्वारा कर अपने मन की प्रसन्नता को व्यक्त करती हैं यथा वे गाती हैं–

"जद लाइयाँ वीरा (भाई) माइयाँ (हल्दी) वे,तेरी माँ नु मिलन वधाइयाँ वे,
लटकेंदे वाल सोहने दे। सोहन्या वीरा मैं तैनु (तुझे) घोड़ी चढ़ेनी आं....।
जद चढ़ीया वीरा खारे वे, तेरा बाप रुपइए वारे वे, लटकेंदे वाल... ।
जद चढ़ीया वीरा घोड़ी वे, तेरे नाल भरावां दी जोड़ी वे, लटकेंदे वाल...।
मेरे चन नालों सोहन्या वीरा वे, तेरे सिर उत्ते सजे सोहना चीरा वे, लटकेंदे वाल..।
जद लइयाँ वीरा लावां (अग्नि के फेरे) वे,
तेरे कोल खलोतीयाँ (खड़ी) गावां वे, लटकेंदे वाल सोहने दे।

सोहन्या वीरा मैं तैनु घोड़ी चढ़ेनीआं....... ।"

इस प्रकार इन गीतों के बोलों के माध्यम से पंजाब की शादियों की रस्में यथा हल्दी की रस्म तत्पश्चात् लड़के के सेहरा बांधने से पहले के स्नान इत्यादि तक के सभी शगुन, घोड़ी चढ़कर दूल्हे का सेहरा बांध कर, लड़की के साथ फेरे लेकर डोली में दुल्हन को अपने घर लेकर आने तक की सभी रस्मों का वर्णन लोकगीतों के द्वारा व्यक्त किया जाता है।

इसी प्रकार दुल्हन के घर की स्त्रियों द्वारा गए जाने वाले लोकगीतों को सुहाग कहते हैं। जिसमें दुल्हन को लगने वाली मेहँदी से लेकर उसकी डोली तक की सभी रस्मों से जुड़े गीत होते हैं। यथा वे गाती हैं –

"मेहँदी, सुहागना दे हथ लगदी, नहियों मरदे दमां तक लहन्दी।"

इसी क्रम में सिठनियाँ भी पंजाब की शादियों का एक महत्त्वपूर्ण अंग हैं। पंजाबी लोक-संस्कृति में शादी की रस्मों के दौरान सिठनियाँ गाने और सुनाने की परंपरा है। यह विवाह में लड़की या लड़के के ननिहाल वालों की ओर से उनके पितृपक्ष को तथा दुल्हन-दूल्हे के पितृपक्ष की स्त्रियों द्वारा एक दूसरे पक्ष को व्यंग्यात्मक ढंग से दिए जाने वाले ताने-उलाहने होते हैं। जिसके माध्यम से वह निःसंकोच एक दूसरे पक्ष पर अपने मन में दबे हुए भावों को व्यक्त करती हैं और इसप्रकार कोई किसी द्वारा कही किसी बात का बुरा भी नहीं मानता। इसके माध्यम से स्त्रियाँ लड़के वालों के रूप-रंग, वेशभूषा एवं खानपान की आदतों पर व्यंग्य कसती हुई गाती हैं–

कित्थे गइयाँ नी लाड़ीये(दुल्हन) तेरीयाँ दादकीयाँ?
खादे सी माँह, जम्मे सी कां ।
कां कां करदीयाँ वे, तेरीयाँ दादकीयां।

अर्थात् दुल्हन के ननिहाल की स्त्रियाँ उसके दादा के परिवार की स्त्रियों को ललकारते हुए कहती हैं कि अब वे कहाँ हैं जिन्होंने माँह(उड़द की दाल) खाकर 'कां' यानी कौए पैदा किए और कां-कां करती घूमती हैं। उनके कहने का भाव है कि उन्होंने काली दाल खाकर काले बच्चे पैदा किए हैं और सारा दिन काँव-काँव करती रहती हैं अर्थात् उन्होंने हमारी सुंदर लड़की को बोल-बोल कर बहुत तंग किया है। अब हम आ गई हैं। वे कहाँ हैं?

लड़की के पैतृक पक्ष की औरतें भी गाकर उसी लय में व्यंग्य कस, उनका मुकाबला करते हुए उनकी सिठनियों का उत्तर देती हैं–

"असी (हम) हाज़र-नाज़र (उपस्थित) वे, लाड़ीये (दुल्हन) तेरियाँ दादकियाँ।
किथों आइयाँ वे लाड़ीये तेरीयाँ नानकीयाँ?

पिती सी पिछ, जम्मे सी रिछ, खेडां पावन आईयाँ वे तेरीयाँ नानकीयाँ।"

अर्थात् उन्होंने चावलों का पानी पीकर रीछ पैदा किए हैं। यहाँ पर केवल खेलें खेलने आई हैं। इस प्रकार वे तुकबंदियों में एक-दूसरे के उलाहनों का व्यंग्यात्मक रूप से गाकर और नाटकीय ढंग से नाचकर उत्तर देती हैं।

डोली के गीतों में लड़की के मनोभाव, कामनाएँ, मायके में माता-पिता, भाई-बहनों, गाँव की गलियों, खेतों, घरों एवं सखियों के प्रति अटूट स्नेह, माता-पिता का घर छोड़ कर जाने की पीड़ा आदि प्रकट होते हैं। लड़की की ओर से उसकी बहनें व सखियाँ उसके पिता को गीतों के माध्यम से भावुक कर यह प्रयत्न करती है कि उसके पिता को उस पर दया आ जाए और वह उसे विवाह कर ससुराल भेजने का विचार छोड़ दे। वे कुछ इस प्रकार बेटी के पिता को भावुक करती हैं–

"साडा चिड़ियाँ दा चंबा वे, बाबुल असां उड वे जाना।
साडी लम्मी उडारी वे, बाबुल किहड़े देस वे जाना।"

अर्थात् हम लड़कियाँ चिड़ियों का समूह हैं और एक दिन उड़ जाएँगी। हम लम्बी उड़ान भर कर न जाने किस देश चली जाएँगी, जहाँ से वापस आना असंभव होगा। जब वे देखती हैं कि इतने से भी बाबुल का मन नहीं पिघला और वह अंततः उसे विदा कर ही रहा है, तब वे वहाँ रहने का दूसरा बहाना बनाती हैं–

"तेरे महलां दे विचों वे, बाबल डोला नहीं लंघदा।"

स्त्रियाँ दुल्हन बनी बेटी की विदाई के समय उसके मनोभावों को व्यक्त करती हुई कहती हैं कि बाबुल तुम्हारे महलों के द्वार छोटे हैं, यहाँ से मेरी डोली नहीं निकल सकती। तो पिता समाज के बनाए हुए इस अटल नियम को निभाते हुए स्वयं को असमर्थ पाता है और उत्तर देता है–

"इक इट पुटा देवांगा, धीये घर जा आपने।"

पिता कहता है–मैं एक ईंट निकलवा कर द्वार चौड़ा करवा देता हूँ। बेटी, अब तुम अपने घर जाओ। इन पंक्तियों में यह दर्शाया गया है कि किस प्रकार एक पिता, बेटी को न चाहते हुए भी अपनी इच्छाओं का दमन कर परम्पराओं का दृढ़तापूर्वक निर्वहन करता है।

डोली में बैठकर जाती हुई अपनी कन्या को देखकर स्त्रियाँ करुण क्रंदन कर गा उठती हैं–

"ले चल्ले बावला ले चल्ले, वे मैनूँ अज दी रैन कटा, बावल तेरा पुन्न होवे।"

इसके अतिरिक्त पंजाब की ऋतुओं से सम्बंधित लोकगीत भी हैं, जो

मौसमी गीत के नाम से विख्यात हैं। सावन के महीने में 'तीज' का त्योहार पंजाब में 'तीयाँ' के नाम से विख्यात है। इस अवसर पर पंजाब की नवयुवतियाँ अपनी सांस्कृतिक वेशभूषा में सज-धज कर पंजाब के लोकनाच गिद्धे में बोलियाँ डालकर झूमती हैं–

"सौन महीना दिन तीयाँ दे, सभी सहेलियाँ आइयाँ।
वई संतों, बंतों होइयाँ इकठियाँ, वडयाँ घराँ दीयाँ जाइयाँदां।
गिद्धा पा रहीयाँ ननदां ते भरजाइयां।"

अर्थात् तीज के त्योहार में संतो, बंतों आदि सभी सहेलियाँ जो कि बड़े अर्थात् इज्ज़तदार घरों की बेटियाँ हैं तथा सभी ननद और भाभियाँ मिलकर गिद्धे में नाचकर तीज के त्योहार की खुशियाँ मना रही हैं।

यही नहीं जीवन की विपरीत परिस्थितियों में भी अपने भावों को व्यक्त करने के लिए लोकगीतों का ही सहारा लिया जाता है। पत्नी अपने पति को विदेश जाने से रोकती हुई कहती है–

"दम्मा देया लोभिया, परदेस न जाईं। कत्तागीं मैं सूतड़ा, घर बैठ के खाईं।।"

भावार्थ-धन के लोभी, तुम परदेस मत जाना। मैं सूत कातूंगी और तुम चाहे कुछ न करना मैं तुम्हारे लिए भोजन बनाऊँगी और तुम घर बैठ कर खाना। तात्पर्य यह है कि पत्नी किसी भी कीमत पर अपने पति से दूर नहीं रहना चाहती।

पंजाबी लोकगीतों में 'टप्पे' भी अपना एक विशिष्ट स्थान रखते हैं। इन 'टप्पों' में श्रृंगार के अन्य भेदों-उपभेदों के साथ ही नायक-नायिका के हाव-भावों, सौन्दर्य एवं प्रेम का भी विशद् रूप देखने को मिलता है। जिसमें शिष्ट हास्य के साथ हृदय को विभोर कर देने वाला विरह वर्णन प्रमुख है। दो दलों में विभक्त होकर जब स्त्रियाँ 'टप्पे' गाती हैं तो समा बँध जाता है और श्रोता मुग्ध हो उठते हैं।

पंजाब के लोकगीतों में प्रेम वर्णन प्रधान रूप से देखने को मिलता है। कहीं-कहीं यह लौकिक प्रेम के माध्यम से अलौकिक प्रेम को व्यंजित करता प्रतीत होता है। अतः यह कहा जा सकता है कि पंजाब के लोकगीतों पर संत एवं सूफ़ी काव्य का प्रभाव होने के कारण रहस्यात्मकता भी परिलक्षित होती है। शेख फ़रीद जी की सुप्रसिद्ध पंक्तियों में ईश्वरीय प्रेम की पराकाष्ठा देखी जा सकती है–

"कागा करंग ढंडोलिया, सगला खाइया मास।
दुई नैना मत छुइयो, मोहे पिर देखन की आस।।"

प्रत्येक क्षेत्र के लोकगीतों में कुछ विशेषता होती है पंजाब के लोकगीतों की विशेषता नायक-नायिका विषयक प्रेम है। उपविषय के रूप में दया, वीरता, प्रेम में धोखा, त्याग, समर्पण तथा अध्यात्मिकता आदि सभी के मूल में प्रेम ही है। पंजाबी के सूफ़ी लेखक वारिस शाह अपनी रचना 'हीर' की आरम्भिक पंक्तियों में ईश्क़ मिजाज़ी से ईश्क़ हक़ीकी का वर्णन करते हुए लिखते हैं–

"अवल हमद ख़ुदा दा विरद कीजे, इश्क़ कीता सु जग दा मूल मियां।
पहिलां आप ही रब्ब ने इश्क़ कीता, ते माशूक है नबी रसूल मियां।"

इन पंक्तियों में वारिसशाह बड़ी सुन्दरता से कहते हैं कि सारे जगत का आधार प्रेम ही है और वह प्रेम सर्वप्रथम ईश्वर ने ही किया। उस प्रेम में आशिक खुदा स्वयं थे और उनकी माशूक नबी(मुहम्मद साहिब) थे। यहाँ प्रेम को एक अध्यात्मिक और दिव्य भावना के रूप में देखा गया है, जो खुदा से जुड़ने का एक साधन है। संत बुल्लेशाह भी कुछ इसी प्रकार कहते हैं -

"जा मैं सबक इश्क़ दा पढ़या, मस्जिद कोलों जाऊँदा डरया,
डेरे जा ठाकुर दे वढ़आ, जित्थे वजदे नाद हजार,
इश्क़ दी नविओं नवी बहार।।"

अर्थात् बुल्लेशाह ने भी इश्क़ को अध्यात्मिक अनुभूति ही कहा है। वे कहते हैं कि जब मैंने इश्क़ (ईश्वर के प्रेम) का पाठ पढ़ा, तो मैं मस्जिद के पास जाने से डरने लगा। इसके बजाय, मैं संत-महात्माओं के डेरे पर गया, जहाँ हज़ारों दिव्य ध्वनियाँ गूँज रही थीं, जिसमें दिव्य-प्रेम की नई से नई बहार है और ईश्वर को पा लेने की अनुभूति जैसा प्रतीत होता है।

इसके अतिरिक्त प्रेम की गहराइयों को व्यक्त करने वाले गीत जैसे - हीर-रांझा, सस्सी-पुन्नु और सोहनी-महिवाल की प्रेम कहानियाँ भी पंजाब के लोकगीतों का महत्त्वपूर्ण अंग हैं। यही नहीं प्रकृति वर्णन, सौन्दर्य वर्णन, वीर रस, करुण रस आदि का वर्णन भी पंजाब के लोकगीतों में प्रचुर मात्रा में मिलता है। वीर रस के गीतों में दुल्ला भट्टी, जग्गा जट्ट तथा राजा रसालु जैसे सूरमाओं की गाथाएँ हैं जो आज भी गायी जाती हैं। लोहड़ी के अवसर पर गाये जाने वाले गीतों में दुल्ला भट्टी गीत एक सुप्रसिद्ध गीत है -

"सुंदर मुन्दरीये, तेरा कौन विचारा, दुल्ला भट्टीवाला,
दुल्ले ने धी वियाही, सेर शक्कर पाई .... ।"

यह गीत दुल्ला भट्टी की वीरता और दयालुता का प्रतीक है, जो लोगों को स्त्रियों एवं असहायों की रक्षा करने की प्रेरणा देता है।

निष्कर्षतः यह कहा जा सकता है कि पंजाब के लोकगीत केवल मनोरंजन

का साधन नहीं हैं, अपितु वे पंजाब के सांस्कृतिक, धार्मिक और सामाजिक जीवन के विविध आयामों का जीवंत विवरण हैं। इनमें गंभीर स्वर के साथ कहीं-कहीं व्यंग्य भी है। इनमें वे सभी सांस्कृतिक-मूल्य हैं, जो इन लोकगीतों के माध्यम से एक पीढ़ी से दूसरी पीढ़ी में हस्तांतरित होने योग्य हैं। पंजाब के लोकगीत अपनी सांस्कृतिक विरासत के लिए विश्वभर में प्रसिद्ध हैं। इन लोकगीतों में पंजाब की आत्मा और इसकी समृद्ध परंपरा समाहित है।

-निधि शर्मा

सहायक प्राध्यापिका, कमला लोहटिया
सनातन धर्म महाविद्यालय
लुधियाना, पंजाब।

13

भोजपुरी लोकगीतों में महिला संसार

-1. डॉ. ऋषि कुमार शर्मा / 2. डॉ. विनय कुमार सिंह

भूमिका

लोक साहित्य किसी भी देश, काल और परिस्थिति में मानव समाज के सामूहिक अनुभवों, विश्वासों और परंपराओं का जीवंत दस्तावेज होता है। इसकी सबसे बड़ी विशेषता यह है कि यह व्यक्तिगत नहीं, बल्कि सामूहिक सृजन का परिणाम होता है। जिसमें समूह, जाति, मौसम और सामाजिक परिस्थितियों का योगदान महत्त्वपूर्ण होता है। "यद्यपि किसी विशेष लोकगीत या कथा का सृजन किसी एक व्यक्ति द्वारा हुआ हो सकता है, लेकिन इसका प्रचार-प्रसार और संरक्षण सामूहिक चेतना के माध्यम से होता है"। (त्रिपाठी, 2014) लोक साहित्य की परिभाषा देते हुए डॉ. रविन्द्र भ्रमर लिखते हैं: "लोक साहित्य लोक-मानस की सहज और स्वाभाविक अभिव्यक्ति है, यह मौखिक परम्परा द्वारा एक पीढ़ी से दूसरी पीढ़ी तक आगे बढ़ता रहता है"। (डॉ. रवीन्द्र भ्रमर, 1965)

"लोक शब्द की उत्पत्ति संस्कृत के 'लोक-दर्शने' से हुई है। इसमें 'घञ' प्रत्यय जोड़ने पर यह शब्द 'लोक' के रूप में निर्मित होता है"। (पूनिया, 2024) 'लोक' शब्द का अर्थ हुआ 'देखने वाला' डॉ. हजारी प्रसाद द्विवेदी के अनुसार, "लोक केवल ग्राम्य क्षेत्र तक सीमित न होकर नगरों और गाँवों की समूची जनता को शामिल करता है, जिसका व्यावहारिक ज्ञान अनुभवों पर आधारित है"। (पूनिया) परम्परागत जीवन-शैली, रीति-रिवाज और विचारों से प्रभावित व्यक्ति को हम 'लोक' कह सकते हैं।

लोक साहित्य के संरक्षण और प्रसार में महिलाओं की भूमिका अत्यंत महत्त्वपूर्ण है, क्योंकि वे लोकगीतों, कहानियों और संस्कार गीतों की प्रमुख वाहक रही हैं। लोक साहित्य के अध्येता राजेन्द्र धस्माना ने एक जगह लिखा है कि "साहित्य की असली जड़ें लोक में हैं और लोक स्त्री की उपस्थिति के बिना संपूर्ण नहीं है। इसलिए साहित्य में स्त्री ढूँढने वालों को भी लोक साहित्य में स्त्री को पहले देखना चाहिए"। (चन्द्रकला, 2017-18)

लोकगीत की परिभाषा विभिन्न विद्वानों ने अपने-अपने दृष्टिकोण से की है। इन परिभाषाओं में लोकगीत की प्रकृति, स्वरूप और सामाजिक महत्त्व को स्पष्ट किया गया है। डॉ. हजारी प्रसाद द्विवेदी के अनुसार, "ग्राम गीत आर्येतर सभ्यता के वेद है"। (शांडिल्य) डॉ. श्याम परमार के अनुसार "मानव संस्कृति की सहजता और व्यापकता को उभारने में लोकगीत और लोकसंगीत की महत्त्वपूर्ण भूमिका है। ये दोनों रथ के दो पहियों के समान हैं, जो मिलकर संस्कृति को संतुलन और दिशा प्रदान करते हैं। लोकगीत और लोकसंगीत न केवल सांस्कृतिक धरोहर को संरक्षित करते हैं, बल्कि समाज की सामूहिक भावना और परंपराओं को भी सजीव बनाए रखते हैं"। (शांडिल्य, भोजपुरी लोकगीतन में गीति तत्त्व)

लोकगीत लोक साहित्य का एक महत्त्वपूर्ण और जीवंत अंग हैं, जो किसी समाज की संस्कृति, परंपरा और सामूहिक चेतना को संरक्षित रखते हैं। इसे एक पीढ़ी से दूसरी पीढ़ी तक पहुँचाने में महिलाओं की भूमिका विशेष रूप से उल्लेखनीय है। भोजपुरी लोकगीत भी इसके अपवाद नहीं हैं। मानव जीवन के शिशु अवस्था से लेकर मृत्यु तक की यात्रा में महिलाओं ने लोकगीतों के माध्यम से रीति-रिवाजों, परंपराओं और मानवीय भावनाओं को गहरे धैर्य और संवेदनशीलता के साथ संरक्षित किया है। (चन्द्रकला, लोकगीतों में स्त्री, 2017-18) लोकगीतों के माध्यम से भोजपुरिया महिलाओं ने जहाँ एक ओर परिवार तथा समाज द्वारा स्थापित सांस्कृतिक मान्यताओं, नियमों, लोकाचारों, रीति-रिवाजों आदि को आगे बढ़ाया वहीं दूसरी ओर इन लोकगीतों के माध्यम से अपने ऊपर थोपे गए सामाजिक बंधनों, असहनीय व कठोर नियमों, कुरीतियों की जड़ों को काटने का भी कार्य भी किया है। यह लोकगीत न केवल सांस्कृतिक दस्तावेज हैं बल्कि समाज की स्मृतियों का अमूल्य भंडार भी हैं।

भोजपुरी लोकगीत में पितृसत्तात्मक समाज के बिम्ब डॉ. प्रभा दीक्षित के अनुसार "स्त्री जीवन से संबंधित सभी भावनाएँ पितृसत्तात्मक व्यवस्था में जकड़ी हुई दिखाई देती हैं और यही लोकगीतों में भी दिखाई देता है। लोकगीतों का यदि स्त्री परिप्रेक्ष्य में हम विस्तार से अध्ययन करते हैं तो यह स्पष्ट होता है कि लोकगीत कहीं पर बेटी के जन्म पर विषादपूर्ण वातावरण को व्यक्त करते में तो कहीं मायका छोड़ने की मजबूरी का करुण विदाई में, कहीं पति के घर जाने के उत्सव व उल्लास में तो कहीं सास-ननद की शिकायतें, पति से विरह-प्रेम में, मातृत्व, मनोबल, गरीबी-अभाव में की स्वीकृतियों में व्यक्त हुआ"। (दीक्षित, 2010) पितृसत्तात्मक समाज में उपजने वाले इन् लोकगीतों

ने भी स्त्री जीवन के हर सुख-दु:ख को पुरुष से जोर कर ही प्रस्तुत किया है। एक स्त्री को जन्म से ही किसी पुरुष के अधीन माना गया है और उसके सुख दु:ख की संरचना भी उसी पुरुष के इर्द-गिर्द रही है, फिर चाहे वो पुरुष पिता के रूप में हो, पति क रूप में हो या फिर भाई या बेटे के रूप में। भोजपुरी लोकगीतों क माध्यम से भोजपुरिया महिलाओं ने इसे भली-भाँति प्रस्तुत किया है। भोजपुरी लोकगीतों में बेटे के जन्म पर उत्सव और उल्लास का माहौल होता है, जबकि बेटी के जन्म पर अक्सर मातम या उदासी का भाव देखा जाता है। यह सामाजिक मान्यताओं और पितृसत्तात्मक सोच का प्रतिबिंब है, जहाँ बेटों को वंश और संपत्ति का उत्तराधिकारी माना जाता है। सोहर जैसे गीत, जो शिशु जन्म के अवसर पर गाए जाते हैं, पुत्र जन्म की खुशी में ही प्रमुखता से सुनाई देते हैं। इन गीतों में माँ और परिवार की खुशी, घर की समृद्धि और कुलदीपक के आगमन का गुणगान होता है: "जुग-जुग जियसु ललनवा, भवनवा के भाग जागल हो"।

वहीं, बेटी के जन्म पर गीतों की यह उमंग प्राय: गायब होती है। बेटी के जन्म को बोझ और दहेज जैसी सामाजिक समस्याओं से जोड़ा जाता है, जिससे परिवार में उदासी और चिंता का माहौल बनता है। ऐसे लोकगीतों की अनुपस्थिति यह दर्शाती है कि समाज में बेटी के जन्म को समान महत्त्व और खुशी नहीं दी जाती। उदाहरण के तौर पर हम निम्नलिखित लोकगीत है, जहाँ कन्या के जन्म को एक विषादपूर्ण त्रासदी की तरह प्रस्तुत किया गया है,

"जाहि दिन बेटी हो तोहार जनम भइले, पेडुरी मोर घहराइ ए।
मांस मछरिया बेटी मन ही न भावेला, पेडुरी मोर घहराइ ए।।
जाहि दिन बेटी हो तोहरो जनम भइले, भइली भदउआँ के रात ए।

सासु ननद घर दिअरो न बारेली, उहो प्रभु बोलेले कुबोल ए"।) (शांडिल्य, भोजपुरी लोकगीतन में गीति तत्त्व)

ऐसे ही एक और लोकगीत की कुछ पंक्तियाँ देखें:
"जब मोरे बेटी हो लीहलीं जनमवाँ
अरे चारों ओरियाँ घेरले अन्हार रे ललनवाँ
सासु ननद घरे दीयनो ना जरे
अरे आपन प्रभु चलें मुरुझाइ रे ललनवाँ" (जमकौशल)

यह भेदभाव लोकगीतों में स्त्री अधिकार और सामाजिक संरचना के गहरे अंतर्विरोधों को भी उजागर करता है। उपर्युक्त पंक्तियाँ पारंपरिक भोजपुरी सोहर गीतों से ली गई हैं, जो संतान के जन्म के अवसर पर गाए जाते हैं। इन गीतों में बेटी के जन्म को लेकर समाज में व्याप्त नकारात्मक दृष्टिकोण को दर्शाया

गया है, जैसे कि बेटी के जन्म को "भादो महीने की अंधेरी रात" या "चारों ओर अंधकार" के रूप में वर्णित किया गया है। इन पंक्तियों में सास-ननद द्वारा घर में दीपक न जलाने और पति के उदास होने का उल्लेख भी मिलता है, जो उस समय की सामाजिक मान्यताओं को प्रतिबिंबित करता है। हालाँकि, वर्तमान समय में समाज में बेटियों के प्रति दृष्टिकोण में सकारात्मक बदलाव आया है और उनके जन्म को उत्सव के रूप में मनाने की परंपरा बढ़ रही है। सोहर गीत पुत्र के जन्म पर गाए जाते थे, लेकिन अब बेटियों के जन्म पर भी सोहर गाने की परंपरा बढ़ रही है। उदाहरण के लिए, "हमरा बेटी होई त सोहर गवाइब ननदों" गीत सोशल मीडिया पर काफी लोकप्रिय हो रहा है, जिसमें माताएँ अपनी बेटियों के जन्म पर खुशी व्यक्त करते हुए सोहर गा रही हैं।

भोजपुरी लोकगीतों में स्त्री जीवन के विविध आयाम भोजपुरी लोकगीतों की यही विशेषता है कि उनमें आम व्यक्तियों सीधी सरल यथार्थ होने के कारण अत्यंत मार्मिक है और सीधे-सीधे हृदय को स्पर्श करने में समर्थ होती है। इस सन्दर्भ में डॉ. विद्या बिंदु सिंह लिखती हैं कि "...लोकसाहित्य की नारी विषयक संवेदना अपना शाश्वत स्वरुप रखती है। उसमें नारी जीवन का इतिहास, उसके सुख-दुःख, उसकी पीड़ा सभी सहज रूप में मुखरित हुई हैं"। (साक्षी सिंह, 2018) ये गीत समाज में स्त्रियों की भूमिका, उनके सुख-दुःख, प्रेम-विरह, मातृत्व, सामाजिक बंधनों और उनकी आंतरिक इच्छाओं का प्रतिबिंब हैं। शिशु जन्म से लेकर विवाह, विदाई, मातृत्व और मृत्यु तक स्त्री जीवन के हर महत्त्वपूर्ण पड़ाव को भोजपुरी लोकगीतों में स्थान मिला है।

प्रारंभ से एक बालिका का समाजीकरण किस प्रकार किया जाता है उसे किस प्रकार के व्यवहार की अपेक्षा की जाती है, यह सभी कुछ इन लोकगीतों में स्पष्ट के साथ लिखे होते हैं–

"कुवार बा बेटी के तनी नम के रहे के चाही,
काहे के ओकरा दूसरा घर जाए के बा"

इस गीत में स्पष्ट रूप से बताया गया है कि एक बालिका को सहनकर लज्जा के साथ रहना चाहिए, क्योंकि उसे दूसरे घर जाना है और उसे इन बातों का बोध कराने वाली कोई और नहीं, बल्कि एक स्त्री ही है जो उसे बताती है कि पति-देवता और सास-ननद यह सब उसकी माँ-बहने हैं, उसे अपना जीवन इन्हीं के साथ बिताना है और शादी के बाद मायका आना ठीक नहीं अगर तुम्हें वहाँ गाली भी सुनाई पड़े तो उसी घर में पड़ी रहना यही तुम्हारी स्त्री धर्म है। एक माँ से अपनी पुत्री को इस तरह से संस्कार मिलना एक आम बात

है, क्योंकि इन गीतों में यही संस्कार उसे भी अपनी माँ से मिले हैं। इन गीतों के रूप में संस्कार भी पीढ़ी दर पीढ़ी हस्तांतरित हो रहे हैं। ऐसा नहीं है कि माँ इन कष्टों को नहीं समझती, फिर भी समाज की संरचना के हिसाब से इन गीतों में रचे बसे संस्कार अपनी बेटी को देती है पर इन कष्ट से उसका हृदय भी फटता है और वह अपने इस कष्ट को भी इन लोकगीतों के माध्यम से रखती है।

भोजपुरी लोकगीतों में बेटी की विवाह से जुड़े माता-पिता के भावनात्मक और सामाजिक संघर्ष का गहन चित्रण मिलता है। बेटी की शादी उनके लिए खुशी और दु:ख का मिश्रण होती है–एक ओर बेटी के नए जीवन की शुरुआत की प्रसन्नता, तो दूसरी ओर विदाई का दु:ख। विवाह गीतों में यह भावनाएँ स्पष्ट रूप से प्रकट होती हैं। भोजपुरी संस्कृति में पुत्री के विदाई के अवसर पर संपूर्ण परिवार भावनात्मक रूप से व्यथित हो जाता है और उनके विलाप का मार्मिक चित्रण लोकगीतों में देखा जा सकता है। विशेष रूप से माता-पिता, भाई, भाभी और बहन का विलाप इन गीतों में प्रमुख रूप से उभरता है, क्योंकि यही लोग बेटी के सबसे अधिक निकट रहे होते हैं। इन गीतों के माध्यम से विदाई का दर्द और परिवार के सदस्यों के आपसी स्नेह को गहराई से अभिव्यक्त किया गया है। इस गीत में पिता अपनी बेटी की विदाई की मिठास और पीड़ा को आम और इमली जैसे प्रतीकों के माध्यम से व्यक्त करते हैं।

"अमवा से मिठ, इमिलिया ए बाबा,
बाबा महुआ में लागी गइले कोंच"। ("रोशनी", 2021)
"बाबा के रोवले गंगा बढ़िअइली
माई के रोवले अनोर
भइया के रोवले चरन धोती भींजे
भउजी के अँखियो ना लोर"

(शांडिल्य, भोजपुरी लोकगीतन में गीति तत्त्व)

विवाह के साथ दहेज का बोझ माता-पिता के लिए बड़ा आर्थिक और मानसिक दबाव बनता है। ये पंक्तियाँ उन भोजपुरी लोकगीतों से ली गई हैं, जो विवाह के समय माता-पिता द्वारा अनुभव किए जाने वाले आर्थिक और मानसिक दबाव को दर्शाती हैं। पहले लोकगीत, "अमवा से मिठ, इमिलिया ए बाबा, बाबा महुआ में लागी गइले कोंच", इमली को आम से मीठा बताया गया है, क्योंकि उसमें खटास के साथ मिठास भी होती है। हाँ इमली की मिठास और खटास को जीवन के सुख-दु:ख के मिश्रण के प्रतीक के रूप में प्रस्तुत किया गया है। महुआ के फूलों में कोंच (कांटे) लगने का उल्लेख जीवन में

आने वाली कठिनाइयों की ओर संकेत करता है। दूसरे लोकगीत, "बाबा के रोवले गंगा बढ़िअइली, माई के रोवले अनोर, भइया के रोवले चरन धोती भींजे, भउजी के अँखियो ना लोर", परिवार के विभिन्न सदस्यों की प्रतिक्रियाओं का वर्णन है। पिता के रोने से गंगा नदी बढ़ती है, माँ के रोने से अनाज गीला हो जाता है, भाई के रोने से उसकी धोती भीगती है, लेकिन भाभी की आँखों में आँसू नहीं आते। भाभी की आँखों में आँसू न आने का तात्पर्य समाज की उस मानसिकता से है, जहाँ दहेज के कारण परिवार के अन्य सदस्य दुःखी होते हैं, लेकिन भाभी (जो स्वयं एक महिला हैं) इस पर प्रतिक्रिया नहीं देतीं। न पंक्तियों के माध्यम से, लोकगीतों में विवाह के साथ आने वाले दहेज के बोझ और उससे उत्पन्न आर्थिक व मानसिक तनाव को अभिव्यक्त किया गया है, जो माता-पिता और परिवार के लिए एक बड़ी चुनौती बनता है। इस पीड़ा को प्रख्यात लोकगायक भरत शर्मा ने अपने गीत में व्यक्त किया है:

"जनती जे जारल जइबू आग में दहेज़ के,
पाप नाही करती यें बेटी ससुरा में भेज के।" (शर्मा)

यह गीत दहेज प्रथा की क्रूरता और बेटी की सुरक्षा के प्रति माँ की चिंता को दर्शाता है। भोजपुरी लोकगीत न केवल बेटी की शादी से जुड़े आर्थिक बोझ और सामाजिक दबावों को उजागर करते हैं, बल्कि बेटी के प्रति माता-पिता के असीम प्रेम और त्याग को भी गहराई से चित्रित करते हैं। इन गीतों में बेटी के लिए आशीर्वाद, चिंता और विदाई का दुःख मिलकर एक अनमोल सांस्कृतिक धरोहर का निर्माण करते हैं।

लोकगीत के स्त्रियों की छवि को देखें तो यह समय पर दर समय परिवर्तनशील दिखाई पड़ती है, क्योंकि यह वही स्त्री है जो एक समय में कुछ और दूसरे समय में कुछ और रूप में दिखाई देती है। जैसे एक स्त्री किसी दूसरे स्त्री की ननद होती है और अपनी ही भाभी को तरह-तरह से प्रताड़ित करती है। वही स्त्री जब विवाह उपरांत अपने ससुराल जाती है तो उसे भी एक ननद और सास मिल जाती है जो ठीक उसी तरह से उसे भी प्रताड़ित करती है कुछ समय बाद वही स्त्री सास की भूमिका में आ जाती है और वह अपनी ही बहू को इसी तरह से प्रताड़ित करना शुरू कर देती है। उदाहरण के तौर पर:

"सासु मोरी कहेसि बंझनिया ननद ब्रजवासिनि हो।
रामा जिनकी मैं बारी रे बियाही उइ घर से निकारेनि हो।" (गुप्ता)

यह प्रक्रिया पीढ़ी-दर-पीढ़ी किसी न किसी रूप में दिखाई देती रहती है। यह संपूर्ण प्रक्रिया एक विशेष प्रकार की मानसिकता से संचालित होती है और

इसे निभाते रहना यह स्त्रियाँ अपना फर्ज समझने लगते हैं, क्योंकि एक बहू को भी यह भली-भाँति ज्ञात होता है कि जो स्त्री सास बनकर आज मुझे कदम-कदम पर नियंत्रित और प्रताड़ित कर रही है, वही एक दिन जब बूढी हो जाएगी तो इसे मेरी सहायता की आवश्यकता होगी तब मेरी बारी होगी और मैं इन सभी अत्याचारों का बदला लूँगी। स्त्रियों के इस आपसी बर्ताव के संदर्भ यह माना गया है कि "स्त्री का यथार्थ और स्त्री की संवेदना के मायने वही नहीं होते जो पुरुष के यथार्थ और संवेदना के होते हैं"। वह इस बात पर भी सचेत करते हैं कि लोग गीतों को सीधे तौर पर पुरुष बनाम स्त्री के रूप में देखा जाए, क्योंकि स्त्रियों के गीतों में अत्यधिक संघर्ष पुरुष और स्त्रियों के बीच नहीं बल्कि स्त्रियों के बीच होते दिखाई पड़ रहे हैं। उदाहरण के तौर पर ये लोकगीत है जिसमें बहन से मिलने आये भाई से बहन ससुराल में भोग रहे कष्टों का वर्णन करते हुए कहती है अनेक मन कूटती हूँ, अनेक मन पीसती हूँ और अनेक मन खाना बनाती हूँ। उस पर भी बूढ़ी सास जहर के समान बोल बोलती है।

"कै मन कूटों भैया कै मन पीसौ रे ना।
भैया कै मन सिझवउ रसोइया रे ना।
सासू तो ए भइया बुढ़िया डोकरिया रेना।
भइया मुँहवा से जहर के गठिया रे ना" (त्रिपाठी र., 1951)

भोजपुरी लोकगीतों में मातृत्व को अत्यंत महत्त्वपूर्ण स्थान दिया गया है। मातृत्व न केवल एक महिला की पूर्णता का प्रतीक माना गया है, बल्कि परिवार और समाज में उसकी प्रतिष्ठा और स्थान का निर्धारण भी इससे जुड़ा हुआ है। इन लोकगीतों के माध्यम से बताया गया है किस प्रकार एक स्त्री जब माँ नहीं बन पाती तो उसी घर की अन्य स्त्रियाँ उसे किस प्रकार से ताने मारती हैं, या अगर कोई स्त्री पुत्र ना पैदा कर कन्या को जन्म देती है तो भी उसकी सास-ननद उस स्त्री को तमाम तरह से ताने देती हैं। वह दोनों उसके स्वास्थ्य का भी ख्याल नहीं रखती और उसे बात-बात पर प्रताड़ित करती हैं। यह लोकगीत इस बात को और भी अधिक प्रमाणिक करता है जिसमें एक स्त्री शीतला माता से 'संतानोत्पत्ति' की प्रार्थना करते हुए सास-ननद द्वारा अपने साथ होने वाले अन्याय के बारे में बताती है:

"सासू मारे हुदुका ननदिया पारे गारी हो मइया
गोतिनी बँझिनिया धइली नांव,
मोर गोद भरनी मइया, गोतिनि बँझिनिया धइली नांव।"

(उपाध्याय, 2011)

विशेष रूप से, बेटे की प्राप्ति को लेकर इन गीतों में गहरी भावनाएँ और

अपेक्षाएँ व्यक्त की गई हैं। भोजपुरी लोकगीतों में ऐसे अनेक गीत मिलते हैं, जिनमें महिलाएँ पुत्र की प्राप्ति के लिए देवी-देवताओं से प्रार्थना करती हैं। उदाहरण के लिए, छठ गीतों में महिलाएँ सूर्य देवता और छठी मईया से पुत्र रत्न की कामना करती हैं।

"सुन हो छठी मइया, हमरो गोदिया भर दीअ हो,
पुत्र दीअ हो, छठी मइया, अरज सुन लीं हो"। (प्रिय रमण, 2024)

इस प्रकार के गीतों में महिलाएँ अपनी गोद भरने और परिवार को वंशज देने की कामना करती हैं। यह समाज में मातृत्व और विशेषकर पुत्र जन्म की महत्त्व को दर्शाता है। भोजपुरी समाज में पारंपरिक रूप से माना जाता है कि बहू का स्थान तब मजबूत होता है जब वह पुत्र को जन्म देती है। लोकगीतों में इस सांस्कृतिक धारणा को स्पष्ट रूप से देखा जा सकता है। बहू के द्वारा पुत्र के जन्म को परिवार की प्रतिष्ठा और सुख-समृद्धि का कारण माना जाता है। विवाह के पश्चात् जो स्त्री बहु के रूप में सबकी सेविका बनकर कार्य करती है तथा सास-ननद के सेवा सत्कार में लगी रहती है वही पुत्र रत्न के जन्म लेने क बाद घर की मालकिन बन जाती है और होने वाले खर्चों और निवेश में मजबूती से अपना पक्ष रखती है और पुरुष उसकी बात मानते भी हैं।

उदाहरण के तौर परः

'जियरा' खोलि के माँग ननदो, जे चाह से लड।
हथिया जनि माँग ननदो, दुअरा के सिंगार हुऽ।
हथिया पिलवनवा देवों, ननदो के इयार हुऽ।
घोड़वा जनि माँग ननदो, दुअरा के सिंगार हुऽ।
घोड़वा के सइसवा देवों, ननदो के इयार हुऽ।
बरतन जनि माँग ननदो, चउका" के सिंगार हुऽ।
सब बरतन में हंडा देबों, पेनी लेबि काटि हो।
कपड़ा जनि माँग ननदो, वकसा के सिंगार हुऽ।
सभ कपड़ा में चोली देबों, जोवन के सिंगार हुऽ।।"

(उपाध्याय डॉ. क., 1984)

यह गीत विवाह के अवसर पर ननद-भाभी के बीच होने वाले नेग (उपहार) की परंपरा को दर्शाता है। ननद विभिन्न वस्तुओं की माँग करती है, जैसे हथिया (हाथी), घोड़ा, बरतन, कपड़े आदि, जिन्हें वह घर की शोभा बताती है। भाभी उसे इन वस्तुओं के बजाय उनके छोटे या प्रतीकात्मक रूप देने का प्रस्ताव करती है, जैसे हथिया के बदले पिलवान (हाथी का महावत),

घोड़ा के बदले सइस (घोड़े का साईस), बरतन के बदले हंडा (मिट्टी का बर्तन) और कपड़े के बदले चोली (ब्लाउज)। यह गीत ननद-भाभी के बीच हँसी-मजाक और प्रेमपूर्ण नोकझोंक को दर्शाता है, जो भारतीय विवाह समारोहों की एक विशेषता है।

इन गीतों के माध्यम से मातृत्व और परिवार की संरचना में महिलाओं के योगदान को स्वीकार किया जाता है, लेकिन यह भी स्पष्ट होता है कि इस दृष्टिकोण में लैंगिक भेदभाव अंतर्निहित है। पुत्र को विशेष महत्त्व देना नारी सशक्तिकरण की दिशा में एक चुनौतीपूर्ण पहलू है, जिसे वर्तमान परिप्रेक्ष्य में विचार करने की आवश्यकता है।

भोजपुरी लोकगीतों में स्त्री जीवन : पीड़ा, संघर्ष और स्वतंत्रता की अभिव्यक्ति लोकगीतों का यदि हम विस्तार से अध्ययन करें तो भोजपुरिया स्त्रियों की छवि पारंपरिक तथा गैर-पारंपरिक दो रूपों में परिलक्षित होती है। पारंपरिक स्त्री एक ऐसी स्त्री का प्रतिरूप है, जो सामाजिक मूल्य तथा मान्यताओं को बिना किसी विरोध के समाज ने जैसे बनाए हैं उसे बेझिझक स्वीकार करती है, वहीं गैर-पारंपरिक स्त्री एक ओर सामाजिक नियमों को मानती है, लेकिन वह उसे उस रूप में नहीं मानती जिस तरह से समाज या परिवार चाहता है अर्थात् यह स्त्रियाँ ऐसे नियमों तथा मान्यताओं के विरोध में आवाज उठाती हैं। इन दोनों स्थितियों में गैर-पारंपरिक स्त्रियाँ इन लोकगीतों के सहारे समाज तक अपनी बात को पहुँचती हैं। उदाहरण क तौर पर:

माई रे माई बिहान कोई कहिया
भेड़ियन से खाली सिवान होई कहिया।
हमरा के कागज के नइया थमाई, अपने आकाशे जहजिया उड़ाई
अंतर के जंतर गियान होई कहिया......माई रे माई। (नरेन्द्र, 2024)

इस लोकगीत में समाज में होने वाले शोषण के खिलाफ आवाज उठाते हुए एक युवती अपनी माँ से पूछती है कि लैंगिक शोषण, भेदभाव कब समाप्त होंगे। भिखारी ठाकुर जैसे लोक कलाकारों के नाटकों और गीतों में स्त्री पीड़ा, यौन स्वतंत्रता और सामाजिक अन्याय का स्वर मुखरित हुआ, जिसने स्त्री विमर्श को लोक परंपरा का हिस्सा बनाया। इन गीतों में स्त्रियाँ न केवल सहनशीलता और त्याग का प्रतीक हैं, बल्कि उनके भीतर छिपा प्रतिरोध और आत्मसम्मान भी सामने आता है।

भोजपुरी लोकगीतों में स्त्री जीवन का यह चित्रण लोक-संस्कृति की जड़ों से जुड़ा है, जहाँ भावनाएँ सरल, सहज और संवेदनशील भाषा में व्यक्त होती हैं।

भोजपुरी लोकगीत न केवल स्त्री जीवन की भावनाओं और संघर्षों को अभिव्यक्त करते हैं, बल्कि महिलाओं के अधिकारों और आत्मसम्मान की रक्षा का स्वर भी इनमें परिलक्षित होता है। इन गीतों में स्त्री का आत्मसम्मान और उसके अधिकारों की चेतना लोक-संस्कृति के सहज और स्वाभाविक रूप में दिखाई देती हैं। उदाहरण के तौर पर उनके नाटक "बेटी बेचवा" की कुछ पंक्तियाँ एकदम उपयुक्त हैं,

"रोपया गिनाई लिहला पगहा धराई दिहल,
अरे चेरिया के छेरिया बनवल हो बाबूजी।
नेकी खाती बेटी भसीअवल हे बाबूजी,
ढर ढर ढरकेला लोर मोरे बाबूजी।" (पाण्डेय)

उपर्युक्त पंक्तियों में एक बेटी अपने पिता से प्रश्न करती है कि उसे पैसे के लिए क्यों बेचा गया। यह स्त्री का उसके आत्मसम्मान के हनन और उसके अधिकारों की उपेक्षा के खिलाफ एक मुखर अभिव्यक्ति है। यह गीत सामाजिक अन्याय और स्त्री अधिकार के संघर्ष को दर्शाता है।

भोजपुरी लोकगीतों और भिखारी ठाकुर के नाटकों में स्त्रियाँ स्वतंत्रता की बात भी करती हैं। 'गबर घिचोर' की नायिका समाज के बंधनों को तोड़ते हुए अपने जीवन के निर्णय खुद लेने की बात करती है और अपने बच्चों को नाजायज कहे जाने का विरोध करती है। (ठाकुर) इस प्रकार लोकगीत एक ऐसी विधा है जिसके माध्यम से स्त्रियाँ अपने अंतर्मन की भावनाओं को लोकगीतों के माध्यम से अभिव्यक्त कर वह अपने स्वाभिमान तथा पहचान को भी प्रदर्शित करती हैं।

भोजपुरी लोकगीतों में प्रवासजनित स्त्री-पीड़ा और सामाजिक संघर्ष भोजपुरी लोकगीतों में उन स्त्रियों के जीवन की पीड़ा और भावनाओं का मार्मिक चित्रण मिलता है, जिनके पति रोजगार के लिए घर छोड़कर प्रवास करते हैं। पति के जाने के बाद महिलाओं का जीवन अकेलेपन, भावनात्मक संघर्ष और सामाजिक चुनौतियों से भर जाता है। इन गीतों में उनकी विरह वेदना, अकेले जिम्मेदारियाँ निभाने का संघर्ष और समाज की कठोर अपेक्षाएँ गहराई से उभरती हैं। सामाजिक सरोकारों में अर्थ की भूमिका भी अनिवार्य है। इसलिए ग्रामीण मनुष्य शहर की ओर जीविकोपार्जन के उद्देश्य से प्रत्यागमन करता है। ऐसी अवस्था में पति का स्मरण करती हुई एक विरहिणी नारी की करुणा भोजपुरी लोकगीत में इस प्रकार अभिव्यक्त हुई है,

"आम महुअवा के घनी रे बगिया

ताहि बीचे राह लागि गइली हो राम
ताहि तर ठाढ़ भइली एक रे सोहागिनी
नयना से निरवा ढारे हो राम।।" (जैन, 1999)

इसी प्रकार एक जँतसारी लोकगीत "डगरिया जोहते ना हो डगरिया जोहते ना, बीतेला हो पहरिया डगरिया जोहते ना" (ठाकुर, बिदेसिया) में एक नवविवाहिता अपनी विरह वेदना व्यक्त करती है, जो अपने पति की प्रतीक्षा करते-करते थक चुकी है। ऐसा ही एक उदाहरण एक बिरहा में मिलता है,

"नरिया के टिकवा 'तूरेला' दूनो 'हिकवा',
'बलु' तू घर ही रहितऽ ना,
बलु तू घर ही रहितड़ ना" (डॉ. कृष्णदेव उपाध्याय, 1984)

भोजपुरी लोकगीतों में विरह के दृश्य भी बेशुमार हैं। ऐसे गीत स्त्री के हृदय की गहराई और उसके संघर्ष को सजीव रूप से व्यक्त करते हैं। इन गीतों में पति के प्रवास के कारण परिवार में उत्पन्न आर्थिक और भावनात्मक समस्याओं को व्यक्त किया गया है। इस गीत में स्त्री अपनी सखी से अपने प्रियतम के वियोग की पीड़ा व्यक्त करती है, जो सावन के आनंदपूर्ण माहौल में भी उसे अकेला छोड़कर परदेस चला गया है। वह प्रियतम की प्रतीक्षा में व्याकुल है, जबकि अन्य सखियाँ अपने पतियों के साथ खुशियाँ मना रही हैं। वह अपने परदेसी पति की खबर लाने के लिए कागा को दूध भात खाने की लालच दे रही है–

"ननदि के अंगना चनन घन गछिया हो रामा।
ताहि चढ़ि बोलेला कागवा छुलच्छन हो रामा
देबऊ रे कागवा, दुधा भात दोनिया हो रामा।
खबर ना ला दे बलम परदेसिया हो रामा।" (संपा.-2005)

इन गीतों और नाटकों के माध्यम से भोजपुरी समाज की महिलाओं के संघर्ष और उनके अदम्य साहस को समझा जा सकता है। भोजपुरी लोकगीतों में स्त्रियों का जीवन, उनकी पीड़ा, संघर्ष और सामाजिक असमानताओं की अभिव्यक्ति गहराई और सजीवता के साथ उभरती है। ये गीत केवल मनोरंजन का माध्यम नहीं हैं, बल्कि समाज की संरचना और उसमें निहित पितृसत्तात्मक सोच, स्त्री अधिकारों की सीमाएँ और उनके आत्मसम्मान की आकांक्षाओं का दर्पण हैं। लोकगीतों के माध्यम से स्त्रियाँ अपने सुख-दुःख, प्रेम-विरह, मातृत्व और सामाजिक बंधनों के खिलाफ प्रतिरोध को सहज भाषा में व्यक्त करती हैं। इन गीतों में स्त्रियाँ न केवल सहनशीलता और त्याग की मूर्ति हैं, बल्कि उनके

भीतर छिपी स्वतंत्रता और आत्मनिर्णय की चेतना भी मुखरित होती है।

निष्कर्ष :-

भोजपुरी लोकगीतों में महिलाओं की दुनिया का चित्रण समाज की सांस्कृतिक, सामाजिक और भावनात्मक संरचनाओं को उजागर करता है। इन गीतों में स्त्रियों के जीवन के विभिन्न पहलुओं–जन्म, विवाह, मातृत्व, विदाई, प्रेम, विरह, संघर्ष और सामाजिक बंधनों का सजीव वर्णन मिलता है। पारंपरिक पितृसत्तात्मक समाज में बेटी के जन्म पर व्याप्त नकारात्मक दृष्टिकोण, विवाह के समय दहेज का बोझ, सास–ननद के साथ संबंध, पति के प्रवास से उत्पन्न विरह वेदना और मातृत्व की महत्ता जैसे विषय इन लोकगीतों में प्रमुखता से उभरते हैं। साथ ही, ये गीत महिलाओं की आंतरिक इच्छाओं, प्रतिरोध के स्वरों और आत्मसम्मान की आकांक्षाओं को भी व्यक्त करते हैं। भोजपुरी लोकगीत न केवल सांस्कृतिक धरोहर हैं, बल्कि समाज में महिलाओं की स्थिति, उनकी भूमिकाओं और उनके संघर्षों का प्रतिबिंब भी प्रस्तुत करते हैं। इन गीतों के माध्यम से यह स्पष्ट होता है कि समाज में महिलाओं की भूमिका कितनी महत्त्वपूर्ण है, साथ ही उन्हें किन–किन चुनौतियों का सामना करना पड़ता है। लोकगीतों में व्यक्त उनकी भावनाएँ, इच्छाएँ और संघर्ष समाज की संरचना और उसमें निहित पितृसत्तात्मक सोच को दर्शाते हैं। इन गीतों के अध्ययन से हमें न केवल भोजपुरी समाज की सांस्कृतिक समझ मिलती है, बल्कि महिलाओं की सामाजिक स्थिति और उनके अधिकारों के प्रति भी जागरूकता बढ़ती है। अतः, भोजपुरी लोकगीतों में महिलाओं की दुनिया का विश्लेषण समाज की गहरी समझ प्रदान करता है और यह दर्शाता है कि कैसे ये गीत महिलाओं की भावनाओं, संघर्षों और सामाजिक स्थितियों का सजीव चित्रण करते हैं।

1. ऋषि कुमार शर्मा,

सह–आचार्य भारतीय भाषा केन्द्र, जवाहर लाल नेहरू विश्वविद्यालय,
नई दिल्ली, ईमेल: rishi-sharma107@gmail.com,
फोन : 8250714748

2. विनय कुमार सिंह

शोध–छात्र, भोजपुरी अध्ययन केंद्र,
कला संकाय, बनारस हिन्दू विश्वविद्यालय, वारणसी, उत्तर प्रदेश
ईमेल: vinay_singh@bhu.ac.in
फोन: 9415280487

14

हिमाचल प्रदेश के जिला कांगड़ा के लोकगीतों में अभिव्यक्त स्त्री स्वर

-डॉ. लतेश कुमारी

आदिम युग से आरंभ लोकगीतों की यात्रा मौखिक होते हुए आधुनिक युग में भी गतिमान है। इसमें हम केवल आदिम काल के पक्षियों के कलरव और प्रकृति की अलौकिक सुन्दरता के दर्शन ही नहीं करते बल्कि मानव संस्कृति और समकालीन जीवन पद्धति के इतिहास से भी अवगत होते हैं। भारतवर्ष अनेक लोक संस्कृतियों का समुच्चय है। यहाँ का प्रत्येक राज्य, क्षेत्र अपनी एक विशेष लोक संस्कृति लिए हुए है। उनमें भारत का पहाड़ी राज्य हिमाचल प्रदेश भी एक है। यहाँ का प्राकृतिक वातावरण जितना आकर्षक है, उतना ही कठिन और संघर्षपूर्ण यहाँ लोक-जीवन है। भौगोलिक विषमताओं के इस प्रदेश में लोगों का मुख्य व्यवसाय कृषि, बागवानी, भेड़-पालन आदि है। कुछ क्षेत्रों में केवल बागवानी या भेड़-पालन ही होता है। कृषि भूमि कम होने के कारण पुरुष प्रायः आजीविका के लिए शहरों या अन्य राज्यों का रुख करते हैं या सेना में अपनी सेवाएँ देते हैं। ऐसी परिस्थितियों में पीछे रह जाती हैं केवल महिलाएँ। बच्चों, बूढ़ों, पशुओं, कृषि-बागवानी आदि सभी की जिम्मेदारी का दायित्व इन पर होता है। पहाड़ों की स्त्रियों के दैनिक कार्यों में मीलों दूर से पानी लाना, जंगलों से घास व ईंधन की व्यवस्था करना मुख्य कार्य होता है। पहाड़ों की ऊँची-नीची पगडंडियों को पार करना, घाटियों के संकरे रास्तों को लांघना उनके लिए तब अधिक सरल हो जाता है, जब वे अपने लोकगीत गुनगुनाती हैं। इन गीतों के विषय कल्पना युक्त मात्र नहीं होते, बल्कि इनमें स्त्रियों के सुख-दुःख, निराशा, उत्साह, प्रेम-विरह आदि के भाव भी संचित होते हैं। हिमाचल प्रदेश के लोकगीत स्त्री मन के भावों के अतिरिक्त यहाँ के मेलों, त्योहारों, संस्कारों के संचित कोष भी हैं। यह लोकगीत स्त्रियों के गीत होते हैं गीतों की इस विरासत के स्त्रियों द्वारा ही सुरक्षित रखा जाता है। यह पीढ़ी दर

पीढ़ी मौखिक रूप से हस्तांतरित होते हुए समयानुसार घटनाएँ, परिस्थितियाँ, सामाजिक बदलाव आदि स्थितियाँ इसमें जुड़ती जाती हैं। जब पहाड़ों में बर्फ पड़ जाती है तो कृषि बागवानी आदि कार्य नहीं के बराबर होते हैं। सर्दियों की मीठी धूप में आस-पड़ोस की महिलाएँ इकट्ठी होकर चरखे पर ऊन कातती हैं, शॉल, स्वेटर, पट्टू आदि बुनती हैं। जैसे-जैसे चरखा चलता है उनके सुख-दुःख, पीड़ा लोकगीतों के द्वारा विरेचित होते जाते हैं। यह गीत उनके मन की पीड़ा का विरेचन ही नहीं करते, बल्कि नई शुरुआत का प्रतीक भी बनते हैं, जिससे उनके बीच बहनापा बना रहे। रिश्तों के द्वंद्व को समाप्त कर संतुलन स्थापित करता यह लोकगीत देखने योग्य है-:

"मैं महीन-महीन कत्ता तार.......नी मेरा सालवा
मेरी अम्मा ने भेजे पटार
जिना खोला मैं चाँदनी रात
जित निकले सोने दे हार.......नी मेरा सालवा
मैं महीन-महीन कत्ता तार.......नी मेरा सालवा
मेरी ननद ने भेजे पटार.......नी मेरा सालवा
जिना खोला में चाँदनी रात.......नी मेरा सालवा
जित निकले काले नाग.......नी मेरा सालवा।"[1]

ग्रामीण समाज में संयुक्त परिवार का महत्त्व आज भी है। संयुक्त परिवारों में सास-बहू, ननद-भाभी में छोटे-मोटे मनमुटाव होते रहते हैं। जिन्हें हँसी-मजाक में गाकर महिलाएँ सुलझा देती हैं। हँसी-मजाक भरे इन गीतों में एक गृहणी सूत कात रही है और कह रही है कि मैं तो शॉल बुनने के लिए बहुत बारीक धागा बना रही हूँ। मेरी माँ ने मेरे लिए उपहारों की टोकरी भेजी है, जिसे मैंने चाँदनी रात में खोला। उसमें सोने के आभूषण निकले। मेरी ननद ने भी एक ऐसी ही टोकरी भेजी। मैंने उसे भी चाँदनी रात में खोला, जिसमें काले नाग निकले। चरखा चलाते स्त्री केवल अपने अस्तित्व के लिए संघर्षशील नहीं है, अपितु वह पूरे समाज में व्याप्त शोषण का विरोध करती है। परिवार में ही मनुष्य जीवन मूल्यों को जान पाता है। चरखा चलाना प्रकृति की ओर लौटने का प्रतीक है। यह घरेलू लघु उद्योग का प्रतीक है। घरेलू कार्यों में मानव श्रम का महत्त्व होता है जिसमें लालच दूर-दूर तक ठहर नहीं पाता। मनुष्य में संजीदगी और सरलता आती है। जिस व्यक्ति में यह गुण हो वह प्रकृति के साथ सामंजस्य बैठाकर जीवन व्यतीत करता है। स्वदेशी के पक्षधर गांधीजी भी शहरीकरण और औद्योगीकीकरण के घोर विरोधी थे। वे जानते थे कि इसका दुष्प्रभाव

सर्वप्रथम स्त्री और प्रकृति पर पड़ेगा, अपनी पुस्तक 'हिंद स्वराज' में उन्होंने लिखा है "बड़े शहर खड़े करना बेकार का झंझट है। उनमें लोग सुखी नहीं होंगे। उनमें धूर्तों की टोलियाँ और वेश्याओं की गलियाँ पैदा होंगी; गरीब अमीरों से लूटे जाएँगे।"[2]

स्त्री जीवन, रिश्ते-नातों तथा भाषा जैविकता को समझने का सबसे सरल मार्ग होते हैं–लोकगीत। इन गीतों में स्त्रियाँ दूसरों के दुःख को देख द्रवित हो जाती हैं तथा समस्त लोक को बहनापे की डोरी में बांधती हैं। इन्हीं में वे अपने जीवन की समस्याओं का हल ढूँढ़ती हैं। आपसी मतभेदों को भूल, रिश्तों में नई शुरुआत करने की पहल लोकगीतों में देखी जा सकती है। एक तरफ तो बहू अपने मायके की संपन्नता का बखान करते हुए ननद को उलाहना देती है। वहीं दूसरी तरफ सास, ननद, देवरानी, जेठानी से मतभेद भूलाकर कहती है–

"डोला जी मेरेया डोला सुभ सुणी घरें होयाँ डोला जी
अज मेरिया सस्सू सदायाँ।
सस जे ओहगी तेरा क्या वो कमांगी?
द्रभाँ दियाँ बोरियाँ लुटांगी।
सस जे ओह्गी मेरियाँ भ्याइयाँ घड़गी जिन्ने गल्लें मेरा भला होवे।
डोला जो मेरेया डोला, अज मेरी जठाणी सदायो
जठाणी जे ओहगी तेरा क्या वो कमागी?
सुंढी चोरी-चोरी खांगी।
जठाणी ओंगी मेरा दीबड़ा जगांगी।
जिन्ने गल्लें मेरा भला होगा डोला जी मेरीया डोला,
अज मेरी नणद सदायो।
ननद जे ओंगी तेरा क्या क्मांगी?
अड़ी वो बधाइया जो बेहगी।
नणद जे ओंहगी चोलू टोपू पहनाँगी जित मेरा लाडला पहने।"[3]

पत्नी अपने पति से कहती है कि आपको जैसे ही पुत्र जन्म का समाचार मिलेगा तुरंत ही घर आ जाना और मेरी सास को भी बुला देना, तब पति उसे कहता है कि अगर सास को यह पता चलेगा तो वह खुशी के मारे सारा धन बाँट देगी। लेकिन पत्नी कहती है, सास होगी तो वह मिट्टी की भ्याई बनाएगी जिससे हमारा कल्याण होगा जेठानी को बुलाने पर पति कहता है कि वह तुम्हारी पंजीरी चुरा-चुरा कर खा जाएगी। लेकिन पत्नी कहती है, जेठानी रहेगी तो बालक के जन्म पर दीपक जला लेगी जो हमारे लिए मंगलकारी होगा। पत्नी

ननद को बुलाने का आग्रह करती है, तो पति कहता है, वह तुमसे ना जाने क्या नेग माँग ले। पत्नी समझाती है कि अगर ननद आएगी तो मेरे पुत्र के लिए कपड़े भी वही लाएगी, जिन्हें मेरा लाडला पहनेगा।

हिमाचल प्रदेश की स्त्रियाँ केवल परिवार के लिए ही नहीं बल्कि अपने समाज और आम जनजीवन की सुख समृद्धि में भी अपना सहयोग करती आई हैं। उन्होंने केवल मीलों दूर चलकर पानी के घड़े सर पर रखकर ही नहीं ढोए हैं, बल्कि पानी के लिए अपने प्राणों की आहुति भी दी है। उनके बलिदान की गाथाएँ आज भी हिमाचली लोकगीतों में जीवित हैं। पितृसत्तात्मक व्यवस्था आरंभ से ही स्त्रियों के पक्ष में नहीं रही। हिमाचल प्रदेश के अधिकांश जिलों में पुरुष ही परिवार का मुखिया होता है तथा सभी निर्णय उसके द्वारा ही लिए जाते रहे हैं। पुरुष सत्ता का उदाहरण हमें कांगड़ा जिले के प्रचलित 'कुल्ह' गीत में मिलता है। इस गीत में जिला कांगड़ा के चिड़ी नामक क्षेत्र का वर्णन है। इस क्षेत्र में पानी की बहुत किल्लत थी। वर्षा न होने के कारण अकाल पड़ गया था। अतः यहाँ के राजा ने खड्ड (छोटी नदी) से पानी की कुल्ह (छोटी नहर) निकलवाने का निर्णय लिया। उन्होंने पानी की कुल्ह खुदवाई लेकिन उसमें पानी नहीं आया। एक रात राजा को स्वप्न में 'कुल्ह' ने दर्शन दिए कि यदि वह यहाँ बलि दे तो कुल्ह में पानी आ जाएगा। राजा ने कुल्ह से पूछा कि किसकी बलि दूँ, तो कुल्ह ने कहा कि 'झाड़ू' की बलि दे दो। राजा ने कहा ऐसा करने से मेरे घर की लक्ष्मी खत्म हो जाएगी। तब बिल्ली की बलि देने का सुझाव दिया, किंतु राजा ने कहा कि बिल्ली की बलि देने पर उसकी सात पीढ़ियों तक उसका पाप चढ़ेगा। इस प्रकार सिलबट्टे, पालतू तोते, पुत्र, पोते की बलि पर भी राजा नहीं माना। अंततः पुत्रवधू की बलि देने का निर्णय लिया गया।

"सुणेयाँ ओ सुणेया नूह मेरीए,
कूल्हा पूजणा जाणा न।
तेरीयाँ तां हत्था ओ नू हे,
कूल्हा घिरदीया ओणा न।
सद्दा ओ सद्दा ओ राणेया,
कुले दे तिस परोहते न।
कूल्हा जों मैं पूजण जाणा,
महूर्त लैणा जड़ाई न।"[4]

राजा ने बहू को कहा कि कुल्ह पर तुम्हारे हाथ से पूजा करने पर ही पानी

आएगा। अतः तुम समय पर तैयार हो जाना। जैसे ही रानी तैयार होने लगी, उसे कई अपशगुन होने के संकेत मिले, किंतु उसने ससुर की आज्ञा के आगे सबको अनदेखा कर दिया। अंततः रानी ने कुल्ह की पूजा की और राजा ने बड़ी चालाकी से रानी को कुल्ह में खड़ा करवा दिया। राजमिस्त्रियों ने बड़ा सा पत्थर रानी के पैरों पर रख दिया, जिससे उसके पैर टूट गए। वह समझ गई कि उसके साथ धोखा हुआ है। उसने राजमिस्त्रियों से कहा कि मेरी जांघों को मत चिनना, नहीं तो मैं अपने पिता से मिलने कैसे जाऊँगी। मेरी छाती को मत चिनना मेरा बेटा दूध पीने आएगा। मेरी गर्दन को मत चिनना मुझे अपने भाइयों से गले मिलना होता है। राजमिस्त्रियों ने रानी के गर्दन पर भी पत्थर से चिनाई कर दी जिससे उसकी गर्दन टूट गई।

"घेरेया जे घेरेया चक्का तिसा राणीयाँ दे हुण गलै न।
नाजक गल बो राणियाँ दा, भजो टूटी हुण जाँदा न।
सभनाँ ताँ सभना चिणियो वौ भाईयो, मुंहे मत चिणदे न।
इस तां मुहें बो भाइयो, भरने बडड़े सराफ न।
चड़ीया दे देसे भाइयो होए अक्क धन्तूरा न।
मापेयाँ दे देसे भाइयो होन भैणा दे भाई न।
सोरेहयाँ दे देसें भाईयो पोंदा रहे अन्नकाल न।"[5]

रानी ने राजमिस्त्रियों से कहा, मेरे मुख पर चिनाई मत करना। मुझे अभी तुम लोगों को श्राप भी तो देना है। रानी कहती है कि इस 'चड़ी' राज्य में सदैव ही अकाल पड़े। यहाँ आक, धतूरे के सिवा कुछ भी न उपजे। परंतु मेरे मायके में धान की खूब खेती हो। कोई भी बहन, अपने भाइयों से वंचित न रहे। अंततः रानी के मुख पर भी पत्थर रख दिया गया। जब रानी के बेटे को यह बात पता चली तो वह रोते हुए अपने ननिहाल गया और रानी के भाइयों को सारी घटना बताई। रानी के भाइयों ने आकर रानी को 'कुल्ह' से निकाला और राजा तथा उसके बेटे को रानी के चरणों के पास रखकर मार डाला। रानी का चंदन की लकड़ी से दाह-संस्कार किया तथा उसके बेटे का विवाह करवा कर उसे रियासत का राजा घोषित किया। कहा जाता है कि उस कुल्ह से अढ़ाई घड़ी तक खून बहता रहा, उसके बाद पानी बहने लगा।

हिमाचल प्रदेश के लोकगीतों में स्त्री जीवन का संघर्ष ही नहीं वर्णित है बल्कि प्रेम का भी स्वच्छंद चित्रण विद्यमान भी है। निम्नलिखित गीत में इंद्रदेयी नाम की युवती, पृथ्वी सिंह नामक युवक पर मोहित हो जाती है। उससे अपने प्रेम को इस प्रकार व्यक्त करती है, कहती है–

"कुथू ते उमड़ी काली बादली, ओ काली बादली,
ओ कुड़िये इन्द्र देई,
कुथू ते बरसे ठंडे नीर
ओ दिले ते उमड़े काली बादली,
ओ काली बादली,
ओ मुण्डुआ पिरथी सिंघा,
नैणा ते बरसेया ठंडा नीर ओ क्या ताँ करदियाँ तेरियाँ भाबियाँ,
ओ तेरीयाँ भाबियाँ,
ओ मुण्डुआ पिरथी सिंघा,
क्या ताँ करदी तेरी नार ओ....।
खेताँ च कमांदियाँ मेरियाँ भाबियाँ,
ओ मेरियाँ भाबियाँ,
ओ कुड़िये इन्द्र देइए,
चरखा कत्ते मेरी नार ओ।"[6]

इंद्रदेयी को अपनी ओर आकर्षित देख पृथ्वीसिंह पूछता है कि 'इंद्रदेयी यह तो बताओ कि यह आवेग रूपी बादल कहाँ से उठा है और प्रेम रूपी वर्षा कहाँ से होने लगी है?' इंद्रदेयी कहती है कि 'मन से प्रेम रूपी बदल उड़ा है और आँखों से यह प्रेम भरा ठंडा नीर बहने लगा है।' इंद्रदेयी अपने आप को सबसे सुंदर मानती है और पूछती है कि ओ लड़के पृथ्वीसिंह–'यह तो बताओ कि तुम्हारी भाभियाँ क्या करती हैं और तुम्हारी पत्नी क्या काम करती है। पृथ्वी सिंह उत्तर देता है कि 'मेरी भाभियाँ तो खेतों में काम करती हैं और मेरी पत्नी घर में चरखा कातती है अर्थात् हमारे घर में सब कार्य मिलजुल कर आसानी से हो जाते हैं।'

लोकगीतों में स्वच्छंद प्रेम का आग्रह है तो माँ द्वारा बेटी को दी जाने वाली सीख भी है। जब नवविवाहिता अपने पति से लड़कर मायके आ जाती है तो बेटी को बिना बुलाए आया देख माँ हैरान हो गई। वह अपनी बेटी से पूछती है कि 'क्या तुम्हारी सास ने तुम्हें भला-बुरा कहा है या तुम्हारे घर में तुम्हारी देवरानी आ गई है। कहीं ऐसा तो नहीं कि दामाद जी ने तुम्हें चुभने वाली बातें कही हों।' लेकिन बेटी कहती है, 'नहीं माँ, मैं तुम्हारे लंगड़े जमाई के कारण दु:खी हूँ।' यह सुनकर माँ क्रोध से आग बबूला हो उठी और कहती है–

"आह: मेरीये धिये तू आह मेरोये थिए जी
क्या धिए तेरी सस्स लड़ाकी, क्या दराणी आई जी।

ना माए मेरी सस्स लड़ाकी ना,
दराणी आई जी,
ओ जे,
तेरा लटा जुआंइ आ,
तिन्नी बोली लाई जी।
हटी जा धिए, हटी जा धिए, हटी जा पिछलें पैरें जी,
सेंही मेरा सूरसा जुआंइ आ। तिसदी खट्टी खाणी जी।
मेरेया कन्ता मेरेया कन्ता, मेरे दिले देया कन्ता जी।
तेरा ही मैं गर्व करें दी, तेरी खट्टी खानी जी।"[7]

इस गीत में माँ अपनी बेटी को समझाते हुए कहती है, 'वह तो मेरा चतुर दामाद है तुम उसी की कमाई खाती हो। यदि तुम उससे झगड़ा करके आई हो तो इसी समय वापस चली जाओ।' वह अपने ससुराल लौट गई और अपने पति से एक क्षमा माँगती हुई कहती है कि 'तुम मेरे बहुत समझदार पति हो मुझे तुम पर गर्व है। मुझे माफ कर दो।'

लोकगीतों में स्त्री के सकारात्मक और नकारात्मक दोनों रूपों को देखा जा सकता है। कुछ लोक गीतों में स्त्री सास के रूप में बहू पर अत्याचार करते हुए दिखती है तो मन दुखी हो जाता है। सास बहू से पूरा दिन पानी भरवाती हैं, बहू अपनी विवशता इस प्रकार व्यक्त करती है–

"डुब डुब ओ घड़ोलुआ सिरा मेरे देया वैरिया
घड़ा वी नी डुबदा पानी वी नीं मुकदा
सस्स मनी बोलदी नूंहे घरे जो औ।"[8]

वह घड़े को कोसती हुई कहती है कि 'ओ घड़े तुम तो मेरे सिर के बैरी हो। न ही यह घड़ा डूब कर टूट रहा है और न ही मेरी सास का मन संतुष्ट हो रहा है। वह मुझे घर आने के लिए नहीं कहती, केवल पूरा दिन पानी ही भरवाती है।' स्त्री अपने ही नहीं बल्कि दूसरों का दुःख देखकर भी द्रवित हो जाती है। स्त्री में यह गुण है कि वह हृदय की भाषा बोलती है और उसी में व्यवहार भी करती है। वह जानती है कि केवल स्वयं को शोषण से मुक्त करने में ही स्त्री जीवन की सार्थकता नहीं है। सभी गरीबों और अशक्तों का पुनरुत्थान भी हमारा लक्ष्य होना चाहिए। इसलिए ग्रामीण स्त्री हार कर चुप नहीं बैठती। समाज के लिए प्रेरणा बनना चाहती है। अपने जीवन का मूल्य और उद्देश्य को इस प्रकार प्रकट करती है–

"इक मन बोलदा नदिया में डुब्बी मरां
इक मन बोलदा वालिड़ी है वरैस।"

लोकगीत लोक भाषाओं, लोक संस्कृति, लोकजीवन विशेषकर स्त्रियों के जीवन को समझने के महत्त्वपूर्ण उपकरण के रूप में उपलब्ध हैं। लोक भाषाओं को विरासत के रूप में सहेजने का कार्य स्त्रियों के द्वारा लोकगीतों के रूप में किया जाता रहा है। लोक जीवन की अमूल्य धरोहर को बचाए रखने का माध्यम लोकगीत ही हैं। इनमें हमारी जैविक सोच, मिट्टी से जुड़ी हुई सोच विद्यमान है। इनकी भाषा सहज नैसर्गिक होती है जिसमें कोई मिलावट नहीं होती। केवल भावों की प्रधानता होती है।

-डॉ. लतेश कुमारी

गाँव सेरीबेहड़, जिला कुल्लू, हिमाचल प्रदेश

15

मैथिली लोकसाहित्य में श्रमगीत

-निर्मल कुमार

लोक संगीत मिथिला और मैथिली का हृदय तत्व है। नैसर्गिक सौन्दर्य से परिपूर्ण मिथिला का लोक उत्सवधर्मी है। यहाँ की संस्कृति और परंपराएँ अपने आप में अनूठी हैं। जनवरी से दिसंबर तक बारहों महीने त्योहारों-उत्सवों की बहार रहती है। विभिन्न माँगलिक अवसर पुंसवन, शिशु-जन्म, मुंडन, छेदन, उपनयन, विवाह आदि षोडशी संस्कारों के साथ-साथ विभिन्न ऋतुओं और प्रातः दोपहरी, संध्या आदि भिन्न-भिन्न समय के लिए भिन्न-भिन्न लोकगीतों की रचना की गई है। दिन की शुरुआत प्रभाती से होती है।

उठु भोरे कहू गंगा-गंगा, उठु भोरे कहु गंगा-गंगा
गंगा पार लगाई जौं सुख चाही भाई
छल एक पापी महाबली ऊ जाए मगह मर जाई
ओकरा तन के कौओं ना खाएल गिद्ध-गिदौर डराए
गली गेल माँश हाड़ भेल बाहर, रोम-रोम विकलाही
पंछी एक उरल गंगा में ऊपर पंख पसारी
देखू गंगा जी के महिमा सेहो कोना तर जाई
गेल बैकुंठ मुदित मन देखू आरती सुर उतराई
भोला जी गंगा जी के महिमा कहई त अधिक लजाई [1]

(अगर संपूर्ण जीवन में सुख प्राप्त करना हो तो सुबह-सुबह उठकर गंगा-गंगा नाम का स्मरण करना चाहिए। क्योंकि एक महा पापी व्यक्ति जो मगहर जैसे अपवित्र स्थान में मरा और जिसके सड़ते गलते माँस को गिद्ध, गीदड़ और कौआ तक खाने से डरते हैं ऐसे पापी व्यक्ति का प्राण रूपी पंछी भी गंगा जी के महिमा से तर गया और परम बैकुंठ धाम प्राप्त किया। उस परम पावन गंगा और शिवजी की महिमा का अधिक बखान क्या करूँ मुझे लज्जा आ रही है।)

और संध्या के समय पूरे दिन मेहनत करके लौटे किसान मज़दूर और गो चारन करने वालों का दल अपने श्रम परिहार के लिए स्वच्छंद मन से उल्लास के साथ गाते हुए कहता है–

साँझ लेसाय गेल फूल फुलाय गेल
भँवरा लेल बसेरा मलिनिया लोढ़ लिय
मालिनि लोढ़-लोढ़ भरि लेल दोना
एक त मलिनिया मृग मद मातलि
दोसरे भरल फूल दोना
फूलहि लोढ़-लोढ़ हार जे गाँथल
लय पहिराओल दुलरुआ [2]

(अर्थात्–संध्या के दीप दुप-दुप कर जल उठे। फूल खिल गये। उन पर भौंरों ने बसेरा लिया। मालिन ने फूल लोढ़-लोढ़ कर अपने दोने भर लिये। हे मालिन, फूल लोढ़ लो। एक तो मालिन मृगमद-तरुणाई की कस्तूरी से मतवाली है। दूसरे उसके हाथ में फूलों से भरा दोना-फूल-डाली है। फूल लोढ़-लोढ़ कर मालिन ने गसीले गजरे बनाये। और अपने प्यारे के गले में डाल दिया। हे मालिन फूल लोढ़ लो।)

संक्षेप में कहें तो भोजन और आहार-विहार जिस तरह जीवन का आवश्यक अंग है, उसी तरह सरस लोकगीतों का गायन भी मिथिलांचल के जनजीवन का दैनिक अंग बन गया है।

प्रकृति का जो सौंदर्य रूपी वरदान मिथिला को मिला है, वही जब काल रूप धारण कर बाढ़ और सुखार जैसी आपदा बनकर आती है तो त्राहिमाम मच जाता है। जनजीवन अस्त-व्यस्त हो उठता है। लेकिन इन सामाजिक, आर्थिक, राजनैतिक और भौगोलिक समस्याओं से त्रस्त होने के बावजूद भी लोगों में हर्षोल्लास की कमी नहीं आती। प्रसिद्ध रचनाकार फणीश्वरनाथ रेणु द्वारा इसी समाज के चित्रण पर प्रगतिवादी आलोचकों की प्रतिक्रिया के संदर्भ में कथाकार निर्मल वर्मा अपने एक लेख 'समग्र मानवीय दृष्टि' में लिखते हैं– "अनेक जनवादी और प्रगतिवादी आलोचक संदेह की दृष्टि से देखते थे–कैसा है यह अजीब लेखक, जो ग़रीबी की यातना के भीतर भी इतना रस, संगीत इतना आनंद छक सकता है, सूखी-परती ज़मीन के उदास मरुस्थल में सुरों, रंगों और गंधों की रासलीला देख सकता है।"[3] मिथिलांचल का यह समाज ऐसा ही है। बाढ़, सुखार, ग़रीबी, भुखमरी, बेकारी, बेगारी जैसे अनेक समस्याओं के होते हुए भी यहाँ उदासी की कोई झलक नहीं मिलती। भूखे पेट भी लोग खुश

हैं, नाच, तमाशा देख रहे हैं और मधुर लोकगीत गाते हुए अपने कर्म में निरत हैं। कर्म का यह सौंदर्य ही मिथिला की पहचान है। कहीं चरवाहों का दल अपने पशुओं को भूल किसी आम वृक्ष के नीचे पत्तों की सरसराहट से अपना स्वर मिलाकर गा रहा है। कहीं खेत के कादो मिट्टी में सने कृषक मज़दूरों का झुंड रोपनी, सोहनी, कटनी करते हुए सामूहिक गायन से पशु-पक्षियों को मोहित किए हुए है। कहीं नदी, तालाब से पानी भरकर गगरी लिए पनिहारिन संगीत में अपनी विरह व्यथा एक दूसरे को सुना रही हैं। कर्म गीतों के इसी सौंदर्य के संदर्भ में 'श्री रामइक़बालसिंह 'राकेश' अपनी पुस्तक 'मैथिली लोकगीत' में लिखते हैं–"तपे अंगारों से जलते, ऊबड़-खाबड़ खेतों में, दिन-भर काम कर हरवाहे और मजदूर संध्या को थके-माँदे चूर लौटते हैं। और भोजनोपरान्त रात्रि में ढोल, डफ, बोर, फाल के स्वरों में स्वर मिला कर ताल-लय-संयुक्त वाणी का अजस्त्र वर्षण करते हैं। उस समय वे पल-भर के लिए दिन-दुनिया भूल कर अलमस्त हो किसी अचिन्त्य प्रदेश में पहुँच जाते हैं और उनकी विद्युत् भरी स्वरलहरी गाँवों के प्रशांत सन्नाटे को चीर कर गगन में घूम-घूम कर विलीन होने लगती है।"[4] यह श्रम संगीत अन्य भारतीय भाषाओं की तरह मैथिली साहित्य की अक्षय निधि है। मैथिली भाषा में भी इस प्रकार के श्रमगीतों की भरमार है जो विभिन्न अवसरों पर मेहनतकश किसान मज़दूरों और ग्राम महिलाओं द्वारा गाये जाते हैं।

चाँचर :-

मैथिली श्रमगीतों की परंपरा में चाँचर का विशेष महत्त्व है। चाँचर का शाब्दिक अर्थ होता है 'परती छोड़ी हुई जमीन'। यह गीत मुख्य रूप से पावस ऋतु में खेत रोपनी करते हुए कामकर मज़दूरों द्वारा गाया जाता है। ऊपर वर्षा और नीचे कमर तक खेत के कीचड़ में सने मज़दूर धान रोपनी करते हुए दो दलों में बट जाते हैं। और प्रश्नोत्तरी के रूप में गाते हुए कहते हैं–

कोन मासे हरिअर ठूँठ पाकरा
कोन मासे हरिअर घेनु गाय
कोन मासे हरिअर पातर तिरिया
कोन मासे गौन कैने जाय

चैत मासे हरिअर ठूँठ पकड़ा
भादो मासे हरिअर घेनु गाय

अगहन मासे हरिअर पातर तिरिया
फागुन मासे गौन कैने जाय [5]

(किस महीने में पाकर का ठूँठ गाछ हरा होता है? किस महीने में गाय हट्टी-कट्टी रहती है? किस महीने में पतली तरुणी मस्त हो जाती है? किस महीने में उसका द्विरागमन होता है?

चैत में पाकर का ठूँठ गाछ हरा होता है। भादो में गाय हट्टी-कट्टी रहती है। अगहन में पतली तरुणी मस्त हो जाती है। और फागुन में उसका द्विरागमन होता है।)

इसी प्रकार रोपनी, कटनी करती एक श्रमिक दंपत्ति आपसी नोक-झोंक को गीतों के माध्यम से व्यक्त करते हुए कहतें हैं–

कारि-कारि भइसिया के बेचहु
किनह धेनु जोरि गाय
दिन भर चरइहे कुश कतरा
साँझे से दीहे खूँटवा चढाय

तोहरा सहित अनधन वेचबइ
किनवइ करेहा जोरि भइस
रात-भर चरयवइ कुश कतरा
भोरे देवई खुंटवा चढाय

के तोरा कुटि पिसि देतऊ
के देतऊ रोटिया पकाय
के तोरा कोरा पइसि सुततऊ
के तोरा देतऊ जगाय

चेरिया त कुटि पिसि देतइ
माय देता रोटिया पकाय
लठिया त कोरा पइति सुततइ
पड़रू देता पसर जगाय

चेरिया त जयतऊ ससुररिया
अम्मा तेजतऊ परान

लठिया न दुटि फुटि जयतऊ
पड़रू। के लेतऊ चोराय

चेरिया के देवई गोर बेरिया
अम्मा के अमृत पिलाय
बिट पइसि लाठी काटि लयवइ
पहरू के सुतयवइ गोरथारि

(पत्नी कहती है—रे प्रियतम, काली-काली भैंसों को बेच कर गाय की एक अच्छी जोड़ी खरीद लो। उसे दिन-भर कुश-कतरा चराना और साँझ होते-होते खूँटे पर चढ़ा देना।

पति ने कहा—हे गोरी, मैं तुम्हारे सहित अन्न-धन बेच डालूँगा और अच्छी नस्ल की गुजराती एक जोड़ी भैंस खरीदूँगा जिसके सींग ऐंठे हुए होंगे। उसे रात-भर कुश-कतरा चराऊँगा और भोर होते-होते खूँटे पर चढ़ा दूँगा।

पत्नी कहती है—रे प्रियतम, कौन तुम्हें कूट-पीस कर देगी? कौन तेरे लिये रोटी पकायेगी? कौन तेरी गोदी में पैठ कर सोयेगी और कौन पिछली पहर रात में तुम्हें पसर चराने के लिये जगा देगा? पति ने कहा—हे गोरी, लौंडी मुझे कूट-पीस कर देगी। माँ मेरे लिए रोटी पकायेगी। जीवन-संगिनी लाठी मेरी गोद में पैठ कर सोयेगी और पिछली पहर रात में पसर चराने के लिये मुझे पड़रा (भैस का बच्चा) जगा देगा।

पत्नी कहती है—रे प्रियतम, लौंडी ससुराल चली जायेगी। तेरी माँ कुछ दिनों में गंगा लाभ करेगी। तेरी जीवन-संगिनी लाठी टूट-फूट जायेगी और तुम्हारे पड़रे को चोर चुरा ले जायेगा। पति ने कहा—हे गोरी, लौंडी के पैरों में बेड़ी डाल दूँगा। जिससे वह भाग न सके। माँ को अमृत पिला कर जिला दूँगा, बसवारी में पैठ कर लाठी काट लाऊँगा और पड़रे को पैताने सुलाऊँगा।)

इन सरस और सुंदर चाँचर गीतों के रचयिता का नाम नहीं मिलता। ये उस मूक श्रमिक शोषित वर्ग की आवाज़ है जिसका असली धन प्रकृति की नैसर्गिक छटा है। और जिसका ईश्वर के अलावा कोई भला चाहने वाले नहीं। इस संदर्भ में श्री रामइक़बालसिंह 'राकेश' लिखते हैं—"यह श्रमिक, पददलित, बीन, शोषित और सर्वहारा प्राणियों का प्रिय गीत है। क्षुधा-ग्रस्त घिनौने वातावरण के बीच जिन्दगी की ताज़गी और हरापन को बरकरार रखना 'चाँचर'—रचयिताओं की पैनी सूझ का अभिनन्दनीय सबूत है और ग़रीबी के दामन में सन्तोष के चमकीले गोटे लगाना इनकी कला-परम्परा का केन्द्र बिंदु थकान और ठोकर

से ऊब कर हवा के डैनों के सहारे उड़ना इनके अनपढ़ कलाकारों को गवारा नहीं होता।"[7]

साँझ :-

जब गायें दिन भर चरकर थान पर लौट आती हैं, जब सूर्य देवता अस्तांचल गामी हो जाते हैं, जब पूरे दिन मज़दूरी करके कृषक समूह अपने परिवार के साथ वापस अपने गृहस्थान लौटते हैं। तब पूरे दिन कि हाड़ तोड़ मेहनत और भविष्य की चिंता से मुक्ति के लिए ये मेहनतकश लोग चौपाल में मीठे-मीठे गीतों को गाकर चिंता मुक्त होते हैं। इन्हीं सरस मधुर गीतों को संझा बेला में गाये जाने के कारण 'साँझ' कहा जाता है।

साँझ भेल न घर आयल कन्हैया
घर रोवे बछरु बाहर रोवे गैया
पलगा बैसल रोवे यशुमति मैया
न जाने कोन वन फिरत कन्हैया
बनाओल खीर सेहो भेल बासी
न जानी कोन वन पड़ल उपासी
ओछाओल सेज सेहो भेल बासी
न जानी कोन वन फिरत उपासी
कतय गेल किय भेल घेनु चरैया
न जानी कोन वन फिरत कन्हैया [8]

(संध्या हुई, लेकिन कन्हैया घर नहीं आया। घर में बछड़े रोते हैं और बाहर गायें रो रही हैं। पलंग पर बैठी हुई माँ यशोदा विसूर रही है कि न जाने मेरा कन्हैया किस निर्जन वन में भटक रहा है? भोजन के लिए जो खीर पकाई थी वह भी बासी हो गई। पान के लगाये बीरे बासी हो गये। न जाने किस वन में मेरा कन्हैया भूखा भटक रहा है? ओछाई हुई सेज बासी हो गई। न जाने किस वन में मेरा कन्हैया उदासी वन कर भटक रहा है? गाय का चरवाहा मेरा कन्हैया क्या हुआ? कहाँ खो गया? न मालूम किस विजन वन में मेरा कन्हैया भटक रहा है?)

जाँत के गीत (जँतसारि) :-

लोकगीत एक ओर जहाँ सुख सौंदर्य के प्रतीक रूप में हर्षोल्लास को निरूपित करते हैं वहीं जीवन की विभिन्न कारुणिक कथाओं और सामाजिक

विसंगतियों को व्यक्त करने का माध्यम हैं। ख़ासकर स्त्रियाँ, पुरुष प्रधान समाज में लोकगीतों के माध्यम से ही अपने आप को अभिव्यक्त कर सकती थी। अपने हर्ष-विषाद को बताने का उनके पास इससे अच्छा माध्यम नहीं था। और यह कार्य मुख्य रूप से वह जब सामूहिक रूप से कूटने, पीसने का कार्य करती थी तब अधिक होता था।

तोहरो जे चानो बहिनो! बिरह के मातलि,
चेरी सँगे गहुमा पीसन गेली रे, दैया!
जौं मोरी चानो बहिनो गहुमा पीसन गेली,
अम्मा सिखौनी लगनी गैतथि, रे दैया।
तोहरो जे चानो बहिनो, बिरह क मातलि,
चेरी सँग पनियाँ ले, गेली, रे दैया[19]

(हे चानो बहन अर्थात् हे सखी विरह से मतवाली होकर जो मैं सखियों के साथ गेहूँ पीसने जाँते के पास गई तो अम्मा मुझे गाना सिखाने लगी जिससे मेरा विरह और बढ़ गया और मैं उससे बचने के लिए सखियों के संग पानी लाने का बहाना करके चली गई।)

बटगमनी :-

बटगमनी का शाब्दिक अर्थ होता है-'पथ पर गमन करने वाली। इस गीत को मुख्य रूप से मिथिलांचल की स्त्रियाँ मेला-ठेला, हाट-बाजार, या नाच आदि देखने जाते वक्त सामूहिक रूप से गातीं हैं। इसके अलावा पनिहारिनें एकांत नदी से पानी का घड़ा भरकर सर पर धरे जब पथरीले संकरे खेतों की पगडंडियों से गुजरते हुए गाती चलतीं हैं। और गीतों से के माध्यम से ही अपनी सखियों तक अपने मनोभावों को बताती हैं। बटगमनी में संयोग और वियोग दोनों प्रकार के गीतों का चलन है।

जनमल लौंग दुपत भेल सजनि गे
फर फूल लुवघल जाय
साजी भरि-भरि लोढल सजनि गे
सेजही दय छिरिआय
फुनक गमक पहुँ जागल सजनि गे
छाडि चलल परदेश
बारह वरिस पर आयल मजनि गे
ककवा लय संदेश

ताही में लट झारल नजनि गे
रचि-रचि कयल श्रृंगार[10]

(हे सखी, लौंग के बीज अंकुरित हुए और उसमें दो पत्ते उग आये। फल पाकर वह फल-फूल से लद गया। तब मैंने डाली भर-भर कर उसके फूल इकट्ठे किये और फिर उन्हें प्रियतम की सेज पर बिखेर दिया। उन फूलों की गंध से मेरे प्रियतम की नींद टूट गई और वह मुझे छोड़-कर परदेश चले गये। हे सखी, वह पुनः बारह वर्ष पर वापस आये और मेरे लिए अपने साथ कंघी उपहार में लाए। मैंने उसी से अपने उलझे हुए वालों को संवारा और रच-रच कर श्रृंगार किया।)

पीतम पीत लगाओल सजनि गे
बसल जाय कोन देश
हमरो देखाय देहु तोहि सजनि गे
जायबै हुनक उदेश
जोगिनि वेश बनायब सजनी गे
जटा बनायक केश
कर कमडल झोरी लय सजनि गे
करव अटन परदेश
कवि 'दुखभजन' कह सुनु सजनि गे
धीर घरु दुर हयत क्लेश[11]

(हे सखी, मेरे प्रियतम प्रीति लगा कर किस देश में चले गये? मुझे उनका पता बता दो। मैं उनको खोज लूँगी। हे सखी, मैं योगिन का भेष बना कर अपने केशों को जटा बनाऊँगी और हाथ में कमंडल और झोली लेकर परदेश-यात्रा करूँगी। कवि 'दुखभाजन' कहता है–हे नायिके, तुम धीरज धरो। तुम्हारा दुःख अवश्य दूर होगा।)

ग्वालरि :-

ग्वालरि लोकगीत शैली में मुख्य रूप से कृष्ण और गोपिकाओं की नोक-झोंक और दही, गोरस आदि बेचने के दृश्यों का सजीव चित्रण मिलता है। ग्राम वधुएँ मुख्य रूप से इसका गायन अवसर विशेष पर करती है। गोपिकाओं के माध्यम से वो अपनी विरह उद्‌गार को व्यक्त करती थी।

आधि रतिया सेज त्यागल
छीक देल दधि टाग र

छीक गुनिनहुँ घरहि रहितहुँ
देव हरलन्हि ज्ञान रे
आँगा पाँछा पार्दा ताक ग्वालिनि
केहि दउरल आव री
दउडल आवथि थोढ़ कान्हा
हाथ शोभय बाँसुरी
बाँह शोभन वाजवन्द
चरण मेहदी लाल री [12]

(आधी रात को ही सेज से उठ कर दही के कमोरों को छीकों पर टाँगा। री महर, यदि छीकों पर रक्खे मीठे दही दूध की चोरी का ख़्याल रखती तो घर में ही रहती। किंतु, देव ने हमारी मति मार दी। ग्वालिनें चौकन्नी होकर चारों ओर देख रही है कि कहीं ढीठ कृष्ण अंधेरे में दही-दूध छिपा कर रखने की टोह तो नहीं ले रहा है? इतने में हाथ में बाँसुरी लिये श्रीकृष्ण दिख पड़े। उनकी बाँह में बाजूबंद है और चरण में लाल मेंहदी खिल रही है।)

निष्कर्ष :-

लोक साहित्य की सबसे बड़ी विशेषता यह है कि इसकी रचना किसी व्यक्ति विशेष द्वारा ना होकर सम्पूर्ण समाज द्वारा होता है। इसलिए किसी देश और समाज के यथार्थ की सर्वाधिक झलक शिष्ट साहित्य से अधिक लोक साहित्य में ढूँढा जा सकता है। इसके अलावा लोक साहित्य पीढ़ी-दर-पीढ़ी मौखिक रूप से निरंतर प्रवाहमान रहती है जिससे उसमें निरंतरता का अभाव नहीं रहता। मिथिलांचल के लोकगीतों में सभ्यता, संस्कृति और परंपरा के साथ सामाजिक स्थितियों-परिस्थितियों का यथार्थ अंकन मिलता है। लोकजीवन को मधुर, मनोहर बनाने में श्रम का महत्त्वपूर्ण योगदान है। श्रम विहीन जीवन हर्ष-उल्लास रहित कुंठाओं से ग्रसित होगा। मिथिलांचल का समाज और संस्कृति श्रम पर आधारित है। श्रम के लय-ताल-गति में निर्मित इन लोक संगीतों में मिथिलांचल का दलित, शोषित और कमेरा वर्ग के साथ-साथ पुरुष प्रधान समाज में घुट रहीं स्त्रियों की मार्मिक अभिव्यक्ति हुई है। ये स्त्रियाँ अपने व्यस्ततम घरेलू जीवन में इन्हीं गीतों के माध्यम से आनंद के कुछ अवसर पाती हैं। आज भी समूह में बैठ मिथिला की हमारी माताएँ बहनें अदौरी, कुंभरौरी, तिलौरी, तीसीऔरि आदि बनाती हुई जब इन सरल सरस और मनोभावन गीतों का तान छेड़ती हैं तो सम्पूर्ण मिथिला और मैथिली का सौन्दर्य अपने चरम पर होता है।

संदर्भ ग्रन्थ :-

1. श्रीमती शबनम देवी द्वारा गाया गया। (स्वयं संकलित)
2. राकेश, श्री रामइक़बाल सिंह, मैथिली लोकगीत, हिन्दी साहित्य सम्मेलन, प्रयाग, द्वितीय संस्करण, 2012, पृष्ठ-335
3. रेणु, फणीश्वरनाथ, ऋणजल धनजल, राजकमल प्रकाशन, दिल्ली, आठवाँ संस्करण, 2021, पृष्ठ-17
4. राकेश, श्री रामइक़बाल सिंह, मैथिली लोकगीत, हिन्दी साहित्य सम्मेलन, प्रयाग, द्वितीय संस्करण, 2012, पृष्ठ-13
5. वही, पृष्ठ-324-325
6. वही, पृष्ठ-327-328
7. वही, पृष्ठ-319
8. वही, पृष्ठ-336
9. शास्त्री, डॉ. तेज नारायण लाल, मैथिली लोकगीतों का अध्ययन, विनोद पुस्तक मंदिर, आगरा, प्रथम संस्करण, 1962, पृष्ठ-170
10. राकेश, श्री रामइक़बाल सिंह, मैथिली लोकगीत, हिन्दी साहित्य सम्मेलन, प्रयाग, द्वितीय संस्करण, 2012, पृष्ठ-262-263
11. वही, पृष्ठ-268-269
12. वही, पृष्ठ-340

-निर्मल कुमार

शोधार्थी, भारतीय भाषा केंद्र, नई दिल्ली-110067

जवाहरलाल नेहरू विश्वविद्यालय

16

ढूँढाड़ी भाषा के लोकगीतों में स्त्री और समाज

-डॉ. रामचंद्र मीना (सहायक आचार्य)

लोकगीत, लोकसाहित्य की एक विधा है। जिन्हें एक व्यक्ति नहीं बल्कि पूरा लोक समाज अपनाता है। सामान्यत: लोक में प्रचलित, लोक द्वारा रचित एवं लोक के लिए गाये गये गीतों को लोकगीत कहा जाता है। लोकगीत एक कंठ से दूसरे कंठ, एक पीढ़ी से दूसरी पीढ़ी तक यात्रा करते हैं। हिंदी साहित्य कोश के अनुसार "लोकगीत सम्पूर्ण सृष्टि में व्याप्त लोकमानस की सुख-दु:खात्मक अनुभूतियों की सरस रागात्मक अभिव्यंजना का लयनात्मक उपहार है।" लोकगीत अपनी संस्कृति एवं परम्परा को संरक्षित करने में महत्त्वपूर्ण भूमिका निभाते हैं। ये गीत पीढ़ियों से चले आ रही कहानियों, मिथकों और रीति-रिवाजों को संजोए रखते हैं। यह साहित्य मौखिक होता है और परम्परागत रूप से चला आ रहा है। 'लोक' शब्द से एक समाज का बोध होता है। आचार्य हजारी प्रसाद द्विवेदी के अनुसार "'लोक' शब्द का अर्थ 'जनपद' या 'ग्राम' से नहीं हैं। बल्कि नगर या ग्रामों में फैली समस्त जनता से है। जिसके व्यावहारिक ज्ञान का आधार साधारण पोथियाँ नहीं हैं। ये लोक नगर में परिष्कृत रूचि संपन्न तथा संस्कृति समझे जाने वाले की अपेक्षा अधिक सरल और अकृत्रिम जीवन के अभ्यस्त होते हैं।" इस प्रकार 'लोक' मानवीय समाज का एक वर्ग है तथा लोकगीत सामाजिक संरचना को समझने में मदद करते हैं। वे जाति, वर्ग, लिंग और अन्य सामाजिक वर्गों के बीच संबंधों को प्रकट करते हैं। लोकगीतों के माध्यम से मानव जीवन के जन्म से लेकर मृत्यु के संस्कार, माता-पिता के करुण स्वर, आनंद, विवाह का अवसर, बधाई या मंगलाचार आदि को अभिव्यक्त किया जाता है। साथ ही लोकगीतों में अलग-अलग क्षेत्रीय एवं स्थानीय भाषा, बोली, संस्कृति, रहन-सहन में संवाद देखने को मिलते हैं। भारत एक बहुभाषिक देश है। यहाँ सांस्कृतिक विविधता के साथ-साथ भाषायी विविधता भी देखने को मिलती हैं। लोकगीत भी अलग-अलग क्षेत्रीय भाषाओं और बोलियों में लिखे गए हैं, जैसे भोजपुरी, मैथिली, मराठी, पहाड़ी, ब्रज,

मारवाड़ी तथा ढूँढ़ाड़ी आदि प्रमुख क्षेत्रीय भाषाएँ और बोलिया है।

राजस्थान का अपना गौरवमयी इतिहास रहा है। यहाँ की लोक-संस्कृति में लोकगीत रचे-बसे हैं। राजस्थानी भाषा की बोलियों में मारवाड़ी, मेवाती, मालवी एवं ढूँढ़ाड़ी प्रमुख हैं। ढूँढ़ाड़ी राजस्थान की प्रमुख बोली है। इसका क्षेत्र पूर्वी राजस्थान है जिसे ढूँढ़ाड़ प्रदेश भी कहा जाता है। ढूँढ़ाड़ी बोली को जयपुरी या झाड़शाही भी कहा जाता है। यह भाषा अजमेर, टोंक, जयपुर, दौसा व अलवर के कुछ भागों में बोली जाती हैं। ढूँढ़ाड़ी बोली की उपबोलियों में तोरावती, नागरचोल, चौरासी, हाड़ोती आदि प्रमुख हैं। ढूँढ़ाड़ी शब्द की उत्पत्ति 'ढूँढ़' शब्द से हुई हैं जिसका मतलब होता है टीला। अतः इस क्षेत्र से बहने वाली 'ढूँढ़' नदी के नाम से इसको ढूँढ़ाड़ी कहा जाता है। इस संबंध में इतिहास वेत्ता कर्नलटॉड ने लिखा है, "पूर्व काल में जो बनेर नामक स्थान के निकट ही ढूँढ़ नाम का विख्यात शिखर था उसी से ढूँढ़ाड़ नाम की उत्पत्ति हुई हैं। ढूँढ़ शिखर के संबंध में चौहान जाति में एक कथा प्रचलित है कि चौहान जाति के विख्यात राजा बीसलदेव ने इसी शिखर पर तपस्या की थी।" ढूँढ़ाड़ प्रदेश के लोकगीतों की परम्परा बहुत पुरानी है। इन गीतों का एक चरण प्राचीन है तो एक आधुनिक। यहाँ के गीतों में एक ओर प्राचीन आख्यान मिलते हैं, वहीं दूसरी ओर आधुनिक समाज का वास्तविक स्वरूप देखने को मिलता है। ढूँढ़ाड़ी भाषा के लोकगीतों का गायन जन्म, मुंडन, विवाह, मिलन-वियोग, प्रेम-हर्ष, विषाद तथा उत्सव आदि अवसरों पर होता रहा है। जिसमें एक ओर सांस्कृतिक विविधता एवं भक्ति भावना मिलती है, वहीं दूसरी ओर समाज में व्याप्त सामाजिक कुप्रथाएँ, स्त्री के प्रति समाज का दृष्टिकोण, कन्या भ्रूण हत्या, दहेज़ प्रथा, स्त्री शिक्षा तथा स्त्री-पुरुष समानता के प्रश्न आदि सामाजिक समस्या का यथार्थ चित्रण ढूँढ़ाड़ी भाषा के लोकगीतों में मिलता है।

लोकगीतों के माध्यम से राजस्थानी संस्कृति को जोड़ने के साथ-साथ समाज व स्त्री चेतना का प्रतिबिम्ब दिखाई देता है। विवाह के पश्चात् स्त्री गृहस्थ जीवन में प्रवेश करती हैं। पति की सहधर्मिणी होने के नाते उसके भी वे सब अधिकार और कर्तव्य होते हैं, जो पति के होते हैं। ससुराल में वधु के आते ही चारों ओर प्रेम-स्नेह की वर्षा होने लगती है। वधु अपनी सास के स्नेह को देख कर कहती हैं–

ई कलजुग में दोई भला
इक माय दूजी सास।
माय ने जण जन्म दिया
सासू ने दिया घर बार

ई कलजुग में दोई भला
इक ससुराजी दूजा बाप
दादाजी दरब लुटाइयो
ससुराजी लाया दल जोड़
ई कलजुग में दोई भला
एक राजन दूजा वीर
वीर उढ़ावे वाला चुंदड़ी
सायब जी रों अछ्बल राज
सायब जी रों दूनो डोडो राज।

वधू ने सास से कहा कि इस काल में दो ही तो भले हैं पहली माँ, जिसने जन्म दिया है और दूसरी सासू, जिसने घरबार दिया। इस युग में दो ही भले हैं, पहले ससुरजी और दूसरे पिताजी। पिताजी ने प्यार लुटाया है और ससुरजी विवाह करवा के लाएं हैं। इस युग में दो ही भले है, पहले राजन (पतिदेव) और दूसरा भाई। भाई चुंदड़ी उढ़ाता है और पतिदेव की छत्रछाया में मैं राज करती हूँ। उपर्युक्त लोकगीत की पंक्तियों में नवागता वधु ने किस खूबी से अपने मायके और ससुराल की तुलना करके दोनों को समान ठहराया है।

भारतीय समाज में पुरुषाधिपत्य से लाखों स्त्रियाँ दबी पड़ी हैं। लिंग विभेद अथार्त् समाज में स्त्री का अपमान पुरुष का सम्मान, पुरुषों की भूमिका श्रेष्ठ व महत्त्वपूर्ण और स्त्री की भूमिका को हीन माना जाता रहा है। किसान परिवार की नारी की दशा पर लोकगीत का प्रखर पक्ष सामने आता है–

ओंरी जीजी, हम्बे जीजी
भायों खेंवे थ्हारी जीजी सु कह दीज्यो
बथुओं रादें, सैके मक्का रोटी
और खेंवे घोड़-घाड़ छाछ राबड़ी लाज्यो
जीजी भागे बथुआ काटन बेटी सेके रोटी
बेटी खेंवे हम्बे जीजी लागे भूख पेटी
बेटी खावे रोटी-तो जीजी बांधे रोटी
भायों देखे जोत में कब आवैं बेटी
बेटी पहुचें खेत में हैल्यों भायों पावैं
अब भायों धाम-धूम रोटी खाबा आवैं
बेटी घालें रोटी भायों खावे रोटी
बेटी खेवें भायों कैसी लागे मक्का रोटी
भायों खेवें या जून में आछी बथुआ मक्का रोटी।

उपर्युक्त पंक्तियों में किसान आदिवासी नारी की दशा से अवगत हो सकते हैं। इस लोकगीत के माध्यम से नारी और पुरुष की स्थिति से पता चलता है कि जब एक किसान पुरुष जून के महीने में खेत में कार्य करने के लिए जाता है पत्नी और बेटी भी साथ जाती हैं। दोपहर होने लगती है, भूख लगने लगती है तो किसान पत्नी से कहता है कि भूख लगने लगी हैं। पत्नी दौड़कर घर जाती हैं और मवेशियों को पानी पिलाकर बेटी का इन्तजार करती है। बेटी जब घर पहुँचती है तो माँ और बेटी के बीच संवाद देखने को मिलता है। राजस्थान के माड़ क्षेत्र में जब एक किसान परिवार को खेत में काम करते समय भूख लगती है तो वह किसान इस लोकगीत को गुनगुनाकर अपने पेट की भूख शांत कर लेता है। इस लोकगीत के माध्यम से एक किसान परिवार की स्थिति के साथ-साथ पुरुष के जीवन में स्त्री के महत्त्व को भी स्वीकार किया गया है।

भारतीय समाज में बाल-विवाह बहुत अधिक होते रहे हैं। जबकि हमारे भारत का संविधान और कानून इसके खिलाफ़ हैं। ढूँढ़ाड़ क्षेत्र में भी बाल विवाह प्रमुख समस्या रही हैं, यहाँ की बच्चियों को भी इस समस्या से जूझना पड़ता है। बाल-विवाह के विरोध में लोकगीत गाये गये हैं–

नौड़ो-नौड़ो ब्याहखाज्या पांवड़ा पुड़ी
छोट्या बाड़क मत परणाओं छोड़ों पाछली रोड़ी
पहले पढ़ा लिख्याकर हो पैरों पे खड़ा
म्हारीं मन की बात बता दुकौने मार रै पौड़ा

इस लोकगीत के माध्यम से समाज में हो रहे बाल-विवाह के प्रति विरोध प्रकट किया है। लोकगीत में कहा गया है कि लोग जल्दी-जल्दी आकर विवाह में पुआ-पुड़ी खाते हैं। छोटे बच्चे की शादी मत करो, पुरानी बातें छोड़ो। पहले बच्चे को पढ़ा-लिखाकर पैरो पर खड़ा करों उसके बाद ही विवाह करो। इस प्रकार ढूँढ़ाड़ी भाषा के लोकगीतों के माध्यम से भारतीय समाज में व्याप्त बाल-विवाह जैसी प्रथा पर तीखा प्रहार किया गया है। बालविवाह के लेकर यह लोकगीत प्रसिद्ध है–

काका तौने छोटी सी को ब्याह करा दीयों
घुघट कांड कोन जाणु
ननद-भौजाई से बात कोन कर जाणु
काका तौने छोटी सी को ब्याह करा दीयों।

इस प्रकार जब कम उम्र में बेटी की शादी हो जाने पर ससुराल में किस तरह की परेशानियों का सामना करना पड़ता है। इसके सम्बन्ध में बेटी अपने काका(पिताजी) से संवाद कर रही है कि काका आपने मेरा विवाह छोटी सी

उम्र में ही कर दिया है। जिसके कारण मैं न तो ससुराल में घुँघट निकालना जानती हूँ और न ही ननद-सासू से बात करना जानती हूँ।

ढूँढ़ाड़ी भाषा के लोकगीतों में नारी के दो रूप देखने को मिलते हैं। एक ओर तो नारी चतुर गृहणी, आज्ञाकारी पत्नी, गृहलक्ष्मी एवं प्रियतमा है, वहीं दूसरी ओर निंदक, अत्याचारिणी, जलने वाली एवं अयोग्य पत्नी हैं। समाज में कन्या के जन्म को शुभ नहीं माना जाता है। किसी स्त्री का महत्त्व पुत्र जन्म होने से मिलता है। पुत्र के जन्म होने पर अच्छे व्यंजन मिलते हैं वहीं पुत्री के जन्म होने पर साधारण खाना दिया जाता है। इस लोकगीत में पति पत्नी से कहता है–

हँस हँस बाँधी पागड़ी जी
काई झटक संभाल्यों पेच
या लो सुंदर औवरों जी
जो घर जन्मी ड़ावडी जी
थां ने दांगा जी पीर खंदाय
बधाई सुंदर कुण करे जी
थां के अमल्यों का लाडू बंधाय
बधाई थाका बाओ करे जी
जो था जन्मी जी ड़ावडी जी
दादाजी को वंश बड़ाय जी।

इस लोकगीत में कमरे से निकलते समय सुन्दरी पत्नी को भी पति यह कहता है कि प्रिय! पुत्र उत्पन्न करना, पुत्री उत्पन्न किया तो तुम्हें पीहर भिजवा दूँगा और इमली के लड्डू खाने को मिलेंगे; और यदि तुमने पुत्र को जन्म दिया तो वह दादाजी का वंश बढ़ायेगा, तुम्हारे लिए कीमती वस्त्र का पर्दा तनवा कर महल में खाट बिछवाऊँगा। इस लोकगीत के माध्यम से ससुराल में स्त्री की स्थिति का पता चलता है। पुत्री के जन्म होने पर समाज उसे हीनता की दृष्टि से देखता है। आज भी समाज को कन्या-भ्रूण हत्या जैसी विकट समस्या का सामना करना पड़ रहा है।

भारतीय समाज में दहेज़ प्रथा को एक अभिशाप के रूप में माना जाता है। लड़का पक्ष मनमाने रूप से लड़की पक्ष के पास दहेज़ माँगता है और लड़की पक्ष की तरफ से दहेज़ न देने पर लड़की को उत्पीड़न और दंड का सामना करना पड़ता है। ढूँढ़ाड़ी भाषा के लोकगीतों में दहेज़ प्रथा के प्रति जागरूक करने का प्रयास किया है और इसका विरोध प्रकट किया गया है। इस लोकगीत में दहेज़ प्रथा की समस्या को अभिव्यक्त किया है–

जों माँगे छे पिसा जाने राख दयों भूखा
कोई-कोई बहु का भूखा रह च कोई दहेज़ का भूखा,
सासरा में नखरे रेवे काजल-टिकी को
छोरी मारी वजह सू लुट गों घर काका र जीजी को,
मांगे तो दहेज़ छोरो देख ज्यो मतअ
काका र मारा रह जावंगी कुंवारी
धरती बेच ज्यो मत।

इस लोकगीत में दहेज़ प्रथा का विरोध किया गया है। जिसमें कहा गया है, कि जो पैसे (दहेज़) मागते हैं उनको यहाँ कोई अपनी लड़की मत देना क्योंकि समाज में कुछ लोग बहू के लिए सोचते हैं तो कुछ लोग केवल दहेज़ के बारे में सोचते हैं। लड़की के लिए ससुराल में केवल काजल-टिकी जरूरी होती है लेकिन दहेज़ की वजह से लड़की के माता-पिता का घर लुट जाता है। इन तमाम समस्याओं को देखते हुए लड़की पिता से संवाद कर रहीं है, कि काका (पिताजी) कोई अगर दहेज़ माँगता है तो मेरे लिए लड़का मत देखना, मैं जीवन भर कुँवारी रह लूँगी। लेकिन मैं नहीं चाहती मेरे दहेज़ के लिए आप जमीन बेचो। इस प्रकार भारतीय समाज में दहेज़ प्रथा एक विकट समस्या है जिसकी वजह से न केवल लड़की का जीवन बर्बाद होता है बल्कि उसके माता-पिता भी लम्बे समय तक इस समस्या से बाहर नहीं निकल पाते हैं। आज भी देश में स्त्रियों को दहेज़ की वजह से ससुराल में उत्पीड़न और शोषण का शिकार होना पड़ता है और अंत में आत्महत्या करने को मजबूर हो जाती हैं।

इस प्रकार उपर्युक्त ढूँढ़ाड़ी भाषा के लोकगीतों के माध्यम से स्त्री और समाज का प्रतिबिम्ब देखने को मिलता है। ढूँढ़ाड़ क्षेत्र के लोग आज भी लोकगीतों के माध्यम से समाज में व्याप्त सामाजिक कुप्रथाओं, समाज में स्त्री का शोषण, नारी शिक्षा आदि को लेकर लोगों में चेतना जागृत करते हैं। पूर्वी राजस्थान में मीणा गीत दंगल, कन्हैया गीत दंगल, कालबेलिया गीत और रात्री जागरण आदि आयोजनों के द्वारा लोकगीतों का गायन किया जाता रहा है। इसलिए हम कह सकते हैं कि ढूँढ़ाड़ क्षेत्र के लोकगीतों में बड़ा रहस्य छुपा हुआ है। इनको नहीं अपनाया गया तो धीरे-धीरे हमारे समाज की लोक-संस्कृति जर्जर अवस्था में आने लगेगी और भारतीय समाज की मूल संस्कृति का विनाश होता चला जाएगा और पश्चिमी संस्कृति का प्रभाव देखने को मिलेगा। इसलिए समाज में लोकगीतों का अपना महत्त्व हैं।

-डॉ. रामचंद्र मीना (सहायक आचार्य)
श्यामा प्रसाद मुखर्जी कॉलेज ऑफ वीमेन, दिल्ली विश्वविद्यालय, दिल्ली-110007

17

राजस्थानी लोकगीतों में पणिहारियों के गीत और पनघट

-जुंजार सिंह

हमारा साहित्य मुख्यतः दो रूपों में उपलब्ध होता है—शास्त्रीय साहित्य, ऐसा साहित्य जो एक व्यक्ति विशेष द्वारा शास्त्रीय नियमों और उपनियमों का निर्वाह करते हुए रचित हो तथा लोक साहित्य, यह साहित्य मौखिक परम्परा से प्राप्त होता है और इसका सम्पूर्ण रूप व्यक्ति विशेष द्वारा रचित न होकर काल-परम्परानुसार अनेक जन-समुदायों द्वारा रचित और परिमार्जित होता है। हमारा लोक-साहित्य केवल ग्राम्य जनता और आदिवासियों में ही प्रचलित नहीं है, वरन् नगरों के परिवारों में भी इसका प्रसार व महत्त्व है। परिवारों के अनेक धार्मिक और सामाजिक पर्व और विधि-विधान लोकगीतों और लोक कथाओं आदि से सम्पन्न किये जाते हैं। अनेक धार्मिक अवसरों पर लोक-गीतों का व्यवहार अनिवार्य होता है।

आचार्य हजारीप्रसाद द्विवेदी ने लोक शब्द की व्याख्या करते हुए लिखा है—लोक शब्द का अर्थ जनपद या ग्राम्य नहीं है बल्कि नगरों और गाँवों में फैली हुई वह समूची जनता है, जिसके व्यावहारिक ज्ञान का आधार पोथियाँ नहीं है। ये लोग नगर में परिष्कृत, रूचि-सम्पन्न तथा सुसंस्कृत समझे जाने वाले लोगों की उपेक्षा अधिक सरल और अकृत्रिम जीवन के अभ्यस्त होते हैं।

संसार के सभी देशों में लोकगीत पाए जाते हैं। जब से भाषा की उत्पत्ति हुई और मनुष्य थोड़ा सामाजिक और पारिवारिक बना तभी से इनका प्रादुर्भाव हुआ। भारतवर्ष के सभी राज्यों के लोकगीतों में भाव की दृष्टि से बहुत समानता है। भाषा का अंतर अवश्य है। जन समुदाय के द्वारा गाए जाने वाले परंपरागत गीतों को हम लोकगीत कहेंगे। इसमें ग्रामगीत भी हैं और कस्बों तथा शहरों में गाए जाने वाले गीत भी। शास्त्रीय संगीत भी लोकगीतों से ही बना है। जब इसमें जटिलता लाई गई और उसको दुरूह कर दिया गया तब शास्त्रीय संगीत बन गया। जिस प्रकार जनता की भाषा से ही साहित्यिक भाषा बन जाती है और वह

वर्ग विशेष का सीमित लोगों की ही वस्तु बन जाती है उसी प्रकार लोकगीतों से ही शास्त्रीय संगीत बना। उदाहरणार्थ, किसी जमाने में संस्कृत जनता की भाषा थी। समय पाकर पालि जनता की भाषा हो गई और संस्कृत पठित लोगों की रह गई। ऐसा ही लोकगीत और शास्त्रीय संगीत के साथ हुआ। लोकगीतों में भी वर्षों में जाकर थोड़े परिवर्तन हो जाते हैं। गायकी में भी अंतर होता है। आदिम मानव का संगीत ऐसा नहीं था जैसा आज का लोक समुदाय गाता है। यदि हम आदिम जातियों के गीतों का अध्ययन करें तो पता चलेगा कि वह राग रागिनी और संगीत से काफी दूर हैं। उनमें स्वर प्रसार कम हैं। फलस्वरुप उनमें कम ही स्वरों का प्रयोग होता है। इस प्रकार लोकगीतों के स्वरों में तथा उनकी धुनों में किंचित परिवर्तन वर्षों के बाद होता रहता है। जिस देश के लोकगीत बड़े आकर्षक और कलापूर्ण होंगे उसका शास्त्रीय संगीत भी संपन्न और समृद्ध होगा।

राजस्थानी लोकगीतों के माध्यम से पूर्व वैदिककाल से आधुनिककाल तक के राजनैतिक, सामाजिक, धार्मिक और सांस्कृतिक विषयों में हुए अनेक उथल-पुथल एवं परिवर्तन ज्ञात किये जा सकते हैं। भाषा-शास्त्र की दृष्टि से अध्ययन करने पर ज्ञात होता है कि वैदिक काल के अनेक शब्द-प्रयोग राजस्थानी गीतों में ही अब सुरक्षित है। हमारा जातीय और सांस्कृतिक इतिहास इन लोकगीतों में ही रक्षित है।

पश्चिमी राजस्थान में पानी की कमी सामान्यतः रहती है। यहाँ कोई बारहमासी नदी नहीं है, क्योंकि यहाँ पर जाने वाली खास किस्म की मिट्टी (रेत)उसमें बिल्कुल सहायक नहीं है। यहाँ पानी का मुख्य स्रोत वर्षा जल ही है, वह भी पूरे भारत की औसतन वर्षा का आधा 60 सेंटीमीटर हैं, तो इस कारण यहाँ के लोगों ने जलापूर्ति के लिए कुएँ, तालाब, बावड़ी, नाड़ी इत्यादि को बनाया। इनको बनाने का अधिकतर कार्य समाज के पुरुष वर्ग ने किया। जबकि इससे पानी को खींचकर घर तक लाने का कार्य ज्यादातर महिलाएँ करती है। घर से दूर कुएँ से पानी भरकर लाने वाली महिलाओं को 'पणिहारी' कहा जाता है। इन सब पणिहारियों का समय तय होता है कि सुबह-शाम कब पानी लाने जाना है। सामान्यतः गाँव में एक ही कुआँ होता है या दो-तीन गाँव में एक होता है, जो कि घरों से दूर होते हैं, तो वहाँ से पानी लाने जाते समय तथा कुएँ पर पानी भरते समय ये पणिहारियाँ आपस में अपना सुख-दुःख, विरह, बिछड़न, मिलन, सामाजिक और निजी समस्याएँ, पारिवारिक क्लेश आदि भावों को गीतों के माध्यम से व्यक्त करती थी, जिसमें विरह की प्रधानता

रहती थी।

आगे पणिहारियों के कुछ लोकगीतों के बारे में बताया गया है–

पणिहारी

सात सहेलयाँ रो झूलनो ए पणिहारी जी ए लो,
ओ मिरगा नैणीजी ए लो
गयी गयी समाड़ तलाव, बा-ला-जो
किणजी खुदाया नाड़ा-नाडिया ए
पणिहारी जी ए लो, ओ मिरगा नैणीजी ए लो
किणजी खुदाया समद तलाव, बा-ला-जो
सुसरो जी खुदाया नाड़ा-नाडिया ए
पणिहारी जी ए लो, ओ मिरगा नैणीजी ए लो,
पीवजी खुदाया समद तलाव, बा-ला-जो
बिजोड़ी सहेल्यन बावड़ी ए पणिहारी जी ए लो,
ओ मिरगानैणीजी ए लो
औरन रे काजल टिकिया ए पणिहारी जी ए लो,
ओ मिरगा नैणीजी ए लो
थारोड़ा फीका फीका नैण, बा-ला-जो
औरन रा पर्णया घर बसे ए पणिहारी जी ए लो, ओ मिरगा नैणीजी ए लो,
महारोड़ा बसे रे परदेस, बा-ला-जो

नई नवेली दुल्हन पानी लाने जाती है तब अपनी साथी पणिहारियों से पूछती है कि यह तालाब किसने बनाया है? तो वह उत्तर देते हैं कि यह ससुर जी ने बनाया है। यह गाना प्रश्नशैली में गाया गया है। दूसरा सवाल आता है कि बाकी सब की आँखों में काजल और माथे पर बिंदी लगाई हुई है तुम्हारे यह श्रृंगार क्यों नहीं है, तो वह अपनी सहेली को जवाब देती है कि बाकी सब के पति घर पर ही रहते हैं मेरे वाले बाहर विदेश में रहते हैं तो मैं श्रृंगार किसके लिए करूँ। इस प्रकार इस गीत में अपने ससुराल के परिवेश के साथ-साथ अपने प्रिय पति से भी बिछड़ने की भावना तथा जानकारी का आदान-प्रदान किया गया है

धीरे चाल रे पणिहारी

धीमि चलो ये पनिहारी लहंगो गर्द भरे।
गर्द भरे ये लहंगो गर्द भरे।
धीमी धीमी चालू तो म्हारी सास लड़े है।

उतावली चालू तो म्हारी चुनरी उड़, धीमि चलो ये।
धीमि चलो ये पनिहारी लहंगो गर्द भरे। धीमि चलो ये।
धीमी धीमी चालू तो म्हारासुसरो जी लड़े हैं।
उतावली चालू तो म्हारे धरण पड़े, धीमि चलो ये।
धीमि चलो ये पनिहारी लहंगो गर्द भरे। धीमि चलो ये।
धीमी धीमी चालू तो मारी नणदल सा लड़े है।
उतावली चालू तो मारी पायल अड़े, धीमि चलो ये।
धीमि चलो ये पनिहारी लहंगो गर्द भरे। धीमि चलो ये।
धीमी धीमी चालू तो महारो गीगलो रोवेला।
उतावली चालू तो म्हारी चाल रुके, धीमि चलो ये।
धीमि चलो ये पनिहारी लहंगो गर्द भरे। धीमि चलो ये।
धीमी धीमी चालू तो महाराज साहेब जी लड़े।
उतावली चालू तो मारी कमर लुडे, धीमि चलो ये।
धीमि चलो ये पनिहारी लहंगो गर्द भरे। धीमि चलो ये।
धीमि चलो ये पनिहारीलहंगो गर्द भरे। धीमि चलो ये।
गर्द भरे ये लहंगो गर्द भरे।
धीमि चलो ये पनिहारी लहंगो गर्द भरे। धीमि चलो ये।

इस गीत में पणिहारी पानी लाने जाने वाले रास्ते में अपनी साथी पणिहारी से कहती है कि थोड़ा धीरे-धीरे चलो वरना मेरा लहंगा उलझ रहा है। तो इस प्रकार तेज चलने व धीरे चलने के कारणों व तर्कों का जिक्र इस गीत में किया गया है। पहली महिला धीरे चलने के कारण बताती है कि उसका लहंगा उलझ रहा है, पानी का मटका स्थिर नहीं रह पा रहा है जिससे उसके गिरने तथा टूटने का भय भी सता रहा है और पैर में मोच भी पड़ सकती है। इसका उत्तर तेज चलने वाली स्त्री देती है कि यदि वह धीरे चली तो पीछे घर में सास और जेठानी गुस्सा होगी। यहाँ इस गीत में सास बहू के रिश्ते की खटास भी सामने आई है।

पानीड़ो बरसा दे म्हारा राम
पानीड़ो बरसा दे म्हारा राम रे
ए उबी-उबी जोउ थारी बाट रे
पानीड़ो बरसा दे म्हारा राम रे
ओ माँग्यो आषाढ़ लाग्यो सावन सुहावणो
सहेलिया रे संग म्हाने पानीड़े नी जाव णो

पानीड़ो बरसा दे म्हारा राम रे
ए उबी-उबी जोउ थारी बाट रे
पानीड़ो बरसा दे म्हारा राम रे
हरिया-हरिया खेता माही उँचो-उँचो रुखड़ो
चढ़-चढ़ जोउ बाट आवेलो भभुकड़ो
पानीड़ो बरसा दे म्हारा राम रे
ए उबी-उबी जोउथारी बाट रे,
पानीडो बरसा दे म्हारा राम रे

इस गीत में नायिका भगवान से प्रार्थना करती है कि अब तो बारिश करके पानी बरसा दो। अभी संसार का हर जीव पानी का इंतजार कर रहा है, पानी की कमी के कारण धरती सूख चुकी है। तथा इस गीत में पानी की कमी के कारण होने वाले प्रभावों का जिक्र किया गया है। और भगवान से जल्द ही जल्द पानी बरसने की विनती की गई है।

कांगसियो

पंनिहारया ले गई रे। पणिहारया ले गई रे।
म्हारा छैल भंवर रो कांगसियो पणिहारयारया ले गई रे।
म्हारा आलिजा भंवर रो कांगसियो पणिहारया ले गई रे।
पणिहारया ले गई रे छैलबैरनियाँ ले गई रे
पणिहारया ले गई रे छैलबैरनियाँ ले गई रे
म्हारा छैल भंवर रो कांगसियो पणिहारया ले गई रे।
म्हारा छैल भंवर रो कांगसियो पणिहारया ले गई रे।
डोढ मोहर रो कांगसियो में अथवाडा सु ल्याई रे,
डोढ मोहर रो कांगसियो में अथवाडा सु ल्याई रे
दांते दांते मोती जड़िया अधबीच हीरा जड़िया रे।
दांते दांते मोती जड़िया अधबीच हीरा जड़िया रे।
बींजारया ले गई रे छैल बींजारया ले गई रे,
म्हारा छैल भंवर रो कांगसियो पणिहारया ले गई रे।
म्हारा छैल भंवर रो ककांगसियो पणिहारया ले गई रे।
म्हारा आलिजा भंवर रो कांगसियो पणिहारया ले गई रे
जयपुर हेर जोधपुर हेरयोकठे ना पायो कांगसियो।
जयपुर हेर जोधपुर हेरयोकठे ना पायो कांगसियो।
सौतनिया ले गई रे छैल सौतनिया ले गई रे।

म्हारा छैल भंवर रो कांगसियो पणिहारया ले गई रे।
म्हारा आलिजा भंवर रो कांगसियो पणिहारया ले गई रे।

इस लोकगीत में नायिका अपने नायक के कंघे के गायब हो जाने पर बहुत बेचैन है। जब उसे पता चलता है कि वह कंघा उसकी सहेलियों ने गायब किया है तो इस कार्य को करने के कारण दुश्मन कह कर बुलाती है। वह कहती है कि यह मेरे प्रिय का कंघा बहुत कीमती है, उसको 1.50 मोहर देकर खरीद के लाई थी अपने प्रिय को भेंट करने के लिए। फिर उस पर हीरा मोती जड़वाये। पहले के समय में हर पुरुष अपनी जेब में एक छोटा कंघा जरूर रखता था बाल संवारने के लिए। जब-जब वह बाल संवारे तब-तब उसे अपनी प्रेमिका का एहसास हो इसलिए नायिका ने अपने प्रिय को यह भेंट दी है। दूसरे कंघे की खोज में वह जयपुर-जोधपुर घूमती है पर उसे उसके जैसा कंघा नहीं मिलता है। अंत में थक हार कर अपनी सहेलियों को बुरा भला कहती है।

इंढुणी–

पणिहारी पानी लाने जाती है तो उसके सिर के ऊपर रखने के लिए कपड़ों को आपस में गूँथकर एक ऐसा मजबूत गोलाकार कपड़ा बनाया जाता है जिससे मटका सर पर स्थिर रहे। उसे 'इंढुणी' कहते हैं।

सवा लाख री लूँब गम गई इंढुणी
इण इंढुणी रे कारणे मैं छोड़ियाँ माँ अर बाप
गम गई इंढुणी......

जब लड़की की शादी की जाती है तो यह इंढुणी पीहर पक्ष द्वारा साथ में दी जाती है। यह एक परंपरा बन चुकी है जो पानी की कमी के कारण लोग कितना सावधान है यह दर्शाता है। इस गीत में इंढुणी के गायब हो जाने के कारण नायिका चिंता में है, वह बताती है कि किस प्रकार मेरी माँ ने कितनी मेहनत करके इसको बनाया था। मेरे पीहर पक्ष की आखिरी निशानी है यह। जब वह पानी भरने जाती है तो किसी ने धोखे से इसको छुपा लिया है इस तरह इंढुणी के गायब होने पर बेचैन नायिका का वर्णन इस गीत में मिलता है।

राजस्थानी लोकगीतों में पनघट-

पनघट का नाम सुनते ही स्त्री-पुरुषों में अनूठे प्रेम-भाव का संचार हो जाता है, क्योंकि पनघट पर ही गाँव की नवेलिणियाँ श्रृंगार सजा कर अपनी सहेलियों के साथ गीतों की रस-धारा बहाती हुई पानी भरने के लिए एकत्रित होती हैं। पुनः पनघट पर ही घर-बाहर की चर्चा होती है और कभी लोक-नृत्य

'फूदी' अथवा 'घूमर' का आयोजन हो जाता है, तो मानो स्वर्ग ही धरती पर उतर आता है। स्वच्छ जल से पूरित लहरीले सरोवर का अथवा कुएँ-बावड़ी का किनारा, पानी में झुक-झूमने वाले हरे-भरे वृक्ष, सरोवर के दूसरे किनारे एक दूसरे से गले मिलते हुए पहाड़ों और पहाड़ियों की परछाईं, आकाश से अठखेलियाँ करने वाले धवल संगमरमरी भवनों का कौशल-रंगीन वेश-भूषाओं से सुसज्जित नर, नारियों का मेला और फिर मोहक नृत्य के साथ रसीले गीतों की झंकार। ऐसे सुरम्य वातावरण में मानव-हृदय ही नहीं समस्त प्रकृति भी आनंदित हो उठती है।

पनघट के गीतों में 'पणिहारी' प्रसिद्ध है। इस गीत की विशेषता मुख्यत: नाटकीय विषय और मोहक संगीत-तत्व हैं। राजस्थानी लोकगीतों में पनघट का एक दूसरा दृश्य भी अंकित किया गया है। वर्षा के अभाव में खेती सूखने लगती है और जनता में निराशा फैलने लगती है। ऐसी अवस्था में हमारी पणिहारियाँ 'विजु' रानी से इन्द्रजी को भेजने का आग्रह करती है।

इन्दरजी ने मोकल ए म्हारी वीजू राणी देस मे।
चौखा रन्धाडू ओ इन्दर राजा उजला,
हरिया ढोलाउ ली मूँग।
दुनियाँ तो जोवे राजा री वाट, गऊवां जी करे पुकार।
इन्दरजी ने मोकल ए म्हारीवी जू राणी देस मे।
इन्दर जी तो गया गुजरात, आवे जदी मेलू ए म्हारी दुनियाँ थारा देस में।।
लापी रन्धाडू ओ म्हारा इन्दर राजा सोलमी,
माये रेई लीलरिया नारेल

....

पापड़ तलू जी पचास ओ म्हारा राजा,
अधर परूसूली थाल।
लौंग सोपारी बोड़ा एलची ओ म्हारा इन्दर राजे
पाका तो पान पचास।
जीमी चूठी नै चलू भर्या कांई करूँ मनवार?
म्हारा इन्दर राजा।

मेरी बिजली रानी इन्द्र जी को देश में भेजो। इन्द्र राजा! मैं उबले चावल पकाऊँ और हरे मूँग तैयार करवाऊँ। इन्द्र राजा आपकी लोग राह देखते हैं और आपके लिए गायें पुकार करती है। मेरी बिजली रानी! इन्द्र जी को देश में भेजो। बिजली रानी उत्तर देती है, "इन्द्र जी तो गुजरात गए हैं।" मेरे लोगों, आने पर

उन्हें तुम्हारे देश में भेजूँगी।" मेरे इन्द्र राजा! आपके लिए घी की अच्छी लाप्सी पकाऊं और अच्छे हरे ताजा नारियल डालूँ। आपके लिए मैं अच्छे लड्डू तैयार करवाऊँ और भीतर पिस्ते का बेल करवाऊँ! इन्द्र राजा! ऊँचे स्थान पर मैं आपका आसन लगवा कर आपके लिए रानी की भरी हुई झारी रखूँ। मेरे इन्द्र राजा! मैं आपके लिए पचास पापड़ तैयार करूँ और पाटिये पर थाल परोसूँ, ओ मेरे इन्द्र राजा मैं आपके लिए लौंग, सुपारी और इलायची प्रस्तुत करूँ अथवा 50 पके हुए पान तैयार करूँ। मेरे इन्द्र राजा! आपने भोजन कर हाथ मुंह धोया, अब मैं आपकी क्या मनुहार करूँ?

और ऐसा ज्ञात होता है कि इन्द्र जी हमारी महिलाओं की पुकार सुन लेते हैं। वर्षा का भारी मडान होता है। कुएँ, बावड़ियाँ और तालाब भर जाते हैं। पणिहारियाँ उदयपुर में पीछौला का पानी भरते समय गाने लगती है–

भर लावो पाणी पीछौला रो।
सामजी री बावड़ी रो खारो खारो पाणी।
हाँ रै म्हारे पीछौला रो अमृत पाणी।
भर लावो पाणी पीछौला रो, भर लावो पाणी सागर रो।
घी ढुलै तो म्हारो कई य न बिगड़े,
हाँ रै म्हारो पाणी ढुलै तो जीव जाय।
आप पीबो नै आप रा गोठीड़ा ने पावो,
हाँ रै वनां वचारया मती ढोलो।
पाणी जाऊँ तो म्हारे कांकर भागै, म्हारै आंगण होद खुदावो।

श्याम जी की बावड़ी का खारा-खारा पानी है, किन्तु मेरे पीछौला का पानी अमृत जैसा है। भर लाओ पीछौला का पानी। 'घी गिरता है तो मेरा कुछ नहीं बिगड़ता, किन्तु पानी गिरता है तो मेरा जीव जाता है।' यहाँ पर ये बताया गया है कि राजस्थन में पानी का क्या महत्त्व है, उसको घी से भी ज्यादा कीमती बताया गया है, आप पीओ और अपने मित्रों को पिलाओ, किन्तु बिना विचारे पानी मत गिराओ।

पनघट पर कभी-कभी हमारी पणिहारियाँ उमंगित हो उठती हैं तो "घूमर" और "फूदी" नृत्य का सामूहिक आयोजन होता है और साथ ही गीत भी चलने लगते हैं–

सागर पाणी लेवा जाऊँ सा नजर लग जाय,
म्हारी हींगलू री टीकी रो रंग उड़ उड़ जाय।।
म्हारी सौसनियाँ साड़ी रो रग उड़ उड़ जाय।

यो सामली हवेली वालो लारां लागो आय।
म्हारी पतली कमर राजा सौ सौ बल खाय।

सागर पानी लेने कैसे जाऊँ? मुझे नजर लग जावे। मेरी हिंगलू की टीकी का रंग उड़ जावै। मेरी सोसनियाँ साड़ी का रंग उड़-उड़ जावे। सागर पानी लेने कैसे जाऊँ? मुझे नजर लग जावे। यह सामने की हवेली वाला मेरे साथ हो जावे। सागर पानी लेने कैसे जाऊँ? मुझे नजर लग जावे। मेरी पतली कमर सौ-सौ बल खाये। यहाँ पर नायिका घर से दूर पानी लाने जाने में आने वाली परेशानियों के बारे में बताती हैं। वर्षा ऋतु में राजस्थान के सभी गाँव और नगर पनघट के राजस्थानी लोकगीतों से गुंजायमान हो जाते हैं। उदयपुर जैसे शहरों में जहाँ तालाबों, बावड़ियों और कुओं की अधिकता है, वर्ष भर ही पनघट की रमणीय छटा का आनन्द लिया जा सकता है। वास्तव में पनघट पर पहुँचते ही राजस्थानी लोकगीतों की सरस वाणी से हमारी जनता का मन-मयूर नाच उठता है।

राजस्थान में पानी की कमी हमेशा से रही है। जिसका उल्लेख वहाँ के लोकगीतों में भी साफ दिखाई देता है। पणिहारियों के गीतों में पानी के साथ अपने आस-पास के परिवेश, पति के विदेश काम पर जाने का वियोग, बिछड़न, पारिवारिक क्लेश, सास-बहु की खटास, अपने पीहर की याद, पानी के देवता इंद्र भगवान को मनाने की अरदास आदि भावों की छटा देखने को मिलती है।

-जुंजार सिंह
शोधार्थी, जवाहरलाल नेहरु विश्वविद्यालय, नई दिल्ली

18

अवध की स्त्री का जीवन : लोकगीतों में प्रेम और परिवार का द्वंद्व

-शेषधर यादव

लोक और उसके गीत-गान की पैदाइश ही तब की है, जब व्यक्तिगत कुछ नहीं था। जब किसी भी दूसरे मनुष्य के लिए हर किसी के पास अपने जैसा अपनावा था। जब कबीलों का सारा काम अपना काम था। यही लोक और लोकगीतों की उद्‌गमस्थली है। लोकगीतों में सामूहिकता और सामुदायिकता का भाव है। वहाँ वैयक्तिकता के लिए कोई जगह नहीं है। लोकगीतों के गायन के लिए किसी अभ्यास की आवश्यकता नहीं होती। जिनके गायन के लिए समय विशेष के प्रतीक्षा की जरूरत नहीं होती है। यहाँ पर अवसर यानी सामाजिक परिस्थिति खुद-ब-खुद तय करती है कि हर्ष या विषाद का भाव किस तरह पगहा तोराकर, खूँटा उपाटकर किस दिशा में पदरौंके! यहाँ स्वर, श्रुति लय या ताल की भी बंदिश नहीं है। कोई द्रुत विलंबित स्थाई अंतरा कुछ भी नहीं होता है। लय होती है, यहाँ भी मात्राओं का एक क्रम होता है लेकिन शास्त्रीय संगीत की तरह किसी गणित से आंकलित नहीं होता। कोमल कोठारी लिखते हैं–"जिस प्रकार शास्त्रीय संगीत में लय को कायम रखना और ताल में चलना आवश्यक है, उसी प्रकार लोक संगीत में केवल लय और मात्राओं के वजनों का ध्यान रखना ही पर्याप्त है। लोक संगीत की लयात्मक वृत्ति का मात्रिक विभाजन ताल के मूलभूत स्वरूप की ओर संकेत करता है।"[1] शास्त्रीय संगीत और लोकगीतों में जो साझा है वह यही है।

बहुतायत गीतों को गाते समय स्त्रियाँ इतनी भाव-विभोर (तन्मय) हो जाती हैं कि लाज-लिहाज का परित्याग कर, हथौड़ी चटकाकर गाते हुए वह चहक उठती हैं। लोकगीतों को पढ़ने और सुनने के क्रम में यह पाया कि भक्ति और प्रेम विषयक गीतों में ही स्त्रियाँ इस तरह की प्रतिक्रिया करती हैं। इन पर विचार के क्रम में लोक और भक्ति साहित्य की स्थापनाओं की तरफ ध्यान अनायास

ही जाता है। जहाँ पर भक्ति और प्रेम को सांसारिक जगत के तमाम भेदों से ऊपर उठाने वाला बताया गया है। लोक की कहावत है कि–'प्रेम न देखै जात-कुजात' और भक्त कवियों के यहाँ मिलता है–'जाति-पाँति देखै नहिं कोई, हरि को भजै सो हरि का होई।' यहाँ से देखें तो बात साफ हो जाती है कि प्रेमी और भक्त दोनों में से कुछ भी होना है तो ताज और लाज का परित्याग करना होगा। मीरा भक्ति साहित्य की महत्त्वपूर्ण कवयित्री हैं। उनके यहाँ लगभग हर दूसरे-तीसरे पद में 'कुल की मर्यादा' को छोड़ आने की बात मिलती है। सूरदास के यहाँ गोपियाँ–'मुरली की धुनि कान परत, कुल कानि हियो तजि भाजति हैं'। संत कबीर कहते हैं–

"कबीर यहु घर प्रेम का, खाला का घर नाँहिं।
सीस उतारै हाथि करि, सो पैठे घर माँहि।।
प्रेम न खेती नींपजै, प्रेम न हाट बिकाइ।
राजा परजा जिस रुचै, सिर दे सो ले जाइ।।"[2]

बिरुआरकर देखने से यह पता चलता है कि भारत या दुनियाभर की जो श्रेष्ठतम कलाकृतियाँ हैं उनमें प्रेम या भक्ति के भाव की प्रतिष्ठा दिखाई देती है। गँवई लोकगीतों से भारतीय मनीषा के श्रेष्ठतम चिंतन तक यह बात आपको मिलेगी।

भारतीय काव्यशास्त्र के रस सिद्धांत पर विचार के क्रम में भी 'रसो वै सः' और 'ब्रह्मानन्द सहोदर' बताया गया है। दरअसल प्रेम और भक्ति से मिलने वाले आनन्द की अनुभूति एक ही भावभूमि से निःसृत होती है। भक्त कवियों की रचनाएँ इस बात की प्रमाण हैं। जहाँ प्रेम और भक्ति दोनों मिलकर एकमेक हो जाते हैं। भक्ति का जो सर्वोत्कृष्ट रूप है वह प्रेम के मुहावरे में निर्मित और सृजित हुआ है। प्रेम की सबसे उत्कृष्ट अभिव्यक्तियाँ भक्ति के प्रतीकों का सहारा लेते हुए भक्ति के ढाँचे में ही अभिव्यक्ति पायी हैं।

पुरुषोत्तम अग्रवाल अपनी पुस्तक 'अकथ कहानी प्रेम की' में लिखते हैं कि–"अपने राम के प्रति प्रेम व्यक्त करने के लिए कबीर कभी-कभी अन्य सम्बन्धों–माँ-बेटा, पिता-पुत्र, स्वामी-सेवक–का सहारा भी लेते हैं। लेकिन सौ में से निन्यानबे बार तो यही होता है कि राजा राम भरतार हैं; और कबीर उनके बिरह में तड़पती, उनकी बाट जोहती, मिलन की प्रतीक्षा करती, मिलन में भीगती-पिघलती, मिलन की मादक स्मृतियों में सिहरती–'जोबन मैमाती नारी'।"[3] प्रेम और भक्ति का यह सहसम्बन्ध लोकगीतों और भक्ति कविता में समान रूप से दिखाई देता है।

भारतीय समाज और परिवार व्यवस्था में स्त्री-पुरुष के मध्य जो आकर्षणजन्य प्रेम-सम्बन्ध है, उसके लिए रिक्त स्थान नहीं है या न के बराबर है। यहाँ प्रेम-सम्बन्धों को वैधानिकता, विवाह संस्था से इतर अब तक नहीं मिल पा रही है। यह बने-बनाये नियमों और सिद्धान्तों के विपरीत और बाहर पड़ता है। लोकगीतों के अध्ययन के क्रम में पं. रामनरेश त्रिपाठी लिखते हैं-"विवाह प्राकृतिक नियम नहीं है, बल्कि समाज-स्वीकृत एक प्रथा है। स्त्री-पुरुष का परस्पर आकर्षण ही प्राकृतिक है। वह आकर्षण ही विवाह का मुख्य आधार है। विवाह के नियम मनुष्यों ने बनाये हैं। प्रकृति उन नियमों के अधीन नहीं है।"[4] मनुष्य योनि की सुन्दरता यह है कि तमाम प्रयासों के बावजूद भी उसके जीवन को पूरी तरह से नियोजित नहीं किया जा सकता। अतः स्त्री-पुरुष के मध्य जो आकर्षणजन्य प्रेम सम्बन्ध है, वह वैवाहिक सम्बन्धों के समानान्तर चलता रहता है।

भारतीय समाज व्यवस्था में जो प्रेम का सम्बन्ध है, उसका व्यवहार है वह हाशिए का है। आप देखें तो पायेंगे की लोकगीतों में प्रेमी की उपस्थिति बहुत ही प्रतीकात्मक ढंग की मिलती है। प्रतीकात्मक के साथ ही साथ प्रायः निम्नवर्गीय होती है। लोकगीतों में प्रेमी की उपस्थिति चोर, बटमार, छलिया के साथ ही सामाजिक वर्गीकरण में निचले पायदान से आने वाला व्यक्ति होता है। ऐसा होने के पीछे एक से अधिक कारण हो सकते हैं। मूल बात यह कि प्रेम करना ही परिवार और समाज में चोरी करना, छल करना माना जाता है। जिसे नीच कर्म समझा जाता है। लोकगीतों के सन्दर्भ से बात स्पष्ट होती जायेगी। एक लोकगीत का सन्दर्भ नीचे दिया जा रहा है-

"बेनिया डोलावत आइगै निनरिया
परिगै है सासू क नजरिया हो राम।
खाउँ न बहुवरि तोरा भैया भतिजवा
कवन छयल बेनिया दीहेसि हो राम।"[5]

गीत में, किसी पति ने अपनी विवाहिता स्त्री को बाँस के छिलके से बनी एक पंखी चोरी से दे दी है। पंखी झलते समय किसी दिन सास की नजर उस पर पड़ गयी। सास बहू से पूछ रही है कि यह तुम्हें किस छलिया-छबीला ने दिया है। अपने भाई-भतीजे की कसम खाओ और सच-सच बताओ।" यानी एक ऐसा समाज जहाँ व्यक्ति का निजत्व ही संकट में है। जीवन में छोटी-छोटी आवश्यकताओं की पूर्ति करने वाली वस्तु भी यदि सास-ससुर के इतर किसी ने दिया है तो वह जरूर कोई प्रेमी ही होगा। सामाजिक बंदिशें इतनी ही कठोर

होती हैं वैवाहिक जीवन में। एक अन्य लोकगीत उद्धृत किया जा रहा है–

"उहवाँ से चलली लाची घर के पहुँचली हो ना।
रामा सासु गरिआवे बाबा-मुअनी हो ना।।
जनि सासु बाबा खाहु जनि सासु भइआ खाहु हो ना।
सासु बटिया रोकेला बटमरवा हो ना।।"[6]

"लाची नाम की एक बहू जो नदी में स्नान करने आयी थी। रास्ते में उसे लम्पट व्यक्ति मिला जिसने उसके साथ छेड़छाड़ किया। बहू को घर आने में देर हुई तो सास-ससुर तथा अन्य परिवारजनों ने इस बात को लेकर घर, सर माथे पर उठा लिया। सास उसे गालियाँ दे रही है और ससुर पिटाई कर रहा है।" यानी की स्त्री की प्रताड़ना दो तरफा है। बाहर लम्पट व्यक्ति से मानसिक प्रताड़ना और सामाजिक अवमानना, घर के भीतर सास-ससुर से जो उलाहना, मार-पिटाई मिले, सो अलग। विवाह संस्था पहले इतनी कठोर नहीं थी। उसमें लचीलापन था। जिसमें दो विपरीत लिंग के व्यक्ति एक-दूसरे की भावनाओं को समझते, उनका सम्मान करते, एक साथ जीवन निर्वाह करते थे। विवाह संस्था तंतुमय थी, ढीली थी, लचीली थी। लेकिन समय के साथ इसमें कठोरता का आवरण चढ़ता गया। जबकि समाज के सभ्य होने के साथ उसकी समानुपातिकता में इसे और लचीला होना चाहिए था।

पुत्र जन्म के अवसर पर गाये जाने वाले सोहर गीत का उद्धरण नीचे दिया जा रहा है–

"कोठवा से उतरी राधिका अँगनवाँ में ठाढ़ी भई,
अँगनवाँ में ठाढ़ी भई रे।
अरे ओ मोरे रामा, हँसि हँसि पूँछहि जसोदा
काहे बहु अनमनि रे।।1।।
काह कहौं मोरी सासु कहत मोहे लाज लागइ रे।
अरे ए मोरी सासु, आजु महल मोरे चोरी भई
तिलरी चोराय गई रे।।2।।

x x x x x

अस जिन जान्यो कन्हैया तिलरिया लाह की है।
अरे ऐ मोरे कान्हा, तिलरी में लागो हीरा लाल,
तिलरिया हमरे बाप की है।।8।।"[7]

'सोहर' घर में पुत्रजन्म के अवसर पर गाया जाता है। यह मंगल गीत है। "राधा घर की छत से उतर नीचे आयी तो यशोदा पूछ रही हैं कि बहु तुम

अन्यमनस्क क्यों हो? जवाब मिलता है आज मेरे महल में चोरी हुई और कोई मेरी तिलरी चुरा ले गया। यशोदा सीख दे रही हैं कि हाथ-पैर के कड़े तोड़ डालो और तुम भी मुरली चुरा लाओ।" बात को गौर से समझने का प्रयास करें तो साफ-साफ दिखाई देता है। प्रेम की व्यंजना को भक्ति के बेसन में लपेटकर बात कही जा रही है। मामला किसी उच्च कुलीन घराने का है। जहाँ स्त्रियों के पैर में पड़ी जंजीरें अकाट्य हो गयी हैं। जहाँ स्त्री का प्रेमी रात के अँधेरे में दबे पाँव आता है। बात सार्वजनिक हुई तो घर-परिवार की बदनामी का खतरा बढ़ जायेगा। इसलिए प्रेम को भक्ति की चासनी में डुबोया जा रहा है। यहाँ प्रेमी को आराध्य देवता के रूप में पेश किया जा रहा है। जिससे बात दबी-छिपी रह जाये।

ऐसा नहीं है कि स्त्रियों के जीवन में यह द्वंद्व केवल मंगल या संस्कार गीतों तक ही सीमित हो। जँतसार, श्रम का गीत है। उसका एक संदर्भ नीचे दिया जा रहा है–

"मोरे पिछवरवाँ रे घनी बँसवरिया रे,
जुड़ि जुड़ि आवा थीं बयरिया हो राम।।1।।
जेहि तरा मोर हरी सेजिया विछावैं रे,
आइ न जातू हमरी सुनरिया हो राम।।2।।
कैसे के आवौं हरी तोहरी सेजरिया रे,
सासू घरा बाटीं बड़ी दारूनि हो राम।।3।।[8]

श्रम गीतों में भी स्त्री की यही दारूण दशा दिखाई पड़ती है। गीत की नायिका कह रही है कि "घर के पीछे घनी बँसवारी है, जिससे ठंडी हवा आती है। उस बँसवारी के नीचे स्त्री के पति ने शयन का बिस्तर लगाया है। स्त्री से कह रहा है कि तुम भी आ जाओ। जवाब में पत्नी कह रही है कि मैं कैसे आ जाऊँ। घर में दारूनि (कर्कसा) सास भी तो है।" आप उस समाज की कल्पना कीजिए जहाँ स्त्री-पुरुष रात के अँन्धेरे में भी मिलने के लिए घर-परिवारिजनों के सो जाने की प्रतीक्षा करते हैं। क्या उस समाज में दिन के उजाले में अपनी ही ब्याहता स्त्री से बात कर पाना संभव होगा। आखिर समाज सभ्य होने और प्रगतिगामी होने के बाद भी अभी तक इस बिन्दु पर यहीं क्यों रूका हुआ है। जहाँ ब्याहता स्त्री रात के अन्धेरे में सास-ससुर, ननद, देवरानी-जेठानी के भय और शर्म से अपने पति से नहीं मिल पा रही है। उस समाज में प्रेम करना कितना मुश्किल है।

एक अन्य गीत वहीं से उद्धृत कर रहा हूँ–

"सबकी नगरिया गोविन्दा बँसिया बजायव,
हमरी नगरिया काहे न आयव हो राम।। 1।।
कैसे क आवौं सँवली तोहरी नगरिया,
कुकुरा भूकैं पहरू जागै हो राम।। 2।।

x x x x x

चलहु साँवली तू हमरे सँगहिया,
दूनौ जने करबै बिरहवा हो राम।। 4।।
कैसे के चलौं गोबिन्दा तुहरे सँगहिया,
बारा होरिलवा कोरवाँ रोवै हो राम।। 5।।[9]

यहाँ भी गीत का अर्थ वही ध्वनित हो रहा है। नायिका सम्बोधन में प्रेमी को भक्ति का चादर ओढ़ाकर कह रही है कि "गोविन्द सबकी नगरी में बँसी तो बजाये लेकिन हमारी नगरी में क्यों नहीं आते हो। जवाब मिलता है कि कुत्ते भौंकते हैं और पहरेदार जागता रहता है। नायक या प्रेमी कह लीजिए, प्रेमिका को अपने साथ चलने के लिए कहता है। नायिका बताती है कि उसकी गोद में बच्चा है। वह साथ नहीं जा सकती है।" यह प्रेम और परिवार के मध्य द्वन्द्व है। जहाँ एक को पाने के लिए दूसरे का परित्याग करना होगा। प्रेम चुन लीजिए तो परिवार छूट जायेगा। अन्यथा जीवन पारिवारिक जिम्मेदारियों के बोझ तले दबकर ही गुजार देना है। स्त्री का अपना कोई जीवन है ही नहीं।

ऋतुगीतों में भी स्थिति जस की तस ही है। एक सन्दर्भ के साथ बात कुछ साफ हो जायेगी–

"पनिया के गइउँ वहि पनिघटवा हो ना।
राम मेघवा धरेसि मोरि बहियाँ हो ना।।1।।"[10]

"स्त्री पनघट पर पानी भरने गयी है। कह रही है कि मेंढक ने हमारी बाँह पकड़ लिया।" यह प्रकृति और मनुष्य के मध्य प्रेम का औदात्य भी हो सकता है। दूसरा अर्थ किसी स्त्री का घर-परिवार, समाज की निगाह से बच-बचाकर प्रेमी से मिलने का भी ध्वनित होता है। अवध का इलाका जहाँ आज भी दो विपरीत लिंगी व्यक्ति एक-दूसरे से खुलेआम संवाद नहीं कर सकते हैं। वहाँ पनघट, वन, झील-झंखाड़ ही मिलने-मिलाने के मुफीद एकान्त स्थान माने जाते हैं। उन स्थितियों में किसी अन्य व्यक्ति ने देख भी लिया तो कहना पड़ता है कि हम तो अपने जरूरी काम से आये थे।

"पुरुब देस ते आये हैं जोगिया हो ना।
माया जोगिया माँगै थे बसेरवा हो ना।। 1।।

जोगिया मोरे घर धेरिया पतोहिया हो ना।
धेरिया पतोहिया लागै मोर बिटियवा हो ना।।2।।

x x x x x

गुड्डई तौ खेलै बहिनी सथिनिया हो ना।
बहिनी हम तौर जोगियै चित लावा हो ना।।13।।
आधी रात जोगिया बँसुरी बजावै हो ना।
रामा रैमत के लैगा उढ़ारी हो ना।।14।।"[11]

बहुत से गीतों में सुग्गा या जोगी भी प्रेमी के प्रतीक रूप में आते हैं। यहाँ प्रेमी जोगी के वेष में आया हुआ है। गीत की व्याख्या में संकलनकर्ता ने लिखा है कि आजकल के जोगी, साधु, फकीर किस तरह बहू-बेटियों को घर से निकाल ले जाते हैं यह गीत उसका एक चित्र दिखाता है। लेकिन इस तरह प्रेमी के साथ जाने का मतलब है कि अपनी और प्रेमी दोनों की जान खतरे में डालना। यदि जान की परवाह करनी है तो प्रेम के भाव को तिलांजलि देनी होगी।

अवधी क्षेत्र में विवाह के अवसर पर स्त्रियाँ रात्रि की बेला में 'नकटा' करती हैं। नकटा (नाटक) से लिया गया है। अभिनय के साथ ही साथ गीत भी गाती हैं। जिसका सन्दर्भ नीचे दिया जा रहा है–

"नैना लगाय चला गया आधी रतिया। टेक
ऊँचे भीट पर बोलइ चिरइया,
चितवइ घूरेरी घूरेरी सारी रतिया।। 1।। टेक
ऊँचे महल चढ़ि बइठइ सिपहिया,
बोलइ मेल्हाइ मेल्हाइ सारी रतिया।। 2।। टेक
छोटे मरद कइ लम्बी मेहरिया,
मारइ लपेट लपेट सारी रतिया।। 3।। टेक
नैना लगाय चला गया आधी रतिया।"[12]

नकटा बारात जाने वाले दिन वर पक्ष के घर की स्त्रियाँ रात्रि में करती हैं। जिसमें वे पुरुषों की वेष-भूषा धारण करती हैं। वे अपने गायन और अभिनय में पितृसत्ता को चुनौती पेश करती नजर आती हैं। एक ऐसा समाज जहाँ स्त्रियों को अपनी इच्छा-आकांक्षा व्यक्त करने भर की भी आज़ादी नहीं देता है। वे पुरुषों की अनुपस्थिति में इस गायन और अभिनय के माध्यम से अपनी इच्छाओं की अभिव्यक्ति करती दिखाई देती हैं। नकटा के इस गीत में नायिका कह रही है कि "मेरा प्रेमी मुझसे नेह लगाकर आधी रात को चला गया। ऊँचे टीले पर

बैठ कोई पक्षी बोलता है और पूरी रात आँखें गड़ाकर देखता है।" इस लोकगीत में ऊँचा महल परिवार समाज की कठोर मर्यादाओं और नैतिकताओं की तरफ संकेत करता है। गीत में जो व्यक्ति आया है वह किसी ब्याहता स्त्री का प्रेमी है, अतः चोर के समान है। इसलिए पूरे गीत में वह चोर के रूप में सम्बोधित किया जा रहा है।

विवाह संस्था से इतर प्रेम-सम्बन्ध और यौन-सम्बन्ध केवल परिवार के बाहर ही नहीं मिलते हैं। परिवार व्यवस्था के भीतर भी इस तरह के सम्बन्धों की मौजूदगी और गुंजाइश लोकगीतों में दिखाई पड़ती है। इनमें सबसे पहले देवर-भौजाई आते हैं। इस संबंध में दोनों में सामान्यतः उम्र का अन्तराल कम होता है। दोनों एक-दूसरे के राजदार और सहयोगी होते हैं। देवर-भौजाई के मध्य हास-परिहास के गीत प्रचुर मात्रा में मिलते हैं। लेकिन इनके मध्य आकर्षणजन्य सम्बन्धित गीतों की संख्या बहुत कम हैं। देवर और भौजाई के मध्य प्रेमालाप का एक गीत सन्दर्भित किया जा रहा है–

"चारिन खूट हमरे बाबा कइ बखरिआ
अँगनवा बिचवा ना; सोवइँ भउजी अलवेलवा।। 1।।
अँगनवा बिचवाना।
बइठ जगावइ लहुरा देवरवा;
उठहु हो भउजी ना; परइ कातिक कई ओसिआ।। 2।।
उठहु भउजी ना।
उठत बइठत बाजइ ऊँगरू घुँघरूँ;
अँचरवा बिचवा ना, बोलइ बन कइ मुरैला।। 5।।
अँचरवा विचवा ना।।"[13]

देवर-भौजाई का संग-साथ उठना-बैठना सामाजिक रूप से उतना ही सहज और स्वाभाविक है, जितना कि साग-चौराई का हरा होना। उनका साहचर्य उतना ही चित्त को आकर्षित करने वाला है जितना कि सावन का आँगन में बरसना। इनका आपसी हास-परिहास और छेड़छाड़ का यह सम्बन्ध साहचर्य के नाते स्वाभाविक होता है। देवर-भावज के इस तरह के सम्बन्ध पर तो समाज एक सीमा तक मौन है लेकिन लोक गीत इसे अभिव्यक्ति कर देता है। शायद इसीलिए इसे इतना सहज रूप में रचा गया है। इसके उलट जेठ या ससुर अपनी भयहू या बहू को भर नजर देख भी लें तो समाज में तुरन्त खटकने लगते हैं। लोकगीतों ऐसे प्रसंग को वर्णित करने में संकोच नहीं करता–

"अरें रामा जलदी से बेनिया डोलाउ
गरम मोरे लागे रे हरी! टेक
अरे रामा जाइ कहेब मोरे बारे ससुर से;
जलदी से बाँसवा कटाव।। 1।।
अरे रामा जाइ कहेब मोरे बारे जेठ से;
जलदी से बाँसवा चिराव।। 2।।
गरम मोरे लागे रे हरी।।"[14]

हम सब जानते हैं कि ससुर पूरे परिवार का प्रतीकात्मक मुखिया होता है। जेठ उस परिवार की नई पीढ़ी का वास्तविक संचालक और निर्णयात्मक मुखिया होता है। इस व्यवस्था की सापेक्षता में जेठ और ससुर के साथ बहू के मान्यता प्राप्त सम्बन्धों में परदेदारी का चलन मिलता है।

सारांशत: यह कहा जा सकता है कि किसी भी समाज की दशा और दिशा जाननी हो तो वहाँ सर्वप्रथम स्त्रियों की स्थिति देखी जानी चाहिए। उस समाज में स्त्रियाँ प्रगति करके किस दिशा में कहाँ तक पहुँच पायी हैं। उन्हें घर के भीतर और बाहर दोनों जगह अभिव्यक्ति और आवागमन की स्वतंत्रता कितनी मात्रा में प्राप्त है। प्रेम, मनुष्य जीवन का सहज हिस्सा है। उस पर पहरेदारी मनुष्यता का हनन करना है। सारी प्रगतिशीलता के बाद भी स्त्री को विवाह संस्था और परिवार व्यवस्था की आग में दिन-रात जलना ही पड़ रहा है। यह मसला कम पढ़े-लिखे लोगों के यहाँ तक ही नहीं है। वहाँ तो कुछ गनीमत भी है। ज्यादा पढ़-लिख जाने और खुद को प्रगतिशील कहाने वालों के यहाँ स्थितियाँ और भी बदतर हैं।

-शेषधर यादव
शोध-छात्र हिंदी विभाग
दिल्ली विश्वविद्यालय, दिल्ली

19

बघेली सोहर गीत में अभिव्यक्त राम-कथा

-अंशिका त्रिपाठी

भारत एक विशाल देश है। इसमें विभिन्न धर्म, संस्कृति एवं भाषा को बोलने वाले लोग निवास करते हैं। उनकी अपनी मान्यताएँ, परंपराएँ एवं जीवन जीने का तरीका है। भारत के लिए एक लोकोक्ति बहुत प्रचलित है, 'कोस-कोस पर बदले पानी, चार कोस पर बानी'। अर्थात् हर कुछ किलो मीटर चलने पर पानी का स्वाद बदल जाता है और हर चार किलो मीटर पर बोली या बोलने का तरीका बदल जाता है और यही भारत है।

बघेली, पूर्वी हिंदी की एक बोली है, जो कि मध्यप्रदेश और छत्तीसगढ़ के बघेलखंड जनपद में बोली जाती है। इसे रिमही और रिवई भी कहा जाता है। बघेली का लोकसाहित्य अत्यन्त अनूठा एवं रोचक है। मध्यप्रदेश के हर अंचल के लोकगीतों की कृति अपनी निजता रखती है, इसलिए उनमें वैविध्य देखने को मिलता है। बघेली में जो लोकगीत गाये जाते हैं, वो बघेलखंड क्षेत्र के जीवन को प्रतिबिम्बित करते हैं। बघेली लोकगीतों में जो शब्द होते हैं, वह लोकमानस परक होते हैं, जिसकी व्याख्या नहीं की जा सकती उन्हें केवल अनुभव किया जा सकता है। लोकजीवन का सुख-दुःख, राग-द्वेष, हँसी-ठिठोली सब इन लोकगीतों में अभिव्यक्ति पाता है। बघेली के लोकगीत, लोककथाएँ, लोकनाट्य एवं लोक कहावतें अत्यंत प्रभावित करते हैं। बघेली लोकगीतों में विशेष तौर पर सोहर, दादर, बरुआ, बधाई, बन्नी, कजरी, गरी और सुहाग गाया जाता है। ये गीत विशेष तौर पर महिलाओं द्वारा गाये जाते हैं।

सोहर गीत को बच्चे के जन्म के अवसर पर गाये जाने की परंपरा है। सोहर बच्चे के जन्म से लेकर विवाह तथा अन्य संस्कार के समय गाया जाता है जैसे—अन्नप्राशन, मुंडन, कंछेदन, जन्मदिन। यह ऐसा गीत है जिसमें ऋतु एवं मौसम का कोई प्रभाव नहीं होता यह कभी भी गाया जा सकता है। सोहर गीत में रामकथा, राधा-कृष्ण कथा का वर्णन मिलता है। रामकथा में राम के जन्म

से लेकर लव-कुश जन्म तक की कथा गाई जाती है। कृष्ण-जन्म की कथा का भी वर्णन मिलता है। कुछ स्थानों पर राजा-रानी संबंधित किंवदंतियाँ भी गाई जाती हैं। राम जन्म के समय अयोध्यावासियों का उत्सव देखते ही बनता है। चारों ओर दिए जल रहे हैं। औरतें गीत गा कर राजा दशरथ और कौशल्या माता को बधाई दे रही हैं और अपने-अपने नेग माँग रही हैं। कितना अद्‌भुत और मन को प्रसन्न करने वाला यह दृश्य है जो बघेली सोहर में दिखाई देता है

"धन-धन नगर अयोध्या, धनै राजा दशरथ, धनै राजा दशरथ हो
आबा धन रे कौशल्या तोरी भाग्य, रमईया जहाँ जनमे, रमईया जहाँ जनमे है
जउने दिना रामा जनम भे हैं, धरती आनद भई, धरती आनद भई हो"

जिस दिन राम का जन्म इस धरती पर हुआ यह धरती धन्य हो गयी है। अयोध्या आह्लादित है। सारी सखियाँ मिलकर सोहर गीत गा रही हैं। "गावे सखी सोहर, गावे सखी सोहर हो।" एक तरफ तो शुभ के गीत गाये जा रहें हैं तो दूसरी तरफ माताएँ बालक राम का श्रृंगार कर रही है हमारे बघेलखंड में एक लोक परंपरा है कि पिता की बहन अर्थात् बुआ ही बच्चे को काजल लगाती है जिसका उसे नेग मिलता है। बालक राम को भी उनकी बुआ सुभद्रा काजल लगाती हैं और बड़े प्रेम से उनकी आँखों को निहारती हैं। सोहर में मर्यादा पुरुषोतम राम के बालपन का अत्यंत मनोहर और मन को आकर्षित करने वाला वर्णन मिलता है। उन्हें दूध से नहलाया जा रहा है। उन पर विभिन्न प्रकार के फूलों की वर्षा की जा रही है। उनके पैरों में पैजनिया सुशोभित हो रही है।

"गुहिदे कमल दल फूल, भँवरा आइसे गूँजें, भँवरा आइसे गूँजेगूँजे हो
ललना की बड़ी-बड़ी अखियाँ, काजल भल सोहे, काजल भल सोहे हो आबा।
आबा आजत फुफू सुभद्रा, अँगुलिया नहीं डोले, अंगुलिया नहीं डोले हो
ललना की छोटि-छोटि गोड़ियाँ, पैजनियाँ भली सोहे, पैजनियाँ भले सोहे हो।"

उपर्युक्त सोहर गीत सूरदास के निम्न पद से कम सौंदर्य और वात्सल्य नहीं पैदा करता है।

"घुटरूनि चलत रेनु तन मंडित, मुख दधि लेप किए
चारु, कपोल, लोल-लोचन, गोरोचन-तिलक दिए।
लट-लटकनि मनु मत्र मधुप-गन मादक मधुहिं पिए।
कला-कंठ, ब्रज केहरि-नख, राजत रुचिर हिए।
धन्य सूर एको पल इहिं सुख, का सत कल्प जिए।।1।।"

इस सोहर गीत में यह गाया जाता है कि चारों भाई का जन्म चौमाह में ही हुआ है। मर्यादा पुरुषोत्तम का जब जन्म हुआ उस समय नवमी तिथि थी और मौसम अति सुभावन था। प्रकृति अपने सौंदर्य की छटा चारों तरफ़ फैला रही थी। प्रजा बहुत हर्ष और उल्लास में थी। राजा दशरथ और माता कौशल्या का इंतजार खत्म हो गया था। ऐसा दिन इस पृथ्वी पर कभी-कभी ही आता है।

"शुभ घड़ी जमे हैं राम, शुभ घड़ी लक्ष्मण हो, शुभ घड़ी लक्ष्मण हो।
आबा शुभ घड़ी भरत भुआल, तीनों रे कुल जाहिर, तीनौं रे कुल जाहिर हो।"

सोहर में राम-लक्ष्मण और सीता के वन में चले जाने की भी कथा मिलती है। इस गीत को जब घरों में दादी और चाची के मुख से गाते हुए सुनती हूँ तब सहज ही विद्यानिवास मिश्र का निबंध 'मेरे राम का मुकुट भीग रहा है' याद आ जाता है। आज भी दादी और नानी के राम का मुकुट वनों में भीग रहा है और घरों में उनके नेत्र भीग रहें हैं, राम की स्मृति में। एक माँ का हृदय बिना राम के रो रहा है और कोई उसे समझा नहीं पा रहा है।

"बैइठी महल कौशल्या रानी, मने मन सोचे, मने मन सोचे हो,
आबा कइसे के मन समुझाय, मनहि नहीं माने, मनहि नहीं माने हो।
रामा त गए दुपहरिया, लखन जुड़ी रतिया, लखन जुड़ी रतिया हो,
आबा सीता ता गउधिरिया, तीनों रे मोरे बन गे हैं, तीनों रे मोरे बन गे हों।"

सोहर में न केवल संयोग का गीत है बल्कि वियोग का भी गीत है। पुत्र के वियोग में एक माता का विरह है। यह विरह आज भी बघेल जनपद में न केवल गाया जाता है बल्कि महसूस किया जाता है। यह विरह न केवल कौशल्या का है अपितु उन सभी माताओं का है, जिनके पुत्र उनसे दूर परदेश में हैं। इसी करुणा को इस सोहर गीत में वर्षों से सहेज कर माताएँ गाती आ रही हैं। बघेल जनपद में वर्तमान में भी इस सोहर को सुन कर ऐसा लगता है जैसे यह अभी की घटना है। किसी का हाल-चाल पूछने से लेकर विदा के समय भी राम का संबोधन हमारी संस्कृति का अभिन्न अंग है, तभी तो हमारे गीत गानों और हमारे संस्कारों में राम हैं और रहेंगे भी। लोक के राम और रामायण के राम की कथा में कितनी समानता और कितना भेद है यह जानना हमारा कार्य नहीं है। जैसा की तारा भावलकर कहती हैं, "वाल्मीकि रामायण और अन्य रामायणों का विवाद, उनमें प्रक्षेप, उनकी सत्यता और असत्यता विद्वानों और पंडितों का विषय है। लेकिन राम की कहानी भारतीयों के मन में इतनी गहराई तक रची बसी है कि भारतीय जनमानस को किसी भी दार्शनिक चर्चा की परवाह नहीं है। उनके मन में अंकित रामकथा पारम्परिक रूप से

जनमानस द्वारा रची गई रामकथा है। वास्तव में लोकमानस रामकथा की गंगोत्री है। जनमानस यह अच्छी तरह से जानता है कि राम को कितना सराहे और कितना उनसे शिकायत रखें।"

कथा यहीं समाप्त नहीं होती और आगे जाती है। राम वनवास से आयोध्या वापस आते हैं। पत्नी सीता और भाई लक्ष्मण के साथ। किंतु नियति तो कुछ और ही थी। लोक मर्यादा हेतु मर्यादा पुरुषोत्तम राम जगत जननी सीता का परित्याग कर देते हैं। लक्ष्मण जब सीता को राम की आज्ञा से वन में छोड़ कर आते हैं, इस घटना का बहुत ही मार्मिक वर्णन सोहर में मिलता है–

"एक बन पहुँचे, दूसर वन पहुँचे सिर बन पहुँचे, दूसर बन हो
तीसरे में सिआ जी का छाड़, लखन लाला लउटे, लखन लाला लउटे हो
ठाडी विरह कुल सोचे, नयन आँसू पोछ्य हो, नयन आँसू पोछ्य हों।"

लोक वेदना का यह चित्र मन को भेद देता है। राम, लक्ष्मण को आदेश देते हैं कि सीता को वन में छोड़ आने के लिए और लक्ष्मण को भाई की आज्ञा का पालन करने के लिए ऐसा करना पड़ता है। लक्ष्मण का हृदय करुणा और शोक से भर उठा है, वहीं सीता के मन में लक्ष्मण के लिए ममत्व का भाव जाग रहा है। यह समय की कैसी विडंबना है। नियति ने कहाँ लाकर खड़ा कर दिया है। यह लोकमन नहीं समझ पा रहा और उसके कंठ से यह विरह जनित सोहर फूठ उठा है। "बड़ी रे विपत्ति पारी रे, बड़ी रे विपत्ति पारी, बड़ी रे विपत्ति पारी हो।" यहाँ लोक की सारी संवेदना माता सीता के साथ है। इस पीड़ा का अनुभव पूरा स्त्री समाज करता है। यह पुरुष केंद्रित समाज कई बार स्त्रियों की अग्निपरीक्षा लेता है। यह न केवल सीता जी की परीक्षा है अपितु सम्पूर्ण नारी जाति की परीक्षा है।

यहाँ लोक अपना क्षोभ और क्रोध अपने गीत के माध्यम से प्रकट करता है। लोक का कंठ मंगल के गीत गाता है जब हर्षित होता है लेकिन दुःख में अपनी पीड़ा को भी गीत के माध्यम से प्रकट करता है। सोहर में यह प्रश्न है कि जेठ की भरी दुपहरिया में क्यों सीता को वन में छोड़ दिया गया। ऐसे कठिन समय में सीता का साथ वनवासी महिला देती है। वह सीता को धैर्य बंधाती है। रात भर संग में रुकने का वादा करती है। सीता गर्भवती हैं। प्रसव पीड़ा से कराह रही हैं, कोई और उनके आस-पास नहीं है। ऐसे में रात कैसे कटेगी। लेकिन यह हमारा लोक ही हमें बताता है कि रात के बाद जैसे दिन होता है वैसे ही दुःख के दिन कट जाते हैं और सुख के दिन आ जाते हैं। जोकि निम्न सोहर गीत से दृष्टव्य है

"जेठ के दुपहरिया, ता अगिन भभक बरय, ता अगिन भभक बरय हो
आबा तेही माहीं, सिया का निकारिन, सिया का निकारिन हो
बन से रे निकरी बनाइतिन, ता सिया समुझाय, ता सिया समुझाय हो
आबा हम तोहरी जगबे रयानियाँ, ता बिपत्ति निअरबे, ता बिपति निअरबे हो
होत बिहान पहि फाटत, लव-कुश जनमे हैं, लव-कुश जिनमें हा हो
आबा बजाई लागी अनंद बधाइयाँ, गामय सखी सोहर, गामय सखी सोहर हो।"

मर्यादा पुरुषोत्तम राम अयोध्या में यज्ञ संपन्न कराना चाहते हैं, जिसकी तैयारियाँ नगर वासी कर रहे हैं। किंतु बिना सीता के यह यज्ञ कैसे संपन्न हो सकेगा। जैसा कि शास्त्रों में लिखा है, किसी भी यज्ञकर्ता का यज्ञ तब तक सफल नहीं होता, जब तक वह अर्धांगिनी के साथ न किया गया हो। सीता जी को ससम्मान वापस लाने के लिए गुरु वशिष्ठ और देवर लक्ष्मण जंगल जाते हैं लेकिन वह वापस आने से मना कर देती हैं और हमेशा के लिए अपनी माता धरती की गोद में समा जाती हैं। ससम्मान गुरु को मना करना साथ ही अपने स्वाभिमान और आत्मसम्मान की बात कहना दोनों ही भावों को इस सोहर के माध्यम से कितने सटीक तरीके से कहा गया है यह हम यहाँ स्वयं ही देख सकते हैं

"चइत के तिथि नौमी रमईया जग्गा रोपे हैं, रमईया जग्ग रोप हैं हो
आबा सीता बिन जग्ग सूना, मनाये लाय आबा, मनाये लाय आबा हो
आगे के घोड़िला वशिष्ट मुनि, पीछे के लक्षिमन, पीछे के लक्षिमन हो
आबा ढूढ़े लागे सीता के मड़इया, जहाँ रे सीता तप करे, सीता तप करे हो
तुम्हरा कहा गुरु करबे, पयग दस चलवै, पयग दस चलवै हो
गुरु फाटत धरती सामबे, आयोध्या नहीं जाबे, आयोध्या नहीं जाबे हो।"

सीता अपने देवर और गुरु से कहती हैं कि अब मैं वापस अयोध्या नहीं लौटूंगी यह मेरा अंतिम निर्णय है। लेकिन मैं अपने गुरु की आज्ञा को अस्वीकार भी नहीं कर सकती इसलिए मैं यहाँ से निकल कर चलूँगी लेकिन रास्ते में ही मैं धरती की गोद में समा जाऊँगी और ऐसा ही होता है। सीता गुरु के आदेश से जंगल से निकलती हैं और दस कदम चलती हैं तभी धरती फटती है और वह उसी में समा जाती हैं।

रामायण की कथा को लोक किस तरह अपने वाचिक परंपरा में बचा कर रखता है यह हम बघेली सोहर गीत के माध्यम से देख सकते हैं। राम के जीवन को आदर्श मानने वाला लोक आज भी राममय है। यह कथा न केवल राम और सीता की कथा है, बल्कि यह उन मूल्यों की कथा है जो लोक अपने हर पीढ़ी

को सिखाना चाहता है। लोक जीवन की यह विशेषता है कि जो कुछ उसके लिए अनावश्यक हो जाता है, उसे वह छोड़ कर आगे बढ़ जाता है। लेकिन राम कथा को आज भी अपने लोकगीतों एवं लोक कहावतों में उसने जीवित रखा है और यही इसकी विशिष्टता है। बघेली सोहर गीत केवल एक संगीत परंपरा नहीं है, बल्कि यह एक ऐसा माध्यम है, जो परिवारों और समुदायों को एकजुट करता है। यह जीवन के सबसे आनंदमय क्षण नवजात शिशु के जन्म को मिलकर मनाने का जरिया है। साथ ही, यह बघेलखंड की समृद्ध सांस्कृतिक धरोहर को पीढ़ी दर पीढ़ी आगे बढ़ाने का कार्य भी करता है।

-अंशिका त्रिपाठी

शोध छात्रा, दिल्ली विश्वविद्यालय

20

भोजपुरी के वैवाहिक लोकगीतों का सामाजिक अध्ययन

-धनंजय कुमार

लोक साहित्य में किसी भी समाज एवं राष्ट्र की आत्मा होती है। इसमें इतिहास से लेकर परंपरा, प्राचीन मूल्य, संस्कृति, आनंदोत्सव, नृत्य, नाटक आदि सबका दिग्दर्शन किया जाता है। हमारे जीवन की असली सांस्कृतिक विरासत मौखिक और आडम्बर रहित का जो रूप जिसके माध्यम से उद्‌घाटित होता है उसे हम लोक साहित्य कहते हैं। लोक साहित्य में लोकगीतों का अहम योगदान होता है जो अनायास ही संस्कृति और सभ्यता को एक पीढ़ी से दूसरी पीढ़ी तक आगे बढ़ाते हैं। यह लोकगीत इस देश के मिट्टी से जुड़े हुए लोगों की अंतरात्मा की आवाज होती है। भोजपुरी में लोक साहित्य का विपुल भंडार है और खासकर जब बात हिन्दू धर्म के सोलह संस्कारों में एक वैवाहिक जीवन की होती है तब इस संस्कार के अन्तर्गत लगभग तीन दर्जन से अधिक वैवाहिक कार्यक्रमों के मौके पर गीतों को गाया जाता है।

इसमें इतिहास, समाज और संस्कृति के अलग-अलग पहलुओं से लेकर लोक जीवन के तमाम पक्षों जिसमें माता, पिता, भाई, बहन, भौजाई, ननद, सास ससुर, बहनोई, मामा-मामी, फूफा-फूफी, जीजा-दीदी आदि सबके संबंधों का समावेश होता है। इस प्रकार के लोक परम्परा में गाए जाने वाले गीतों में वियोग के, संयोग के, पारिवारिक शिष्टाचार हैं तो संस्कार भी, आर्थिक लेन-देन का वर्गभार एवं सामाजिक सच्चाई भी उजागर होती है।

भोजपुरी क्षेत्र में जो लोकगीतों की परंपरा है उसमें जन्मोत्सव से लेकर अन्नप्राशन, उपनयन, विवाह, चूड़ाकर्म, कर्णभेद, उपनयन, विवाह और अंतिम संस्कार तक में सभी पक्ष के गीतों की प्रधानता मिलती है।

इन संस्कारों में, विवाह को अधिक प्रधानता मिलती है क्योंकि यह भारतीय समाज को आगे ले जाने और उसके जीवन मूल्यों के विकास में अतिमहत्त्वपूर्ण भूमिका निभाता है। अब विवाह में भी कई प्रकार से विवाह को

सम्पन्न कराया जाता है जैसे—चढ़ि के, डोला काढ़वा, गोलावट छापोंछिया, बेटी बेचम, स्वयंवर आदि प्रमुख हैं। इसमें 'चढ़ि के' विवाह को उत्तम माना गया है जो वर और वधु के आपसी सहमति से उनके परिवार के सदस्यों द्वारा रीति-रिवाज को सम्पन्न करा कर किया जाता है, इस दौरान इस वर-वधू विवाह में अनेकों रस्मों को निभाया जाता है जैसे—

बराछा के गीत, तिलक के गीत, सगुना के गीत, पराती के गीत, सांझा के गीत, माड़ी के गीत, मानर पूजने के गीत, मटकोड़ा के गीत, हल्दी के गीत, चुमावन के गीत, पानी उछरेंगन के गीत, पितर नेवतवानी के गीत, जोड़ा पहनाने के गीत, इमली घोंटुउआ के गीत, दूल्हा परिवाछन गीत, द्वारपूजा के गीत, गुरहथी के गीत, कन्यादान के गीत, सिंदूरदान के गीत, कोहबर के गीत, गवना के गीत, धोती पहनने का गीत, माँग बहुराई गीत, दौरा में डेग डालने का गीत, कँगन छुड़ाने के गीत, कोहबर के गीत, विदाई गीत।

अन्य और स्थानों पर मांगालिक कार्यक्रम के गीत गाए जाते हैं। नर-नारी के संबंधों की सामाजिक मान्यता विवाह से ही प्राप्त होती है। विवाह प्रत्येक समाज की अनिवार्य विशेषता रही है हालाँकि बदलते परिदृश्य और युग के अनुसार इसमें अलग स्तर की गिरावट दर्ज की जा रही है। विश्व के अलग-अलग भागों में विवाह के सरोकारों को भिन्न-भिन्न रूपों में देखा गया है अधिकांश जगहों पर इसे जैविकीय स्तर पर एक साधन माना गया है। परन्तु हिन्दू परम्परा में विवाह केवल भोग-विलास का साधन नहीं है अपितु धार्मिक संस्कार भी है, हिन्दू-विवाह के आदर्श के संबंध के बारे में ऐसा कहा जाता है कि—

"भोग से संयम की ओर
प्रवृत्ति से निवृत्ति की ओर
विश्व से विश्वात्मा की ओर
बढ़ने हेतु विवाह आवश्यक है"

इसका उद्देश्य सिर्फ भोग तक सीमित न होकर धर्म, अर्थ, काम, मोक्ष की प्राप्ति हेतु विवाह संस्कार आवश्यक है।

तथा यह संस्कार निम्न पाँच मान्यताओं एवं पहलुओं पर आधारित हैं—

1. पुरुषार्थ
2. आश्रम व्यवस्था
3. यज्ञ का महत्त्व

4. पूर्व निर्धारण

5. आत्मा की अमरता की धारणा

इस तरह हम हिन्दू परम्परा में वैवाहिक लोकगीतों के अनेक पक्षों को समाज के अलग-अलग पक्षों से जोड़कर उनके गीतों की पड़ताल और लोक परक व्याख्या करते हैं भोजपुरी भाषा के पुरोधा भिखारी ठाकुर जी के प्रयास से यह नाटकों और गीतों के माध्यम से देश-विदेशों तक फैली और इसका दायरा विस्तृत हुआ, आज भी यह डिजिटल क्रांति के कारण करोड़ों लोगों के पास आसानी से पहुँच बना रही है। इसका कारण इस भाषा की मिठास है। इसकी मधुर बोली और जन लोकप्रियता के बारे प्रसिद्ध भाषा वैज्ञानिक जे.एन. यू. डेवी कहते हैं–

"भोजपुरी भाषा पूरी दुनिया की भाषाओं में सबसे तेजी से लोक में अपना फैलाव करने वाली भाषा है। इसकी पहुँच विदेशों के तमाम देशों जैसे मॉरीशस, दक्षिण अफ्रीका, गुयाना, सूरीनाम, वेस्टइंडीज, फिजी और बिहार और उत्तर प्रदेश के पूर्वी भाग में पाई जाने वाली भाषा तेजी से अपनी पाँव पसार रही है।"

भोजपुरी भाषा में वैवाहिक गीतों की संख्या विपुल मात्रा में उपलब्ध है हालाँकि आज चर्चित गीतों को छोड़कर अन्य गीतों का विलुप्त होने का खतरा बढ़ रहा है। कुछेक महत्त्वपूर्ण वैवाहिक लोकगीतों के माध्यम से इसे व्याख्यायित करने का प्रयास किया गया है–

1. बराछा गीत–वधू पक्ष के तरफ से वर के द्वार पर इस रश्म की अदायगी की जाती है। इस दिन विवाह तिथि का निर्धारण होता है और शादी को पक्का समझा जाता है। इसे कई जगहों पर 'छेका' कहा जाता है। यह शुभ दिन होता है।

इन गीतों को खासकर वार्तालाप के माध्यम से गाया जाता है–

वधू पक्ष के तरफ से पूछा जाता है–

"हम तोहसे पुछलि की वर एक सुंदर
कावना कारनर हले कुँवार"

वर पक्ष के तरफ से उसका जवाब दिया जाता है–

"बाबा मोरे करले हर हरवाहिये
चाचा मोरे करले हल कुदाल
भईया मोरे करले जीरा के लदनियाँ।
भईयाँ मोरे छोड़े दहले हर हरवहियाँ
पितिया छोड़ें दाहिलें कुदाल

अब हमरों होखेला विवाह..
अब चाचा भईले सूबेदार
भईया मोरे करले साहेब के नौकरियाँ"

यह लोकगीत वर और वधू के बीच जो रिश्ते तय होते हैं उनके सामंजस्य उनके आर्थिक आधार पर निर्भर करता है। जो शादी के पहले वर-वधू के जीवन को बेहतर कर सकें।

2. तिलक के वैवाहिक गीत—युगल आत्माओं के स्वर्गिक मिलन की सामाजिक मान्यता विवाह होती है।

इस विवाह में दहेज एक विकराल समस्या बन गया है जो आज मानव मूल्यों की हत्या की जा रही है। इस तिलक में वर पक्षों के द्वारा वधू पक्षों के द्वारा पूरा किया जाता है। वर पक्ष की यह माँग 'तिलक' कहलाता है, यह तिलक कन्या के भाई द्वारा वर पक्ष के घर पर जाकर चढ़ाया जाता है। तिलक के दिन लड़के के घर पर यह कार्यक्रम आयोजित होता है और यह तिलक गीत वर पक्ष के तरफ से सामूहिक रूप से महिलाएँ गाती हैं जो निम्नलिखित हैं—

"बंबे से बाबू हमार आ गइले
चौका बईठ गइले
बटुला के देख बाबू रूसे गइले
पाछवा त घुसुके गइले
दिन भर महेन्द्र बाबू गेंदा खेलले
सांझे गइले बाबू के चढ़ले तिलकवा"

इस गीत में वर पक्ष के तरफ से अच्छे-अच्छे वस्तुओं की मांग वधू पक्ष के लोगों के सामने की जाती है कि मेरा दूल्हा गुस्सा हो रहा है उसे बर्तन, सोफा, मिठाई, पैसा दीजिए तब वह तिलक की रस्म को निभाएगा।

"कहवा के लाल जज़िम
कहाँ के तिलकहरू हे?
केकरा दुआरे जाज़िम
झारि के विझाओ हे
पटना के लाल जाजिम
गोरखपुर के तिलकहरू
दिनेश सिंह दुआरे जाजिम
झारि के विझाओ हे"

यह गीत वधू पक्ष के लोगों को संबोधित कर उनके स्थान को बताया जाता

है कि वे लोग कहाँ से आए हैं। इसकी चर्चा कर अपने घर पर उन लोगों को आदर-सम्मान भाव से ठहराने की व्यस्था करने की बात कही जाती है।

3. सगुना के गीत–इसमें शाम को साँझा के गीत और रात में झूमर, सहना आदि गीत होते हैं।

यह गीत के शादी के दिन पहले तक चलता रहता है। कुछ गीत निम्न हैं-

"आरे आरे शगुनी! आरे आरे सगुनी
तू शगुन ले आव
आरे आरे शगुनी! आरे आरे सगुनी होखेला विआह
आरे आरे सोनरा! आरे आरे सोनरा!
तू हारवा ले आव।
आरे आरे डोमावा आरे डोमावा
तू डालवा ले आव
तोहरे ही डलवा ए डालवा
होखेला बियाह
आरे आरे पटहेरवा। आरे आरे पटहेरवा
तू सेनुरा ले आव"

इस मांगालिक कार्यक्रम में ऐसे तमाम जातियों जो श्रमिक रूप से कार्य करती है, उनके महत्त्व को रेखांकित करते हुए इस गीत को गाया जाता है।

4. माड़ों के गीत–लड़की की शादी में माड़ों गाड़ने की परम्परा है। यह गीत भगवान राम के विवाह में भी माड़ों गाया था। तुलसीदास जी एक दोहा माड़ों के ऊपर लिखते हैं–

"वन बिरना से बाँस माँगाई
कँचन माड़ो छ्वाई"
इस गीत को प्रमुख रूप से गाया जाता है–
"धाउ धाउ नउवा रे!
धाउ-धाउ बरिया।
अरे भाई! देखि आईं
राजा दशरथ के आँगना
आँगना कईस न हवे?
आँगन हउवे जो लीपल-पोटल
दुअरा चनन छिरीकल"

5. मटकोड़ा के गीत–प्राचीन काल से मनुष्य तीन प्रत्यक्ष देवताओं की

पूजा करता है–सूर्य, पृथ्वी और अग्नि की पूजा हमारे संस्कृति में विद्यमान है। भारत कृषि प्रधान देश है इसलिए किसी भी शुभ कार्य के लिए पृथ्वीमाता की पूजा की जाती है। इस मांगालिक कार्यक्रम में वर और वधू दोनों के घरों द्वारा सम्पन्न किया जाता है, इसमें पाँच औरतों का आंचल जौ से भरा जाता है और महिलाएँ सामूहिक रूप से मिट्टी कोड़ते समय गीत गाती हैं जो काफी लोकप्रिय है–

"कहवाँ के पीअर माटी
कहाँ के कुदाल हे
कहवाँ के पाँच सोहागिन
माटी कोड़े जास हे!
गंगा जी के पीअर माटी
सोने के कुदार हे!
अजोध्या के पाँच सुहागिन
माटी कोड़े जात हे!"

6. हल्दी के गीत–हल्दी का रंग हिन्दू रीति-रिवाजों में शुभ माना गया है। विवाह के पहले दिन से ही वर और वधू को हल्दी चढ़ाया जाता है और उसी समय महिलाएँ सामूहिक रूप से गान करती हैं–

"कोईरिन हो!
तू त अम्मा हमार
हरदिया द न उपराय
बाबा हो कवन बाबा
हरदिया द न बेसही
हरदी हो तू त बड़ी सुहावन
सुरुतियाँ द ना चढ़ाय"

एक दूसरा प्रमुख हल्दी गीत जो गाया जाता है–

"कोईरिन-कोईरिन!
तुहूँ मोरे रानी हो
कहिया के हरदी ऊपर कईलू आज हो
हमरो कवन बेटी बड़ी सुकुमार हो
हरदी के झाक सहलो ना जाला हो"

इस गीत में हल्दी की महत्ता और कोइरी समुदाय को हल्दी उपजाने की विशेषता और उनके महत्त्व को रेखांकित किया गया है। जब वर या वधू की

माँ को हल्दी की जरूरत पड़ती है तो वह इस समाज की महिलाओं को रानी कहती है, अपनी अम्मा कहती है और उनके सहयोग की अपेक्षा करती है। इस तरह और तमाम पक्ष हमारे सामाजिक रूप से सामने आते हैं।

7. चुमावन के गीत- यह मांगालिक कार्यक्रम तिलक चढ़ने के बाद, अपना जब दूल्हा बारात लेकर जाता है तब वहाँ किया जाता है। इसमें चावल (अच्छत) और पानी लेकर बारी-बारी से चूमते हुए घर और रिश्तेदारों की महिलाएँ तथा गोतिया में महिलाएँ सिर चूमते हुए गीत गाती हैं जैसे–

"चूम-चूम चूमावन भईली
अम्मा सोहागिन शिवशंकर से
नीचवा चुमेली ऊपर
देली आशीष शिवशंकर से
जीयस दूल्हा दुल्हिन
लाख-अ-बरिस शिवशंकर से
नीचवा चुमेली ऊपर
देली आशीष शिवशंकर से"

8. पितर नेवतनी के गीत–

मातृ देवो भवः पितृ देवो भवः गुरुदेवों भवः

हमारी संस्कृति में माता-पिता और गुरु तीनों को देवतुल्य माना गया है, इसलिए कोई भी पूजा अपने पितरों (पुरखों) को देव सदृश्य मानकर उनकी पूजा करते हैं। वर्ष में एक पक्ष (आश्विन मास के कृष्ण पक्ष) को पितृपक्ष मानकर उन्हें तर्पण करते हैं। कहा जाता है–

"बाढ़े पूत पिता के धर्में
खेती उपजे अपना कर्मों"

विवाह के शुभ अवसर पर अपने पुरखों को विवाह के दिन इस शुभ कार्यक्रम में शामिल होने के लिए आमंत्रित किया जाता है कि वे भी इसमें शामिल होकर इसे सफल बनाएँ, इसकी अनुष्ठानिक पूजा संपन्न होने के दौरान ही सामूहिक गायन होता है तथा घर पर आए हुए आगंतुक लोगों को तेल-दाल भी बाँटा जाता है, यह वर-वधू दोनों के यहाँ संपन्न होता है।

गीत के माध्यम से–

"सरग में बसेली धरती माई
उन्हूँ के नेवत

उनके सरीखवें बहुआरी देई
उन्हूँ के नेवत
आज मोरे जग बेटी के बियाह
जग उत्तिम होखे।।
सरग में बसेली गंगा माई
उन्हूँ के नेवत
सरग में बसेली काली माई
उन्हूँ के नेवत"

एक और गीत जो मुख्य रूप से गाया जाता है–

"अरगन नेवती ने परगन नेवती न ने
नेवताही कुल परिवार
छप्पन कोटि देवतन नेवती ने
रथ चढ़ल भगवान"

9. नहवावना के गीत–

"स्नानम ओजस्कर मपरम्"

हिन्दू धर्म में स्नान का बहुत बड़ा महत्त्व रहा है, गंगा, नर्मदा ब्रह्मपुत्र आदि नदियों के जल को अमृत के समान पूज्य माना जाता है। इसलिए इस वैवाहिक शुभ कार्य में भी नहवावना के गीत गाए जाते हैं।

"अरे माई!
बड़े बड़े बूँदवां
परत बा रे मईया
अरे माई!
कवन बाबा के दुलरईं
भींगत बाड़ी रे माई

दूसरा एक गीत जो घर-घर गाया जाता है–

"कहवाँ के सेंट साबुन
अतरे गुलाब हे?
केकर दुलरई
भींगत मोरे आँगन हे?
पटना के सेंट साबुन
अतरे गुलाब हे।

विकास सिंह के दुलरई
भींगत मोरे आँगन हे।।"

10. कन्यादान के गीत–जैसा कि नाम से स्पष्ट है 'कन्यादान' का अर्थ है–"कन्यादान" यह विवाह का सबसे मांगालिक कार्य है और बहुत पुण्य वाला समझा जाता है। एक गीतकार ने तो यहाँ तक कहा है–

"जिनके हृदय में श्री राम बसे
तीन्ह और का ध्यान कियो न कियों
जिन कन्याधन को दान किये
तीन्ह तीरथ धाम किये न कियो"

कन्यादान करने के पूर्व कन्या के पिता 'वर' का पैर पखारते हैं। जैसे–

रामचरितमानस में राजा जनक के वर श्री राम का पैर पखारा इस पर तुलसीदास जी रामचरितमानस में लिखते हैं–

"लागे पखारन पाय पंकज प्रेम तन पुलकावली
नभ नगर मान निसान जयधुनी उमगि जनु चहूँ दिसी चली
....
करि मधुप मन मुनि जोगीजन जे सेई अभिमत गति लहैं।
ते पद पखारत भाग्य भाजनु जनक
जय-जय सब कहै"

वधू के आँगन में उसके माता-पिता दूल्हा को अपनी पुत्री देते हैं। इसे कन्यादान माड़ो में एक तरफ दूल्हा चौके पर बैठते हैं। वहीं पाणि-ग्रहण होता। राम-सीता के दृश्य इसमें का भाई ऊपर से पानी इस तरह गिराता है कि धार लगातार गिरता रहता है। टूटता नहीं-

"धारवा गिराव ना कवन भइया बहिना तोहार
धारवा के तुटले बहिन हार जइत
जीत लीन्हे दूल्हा श्रीराम"

इस पर लोक में गीत गाया है–

"झल-झल चमकेला
शिव के मन्दिलवा
चम-चम चमकेला सिन्होरा
मड़वा में झमकेली
बेटी हो कवन बेटी
बईठल बाड़ी पापा जी के जाँच

तानि आसा बेनिया
डोलाव हो कवन दूल्हा
मोरा होला गरमी बहुत
कइसे में बेनिया
डोलाई हो कवन सुब्बा
बईठल बाड़ू पापा जी के जाँच"

11. सिंदूरदान के गीत–सिंदूरदान की प्रथा प्राचीन काल से चली आ रही है। भगवान श्री राम ने सीता की माँग में सिन्दूर दिया। इसकी छटा तुलसीदास के शब्दों में देखिए, इन गीत में सिन्दूर के महत्त्व को प्रतिपादित किया गया है–

"का तुहूँ आहो ए बेटी
रोवेलु अच्छेधार।
चिटुकी भर सेनुरवा हो बेटी
जइबु पराया।
चान सूरजवा से
मांगिया सजा द
सेनुरवा ए वर। धीरे से डाल।
कइसन बा मंगल
आज के दिनवा?
धरती गगनवा के होता मिलनवा
आनकर छतिया के
आपन बनाल
सेनुरवा ए वर, धीरे से डाल
गउरा बियाहि महादेव
कहाँ लेई जाइलो?"

12. कोहबर के गीत–कोहबर के गीत में जब दूल्हा–दुल्हन एक हो जाते हैं। उनका कोहबर होता है।

"उनहि गइली बदरी बरिस गइले देव हे।
ओरिये ओरिये भींजेले
राजा दशरथ जी के बेटा हे।
अपनी सेजियवा धनि। हमरा के देहु हे
जवने कहबु धनि! तवने करीब हे।

अपनी सेजियवा धनि। हमरा के देहु हे।
हमारा बाबा जी से दहेज जानि माँगि हे।
उनहि गइली बदरी बरिस गइले देव हे।
ओरिये ओरिये भींजेले

एक और कोहबर गीत जो व्यापक रूप से समाज में फैला हुआ है–

“बाग जनि जइह ए बबुआ
बगइचा जनि जइह
लागल तिकोढवा ए बबुआ
छोड़वले जनि अइह”

इस तरह से भोजुपरी के वैवाहिक जीवन में आने वाले लोकगीतों में हम समाज के विभिन्न प्रकार के पक्षों को विस्तृत रूप से देखते हैं। समाज और संस्कृति का व्यापक मिलन और उसके आयामों को गीतों के माध्यम से दर्ज किए जाते हैं, इन गीतों में खासकर महिलाओं, श्रमिकों और अन्य समाज की श्रमजीवी समुदायों के महत्व को खासतौर पर रेखांकित किया गया है जो हमारे लोक संस्कृति को व्यापक दृष्टि प्रदान करता है। हमें उस लोक परंपरा और संस्कृति को आगे बचाए रखने और उसे संजोए रखने की भी जिम्मेदारी है। (इस लेख को मैं अपनी दादी राजमती देवी को समर्पित करता हूँ जिन्होंने मुझे गाकर सुनाया, जिसके फलस्वरूप में यह लिख सका।)

-धनंजय कुमार
शोधार्थी, जे.एन.यू.

21

छत्तीसगढ़ी लोकगीत

-यूपिका चन्द्रावरकर

किसी भी देश या प्रदेश की संस्कृति का ज्ञान यहाँ के लोक जीवन के माध्यम से प्रस्तुत होता है लोक साहित्य को सम्पूर्ण रूप से समझने के लिए वहाँ के लोक साहित्य का मूल स्वरूप में अध्ययन करना आवश्यक है। लोक साहित्य किसी स्थान विशेष के जीवन के आंतरिक पहलू का प्रतिबिंब होता है, लोक साहित्य जीवन के आधारभूत स्वरूप का वर्णन करता है, इस मौखिक साहित्य में धर्म, समाज, संस्कृति तथा जीवन मूल्य आधारित सामग्री भरी पड़ी हैं। भाषा शास्त्री के लिए यह साहित्य रत्न के भंडार के समान हैं, जिसके प्राप्त हो जाने से बहुमूल्य रत्न के समान लोकगीतों से उनका परिचय होता है।

लोकगीत लोक की आंतरिकता का लयबद्ध और संगीतमय अभिव्यक्ति है, लोकगीत चूँकि सामाजिक व्यवस्थाओं और परम्पराओं की देन हैं और उनकी रचना किसी विशेष व्यक्ति के द्वारा न होकर, उन सभी सामान्य व्यक्तियों द्वारा होती है, जिनका व्यक्तित्व, सामाजिक व्यक्तित्व में पूर्ण रूप से परिवर्तित या समाहित हो चुका है। लोकगीतकारों और लोकगायकों के माध्यम से एक पूरी जाति अपनी बात एक सुर में रखती हैं। यहीं कारण है कि लोकगीतों में व्यक्ति विशेष के बदले पूरी जाति विशेष का व्यक्तित्व प्रतिबिंबित होता है। भारत जैसे विशाल देश में जहाँ अनेक भाषाओं और अनेकानेक संस्कृतियों का संगम है वहीं कश्मीर से लेकर कन्याकुमारी तक भारतीय लोक साहित्य की सुदीर्घ श्रृंखला भी है।

छत्तीसगढ़ का इतिहास प्राचीन संस्कृतियों से समृद्ध हैं, यहाँ पर आदिमानव के अवशेष प्राप्त हुए, रामायण एवं महाभारतकालीन बहुत से प्रामाणिक स्वरूप इस नवीन प्रदेश की सम्पन्नता की कथा कहते हैं। 1 नवंबर, 2000 को मध्यप्रदेश का दक्षिण-पूर्वी हिस्सा अलग प्रदेश के रूप में स्थापित हुआ और छत्तीसगढ़ के नाम से प्रचलित हुआ। छत्तीसगढ़ का अधिकतर हिस्सा वनभूमि से भरपूर एवं यहाँ की प्रधान फसल धान है, जिसकी विभिन्न प्रकार की किस्में

उगाई जाती हैं, इस वजह से छत्तीसगढ़ को 'धान का कटोरा' नाम से संबोधित किया जाता। प्रदेश के गर्भ में बहुमूल्य खनिज संपदा है, महानदी और उसकी सहायक नदियाँ यहाँ की जीवन-रेखा है, यहाँ के लोग सीधे-सादे भोले एवं कर्मठ हैं। यहाँ के जनमानस सीमित आवश्यकताओं में अपना जीवन निर्वाह कर खुश रहने की कला जानते हैं।

छत्तीसगढ़ भारत का ऐसा राज्य हैं, जिसे माँ का दर्जा दिया गया है, छत्तीसगढ़ की भाषा छत्तीसगढ़ी हैं, जो अर्धमागधी अपभ्रंश से विकसित, पूर्वी हिन्दी की समृद्ध बोली हैं। छत्तीसगढ़ लोक भाषा सरल, सरस एवं प्रवाहपूर्ण और लचीली भाषा है, इसलिए इसके लोक साहित्य में मधुरता का समावेश होना स्वाभाविक बात है।

यहाँ के कृषि प्रधान लोक जीवन में इंद्रधनुष के समान ग्रामीण जीवन का स्वरूप, विभिन्न रंगों की छटा बिखेरता अपनी सांस्कृतिक परंपरा को जोड़े हुए आगे बढ़ रहा है। जिसके तहत कभी ऋतु के आगमन पर, कभी पर्व उत्सव की बेला में, तो कभी देवी आराधना के अवसर पर, कभी अपने कार्य को और उत्साह एवं ऊर्जा से भरते हुए अनायास ही छत्तीसगढ़ियों के कंठ माधुरी से गीत फूट पड़ते हैं। अपनी माटी की सुगंध अपने में समेटे हुए यह लोकगीत सुमधुर लय-ताल के साथ श्रोता को मंत्रमुग्ध करते हैं। इन गीतों में लोक जीवन एवं संस्कृति की झलक स्पष्ट रूप में नृत्य एवं संगीत के माध्यम से देखने को मिलती है।

डॉ. लोकेश्वर प्रसाद सिन्हा जी ने 'छत्तीसगढ़ का लोक साहित्य' के अंतर्गत कुछ इस प्रकार से विस्तारपूर्वक छत्तीसगढ़ी संस्कृति, परंपरा, भोजन एवं जीवनचर्या को वर्णित किया है–छत्तीसगढ़ कृषि प्रधान प्रदेश है, यहाँ के प्रायः सभी पर्व कृषि से किसी न किसी प्रकार से संबंधित रहते हैं। नए वर्ष का आरंभ चैत्र माह से होता है, भगवान राम जी का जन्मोत्सव रामनवमी के रूप में मनाया जाता है, इस दिन देवी पूजा के लिए जवारा बोया जाता है, देवी गीत गाए जाते हैं, अक्षय तृतीया शादी के लिए सबसे अच्छी तिथि होती है, इसे अकत्री भी कहा जाता है, रामनवमी और अकत्री विवाह कार्य बेटी की विदाई के लिए सबसे अच्छा दिन माना जाता है। उसके पश्चात् वट सावित्री का पर्व आता है, इस दिन सौभाग्यवती स्त्रियाँ वट वृक्ष की पूजा करके सौभाग्य श्रृंगार जैसे–सिंदूर, बिंदी, चूड़ी आदि दान करती है, हलवा, गेहूँ के आटा मीठा भजिया इस समय की प्रमुख देशी मिठाई होती है, पूजा के बाद प्रसाद रूप में इसे ग्रहण करते हैं। आषाढ़ माह में रथयात्रा भी धूमधाम से मनाई जाती है। सावन मास में हरेली पर्व मनाया जाता है, हरेली के दिन कृषि यंत्रों जैसे हल, रांपा, कुदाली को धोकर सुरक्षित रखा जाता है, इस दिन पशुओं की पूजा भी

होती है, इस दिन गोबर से दीवारों पर चित्रांकन किया जाता है। माघ-अगहन मेलों के लिए प्रसिद्ध है, इनमें खल्लारी, पाटन, शिवरी नारायण, रतनपुर, मल्हार, सिहावा, तुरतूरिया छत्तीसगढ़ के प्रसिद्ध मेले हैं। इन मेलों में ग्रामीण जन अपने वर्ष भर के कपड़े, बर्तन और विवाह के लिए समान खरीदते हैं। सर्कस और सिनेमा लोगों का मनोरंजन करते हैं। यहाँ लोक नाटक, नाच आदि पार्टियाँ रातभर लोगों का मनोरंजन करते हैं, फागुन में होली का पर्व हर्षोल्लास के साथ मनाया जाता है। इस अवसर पर लोग वर्ष भर के दुःख-निराशा, गरीबी को होलिका में जलाकर, रंग अबीर से सराबोर होकर, फाग गाते हैं। पोरा या पोला पर्व भादों मास में आता है, इस दिन बैलों की पूजा की जाती है। श्रावण मास में राखी का पर्व भाई-बहनों के अटूट रिश्ते के प्रतीक के रूप में मनाया जाता है। इसके एक दिन पूर्व भोजली विसर्जन होता है, इस दिन लोग एक दूसरे के कानों में भोजली रखकर शुभकामनाएँ देते हैं। भादों के पहले पक्ष के छठवें दिन हलषष्ठी का उपवास माताओं द्वारा अपने बच्चों की दीर्घायु की कामना के साथ किया जाता है, जन्माष्टमी और गणेश चतुर्थी का पर्व भी सांस्कृतिक दृष्टि से अत्यंत महत्त्वपूर्ण हैं। छत्तीसगढ़ के लोक जीवन में तीज, जितिया, पितर पक्ष और उसके बाद नवरात्र में देवी पूजा की जाती, उसके पश्चात् दीपावली पर्व जो फसल के पकने की खुशी में मनाया जाता है, कि यह पाँच दिन तक चलता है जिसके तहत प्रथम दिवस धनतेरस, द्वितीय दिवस रूपचतुर्दशी, तृतीय दिवस लक्ष्मीपूजा, चतुर्थ दिवस गोवर्धन पूजा, पंचम दिवस भाई दूज या मातर के नाम से प्रसिद्ध है। इन पाँच दिनों में पूरा छत्तीसगढ़ दीपक से जगमगाता है, रामचन्द्र जी के आयोध्या आगमन की खुशी में दीपावली मनाया जाता है।

यहाँ के निवासियों के पहनावें की चर्चा की जाए तो यहाँ के पुरुष घुटनों तक धोती, गमछा और सिर पर पगड़ी पहनते हैं, महिलाएँ लुगरा पहनती हैं और विभिन्न प्रकार के आभूषण धारण करती है– पायल, सूती, झुमका, बाली, बाजूबंद, मालामुन्दरी, करधनी, फुल्ली आदि। छत्तीसगढ़ में गोदना का भी रिवाज है, जिसमें गोदना एक काले रंग का गाढ़ा पदार्थ होता है जो खुरई नामक वृक्ष से निकाला जाता है, बांस की बारीक सुई लकड़ी से शरीर के विभिन्न अंगों पर कलात्मक अभिव्यक्ति की जाती है, यह छत्तीसगढ़ की महिलाओं का स्थायी आभूषण होता है।

छत्तीसगढ़ी लोकगीत की बात करें तो यहाँ लोकगीत और प्रकृति का संबंध बहुत प्राचीन काल से चला आ रहा है। यहाँ की मान्यता है कि लोकगीत प्रकृति की देन है और जहाँ प्रकृति जितनी अधिक उदार होती है वहाँ उतने ही अधिक लोकगीतों का जन्म होता है। छत्तीसगढ़ में प्रकृति का सम्पूर्ण सौन्दर्य विद्यमान

है, यहाँ के लोकगीतों में प्रकृति को कभी उपासना के स्वर में, कभी सौंदर्यशालिनी रमणीय के रूप में पूजा गया, तो कभी मन के सुख-दुःख के अनुभूति को सरस भावों के साथ अभिव्यक्त किया गया। निम्नलिखित उदाहरणों में आप देखेंगे किस प्रकार से छत्तीसगढ़ी लोकगीतों के ताने बाने के धागों को आपस में गूँथा गया है-

सुआ गीत में स्त्रियाँ तोते के माध्यम से संदेश देते हुए गीत गाती हैं। इस गीत के जरिए स्त्रियाँ अपने मन की बात बताती हैं, इस विश्वास के साथ कि वह सुआ उनकी व्यथा उनके प्रिय तक पहुँचाएगा। इसलिए इसको कभी-कभी वियोग गीत भी कहा जाता है। सुआ गीत मूलतः गोंड आदिवासी नारियों का नृत्य गीत हैं, यह गीत केवल स्त्रियों के द्वारा गाया जाता है, यह गीत मुख्यतः दीपावली के कुछ दिन पहले से दीपावली की रात्रि तक पूरे गाँव में घूम-घूम कर गाते हैं, इसमें सुआ गीत गाने की यह अवधि धान के फसल के खलिहानों में आ जाने से लेकर उन फसलों की परिपक्वता के बीच का ऐसा समय होता है, जहाँ कृषि कार्य से कृषि प्रधान प्रदेश की जनता को थोड़ा आराम मिलता है। लोगों का मानना है कि यह गीत केवल आदिवासी महिलाओं का गीत है लेकिन वर्तमान समय की बात करें तो यह गीत अन्य महिलाएँ भी गाने लगी हैं अर्थात् यह गीत लोकजीवन को जोड़ कर आगे बढ़ रहा है। छत्तीसगढ़ में इस गीत नृत्य में कोई वाद्ययंत्र उपयोग में नहीं लाया जाता। महिलाओं के द्वारा गीत में तालियों से ताल दिया जाता है। कुछ गाँवों में महिलाएँ ताली के स्वर को तेज करने के लिए हाथों में लकड़ी का गुटका रख लेती हैं। पारम्परिक रूप से सुआ नृत्य करने वाली नारियाँ हरी साड़ी पहनती हैं, जो घुटनों तक आती है। आभूषणों में छत्तीसगढ़ के पारंपरिक आभूषण करधन, कड़ा, पुतरी होते हैं।

सुआ के संबंध में अपने शोध ग्रंथ छत्तीसगढ़ के सुआ गीत साहित्यिक-सांस्कृतिक अनुशीलन में डॉ. जगदीश कुलदीप लिखते हैं:-

"सुआ एक ऐसा पालतू प्राणी है जो मनुष्य की भाषा को अतिशीघ्र ग्रहण कर लेता है। वह बड़ी सहजता से मनुष्य की वाणी और भावों को ग्रहण करने की क्षमता रखता है। थोड़े प्रयास से ही सुआ को सिखाया-पढ़ाया जा सकता है। यह सुंदर और सीधा-साधा तो है ही, नारी मन के सुख-दुःख हर्षविषाद व्यथा कथा का सहभागी भी बन जाता है। प्राचीन काल से सुआ का वास मनुष्य के साथ उसके घर में और परिवार के मध्य रहा है। निरंतर मनुष्य के संपर्क के कारण वह मानवीय संवेदनाओं का साथी तथा सहभागी बन जाता है।

डॉ. जीवन यदु जी सुआ गीत की व्याख्या करते हुए कहते हैं-

"दीपावली के अवसर पर छत्तीसगढ़ में सुआगीत गा कर नृत्य करने की परंपरा है, चूँकि लोकगीतों में सुख और दुःख दोनों का समाजीकरण होता है। सुआ गीत में निहित नारी पीड़ा पूरी नारी जाति की पीड़ा बन जाती है।"

'चंदा सुरुज तौर पैया परत हँव,
तिरिया जनम झन देबे नरे सुआ न।
पहली गवन कर डेहरी बैठारे नरे सुआन,
धनि छोड़ चले बनिझार

भावार्थ– हे चाँद और सूरज, मैं तुम्हारे पाँव पड़ती हूँ अगले जन्म में मुझे स्त्री मत बनाना, गौना कराने के बाद मैं पहली बार अपने पति के घर आयी हूँ और मेरे पति हैं, कि मुझे यहाँ अकेला छोड़कर खुद काम पर चले गए हैं।

सुआ गीत की नारी पीड़ा मध्य युगीन नारी की पीड़ा है, तब नारी होना अपने आप में पीड़ादायक बात मानी जाती थीं, उन नारियों की करुणा लोकमानस में लगातार घुल रही है। इससे एक बात और स्पष्ट होती है, कि लोकगीत में इतिहास छुपा होता है, उनके भावों में ही नहीं उनके शब्दों में भी इतिहास की झलक होती है। नारी अपने भाव को सीधे अभिव्यक्त नहीं कर पाती थी तो उन्होंने गीतों को माध्यम बना कर अपने भावों को सुआ के माध्यम अभिव्यक्ति किया है।

बिहाव गीत (विवाह गीत)

लोकगीत लोक की संस्कृति का साक्षी हैं, लोकसंस्कारों की पूरी छाप लोकगीतों पर होती है, इनमें केवल लोक संस्कार ही प्रदर्शित नहीं होते, वरन् ऐसे लोक संस्कार भी चित्रित होते हैं जो लोकस्वभाव में घुस कर लोक चरित्र में शामिल हो चुके हैं।

एके तेल चढ़गे कुंवरि पियराय।
दुवै लेल चढ़गे महतारी मुरझाय।।
तीने तेल चढ़गे फूफू कुम्हलाय।

प्रस्तुत लोकगीत में विवाह के समय सभी रिश्तेदार के जुड़ाव एवं दुल्हन के प्रति उनके प्रेम को गीतों के माध्यम से प्रदर्शित किया जाता है। विवाह जैसे कार्यों में सारे रिश्तेदारों का सहयोग होता है, ऐसे आत्मीय वातावरण में लोकगीतकर बड़ी बारीकी से रिश्तों के सर्वमान्य स्वभाव को रेखांकित करते हैं।

पंडवानी का अर्थ है पांडववाणी अर्थात्– पांडवकथा, महाभारत की कथा। ये कथा "परधान" तथा "देवार" जातियों की गायन परंपरा है। परधान गोडों की एक उपजाति है और देवार घुमन्तू जाति है। परधानों ने और देवारों ने पंडवानी

लोक महाकाव्य को पूरे छत्तीसगढ़ में फैलाया।

कुन्ती कहे नहीं बेटा पाण्डव अउकरण तो दोनों झन मोर बेटा आव।
सहोदर भाई आव।
आज गंगा नदी के किनारे आज में तोला जन्म देयेंव करण,
आज ते मोर जेठ बेटा अस बेटा,
लड़ाई झगड़ा काम नइ आवे,
पाँड़वानी में लोक जीवन को आधार बना कर

लोक जीवन के साथ जोड़ कर पांडव के कहानी का वर्णन किया गया है, पांडव के जीवन को ग्रामीण जीवन से जोड़ कर गाया जाता है। संगत के कलाकार पीछे अर्ध चन्द्राकर में बैठते हैं, उनमें से एक "रागी" है जो हुँकारु भरते जाता है और साथ-साथ गाता है, रोचक प्रश्नों के द्वारा कथा को आगे बढ़ाने में मदद करता है।

निष्कर्ष

छत्तीसगढ़ी लोकगीतों में विस्तारपूर्वक लोक जीवन को प्रस्तुत किया जाता है। सांस्कृतिक, राजनीतिक, सामाजिक एवं कलात्मक पहलू को इन लोकगीतों में पिरोया जाता है, लोक संस्कृति केवल संस्कार नहीं होते इनमें लोक भाव कूट-कूट कर भरा होता है, लोकगीत आम जनजीवन के चरित्र को प्रदर्शित करता है। लोकगीत में रचनाकार अपने लेखन को लोक-समर्पित कर देता है। छत्तीसगढ़ी लोकगीतों में यहाँ के आंचलिक स्वरूप प्राकृतिक विशेषता सुनने को मिलती हैं, अनेक अवसरों पर लोकगीत गाए जाते हैं जो कुछ इस प्रकार से हैं—लोक के द्वारा मनोरंजन के लिए, गाय चराते हुए, धार्मिक उत्सव, देवी आराधना के लिए, लोकगीतों का गायन करते हैं। यह प्रदेश वन्यजीवन से जुड़ा हुआ है। अतः यहाँ के लोकगीतों में भी इसकी झलक देखने को मिलती है।

संदर्भ ग्रंथ

1) छत्तीसगढ़ी लोकगीत डॉ. जीवन यदु जी के निबंध संग्रह 'लोकस्वप्न में लिलीहंस' से लिया गया है।
2) "छत्तीसगढ़ का लोक साहित्य" डॉ. लोकेश्वर प्रसाद सिन्हा दवारा लिखित।
3) डॉ. नसरीन जान संविदात्मक व्याख्याता, हिन्दी विभाग, कश्मीर विश्वविध्यालय, श्रीनगर "छत्तीसगढ़ी लोक साहित्य"
4) शोधपत्र श्रीमती आशा तिवारी की "छत्तीसगढ़ में लोकगीतों की परंपरा भोजली गीत एक अध्ययन"

22

भोजपुरी लोकगीतों में समाज

-डॉ. चन्द्रा तिवारी

प्रस्तावना

लोकगीत भारतीय संस्कृति विशेषत: ग्रामीण संस्कृति का ताना बाना है। लोकगीत, साधारण जनमानस के अपने दिन प्रतिदिन के क्रियाकलापों जैसे- खेत में काम करना, चक्की में अनाज पीसना, व्रत-त्योहार, पूजा-पाठ, खाली समय का मनोरंजन तथा अपने आप को व्यक्त करने के माध्यम हैं। इनके बिना लोक जीवन की कल्पना करना कठिन है। यह लेख उत्तर भारत के पूर्वांचल हिस्से में महिलाओं द्वारा गाये जाने वाले गीतों के विषय से जुड़े है। किसी भी समाज में परम्पराओं, संस्कृतियों तथा रीति-रिवाजों का अध्ययन उसकी लिखित साहित्य तथा मौखिक परंपराओं द्वारा किया जा सकता है। यह परंपरागत रचनात्मक कलाएँ हैं जो समाज में संचार का कार्य करने के साथ-साथ उसके संवेदनशील तथा भावनात्मक पहलू का भी लगभग सजीव चित्रण करती है। लोकगीत इस तरह एक कदम आगे बढ़ जाते हैं क्योंकि वह पढ़े-लिखे समाज के अलावा दबे कुचले, अनपढ़, उपेक्षित तबके के लोगों तक पहुँचते हैं बल्कि उन्हीं के भावों विचारों के संचार का माध्यम होते हैं। लोकगीतों का पूर्वांचली समाज में विशेष स्थान एवं लोकप्रिय होने का एक अन्य कारण ग्रामीण महिलाओं की भागीदारी है। पितृसत्तात्मक समाज में रहने वाली महिलाओं को अपनी भावनाओं एवं शोक, उदगार, उल्लास, हँसी-दु:ख इत्यादि व्यक्त करने का लोकगीत सशक्त माध्यम है। ऐसा इसलिए है क्योंकि लोकगीत सामूहिक रूप से गाये जाते हैं, दूसरे किसी विशेष पर्व अथवा संस्कार के समय गाये जाने के कारण उन्हें अनकही स्वीकृति मिली होती है।

ग्रामीण समाजशास्त्र के इस लेख का अभिप्राय है, ग्रामीण परिवेश में रहने वाले लोगों के जीवन शैली के विभिन्न पक्षों के अलग-अलग रूपों का अध्ययन करना है। यह समाजशास्त्र की एक महत्त्वपूर्ण शाखा है। इसमें समाज

के गरीब, अमीर, अनपढ़, महिलाएँ इत्यादि सभी समूहों का अध्ययन समाहित है। इसमें ग्रामीण सामाजिक संरचना एवं ग्रामीण प्रतिमानों का अध्ययन निहित है। यह समाजशास्त्र से इसलिए भी भिन्न है क्योंकि इसका सम्बन्ध ग्रामीण समुदायों के व्यावहारिक जीवन से है। उन्नीसवीं सदी के प्रथम चरण में औद्योगिकीकरण ने केवल नगरों की संरचनाओं को ही प्रभावित नहीं किया, इससे ग्रामीण समाज में भी परिवर्तन आरम्भ हुआ। इसने अध्ययनकर्ताओं का ध्यान आकर्षित किया तथा इसके विभिन पहलुओं का व्यवस्थित अध्ययन प्रारम्भ हुआ। भारत एक ग्राम प्रधान देश है, जिसकी 68.% आबादी गाँवों में निवास करती है। अतः इसमें कोई विशेष बात नहीं है। भारत की संस्कृति, सामाजिक मूल्य एवं व्यवस्था पर ग्रामीण चिंतन एवं परंपराओं का असर साफ़ दिखता है।

भोजपुरी लोकगीत

लोकगीत गाने को एक सामाजिक क्रिया के रूप में देखना चाहिए, क्योंकि संचार के साधन होने के अलावा, वे सामाजिक जीवन पर टिप्पणी करते हैं, प्रतिबिंबित करते हैं और सवाल उठाते हैं (देवा 1989; गोल्ड और रहेजा 1994, जस्सी श्रीवास्तव 1991)। भोजपुरी लोक साहित्य तथा लोकगीतों का विस्तार बहुत अधिक है। उनमें समाज, संस्कृति, इतिहास तथा लोकजीवन के सभी पहलुओं का समावेश है। भोजपुरी लोकगीतों में समाज का वह रूप दिखाई देता जिसमें सभी एक दूसरे पर विभिन्न प्रकार से निर्भर हैं एवं एकजुट है। इसमें जाति और वर्ण व्यवस्था है परन्तु मधुर पारिवारिक जीवन भी है। सामूहिक परिवारों के व्यक्तियों जिसमें माँ, चाचा, भाभी, देवर, नाना, भौजाई, सास बहु इत्यादि के खट्टे-मीठे सम्बन्ध है, शिष्टाचार है तथा संस्कार भी है। आर्थिक लेन-देन, कर्ज और दहेज़ की मार भी इस समाज की सच्चाई है। भोजपुरी लोकगीतों में इन्हीं सम्बन्धों का सजीव चित्रण है। किसी भी धार्मिक आयोजन में पति-पत्नी के जोड़े को चौकी पर बैठाया जाता है। पत्नी-पति की कुशलता के लिए शिवरात्रि, तीज आदि व्रत रखती है तथा हर एक पर्व और त्योहार के लिए विशेष लोकगीत हैं, जो प्रायः महिलाओं द्वारा गाए जाते हैं। जब-जब समाज में समय, गतिकाल से परिवर्तन होता है, तब-तब इन परिवर्तनों से उत्पन्न भावों तथा प्रतिक्रियाओं को लोकगीतों में अभिव्यक्ति मिलती है। इस प्रकार से लोकगीतों का समाज के साथ-साथ निरंतर विकास होता रहता है।

लोकगीत का आधुनिक स्वरूप

आज के आधुनिक भारतीय समाज में रहन-सहन के तरीके, भावनात्मक चेतना, भाषा एवं अभिव्यक्ति सभी पर ध्रुवीकरण का असर है। सिनेमा का प्रभाव इतना सशक्त है कि चारों ओर केवल फ़िल्मी नायक-नायिका के कपड़े से लेकर गीत-संगीत की भी नकल करने की प्रतिस्पर्धा सी लगी है। जो इस नकल की दौड़ में पिछड़ गया उसे पिछड़ा समझा जाता है। इसका एक भयावह परिणाम यह है कि किसी भी समुदाय की अपनी एक विशेष पहचान बनाने एवं सहेजने के स्थान पर एक-दूसरे से पारंपरिक समन्वय बनाए रखने पर अधिक महत्त्व देते हैं। इससे समुदायों के दृष्टिकोण में भी परिवर्तन देखने को मिलता है। आज के समाज में कोई अपनी एक विशेष पहचान एकल इकाई के रूप में नहीं रखता। आधुनिक समाज में अभिव्यक्ति की सहज शैली कम हुई है तथा स्पष्टता बढ़ी है। इन गतिशील परिवेश में भी लोक साहित्य एवं गीतों ने अपने पारंपरिक स्वरुप को सहेजने का सराहनीय प्रयास किया है।

फिल्मों की लोकप्रिय संस्कृति एवं लोकगीत

कहते हैं गीतों का हमारे जीवन से चोली-दामन का साथ है। मनुष्य के जन्म के साथ ही गीतों का भी जन्म दिन हो जाता है। हिंदी सिनेमा की शुरुआत फिल्म 'आलम आरा' से सन् 1931 से हुआ। लोकगीत सदियों से हमारे जीवन के अभिन्न अंग रहे हैं। साहित्य की तरह ही फिल्म को भी समाज के विभिन्न अंग की तरह मान सकते हैं। आज के संदर्भ में गीत-संगीत के बिना फिल्म की कल्पना भी नहीं की जा सकती। सिनेमा ने समाज में जीवन के विभिन्न पहलुओं को सजीवता से उभारा है, वहीं गीतों को किसी भी फ़िल्म की आत्मा माना जा सकता है। इनमें पारिवारिक संबंधों के साथ-साथ प्रेम के सभी रूपों की परिकल्पना साकार होती है। जैसे-

"तुझे सुरज कहें या चंदा तुझे दीप कहूँ या तारा, मेरा नाम करेगा रोशन जग में मेरा राज दुलारा"

पिता-पुत्र के प्रेम को दर्शाती यह पंक्तियाँ सहज ही जनमानस के हृदय को छू लेती है।

"कहे तोह से सजना, ये तोहरी सजनिया, पग-पग लिए जाऊँ, तोहरी बलैया में"

"मैंने प्यार किया" फिल्म का यह गीत प्रेम में अपने पति पर समर्पित स्त्री का स्वरूप है जो दर्शकों का मन मोह लेता है।

इन कुछ अच्छे उदाहरण के अलावा बहुत से ऐसे उदाहरण है, जो अश्लीलता के प्रतीक तो है पर दुर्भाग्य से बहुत ही प्रचलित गीत हैं जैसे कि

"दिल पे पत्थर रख के मैंने मेकअप कर लिया, सैयाँ जी से आज मैंने ब्रेकअप कर लिया"

आज के सामाजिक परिवेश पर भूमंडलीकरण, इंटरनेट तथा मोबाइल फ़ोन के माध्यम से हर प्रकार के सूचना, गीत-संगीत, नाच-गाने तथा प्रचलित फ़िल्मी वेशभूषा तथा प्रचलित बहुभाषियाँ संगीत की हर समय उपलब्धता ने गीतों विशेषत: लोक गीत के समक्ष एक कठिन चुनौती अवश्य खड़ी कर दी है। लोकगीतों की जड़ें सामाजिक ढांचे में इतनी गहरी बसी है कि नाम के लिए ही सही इनको प्रत्येक त्योहार, संस्कार, पूजा इत्यादि में गाया अवश्य जाता है। उदाहरण के लिए विवाह संस्कार में दुल्हन की विदाई लोकगीत की जगह किसी प्रचलित फिल्मी गीत ने ले ली है तो बारात में डीजे की धुन पर बाराती थिरकते हुए मिलते हैं। संगीत एवं हल्दी की रस्मों में भी मौसी-बुआ ताई-सखियों के गाए जाने वाले गीतों के स्थान पर प्रचलित पर प्राय: फूहड़ बोलों वाले गीतों "बन्नो तेरा स्वैगर लागे सेक्सी" ने ले ली है।

भोजपुरी प्रदेश के लोकगीतों का संग्रह सबसे पहले डॉ. ग्रियर्सन द्वारा सं 1884 के आसपास किया गया। उनका "सम बिहारी फोक सांग्स" नामक लेख उल्लेखनीय है, जिसमें उन्होंने विभिन्न प्रकार के प्रचलित लोकगीतों को संगृहीत किया। डॉ. ग्रियर्सन के अतिरिक्त हूग फ्रेज़र, स ग शरीफ, कृष्णदेव उपाध्याय, पंडित रामनरेश त्रिपाठी इत्यादि ने भोजपुरी लोकगीतों के संग्रह, संपादन का महत्त्वपूर्ण कार्य किया है। उत्तर भारत का भोजपुरी क्षेत्र सांस्कृतिक तथा लोक कल्याण की दृष्टि से बहुत समृद्ध रहा है।

श्रमिक समाज जैसे गड़रिया, अहीर, चमार, दुसाध जातियों ने अपने विशेष नृत्य संगीत बनाए जो गाँवों खलिहानों में आज भी गाये जाते हैं। कुछ प्रचलित श्रम गीतों के निम्न प्रकार है।

रोपनी सोहनी के गीत: इस प्रकार के गीत श्रमिक महिलाओं द्वारा गाए जाते हैं। ननद-भौजाई की नोक-झोंक के अलावा प्रिय प्रियतम के बिछोह के गीत भी खूब प्रचलित है।

पाखी गइले खेतवा लागल खेतवा
झनक बाजे हो धन खेते खेते चुरिआ झनक बाजे हो।
झुकी गइले गेहुआ, लटक गईले जउआ।
चटकि बाजे हो धन मटर के छिमियों, चटकि बाजे हो

होत भिनसार धनि लिहली हँसुवा, चली गइली हो
खेत काटे के सनेहिया, चली गइली हो।"

भोजपुरी क्षेत्र के पास लोकगीतों की समृद्ध परंपरा है, साथ ही यह भी सत्य है कि आजीविका के लिए इस क्षेत्र से श्रम प्रवास हुआ है। लोक गीतों की धुनें गायब हो गयी है।

भोजपुरी अंचल में प्रचलित गीत निम्न प्रकार हैं-

जँतसार : अनाज को हाथ चक्की से पीसते हुए महिलाएँ इन गीतों को गाती हैं।

ए राम हरि मोरे गइले बिदेसवा सकल दुःख देइ गइले हो राम।
ए सासु, ननदिया बिरही बोलेली, केकर कमइया खईबु हो राम।'

लोक कलाकार भिखारी ठाकुर ने जँतसार गीतों को बहुत प्रचलित किया।

रोजगार के लिए प्रवासित हुए भोजपुरी समाज के लोग इन गीतों को दूर-दूर तक ले गए। घर में पति के न होने पर स्त्री के बिछोह का गीतों में मार्मिक वर्णन है जिसमें उसकी अनुपस्थिति में वह अपने कष्टों और दुःखों का वर्णन कर रही है–

'पाखी गइले खेतवा लागल खेतवा,
झनक बाजे हो धन खेते खेते चुरिआ, झनक बाजे हो।
झुकी गइले गेहुआ, लटक गइले जउआ,
चटकि बाजे हो धन मटर के छिमियों, चटकि बाजे हो
होत भिनसार धनि लिहली हँसुवा, चली गइली हो
खेत काटे के सनेहिया, चली गइली हो।'

बिरहा : डॉ. ग्रियर्सन के संकलन के अनुसार यह गीत निचली जाति के द्वारा गाए जाते थे। ग्रामीण इलाकों में यह अहीर जाति में प्रचलित था। इन गीतों की परिकल्पना तथा विस्तार बिहारी लाल यादव (1857-192६) ने की थी। वियोग में गाए जाने के कारण इन गीतों का नाम बिरहा हो गया–

"पिया पिया कहत पियर भइली देहिया, लोगवा कहेला पिंड रोग।
गउवा के लोगवा गरमियों ना जाने, भइले गवनवा ना मोर।"

कहरवा गीत : पुराने ज़माने में महिलाओं की डोली उठा कर चलने वाले कहार वर्ग के लोग इन गीतों को गाते थे। इन लोकगीतों की धुन बहुत लोकप्रिय होती है।

गोड्उ गीतः गोंड जाति के लोगों का कार्य मुख्यतः लकड़ी बीनना तथा भाड़ झौंकना था। दाना भूनते समय महिलाएँ इन गीतों को गाती थी।

‘खुर-खुर-खुर-खुर टाटी बोले, हम जानी पियवा मोर। पियवा के भेस अइले, कंगना ले गइले चोर/’

इस गीत का आशय यह है कि ‘पिया का रूप धर के चोर आया और मेरा कंगन चुरा कर ले गया।

भोजपुरी गीतों में, तत्कालीन समाज की छवि तथा रहन सहन के विभिन्न पहलू भी झलकते हैं। भोजपुरी समाज के क्रिया-कलापों में कला झाँकती है। इस कला के निम्न रूप है जो प्रायः गीतों में लक्षित होते हैं-

‘**घर की वास्तु कलाः** कच्चे घर, पक्के घर, छप्पर, मड़ई इत्यादि का जिक्र गीतों में पाया जाता है। सूखे अरहर के पौधे से घर की दीवार बनायी जाती है। अरहर के सूखे पौधे को ‘रहेठा’ कहते हैं।

“टोटही मडइया बुनिया टपके रे, के सुधि लइहे हमार”

चित्रकलाः विभिन्न रस्मों-रिवाजों के समय चूना, सिन्दूर, काजल, गेरू, चौथ, आटा और हल्दी से चित्रकारी की जाती थी। एक गीत इसका वर्णन इस प्रकार मिलता है कि–

“ऊँची अटारी उरेह चित्रकारी होना, रमा किन धन पुत्री रेहया होना”

विवाह के समय कोहबर की चित्रकारी में एक जोड़ा हंस, चार जोड़े चिंड़ियों का उल्लेख इस प्रकार है–

“पानं मोरे बाबा पड़वा छाप्वेले, फूलवा के बांध बंधाई, कोहबर के भीतर बाबा, पुतरी उरेहेले, छार चिरैया जोडी हँस रे।”

अल्पना : विवाह तथा पूजा-पाठ के अवसरों पर अल्पना बनाये जाने का भी जिक्र गीतों में मिलता है, बेदी बनाकर नाइन गोबर और मिट्टी से लीप कर गेहूँ या जौ के आटे से वर्गाकार आकृति बनाती है। इसपर कलश की स्थापना की जाती है।

“गाय के गोबर चौका लागल गजमोती चौका पुराइन, आयी बैठी राम लला जी मने मुसुकाई”

गोदना : समस्त भोजपुरी अंचल में गोदना का विधान बहुत प्रचलित है। एक भोजपुरी गीत में कहा गया है कि–

“पुरब पछिम से अईले नथुनिया राम हरी हरी के हैं सावरी गोदना गोदवा इन ए हरी।”

निष्कर्ष :

उपर्युक्त उदाहरणों से स्पष्ट है कि भोजपुरी समाज परिवर्तन की ओर अग्रसर है। आधुनिक समाज में जाति प्रथा की पकड़ कमजोर हो रही है। इस

समाज की इकाई संयुक्त परिवार पितृसत्तामक है तथा यह परंपरा अनंतकाल से प्रतिष्ठित है। परिवार चलाने का दायित्व गृह स्वामी पर होता है। लोकगीतों की व्याख्या से अनेक विश्वासों का पता चलता है। इनमें शुभ-अशुभ, ग्रह-उपग्रह, नक्षत्र, जाति व्यक्ति, जाति जैसी अनेक विषय स्पष्ट मिलते हैं। गीतों के विश्लेषण का एक और बहुत ही महत्त्वपूर्ण निष्कर्ष यह भी निकलता है कि भोजपुरी का निरीक्षण साधारण गाँव में रहने वाले जन साधरण भी हिन्दू पुराणों से परिचित है। तुलसी की मानस, हनुमान चालीसा तथा कबीर के पद सभी गीत गाने वालों को कंठस्थ है। इसका निष्कर्ष है कि इस समाज में धार्मिक ग्रंथों के श्रवण की परंपरा आधुनिक अंग्रेजी शिक्षा से अधिक महत्त्व रखती थी।

सन्दर्भ ग्रन्थ सूचीः

1. जितेंद्र यादव, भिखारी ठाकुर प्रतिरोध का लोकस्वर, आरोही प्रकाशन, नई दिल्ली, 2014, पृ. 116
2. Sharma, 2022 Understanding Agency through Folk Songs
3. धनंजय सिंह, पुरबियों का लोकवृत्त बाया देश-परदेश, राजकमल, नई दिल्ली, 2020, पृ. 126
4. चंद्रशेखर, लोकप्रिय संस्कृति का द्वंद्वात्मक समाजशास्त्र, सांस्कृतिक संकुल, इलाहाबाद, 2011

-डॉ. चन्द्रा तिवारी

शिक्षा विभाग, गार्गी कॉलेज, दिल्ली विश्वविद्यालय

23

फाग गीतों में अभिव्यक्त जनजातीय स्वर
(विशेष संदर्भः मध्यप्रदेश अंचल)

-योगेन्द्र प्रताप सिंह

भारत एक बहुरंगी देश है जो अपनी विविधता के लिए पूरी दुनिया में जाना जाता है। यह देश अपनी तमाम कलाओं के लिए प्रसिद्ध है। ये कलाएँ, चाहे वह गायन से संबंधित हो, चाहे वादन से संबंधित हो, चाहे नृत्य से संबंधित हो, चाहे चित्रकारी हो आदि विभिन्न प्रकार की कलाएँ अपने विभिन्न रूपों में, एक बड़े पैमाने पर इसके जनमानस में व्याप्त हैं। इन कलाओं में व्यापक रूप से हमारा जनमानस अभिव्यक्त हुआ है। इन कलाओं के माध्यम से हमारी संस्कृति, हमारी सभ्यता तथा हमारे समाज का परिचय मिलता है। इन कलाओं के अंतर्गत एक गायन की परंपरा है जो पृथ्वी पर मनुष्य के साथ-साथ चली आ रही है और उसका एक समूचा इतिहास है। भारत की मुख्य धारा के समाज से इतर इसका जनजातीय समाज जिसे इसका मूल निवासी माना जाता है और उसे आदिवासी समाज की संज्ञा दी गई है, जो सदियों से उपेक्षित है, शोषित है, वंचित है। साथ ही वह मुख्य धारा के समाज से कटा हुआ है, लेकिन जल, जंगल और जमीन बचाने के लिए सदियों से संघर्षरत इस समाज ने तमाम झंझावातों के बावजूद अपनी कलाओं को अभी भी जीवित रखा है। ये कलायें इनकी विरासत हैं जो इन्हें एक विशिष्ट पहचान देती हैं।

इसी क्रम में एक 'फाग' गीतों की परंपरा है, जो ख़ासकर होली के समय बसंत ऋतु में गाये जाते हैं तथा समूचे लोकमानस में व्याप्त हैं। लेकिन जब तक जनजातीय समाज में गाये जाने वाले फाग गीतों पर बात न कर ली जाय तब तक यह बात अधूरी ही रहती है। इस सिलसिले में 'अशोक मिश्र' के सहायक-संपादन में 'कपिल तिवारी' द्वारा संपादित तथा 'आदिवासी लोककला एवं तुलसी साहित्य अकादमी, मध्यप्रदेश संस्कृति परिषद्' द्वारा प्रकाशित पुस्तक 'मध्यप्रदेश के जनजातीय फाग गीत' हमारे प्रयासों को सार्थकता प्रदान करती है। इस पुस्तक के अंतर्गत मध्यप्रदेश प्रांत की गोंड, कोरकू, भोई, सौर, सहरिया,

बैगा तथा कोल जनजातियों में गाये जाने वाले फाग गीतों का संकलन है, जिनमें हमारा आदिवासी समाज व्यापक रूप में अभिव्यक्त हुआ है। इस आलेख के माध्यम से, इन फाग गीतों में अभिव्यक्त जनजातीय समाज के अध्ययन का एक संक्षिप्त प्रयास किया जा रहा है।

मध्यप्रदेश में जनजातीय बहुलता है और इनमें कुछ तो देश की सबसे बड़ी जनजाति हैं। इनमें से अधिकांश में फाग गीतों की परंपरा है। भील जनजाति का 'भागोरिया पर्व' मूलतः होली पर्व है। इसमें भागोरिया हाट का आयोजन होता है और भागोरिया नृत्य किया जाता है। बकौल कपिल तिवारी, "यह अकेला जनजातीय नृत्य है, जिसमें नर्तकों के साथ एक विदूषक चरित्र भी होता है जो काष्ठ का बना एक भारी मुखौटा लगाए रहता है"[1]

कपिल तिवारी बताते हैं कि भील जनजाति में होली के अवसर पर इसी प्रकार 'रायबुलिया' का स्वांग बनाये एक विदूषक चरित्र होता है। इसका मतलब कि लोक समाजों की तरह ही जनजातीय समाजों की सांस्कृतिक परंपरा में भी फाग गीत, संगीत और नृत्य की एक समूची परंपरा है। लेकिन जनजातीय फाग रचना किस अर्थ में लोक समाजों से अलग और विलक्षण है? इसका विवेचन किया जायेगा।

'हमारे लोक समाजों में 'फाग', 'बारहमासा' लोक का एक अभिन्न अंग है और उसके संबंध पौराणिक हैं। यह परंपरा एक विशेष पर्व से जुड़ी है एवं काफी प्राचीन है। जबकि जनजातीय समाजों के फाग गीतों का मूल स्वर प्रेम और श्रृंगार है, जिसमें जीवन के विविध पक्षों–प्रकृति, वन, पहाड़, फसलें, पशु, हाट, आसपास के प्रमुख नगर, विभिन्न वस्तुयें आदि सभी समाहित हैं। वह श्रृंगार और प्रेम की भूमि पर जीवन की समग्रता का आकाश है, जिसमें जनजातीय गीति रचना की फाग गुंजायमान होती है।

यह गीत तमाम वर्जनाओं को तोड़ते हुए स्वच्छंद हैं। यह किसी पुरानी परिपाटी का अनुसरण न होकर तात्कालिक रूप से रचे गये प्रतीत होते हैं। ऐसा लगता है कि किसी स्थिति विशेष के मद्देनज़र, किसी प्रिय लग जाने वाले दृश्य को देखकर तुरंत रच लिए गये हैं। इन गीतों में अंग्रेज़ों का विरोध है जो स्वाधीनता की चेतना को प्रदर्शित करता है। इनमें छुआ–छूत तथा सामंतवाद को उजागर किया गया है। इन गीतों में ग्रामीण परिवेश, पशु–पक्षी, घर–आंगन–दुआर, प्रकृति सहित समूची ग्राम्य संस्कृति झलकती है। इन गीतों में तमाम गीत महिलाओं के द्वारा गाये गये हैं तो हमें उनके भी मानस से परिचय प्राप्त होता है। तमाम तीज–त्योहारों और खेती–बाड़ी से संबंधित फाग गीत इस संकलन में

मिलते हैं जो जनजातीय समाज में गाये जाते हैं।

गोंड और कोरकू जनजातियों के फाग गीत-

गोंड और कोरकू जनजातियों के फाग गीतों में इनके जीवन के तमाम पहलू देखने को मिलते हैं। इन फाग गीतों में जीवन के कई महत्त्वपूर्ण बिंदुओं पर बात की गई है। बहुधा फाग गीतों का मुख्य विषय प्रेम ही है, जिसमें पशु-पक्षियों तथा पेड़-पौधों से इस समाज का उन्मुक्त प्रेम भी शामिल है। एक फाग गीत का उदाहरण मिलता है जिसमें मकड़ाई प्रांत के राजा टोडरशाह और राजा भरत शाह के ऊपर सवाल उठाये जा रहे हैं जो अपनी प्रजा को तो कठोर कानूनों की बंदिश में रखते हैं, परंतु फिरंगी आज़ाद घूम रहे हैं। उदाहरण दृष्टव्य है-

"मकड़ाई किल्ला तरीता ये टोपी वाले
मकड़ाई किल्ला तरीता ये टोपी वाले
निया राज बाको तिड़िता निया राजा बाको तिड़िता
ये टोपी वाले निया राज बाको तिड़िता..."[2]

इस गीत में आई टोपी फिरंगियों का प्रतीक है। इसके साथ-साथ इन फाग गीतों में तमाम तरह के पेड़-पौधों, तीज-त्योहारों और वनस्पतियों का वर्णन मिलता है, जिनकी यह समाज पूजा भी करता है। इन फाग गीतों में इनके लोकदेवताओं जैसे सिवेडो-मूवेडो (उनके क्षेत्र की सीमा पर रहने वाले देवता) का भी उल्लेख मिलता है जिनकी तमाम अवसरों पर पूजा होती है। तमाम फाग गीत ऐसे हैं जो खेती और मज़दूरी-कर्म के दौरान गाये जाते हैं।

एक फाग गीत में एक विधवा महिला अपने इकलौते बच्चे को बुरी संगत में पड़ जाने से समझाती है कि-

"म्हारा करम न धोको दियो रे छोड़ी मत जाना
गरज दूसरा की तू मत करजे म्हारा दूध की रखजे लाज"[3]

गौरतलब है कि फाग में युवक-युवतियों की टोली होती है। गायन के माध्यम से एक दूसरे पर कटाक्ष करते हैं। यह होली के अवसर पर गाये जाते हैं। युवाओं द्वारा टिमकी नृत्य और युवतियों द्वारा सार नृत्य भी किया जाता है। फगुआ हाट-बाज़ारों, गली-मोहल्लों में माँगा जाता और फाग के माध्यम से गाली दी जाती है। एक-दूसरे से नोंक-झोंक, रंग-गुलाल खेला जाता है। आदिवासी समुदाय यह फागुन-उत्सव बड़े धूम-धाम के साथ मनाता है, जो पूरा एक माह चलता है।

गोंड और कोरकू जनजातियों के फाग गीतों में कालिया नाग की पूजा की जाती है। उनका दावा है कि वही धरती को संभाले हुए हैं। कई जगह इन गीतों में कृष्ण का ज़िक्र आया है जो अधिकांशतः चरवाह के रूप में दिखाये गये हैं। उनके चरवाह रूप का गुणगान हुआ है। कुछ गीतों में वनवासी राम और लक्ष्मण का जिक्र किया गया है। कुछ जगहों पर शंकर से संबंधित गीत हैं जो पहाड़ पर निवास कर रहे हैं। इसके साथ-साथ कई जगह अंधविश्वासों और टोने-टोटकों का भी जिक्र मिलता है। खेती के फाग गीत का एक उदाहरण दृष्टव्य है-

"अड़बड़ बोयो रे मसूर, प्यारो लागे रे पिया बालेमा
ऊँचो सो मड़वा डगमल गोरी रखायो खेत
उसी में मुट्ठी भर होरेला दे दो, प्यारे लागे रे पिया बालेमा"[4]

गोंड, भोई, सौर एवं सहरिया जनजातियों के फाग गीत-

कपिल तिवारी बताते हैं कि-"फागों के आदिवासी समाज में विविध रंग हैं। इनके गायन, संरचना तथा संगीत के आधार पर कई वर्ग हैं, लेकिन आदिवासियों द्वारा मुख्य रूप से सुमरनी की फाग, रसिया, साखी की फाग, डिढ़खुरयाऊ, बारहमासी, झगड़े तथा अनरये की फागें ही प्रमुख रूप से गायी जाती हैं"[5]

झगड़े की फागों में रामायण, महाभारत, आल्हा ऊदल आदि की लड़ाइयों को चित्रित किया गया है। अनरये की फागों में शरीर की नश्वरता, जीवन संबंधी शिक्षा आदि विषय होते हैं। होली के समय अनरये में फाग ले जाने का प्रचलन है-अगर किसी के घर में कोई मृत्यु हो जाती है तो गमी के दौरान उस घर में या रिश्तेदारों के घर फागों की सौवत ले जायी जाती है। उनके घर जाकर फागों द्वारा मृतक के परिजनों को संवेदना व्यक्त की जाती है। उस समय रंग-गुलाल भी लगाया जाता है।

इन जनजातियों के गीतों में एक 'चुंगल' चिड़िया का गीत मिलता है। ये चिड़िया नरभक्षी थी जो अफ्रीका में पाई जाती थी। उसने असंख्य मनुष्यों को अपना निवाला बना लिया था। एक फाग गीत दृष्टव्य है-

"अफ्रीका एक मुलुक है, जानत सकल जहान
चुंगल चिड़िया प्रगट भई, उसी के दरम्यान
हो गई मनुष्य को खों दुखदाई, चुंगल चिड़िया भाई
धन्य देखो अफ्रीका के चारऊ दिस, पर गई हाहाकार"[6]

फाग गीतों में कई गीत वियोग के मिलते हैं, जिनमें किसी स्त्री का पति परदेश में है और होली का अवसर है। वह अपने पति की अनुपस्थिति में अपने दुःख को फाग गीतों में गाती है। एक उदाहरण दृष्टव्य है–

"मोय न पुसावै ऐसी होरी
वारे से देवरा अरज करत हैं
खेलो भौजईया मोरी होरी हमाये संग
मोय न पुसावै ऐसी होरी..."[7]

बारहमासा की परंपरा का भी एक उदाहरण दृष्टव्य में जिसमें कोई विरहिणी स्त्री गाती है–

"हरि के बिना कौन हरे मोरी पीरा
असाढ़ मास घन गरजन लागे, साहुन गैर गंभीरा
भादों मास झुमक झरि लागी, गलियों में बै रये नीरा
क्वांर मास के तीखे घामें, कातक जुर गई भीरा
अगन मास हरि आवत नैयाँ, कौन पे ओढौं चीर"[8]

बैगा और कोल जनजातियों के फाग गीत-

मध्यप्रदेश के मण्डला, डिण्डौरी एवं शहडोल जिले में तथा छत्तीसगढ़ के बिलासपुर जिले में बसने वाली बैगा जनजाति अत्यंत पिछड़ी हुई जनजाति है। इस जाति के लोग घने एवं ऊँचे जंगलों के बीच लकड़ी एवं बांस से निर्मित झोपड़ियों में रहते हैं। इनके जीविकोपार्जन के प्रमुख आधार वनोपज, शिकार एवं मछली मारना है। कुछ लोग जंगलों को जलाकर कोदों, कुटकी, मका, राई, रामतिल आदि की खेती करते हैं। बैगाओं द्वारा फाग गीतों का बड़े पैमाने पर गायन होता है। ये लोग माँदर, टिमकी, मंजीरा, ढोलक एवं सींग जैसे वाद्ययंत्रों का भी सहारा लेते हैं। गायक मंडली के सभी सदस्यों के मुख पर गुलाल लगाया जाता है। इन गीतों में महिलायें भाग नहीं लेतीं, वे मात्र दर्शक होती हैं। फाग गीतों की विषयवस्तु की सामान्य चर्या, प्रकृति का साहचर्य, स्त्री–पुरुष के गोपनीय प्रसंग, आखेट, परिहास एवं सामाजिक चेतना आदि कई महत्त्वपूर्ण विषय होते हैं।

एक उदाहरण मिलता है जिसमें बैगा लोग कहते हैं कि हम ऊँचे–ऊँचे पहाड़ों पर निवास करते हैं। पहाड़ी क्षेत्रों में झरनों का पानी उपलब्ध है, जो चट्टानों पर गिरता है। उधर समतली क्षेत्रों में काली मिट्टी वाला मैदानी क्षेत्र है, उस जगह ठाकुर लोग रहते हैं। इन ठाकुरों ने अपने खेतों में कुएँ बनवा रखे

हैं, जिनका पानी वे स्वयं उपभोग करते हैं, किसी अन्य को पानी नहीं पीने देते। वस्तुतः समतली क्षेत्रों के लोग बहुत चालाक होते हैं, जो धरती माता से निःशुल्क प्राप्त जल पर कब्ज़ा कर रहे हैं। उदाहरण दृष्टव्य है–

"अलबेला ठाकुर के गाँव, पानी मोटो के
अतल-बितल के बेंदुलिया हो बेंदुलिया
मोखां पानी भरन नहीं देय..। पानी मोटो के
अलबेला ठाकुर के गाँव..."[9]

कोल जनजाति में एक फाग गीत मिलता है, जिसमें एक पुरुष कोयल को मारने जाता है जिसमें उसकी सखी उसको मना करते हुए कहती है कि काली कोयल को मारने जा रहे हैं। इसको मत मारो यह तो राम का नाम लेती है, मारना है तो उन युवकों को मारो जो दूसरों की खी का हरण करते हैं। हरे तोतों को मत मारो, वो राम का नाम लेते हैं। मारना ही है तो उन्हें मारो जो देश को बदनाम करते हैं। उदाहरण दुष्टव्य है–

"पिया मारन चले काली कोयलिया, काली कोयलिया ना मारो सैंया, जो लेत राम को नाम। मारय का चाही उन छैलन का, जो हरै परायी नार। पिया मारन चले काली कोयलिया। हरे सुआ ना मारो सैंया, जो लेत राम को नाम। मारय को चाही उन छलियन को, जे करत देस बदनाम।

पिया मारन चले काली कोयलिया"[10]

इस तरह से विभिन्न प्रकार के फाग गीत इन जनजातीय समाजों में प्रचलित हैं जो विभिन्न मुद्दों पर आधारित हैं तथा विभिन्न प्रश्नों को भी रेखांकित करते हैं। जनजातीय समाज जो अधिकांशतः या तो ग्रामों में रहते हैं या ग्रामों से बाहर वन प्रांत में अपना निवास करते हैं। इसलिए ग्राम्य और जंगल की संस्कृति से जुड़े तमाम फाग गीत हमें देखने को मिलते हैं जो विभिन्न अवसरों पर गाये जाते रहे हैं।

उपसंहार–

हमारे देश के विभिन्न लोकसमाजों से इतर एक बड़ा जनजातीय समाज भी है। एक तो लोकसमाज की उस पैमाने पर बात नहीं की गई जितनी होनी चाहिए थी और उसमें भी जनजातीय समाज तो हमेशा से उपेक्षित ही रहा है। इनकी कलाओं को उचित प्रोत्साहन या सम्मान अब तक नहीं मिल पाया है। कपिल तिवारी का जनजातीय समाज के अंतर्गत गाये जाने वाले फाग गीतों का संकलन ऐसी स्थिति में महत्त्वपूर्ण हो जाता है। हमारा जनजातीय समाज

किन-किन कलाओं में सिद्धहस्त है या कितनी कलाएँ वह जानता है और किस तरह से वह स्वयं को अभिव्यक्त करता है, इस लिहाज़ से यह काम अत्यंत महत्त्वपूर्ण है। इस आलेख में मध्यप्रदेश के जनजातीय फाग गीतों का एक संक्षिप्त अध्ययन किया गया है।

संदर्भ सूची-

1. तिवारी, कपिल, मध्यप्रदेश के जनजातीय फाग गीत, प्रकाशक आदिवासी लोक कला एवं तुलसी साहित्य अकादमी मध्यप्रदेश संस्कृति परिषद्, भोपाल, सन्-2010, पृष्ठ-6, पृ. 12,58,73,149,151,155,160,244,254

-योगेन्द्र प्रताप सिंह

शोधार्थी, जवाहरलाल नेहरू विश्वविद्यालय, नई दिल्ली

24

पूर्वांचल की लोक गायिकी बिरहा में बसा लोकतत्त्व

-डॉ. कनुप्रिया सिंह

भारत की संस्कृति बहुआयामी और विविधतापूर्ण है। प्रत्येक क्षेत्र की अपनी अनूठी लोकगायकी है, जो वहां के समाज, परम्पराओं, लोककथाओं और ऐतिहासिक घटनाओं को प्रतिबिम्बित करती है। पूर्वांचल के नाम से प्रसिद्ध क्षेत्र जो भौगोलिक रूप से उत्तर प्रदेश के पूर्व भाग को दर्शाता है, जिसमें बलिया, वाराणसी, जौनपुर, भदोही, मिर्जापुर, गाजीपुर, गोरखपुर, देवरिया, आजमगढ़, मऊ, महाराजगंज, बस्ती, संतकबीरनगर, सिद्धार्थनगर तथा सोनभद्र के अतिरिक्त कुल 28 जिले सम्मिलित है की लोक भाषा भोजपुरी अपने लोक गायिकी 'बिरहा' के लिए विश्व प्रसिद्ध है। भोजपुरी भाषी क्षेत्र में बिहार का भोजपुर क्षेत्र को भी सम्मिलित किया जाता है, लोकमानस में इसे। अर्थात् आरा, बलिया तथा छपरा के विस्तृत क्षेत्र के सांस्कृतिक धरोहर के रूप में देखा जा सकता है।

'बिरहा' भोजपुरी गायिकी की एक प्रमुख लोकविधा है जो अपनी अद्वितीय शैली और भावनात्मक अभिव्यक्ति के कारण अत्यन्त लोकाप्रिय है। 'बिरहा' केवल एक गायन शैली ही नहीं बल्कि एक सामाजिक आंदोलन भी है। यह गीत वीरता, प्रेम, भक्ति, सामाजिक अन्याय, राजनीतिक व्यवस्था और समकालीन विषयों पर आधारित होता है। यह गायक और श्रोताओं के बीच संवादात्मक शैली में प्रस्तुत किया जाता है जिससे इसकी रोचकता बनी रहती है। 'बिरहा' केवल एक लोकगीत नहीं बल्कि यह जनभावनाओं के अभिव्यक्ति का सहज सकारात्मक माध्यम है।

बिरहा शब्द 'विरह' से निकला है जिसका अर्थ होता है वियोग या जुदाई। इस लोकगीत की शुरुआत भले ही विरह भावना से हुई हो लेकिन समय के साथ इसमें कई और विषय जुड़ गए जैसे वीरता, समाज सुधार, ऐतिहासिक घटनाएं और सामाजिक मुद्दे। कहा जाता है कि बिरहा की जड़े भक्तिकाल और

संवत 1600-1700 के आसपास देखी जा सकती है। यह मूल रूप से गायक के अपने भावनाओं को व्यक्त करने का माध्यम था लेकिन धीरे-धीरे यह पूर्वांचल के सांस्कृतिक लोकगीत के रूप में विकसित हुआ।

बिरहा की उत्पत्ति को लेकर कई मान्यताएँ रही है लेकिन आधिकांश विद्वान यह मानते हैं कि इसकी शुरुआत 19वीं शताब्दी में हुई। इस मान्यता के अनुसार ये मुख्यतः वीरगाथा परम्परा से निकला लोकगीत है। जिसमें योद्धाओं, वीरों और बलिदानियों की गाथाएँ गायी जाती है। लोककथाओं में ऐसा कहा जाता कि किसी सैनिक के वीरगति के बाद उसकी पत्नी अथवा माता ने विलाप करते हुए गीत गाए जिसे बाद में समाज में अन्य लोगों द्वारा भी अपनाया गया और यह बिरहा का लोकरूप बन गया। एक मान्यता यह भी ही कि बिरहा भोजपुरी क्षेत्र के वीरगाथा परम्परा (बुन्देलखण्ड की आल्हा गीत) से निकला जिसमें राजा, योद्धा और वीरों की गाथाएँ गायी जाती थी। भोजपुर क्षेत्र में लोगों का यह भी कहना है कि ब्रिटिश काल के दौरान किसानों, मजदूरों और सैनिकों की दुर्दशा को लेकर बिरहा विधा में गीत गाए जाने लगे। यह लोक संस्कृति के माध्यम से सामाजिक परिवर्तन का हथियार भी बना।

बिरहा में गायन बेहद ऊर्जावान और उत्साहजनक होता है। गायक पूरे जोश और उमंग के साथ इसे प्रस्तुत करता है जिससे श्रोता मंत्रमुग्ध हो जाते हैं। इसमें प्रमुख़ रुप से ढोलक हारमोनियम, मंजीरा और झांझ जैसे वाद्ययंत्रों का उपयोग किया जाता है जो इसके गायन को और प्रभावी बनाते हैं। इन गीतों में आमतौर पर तुकबंदी (काव्य शैली) होती है जो इसे आकर्षक बनाती है। कई बिरहा गायक अपने गीतों के माध्यम से समाज में व्याप्त कुरीतियों, भ्रष्टाचार, वीरता, प्रेम, देशभक्ति और इतिहास की घटनाओं को प्रस्तुत करतें हैं। बिरहा गायन अक्सर 'दंगल' (संगीत प्रतियोगिता) के रूप में व्यक्त किया जाता है, जहाँ दो बिरहा गायक अपने-अपने गीतों से एक-दूसरे को जबाब देतें हैं। इस विधा को स्थानीय या लोक रूप में 'दूगोला' रूप में जाना जाता है।

बिरहा में विषय की विविधता अन्य विधा से अधिक लोकप्रिय बनाने में महत्त्वपूर्ण भूमिका निभाती है। इसमें गायक (प्रमुख) के साथ अन्य उपगायक ताल और धुन में विशेष योगदान देते हैं। इसमें शास्त्रीय संगीत जैसा कोई कठिन नियम नहीं होता बल्कि ऐसे धुन और ताल जनमानस आसानी से समझ सके उसे ही रचा जाता है। इसके गीतों की विशेषता उसकी तत्कालिक रचनात्मकता होती है। गायक बिना किसी पूर्व तैयारी के किसी भी घटना पर तुरन्त गीत रचकर गा सकते हैं। इस विधा में प्रश्नोत्तर शैली या संवाद शैली को खूब पसन्द

किया जाता है जो इसकी लोकप्रियता को दर्शाता है। ये गीत बड़े समूहों में गाए जाते है और इन्हें सुनने के लिए सैकड़ों-हजारों की भीड़ एकत्रित होती है।

पूर्वांचल के गाँव में विशेष पर्व-त्योहार के अवसर पर बिरहा का आयोजन एक सामान्य बात है। साथ ही गाँव के प्रतिष्ठित परिवारों द्वारा समय-समय पर बिरहा का आयोजन किया जाता है। बिरहा का आयोजन जो व्यक्तिगत स्तर पर भी किया जाता उसमें भी जनमानस स्वत: संज्ञान लेकर आयोजन स्थल पर जुट जाते। इसको देखने आए लोगों के जनसैलाब में बड़े-छोटे का भेद नहीं होता, सब मंत्रमुग्ध हो गायक के माध्यम से कभी शहीद वीर सेनानी के राष्ट्र भक्ति में सराबोर हो जाते तो कभी ग़मगीन हो कर बेबफ़ा पत्नी को सबक सिखाने वाले गायिकी पर दीवाना हो जाते। हालाँकि यह सत्य है कि बिरहा के श्रोता में महिलाओं की संख्या गिनी चुनी होती है।

बिरहा लोक गायन की एक ऐसी विधा है जिसकी खासियत इसकी प्रस्तुति है जिसमें देशी अंदाज़ में मंचन होता है। इसके अंतिम शब्द प्राय: बहुत रुचिकर तरीके से खींचकर गाया जाता है जिसकी पुनरावृत्ति मुख्य गायक के साथ मंच पर उपस्थित अन्य गायकों के द्वारा किया जाता है। जैसे -

बदे, हकीम बुलाओ कोई गोइयाँ, कोई लियो रे खबरिया मोर।

खिरकी से खिरकी ज्यों फिरकी फिरती दुओ पिरकी उठल बड़ जोर।।

बिरहा से श्रोता का मनोरंजन के साथ-साथ छंद, काव्य, गीत व अन्य रसों का आनंद भी मिलता है। कुछ लोगों का मत है कि बिरहा अहीरों का लोकप्रिय हृदय गीत है। पूर्वांचल-भोजपुर क्षेत्र की यह लोकगायकी थकावट मिटाने के साथ एकरसता की उब मिटाने का उत्तम साधन है।

आजकल पारंपरिक गीतों के तर्ज और धुनों को आधार बनाकर बिरहा तैयार किया जाता है। पूर्वी, कहरवा, खेमटा, सोहर, पचरा, जटावर, जटसार, तिलक गीत, विदाई गीत, निर्गुण, छपरहिया, टेरी, उठान, टेक, गज़ल, शेर, विदेशिया, पोहपट, आल्हा, ओज, खड़ी-खड़ी और फ़िल्मी धुनों पर अन्य स्थानीय लोकगीतों का बिरहा में समावेश होता है। अर्थात् बिरहा के गाने का कठिन नियम मानदंड या दायरा नहीं है। इसका सरल प्रस्तुतिकरण ही इसे व्यापकता की ओर अग्रसर कर रहा है। यह आम लोगों को मिट्टी से जोड़ने का उपक्रम है। बिरहा एक बारह मजा चीज़ की तरह है जिसकी भाषा कबीरदास की तरह 'पंचमेल खिचड़ी' है। बिरहा में हिंदी, संस्कृत, उर्दू, अंग्रेजी और भोजपुरी आदि भाषाओं का प्रयोग किया जाता है। बिरहा में भी कई अंग होते हैं जो इसके रस के साथ सामाजिकता को बनाए रखता है।

बिरहा का आरंभ किसी वंदना से होता है। इसमें ईश वंदना, सरस्वती वंदना, गुरु वंदना सहित कई प्रकार की वंदना होती है। वंदना में दोहा छंद का प्रयोग किया जाता है। बिरहा में कवियों का दोहा लय पर आधारित होता है, हिंदी की तरह मात्रा पर नहीं अर्थात् भोजपुरी बिरहा दोहा में प्रथम तथा तृतीय चरण में तेरह-तेरह मात्राएँ तथा द्वितीय और चतुर्थ चरण में ग्यारह-ग्यारह मात्राएँ होना अनिवार्य नहीं।

बिरहा जगत में 'भूमिका' का महत्त्वपूर्ण स्थान है। बिरहा के कवियों में जो जितनी ही अच्छी भूमिका लिखता है वह उतना ही बड़ा (श्रेष्ठ) कवि होता है। 'भूमिका' बिरहा का आधार होती है जिस प्रकार मकान की नींव। भूमिका में बिरहा में प्रयुक्त कथा की संक्षिप्त कथावस्तु होती है। बिरहा की भूमिका आठ पंक्ति की होती है जिसमें पंक्तिगत मात्रा निश्चित नहीं होती, भूमिका को लिखने का ढंग एक ही होता है जबकि गाने का ढंग अनेक प्रकार के होते हैं। भूमिका के तुरंत बाद एक गज़ल या कव्वाली रखने का उपक्रम होता है। बिरहा कवि किसी गज़ल या कव्वाली के तर्ज पर बिरहा की कहानी से संबंधित कोई गज़ल या कव्वाली रचता है, जिसमें मात्र मुखड़ा ही होता है अंतरा नहीं। गज़ल या कव्वाली के पश्चात् दौड़ शेर होता है जिसे नज़्म भी कहते हैं। दौड़ शेर के द्वारा बिरहा की कहानी का आरंभ होता है। वैसे तो शेर आठ पंक्ति का निश्चित किया गया है लेकिन कुछ मनमाने कवि इसमें 16 से 20 पंक्ति का भी प्रयोग करते हैं। ऐसे ही कवि बिरहा की कहानी का आरंभ दौर दौड़ शेर (नज़्म) की बजाय किसी गीत या पद से ही कर देते हैं। दौड़ शेर उर्दू साहित्य की विधा है जिसमें मात्रा नहीं बहर (बहाव) का ध्यान रखा जाता है। दौड़ शेर के क्रम में 'जौहरी' भी एक नज़्म है जिसे केवल वीर रस के बिरहा में प्रयोग किया जाता है। जौहरी में आठ या आठ से अधिक पंक्तियाँ हो सकती है।

बिरहा दौड़ शेर या जौहरी से क्रमगत होता हुआ गीतों की ओर बढ़ता है। गीत किसी लोकगीत या हिंदी गीत के तर्ज पर होता है जो बिरहा की कहानी में साधक होता है। कविवर प्रबुद्ध नारायण बौद्ध के अनुसार- "बिरहा में अधिक से अधिक पांच गीत होना चाहिए।" गीत अंतरा सहित होता है जिसमें एक या दो अंतरा होता है। इसके अतिरिक्त कविवर बिरहा में दो बार 'टेरी' के प्रयोग की बात करते हैं। प्रथम टेरी, दौड़ शेर के बाद तथा 'विदेशिया' से पूर्व होना चाहिए तथा दूसरी टेरी, बिरहा के अंत में होनी चाहिए।

बिरहा में 'विदेशिया' का प्रमुख स्थान है। विदेशिया एक करुण रस का पद होता है। विदेशिया शब्द विदेश का रूपांतरण होता है जिसका आशय

वियोग से है। 'विदेशिया' की कोई प्रतिबंधित पंक्ति नहीं होती है। कुछ कवियों द्वारा विदेशिया की जगह कोई अन्य करुण पद या गीत का भी प्रयोग किया जाता है। बिरहा में विदेशिया का प्रयोग करुण स्थान पर ही किया जाता है। विदेशिया की भाँति 'पोहपट' का भी प्रयोग बिरहा गीत में होता है। 'पोहपट' रचते समय अनुप्रास अलंकार का विशेष ध्यान रखा जाता है। बिरहा में आल्हा का प्रयोग होता है लेकिन यह मूल आल्हा से भिन्न होता है। इसका लय भी भिन्न होता है। दोनों तरह के आल्हा में केवल भैया, बाबू जुड़ने या न जुड़ने का ही अंतर होता है। आल्हा की पंक्ति निश्चित नहीं होती है।

बिरहा का एक भाग 'खड़ी' होता है। पोपहट की तरह ही खड़ी की भी लय निश्चित नहीं है। खड़ी में भी पोपहट की तरह एक या दो अंतरा होता है। वैसे बिरहा की कहानी आल्हा में पूरी हो जाती है और खड़ी द्वारा कहानी का उद्देश्य और संदेश प्रकट किया जाता है, किंतु कुछ कवि बिरहा की कहानी को खड़ी तक खींचकर ले आते हैं। बिरहा को समाप्त करने से पूर्व बिरहा कवि उसमें एक 'छापा' जोड़ते हैं। 'छापा' में बिरहा कवि के अखाड़े और उससे संबंधित मुख्य कवियों का नाम होता है। अंतिम की टेरी, छापा के साथ ही जुड़ी होती है, जिसकी अंतिम पंक्ति में गायक और रचयिता कवि का नाम जुड़ा होता है। इस प्रकार छापा के साथ ही बिरहा का अंत हो जाता है।

भिखारी ठाकुर (1887-1971) को 'बिरहा गायन का जनक' कहा जाता है। आप न सिर्फ एक उदात्त लोक गायक व नाटककार ही नहीं थे बल्कि एक समाज सुधारक भी थे। अपने बिरहा गायन में आपने बहुत ही मर्मस्पर्शी अंदाज़ में सामाजिक कुरीतियों एवं इससे जुड़े तमाम पहलुओं को जनता के समक्ष लाया। उनके प्रसिद्ध बिरहा 'विदेशिया' से कुछ पंक्तियाँ :

> *"का हाल होई राम जी का होई अंजाम रे*
> छोड़ के घर वाली के भागल, अब तू काइले मनावै"

इस बिरहा में उन्होंने स्त्री का विरह भाव, पुरुष की पीड़ा, समाज का तंज उन सभी पहलुओं को छुआ है। इसमें प्रवासी मजदूरों के दर्द को दर्शाया इसलिए गाँवों में इस बिरहा को सबसे ज्यादा पसन्द किया जाता है। इसके अतिरिक्त गबराघिरचोर (समाज में फैली कुरीतियों पर प्रहार), बेटी वियोग (बेटी के ससुराल आने पर माता-पिता का दर्द) को भी लोकप्रियता मिली।

इस लोककला को आगे बढ़ाने के क्रम में पद्मश्री हीरालाल यादव (1950-2019) का नाम आता है। उनका 'शिवाजी बिरहा' (छत्रपति शिवाजी के जीवन पर आधारित), 'स्वतंत्रता संग्राम बिरहा', 'किसान बिरहा' अधिक

प्रसिद्ध है। इसके द्वारा वीर रस के भाव को प्राथमिकता देकर स्वतंत्रता संग्राम में लोगों को एकत्रित कर राष्ट्रवाद के भाव को सशक्त किया। इसी क्रम में आधुनिक समय में विजय लाल यादव, रामेश्वर सिंह यादव, सुग्रीव सिंह यादव, चंदन तिवारी यादव आदि प्रमुख बिरहा गायकों के नाम आता है। बिरहा न सिर्फ एक लोकगीत है बल्कि यह समाज की भावनाओं और संवेदनाओं का दर्पण है। यह गीत आम लोगों की पीड़ा, संघर्ष और आशाओं को व्यक्त करते हैं। इसके माध्यम से किसान, मजदूर, प्रेमी, सैनिक और जनमानस अपनी भावनाओं को अभिव्यक्त करते हैं। बिरहा में सामाजिक बुराइयों जैसे दहेज प्रथा, जातिवाद, गरीबी, अन्याय पर भी गीत गाए जाते है जिससे यह सुधारक गीतों की श्रेणी में भी आता है।

इसके अतिरिक्त बिरहा गीतों का धार्मिक महत्त्व भी है। कई अवसरों भगवान राम और कृष्ण के साथ अन्य देवताओं के गुणगान वाले बिरहा गीत गाए जाते हैं। धार्मिक यात्राओं, मेले और त्योहारों में बिरहा गायन की विशेष परम्परा रही है।

शुरुआत में बिरहा गायन मुख्य रूप से पुरुषों द्वारा किया जाता था क्योंकि यह सार्वजनिक मचों पर समूह में गाया जाने वाल गीत था। 20वीं और 21वीं सदी में कई महिला लोकगायिकाओं ने बिरहा में अपनी प्रतिभा दिखाई। चंदन तिवारी, मालिनी अवस्थी, मीरा मूर्ती, सुमित्रा नंदिनी, रजनीगंधा जैसी लोक गायिकाएं बिरहा सहित अन्य लोकगीतों में सक्रिय रूप से भाग ले रही हैं। हाल फिलहाल में मालिनी अवस्थी का 'राममंदिर बिरहा' बहुत लोकप्रिय हुआ जिसके गीत "सजि गइल अयोध्या नगरी, मंदिर अब भव्य बनावा" गली-गली में गूंज रहे हैं।

महिलाओं ने अपने अनुभवों और भावनाओं को व्यक्त करने के लिए बिरहा का उपयोग किया है। उनके गीतों में प्रेम, विरह, सामाजिकता, महिला समस्याओं आदि को प्रमुख स्थान मिला है। अब डिजिटल प्लेटफार्म यूट्यूब, फेसबुक, इस्टाग्राम और अन्य सोशल मीडिया के माध्यम से महिला बिरहा गायकों को पहचान मिल रहा है। वे अपनी कला को बड़े स्तर पर बड़े जनमानस के सामने प्रस्तुत कर पा रही है और समाज भी इसे स्वीकार कर रहा है। आज के समय में डिजिटल मीडिया और आधुनिक संगीत की बढ़ती लोकप्रियता के बावजूद बिरहा अपनी पहचान बनाए हुए है। यह सत्य है कि अब इसके स्वरूप में थोड़ा बदलाव आया है। पहले जहाँ यह केवल गाँवों तक सीमित था अब यह मंचों, टेलीविजन कार्यक्रमों और सोशल मीडिया पर भी

प्रस्तुत किया जाता है। कई युवा गायक बिरहा को नए अंदाज में प्रस्तुत कर रहे हैं, जिससे यह नई पीढ़ी में भी लोकप्रिय हो रहा है। हालाँकि बॉलीवुड और पॉप संगीत के प्रभाव के कारण पारम्परिक लोकगीतों का आकर्षण थोड़ा कम हुआ है फिर भी लोकसंस्कृति के प्रेमी और स्थानीय कलाकार इसे जीवित रखने के लिए प्रयासरत हैं। सरकार और सांस्कृतिक संगठनों द्वारा भी बिरहा को बढ़ावा देने के लिए कई प्रयास किए जा रहे हैं।

बिरहा एक अत्यंत महत्त्वपूर्ण विधा के साथ पूर्वांचल के समाज की आत्मा है। यह समाज में मनोरंजन के साथ इसकी वास्तविक तस्वीर भी प्रस्तुत करती है। यह लोकसंस्कृति की धरोहर है जिसे संरक्षित करने की आवश्यकता है। बिरहा के माध्यम से हम अपने अतीत, परम्पराओं और सामाजिक मुद्दों को समझ सकते हैं। आधुनिक दौर में इसे संरक्षित और प्रोत्साहित करने की आवश्यकता है ताकि यह आने वाली पीढ़ियों तक अपनी वास्तविक पहचान के साथ पहुँच सके।

बिरहा महज एक गीत नहीं बल्कि समाज का दर्पण है, जिसमें प्रत्येक व्यक्ति अपनी भावना को देख सकता है जिससे इसकी लोकप्रियता बनी रहेगी और जनमानस पर यह अपनी अनूठी छाप छोड़ती रहेगी।

–डॉ. कनुप्रिया सिंह

सामाजिक शोध सलाहाकार

25

विद्यापति के गीतों में शिव की उपस्थिति

-वंदना झा

देवाधिदेव महादेव यदि लोक साहित्य में कहीं सर्वाधिक बिंबित हैं तो वह विद्यापति के मैथिली गीतों में है। भगवान शिव वहाँ इतने विविध रूपों में हैं कि वह कहीं औढरदानी हैं तो कहीं बेहद निर्धन हैं। दामाद और पति के रूप में उनके रूपाकार की विस्तृत व्याख्या विद्यापति ने की है। विषम को सम करने वाले, विष के साथ अमृत रखने वाले शिव, विद्यापति के यहाँ किसान के रूप में भी हैं। पार्वती का रूप एक गृहस्थन का रूप है। वह कहीं शिव के विकट रूप के साथ तो कहीं उनके गण भूत-पिशाच, सर्प, बसहा आदि सभी के साथ दिखाई देती हैं।

भिक्षा का बहाना बना शिव का बारंबार मनाइनि (मंदाकिनी) के आँगन में जाना और मनाइनि से यह पूछना कि तुम्हारी भवानी (गौरी) कितनी बड़ी हुई, जरा दिखा दो और सोयी हुई भवानी का जाग जाना, जहाँ वह शिव के योगी रूप से डरती नहीं है और उनके साथ खेलने को व्यग्र होती है, ऐसी कथा और शिव का यह रूप जहाँ वह स्थैतिक नहीं बल्कि गीत गाता हुआ गतिशील दिखाई देता है। यह विद्यापति के ही यहाँ संभव हो सका है। साथ ही मिथिला की परंपरा में भगवान शिव का रूप सर्वशक्तिमान तो है लेकिन मनमोहक गीत गाने वाला भी है। धन-दौलत का दिखावा नहीं, बल्कि प्रेम की ललक है। वैसे भी भारतीय परंपरा में धन-संपदा को एक विशेष मात्रा के बाद बहुत भाव नहीं दिया है।

भीखि बेआज बास मोर आब। मनमोहन जोगिया भल गाब।।
ए माई अजगुत लागु। सुतलि गौरी जोगिआ देखि जागु।।

विद्यापति एक अन्य गीति में कहते हैं-

"अकामिक आज आएल भेखधारी।
भीखि भुगुति लय चललि कुमारी।।

भिखिआ न लेइ बढ़ाबइ रिसी।
बदन निहारय बिहुंसि-बिहुंसि।।"

जोगी के वेश में शिव का भिक्षा का बहाना ले मनाइनि के घर आना और गौरी को निहारने का उपक्रम करना-ऐसे सरल रूप का अंकन विद्यापति की ही कूची से संभव था। मान्यता है भगवान शिव 'उगना' के रूप में सेवक बन विद्यापति के यहाँ रहे थे। भक्त की भक्ति से प्रसन्न ईश्वर का सेवक-भाव से सेवा करना अन्यत्र दुर्लभ है। तपस्या से सधे शिव 'तपसी भिखारी' हैं। गौरी की माता उन्हें देख विस्मित और चिंतित हैं जबकि गौरी शिव पर मुग्ध हुई जा रही हैं। शिव के तपसी रूप की समस्या और घनीभूत होती है जब वह वर रूप में विवाह करने के लिए आते हैं। 'परिछन' होना है, वे दरवाजे पर आते हैं और उनकी आँखों में काजल लगाया जाना है, अब काजल कैसे लगे क्योंकि आँखों में आग है। 'चुमावन' होना है और उनकी जटा में गंगा और उसमें गोहि अर्थात घड़ियाल है जो किसी के हाथ को 'हबक' सकता है। बारात के रूप में भूत और बेताल हैं, उसे कैसे भोजन कराया जा सकेगा। मुँह भी पाँच हैं तो 'महुअक' के वक्त में किस मुँह का प्रयोग करेंगे। और तो और शिव के सर्वजन रूप में विद्यापति के ही यहाँ शिव धनुषधारी दिखाई देते हैं और विवाह की वेदी पर बैठने से पूर्व ओठंगर से मूसल को जब कूटा जाना है तो वे ओठंगर को तीर समझ बैठते हैं। ओढ़ना भी जिसका बाघ का छाल है, ऐसे वर का 'परिछन' कैसे हो सकता है लेकिन विद्यापति उनके रूप को वरदायक और जगदीश्वर के रूप से अभिहित करते हैं।

कओने वर आनल तपसिया।
गोरी मुगुधि मेलि देखि रंगरसिया।।
नयन अनल, काजर कहाँ लाओब।
जटा गांग-गोह, कैसे कए चुंबाओब।।
भूत बरिआत्ती, कतए जेमाओब।
पांच बदन, महुअक कहाँ पाओब।।

विद्यापति की इस पंक्ति को समझने के लिए हमें मिथिला की सांस्कृतिक विरासत और उसके रूप को जानना होगा। मिथिलांचल में वर के आगमन पर 'परिछन' की परंपरा है जहाँ ससुराल पक्ष की महिलाएँ विध-व्यवहार के बहाने वर का आकलन करती हैं। विवाह से लेकर चतुर्थी तक के चार दिनों के व्यवहार में वर को 'महुअक' रूपी भोजन पत्नी के साथ

हँसी ठिठोली के बीच, वर के भोजन संबंधी रुचि-अरुचि को जानने हेतु करवाया जाता है। विवाह की वेदी पर बैठने से पूर्व 'ओटंगर' का कूटा जाना कृषक जीवन से जुड़ा संस्कार है। विद्यापति ने विवाह के जिस उपादान और तौर-तरीके का वर्णन किया है वह मिथिला से इतर अन्य समाजों में नहीं दिखाई देता है।

सर्वप्रथम देवताओं में शिव को ही भिक्षुक रूप में दिखाया गया है वह भी सिर्फ गौरी की प्राप्ति के लिए। दूसरा, शिव धनुषधारी रूप में मैथिली गीतों में यदि वर्णित होते हैं तो इसलिए कि शिव का धनुष राजा जनक के यहाँ रखा गया था जिसे भगवान राम ने सीता स्वयंवर में तोड़ा। यहाँ शिव और श्रीराम एक-दूसरे में रूपांतरित हो गए हैं। गौरी अपने सीधे सरल ससुराल का वर्णन करते हुए कहती हैं कि राख से भरी झोली है यहाँ, न अन्न है न पानी है, न देह ढंकने का वस्त्र है, दोनों पुत्र गणेश और कार्तिक भूखे रहते हैं। सर्प, सेवक और मालिक हवा पीकर रहते हैं लेकिन मैं अपने दोनों बच्चों के साथ भूखी कैसे रहूँ। माता पार्वती का साधारण स्त्री की तरह कहना कि 'कपार में लिखे को कौन मिटाएगा' और विद्यापति का भक्ति भाव से कहना, 'यह जगदीश्वर कोई नहीं त्रिभुवनपति हैं, अतएव हे गौरी आप इनकी सेवा करें।' विद्यापति के इस भाव से हम मिथिला में शैव परंपरा की गहराई को निमज्जित होते हुए देख सकते हैं।

पार्वती से विवाह करने जब भगवान महादेव माता पार्वती के द्वार आते हैं तो पालकी से उतरते जब सिर झुकाते हैं तो उनके सिर से चंद्रमा नीचे गिर जाता है और बाघ छाल का 'पहिरन' धीरे से 'खिसक' जाता है। चंद्रमा से टपका अमृत बाघ छाल को छू जाता है जिससे बाघ जीवित हो उठता और महादेव का परिछन करने वाली स्त्री स्वयं को किसी प्रकार बचा पाती हैं। जैसे-तैसे विवाह के लिए तैयार मड़वा पर जब महादेव आते हैं और जब उनके पाँव दूध से धोने का समय आता है, तो उनके शरीर से लिपटे सर्प उस दूध को पी जाते हैं। इस चोरी का आरोप भी महादेव पर लगता है। परिछन के लिए आई पार्वती की सखियाँ ताली बजा शिव का उपहास करती हैं। यह सब देख गौरी के चेहरे पर स्मित भाव आ जाता है। सासू मैना जब विवाह की वेदी पर लाने के लिए शिव के कंधे को अपने आँचल ढंकती हैं, तो उनके गले के सर्प सासु मैना के वक्षस्थल को पर्वत समझ चढ़ने लग जाते हैं और वे डर जाती हैं। यह देख सखी-सहेली जोर से ठहाका लगाती हैं। एक चित्र और दर्शनीय है जब गौरी की सखी महादेव के आँख में

काजल लगाने को आतुर होती हैं तब सिर पकड़ कर आँख में अंजन लगाते समय उनकी अंगुलियाँ तीसरे नेत्र की अग्नि में 'झड़क' जाती हैं और जिस हाथ से सखियों ने सिर को पकड़ा है वहाँ गंगा विराजित हैं और उस गंगा में 'गोह' अर्थात घड़ियाल है जो सखी का हाथ 'हबक' लेता है। कुल मिलाकर विद्यापति के शिव या मिथिला में महादेव पार्वती से विवाह के लिए लालायित हैं और उनके गण किसी भी प्रकार के उत्पात करने से बाज नहीं। विद्यापति का यह सब देख कहना कि वे तो निरंजन हैं, वे अभय वर देने को आतुर हैं और आपके सभी मनोरथ को पूरा करने वाले हैं। उनके गीतों में बिंब की प्रधानता है। ध्यान से देखें तो मिथिला में महादेव 'जमाय' अर्थात दामाद के रूप में हैं और साज-सज्जा से परिपूर्ण नहीं, बल्कि विकट रूप में। उनके 'विपटा रूप' को लेकर गौरी चिंतित हैं कि माता मैना की जगहँसाई होगी लेकिन महादेव तो भोला हैं, अपने प्रकृत रूप में ही हैं, गले में सर्प का लुबधना और बगल में भाँग की झोली को रखना और जटाजूट से निमज्जित स्वरूप में ससुराल में उपस्थित हो जाना, यह शिव के सात्विक रूप की अभिव्यक्ति है। विद्यापति का यह कहना कि जो लोग आडंबर की पूजा करते हैं वे लोग यथार्थ को स्वीकार नहीं कर सकते।

मिथिला में शिव अपने प्रकृत रूप में हैं। नाग, बसहा, गंगा, चंद्रमा सबों के साथ डमरू बजाते शिव मिथिला में युवतियों को आकर्षित करते हैं। शिव के उस प्रकृत स्वरूप को विद्यापति ने 'जगत का किसान' कहा है-"ओ नहीं बुढ़बा जगत-किसाने"। गौरी उन्हें कई बार 'भीख माँगने वाला स्वामी' अर्थात 'जगत भिखारी मिलल हमर सामी' कहा है। विद्यापति के गीत में पार्वती कहती हैं कि 'कत जुग सहस बएस बहि गेल, उमत महादेव समत न भेल अर्थात अनेक सहस्त्र युग बीत जाने के बाद भी महादेव उन्मत्त हैं, पागल हैं, चित्त भी स्थिर नहीं हुआ। उनकी 'बतहपनी' को कोई रोक नहीं सका। सही में, यह वामदेव हैं लेकिन विद्यापत्ति इनके ही गुण को बखानते हैं। गौरी अपने गुस्साए वर को, जो देखने में इतना विकट है, देखने के लिए व्याकुल हैं। मिथिला में गौरी-महादेव का प्रेम व्याकुल प्रेम है, उत्कट मिलन की आकांक्षा है, प्रेम की गहराई इतनी अधिक है कि समाज का व्यंग्य गौरी को घेरता नहीं है और माता मैनावती और पुत्री गौरी ऐसे दामाद, ऐसे पति के लिए निरंतर चिंतित हैं। और तो और गौरी का यह बौरहवा वर मुंह से लार चुआ रहा है- 'आँखि निडर, मुँह चुअइ लार', और उन्हें डर भी है कि उनके बौराए पति को कोई ठेल न दे-'बाट जाइते केहु हलब ठेलि'। शिव

का स्वरूप मिथिला में अरण्य सेवी के साथ ही जगत किसान और जगत भिखारी का भी है।

अब गुस्साने की बारी गौरी की है जिसमें महादेव गौरी को मनाते हुए भी चिढ़ाना नहीं भूलते। गहना के रूप में सर्पहार, भोजन के रूप में विष मिश्रित भांग और सवारी के रूप में पालकी से सजा बसहा है। शिव का स्वरूप विद्यापति के गीतों में अर्थात मिथिला में किसानी संवेदना का प्रतीक है। उनके नाम को लेकर मैना प्रश्न करती हैं किसने इनका नाम शंकर अर्थात कल्याणकारी रखा, उन्होंने तो त्रिपुरासुर का वध किया था, न पिता का पता है न माता का, न ही किसी कुल का। राख संपूर्ण शरीर में है, सर्प के साथ खेलते हैं। एक तरफ तो कामदेव को मारते हैं दूसरी तरफ आधे शरीर में नारी को लगाए बैठे हैं। जटा में गंगा को छुपाकर क्यों बैठे हैं। माता मनाइनि जमकर शिव के स्वरूप पर प्रश्न कर रहीं और मिथिला की यह 'परिछन' परंपरा जो आज भी प्रयोग में है, का सफलतापूर्वक निर्वाह हो रहा है। महादेव के सब कुछ होते हुए भी मिथिला में मनाइनि के द्वार पर कुछ भी नहीं है।

'पंचानन पुरमथन भयंकर, शंकर नाम कओने धरिआ।
तीनि नयन, बर एक हुतासन, न जान कओने कुल अवतारिया।।"

विद्यापति के गीत में कभी शिव रूठे दामाद के रूप में आते हैं तो कभी भिक्षुक के रूप में मैना (मंदाकिनी) के द्वार पर गौरी की प्रतीक्षा में अथवा विवाह हेतु बारात के साथ उपस्थित रहते हैं। इसीलिए मिथिला में दामाद को साक्षात शिव अथवा भगवान राम की उपाधि दी जाती है लेकिन एक विशेष रूप में शिव कृषक रूप में दिखाई देते हैं, यह रूप अनोखा है जिसे हम शायद अन्यत्र कहीं नहीं देखते। पार्वती महादेव से कहती हैं-

"बेरी-बेरी अरे सिव मये तोहि बोलो, किरिसि करिअ मन लाए।"

हे शिव, मैं तुम्हें बार-बार कहती हूं कि तुम मन लगाकर खेती करो क्योंकि परिश्रम से देह चुराते, भीख माँगकर पेट पोसते रहोगे तो सब गुण-गौरव नष्ट हो जाएगा और लोग निर्धन कह कर उपहास करेंगे और आदर तथा अनुकंपा भी नहीं मिलेगी। आपके इसी व्यवहार के कारण समुद्र मंथन होने पर आपको आक धतूर अर्थात विष की प्राप्ति हुई और विष्णु को पारिजात वृक्ष मिला। अतएव हे शिव आप खटङ्ग काट कर हल बनाइए त्रिशूल तोड़कर हल का फाल और बसहा को हल में जोतिए और जटा के गंगाजल से खेत को पटाइए। पार्वती के द्वारा महादेव को उनके व्यवहार के

लिए उलाहना देना और कृषि कार्य हेतु त्रिशूल, जटा में बसी गंगा, बसहा को हल में जोतने के कार्य हेतु उपयोग को वे बेहद सरल ढंग से प्रेरित करती हैं।

खटङ्ग काटी हर, हरबा बंधाबट, त्रिसुल तोड़िय करू फारी।
बसहा धुरंधर लए हर जोतिअ, पाटिअ सुरसरि घारे।।

यही पारिस्थितिकी के साथ नायक अर्थात शिव का अनुकूलन है। भारत के कृषि प्रधान चिंतन से शिव का भाव रूप निमज्जित है। विद्यापति के गीतों में शिव धूनी रमाए, जटा-जूट बढ़ाए, जुआ खेलते, सास से कभी, तो कभी पार्वती से रूठते दिखाई देते हैं। संयम की पराकाष्ठा हैं शिव। व्यंग्य-वाण, हास-परिहास उन पर असर नहीं करते, मानो वे उसी दिन के लिए बने हैं। विद्यापति के गीतों में शिव कला विशारद भी हैं। गौरी-शिव से संवाद करते हुए कहती हैं कि आज मैंने व्रत धारण किया है और मेरे परम सुख की प्राप्ति के लिए आप नटराज का रूप धारण कर डमरू बजाते हुए नृत्य करें-

"आजु नाथ एक बरत, महासुख लाबह हे,
तोहें सिव धरु नट बेस कि डमरू बजाबह हे।"

विद्यापति के इस गीत में सौंदर्य और बुद्धि चातुर्य का अद्भुत संगुफन है। महादेव गौरी से कहते हैं कि मेरे नृत्य करने से चंद्रमा के गिरने की संभावना है और उसके अमृत जब छलकेंगे तो मेरे बाघंबर पर गिरने से वह जीवित हो जाएगा और मेरी सवारी 'बसहा' को खा जाएगा।

"अमिअ चुंबिअ भूई खसत बघंबरे छाएत हे।
होएत बघंबर बाघ बसए घए खाएत हे।"

शरीर के गतिमान होने से नाग साँप भी दस दिशा में जाएंगे जिससे कार्तिक के पोसे हुए मयूर उसे अपना ग्रास बना लेंगे और जटा से छलकती गंगा को भी संभालना मुश्किल हो जाएगा।

"सिर सओ ससरत सांप दहो दिस जाएत हे.
कातिक पोसल मजूर सेहओ धए खाएब है
जटा सओ छिलकत गांग भूमि भरि छाएत हे,
होएत सहसमुख समेटलो ने जाएत है।।"

और तो और नृत्य की तीव्रता से गले में पड़ा रुण्डमाल टूट जाने से और अमृत की बूंद के संपर्क में आने से सभी मुंड जागृत हो जाने से यह स्थान महाश्मशान बन जाएगा जिसे देख तुम चली जाओगी और तुम्हारे चले जाने से नृत्य किसके लिए करूँगा।

"रुण्डमाल टूटि खसत, मसानी जागत है।
तोहें गौरा जएबह पड़ाए, नाच के देखत हे।"

विद्यापति के गीतों में शिव के पारिवारिक रूप का, कृषक रूप का दर्शन कृषि-संस्कृति के व्याख्याकार के रूप में दिखाई देता है। मिथिला की परंपरा में चार दर्शन के व्याख्याकार और अन्य ऋषि-मुनियों ने गृहस्थ धर्म को अपनाया। चाहे वे गौतम ऋषि हों या याज्ञवल्क्य अथवा राजा जनक या विद्यापति, सभी ने गृहस्थ जीवन को महत्वपूर्ण माना। नचारी और महेश बानी के माध्यम से विद्यापति ने भाव विह्वल होकर 'मानव धर्म' की छाया में पारिवारिक मूल्यों के अनुसार शिव को अपने गीतों में गाया है।

संदर्भ :-

1. पदावली (संपादित)-रामवृक्ष बेनीपुरी, पुस्तक भंडार, लहेरियासराय
2. विद्यापति की पदावली (संपादित) एन. गुप्ता, इंडियन प्रेस, इलाहाबाद
3. विद्यापति-रामनाथ झा, साहित्य अकादेमी, नई दिल्ली, 2007
4. विद्यापति-डॉ. शिव प्रसाद सिंह, लोकभारती प्रकाशन, इलाहाबाद

www.ingramcontent.com/pod-product-compliance
Lightning Source LLC
LaVergne TN
LVHW100037181026
850499LV00002B/30

* 9 7 8 9 3 5 8 6 9 8 4 1 1 *